DONGSUH MYSTERY BOOKS 142

THE GRAY FLANNEL SHROUD
회색 플란넬 수의
헨리 슬레서/강성일 옮김

동서문화사

옮긴이 강성일(姜誠一)
일본나라여자고등사범·서울사대영문과 졸업. 서울대·숙대 등에서 강의하다 도미하여 철학박사학위를 받음. California Christian University 부총장 역임. 옮긴책 오스카 와일드《옥중기》조지 기싱《가을의 사색》등이 있다.

DONGSUH MYSTERY BOOKS 142
회색 플란넬 수의
헨리 슬레서 지음/강성일 옮김
초판 발행/1977년 12월 1일
중판 발행/2003년 12월 1일
발행인 고정일/발행처 동서문화사
창업 1956. 12. 12. 등록 16-345(윤)
서울강남구신사동540-22 ☎546-0331~6 (FAX) 545-0331
www.epascal.co.kr

*

이 책의 출판권은 동서문화사(동판)가 소유합니다.
의장권 제호권 편집권은 저작권 법에 의해 보호를 받는 출판물이므로
무단전재와 무단복제를 금합니다.

편찬·필름·제작 일체「동판」자본으로 이루어짐에 따라
출반건 소유선사「동판」에서 세소출반반배 세무일제를 선납합니다.
사업자등록번호 211-90-02201
ISBN 89-497-0238-X 04840
ISBN 89-497-0081-6 (세트)

회색 플란넬 수의
차례

회색 플란넬 수의
바로 지금이 사실 때입니다······ 11
아이들이 달라고 울며 조른다······ 35
살아있는 사람에게 물어보세요······ 62
순도 99/44퍼센트······ 75
대용품은 쓰지 마세요······ 89
이젠 잘 시간, 타이어를 바꿀 때······ 111
부인의 힘을 낮게 평가 마세요······ 125
셔터를 누르세요, 그 뒤는 모두 맡겠어요······ 138
어루만지고 싶은 살결······ 155
가장 친한 친구도 가르쳐주지 않는다······ 174
최고명품을 사려는 분에게······ 189
총으로 한 방······ 217
비교해 보시면 곧 압니다······ 239

세상에서 가장 친절한 사나이 — 헨리 슬레서
세상에서 가장 친절한 사나이······ 248

책도둑 — 빌 프론지니
책도둑······ 272

응축된 구성의 광고전쟁 미스터리······ 321

등장인물

호머 해거티 해거티 테이트 어소시에이트 사장
재니 호머의 조카딸. 해거티 테이트의 미술 담당
고든 테이트 호머의 공동 경영자
그레이스 고든의 아내
데이비드 로빈스 해거티 테이트 대표자 보좌
윌튼 셰플로 해거티 테이트의 회계 담당
핼로 로스 해거티 테이트의 직원
로버트 번스테인(보브) 카메라맨
루스 보브의 아내
캐미트 버크 버크 식품회사 사장
마거리트 실렝스커 백작 부인 버크 식품회사 베이킹 식품부장
소냐 실렝스커 백작 부인의 딸
도널드 클라크 '버크 베이비'
하워드 '버크 베이비'의 아버지
이르마 '버크 베이비'의 어머니
맥스 슬링거 〈타임스 익스프레스〉지 범죄 담당 기자

바로 지금이 사실 때입니다

　소드 포인트 역 플랫폼에 처음으로 발을 들여놓던 날 아침, 데이비드 로빈스는 흥미를 가지고 주위를 둘러보았다. 하늘에는 외로워 보이는 검은 구름이 드리워지고, 교외의 언덕에는 잎이 없는 거무스름한 나무들이 악보의 음표처럼 부드러운 곡선을 그려내고 있었다. 어둡고 신비스러운 아침——견딜 수 없을 정도로 우울했다. 러시아적인 풍경이라고 해도 좋을 만큼 우울했다. 데이비드는 그런 인상을 서둘러 지워버리고, 지금부터 뉴욕까지 함께 기차 여행을 할 사람들을 바라보았다.
　이들은 모두 매디슨 스퀘어 동쪽에 있는 레스토랑에서 점심을 들고, 앞을 다투어 택시를 집어타고, 콩나물시루 같은 회사 엘리베이터에 올라 회의에 나가면 마구 농담을 해대는 무리일 것이다. 그러나 황량한 언덕과 드넓은 하늘이 있는 이곳에서 묵묵히 명령을 기다리는 병사들처럼 모여선 모습은 마치 다른 사람들 같았다.
　그는 손목시계를 보았다. 기차 도착 시각 3분 전의 플랫폼은 차츰 붐비기 시작했다. 혼잡이 심해짐에 따라 사람들은 극장의 입석 관람

객처럼 조심하면서도 팔꿈치로 서로 밀치고는 점잖게 '실례' 하고 소곤거렸다. 그 소곤거림이 합창의 베이스처럼 들렸다. 데이비드는 자신이 따돌림을 받는 듯한 느낌이 들었다. 그는 사람들에게 밀리는 대로 몸을 맡기며 플랫폼 끝까지 물러났다. 멀리서 덜컹덜컹하는 소리가 들리더니 짙은 안개를 뚫고 바늘 끝만한 빛이 보였다. '실례' 하는 누군가의 소리에 데이비드는 또 한 걸음 앞으로 내디뎠다. 그러자 두 발 끝이 플랫폼에서 밀려나고 말았다.

기차 소리는 더욱 커졌다. 금속적인 굉음이 리드미컬하게 끝없이 이어졌다. 데이비드는 갑자기 불안해졌다. 그는 가방을 넓적다리에 댐으로써 자기의 몸과 플랫폼을 향해 달려오는 기차 사이에 일종의 방벽을 세웠다. 다른 사람들의 발도 여기 기차의 위협을 받게 되어 있는 것이 보였으나 그는 어쩐지 이상한 예감이 들었다.

예감은 맞았다. 느닷없이 군중 한가운데서 경련이라도 일어난 듯 우르르 인파가 움직이기 시작하여 불안정한 데이비드의 몸의 균형을 무너뜨리고 말았다. 현기증이 나며 쓰러질 것 같아 급히 두 팔꿈치를 뒤로 빼며 발을 플랫폼 쪽으로 끌어당기려고 했으나 이미 때는 늦었다. 그는 레일 사이의 석탄재 위로 떨어졌다.

사람들은 깜짝 놀랐다. 데이비드에게는 놀란 사람들의 반응이 소리가 되어 들리는 듯했다. 순간 절망적인 체념이 번개같이 뇌리를 스쳤다. 데이비드 로빈스는 침목과 검은 석탄재 위에 쓰러진 채 돌진해 오는 기차에 치어 죽을 것 같았다. 그러나 가방의 날카로운 모서리가 배를 아프게 찔러 그 고통으로 다시 의식을 되찾아 몸을 일으켰다. 그는 벌떡 일어나 몸을 돌려 플랫폼에 매달렸다. 여러 개의 손들이 돌진해 오는 기차로부터 그를 무사히 구출해 주었다.

교외 통근자들은 진심으로 걱정해 주었다. 잠깐 동안 데이비드는 따돌림을 받지 않았다. 영원과의 경계선에서 다시 돌아온, 피가 통하는 사람이었기 때문이다. 코트의 천이 두꺼웠기 때문에 상처를 입지 않았다. 그는 모두에게 감사하며 흙을 털고 다른 통근자들과 함께 급히 기차에 올라탔다.

기차 안에서 그는 승객들의 호기심에 가득 찬 눈길을 받았으나 그다지 마음 쓰지 않았다. 그런데 사람들의 호기심을 끈 게 아까의 사고 때문만은 아닌 듯한 기분이 들었다. 그들은 데이비드를 주말에 대도시의 더럽고 환기가 잘 되지 않는 방으로 돌아가는 이상한 장사꾼으로 보고 있는 듯했다. 모자를 쓰지 않았기 때문일 것이다. 그리고 칼리지 스타일이 아니라 검은 머리카락을 길게 기른 것도 그들의 호기심을 끈 이유 중 하나이리라. 설상가상으로 그는 기차 안에서 신문을 들고 있지 않은 유일한 사람이었다. 책이라면 가지고 있었다. 제목은 《시(詩)의 여명기》였다. 하품이 나올 것 같은 제목이었으나 이때 비로소 그는 책을 가지고 있다는 데 대해 감사했다.

그것은 쟈니가 빌려준 책이었다. 쟈니는 해거티 테이트 어소시에이트의 미술 담당자이다. 그녀의 성은 해거티다. 그러나 이 성 때문에 그녀의 능력이 과대평가받고 있는 일은 결코 없다. 광고 대행업계에 들어온 첫날 데이비드 로빈스는 그녀의 방문에 붙어 있는 이 해거티라는 성을 보고 눈썹과 어깨를 추켜올렸다. 그러나 6개월이 지나자 연고자 채용을 비난하는 것은 잘못이라고 깨닫게 되었다. 사장은 틀림없이 쟈니의 숙부였지만, 재능 있는 그녀의 연필에 의해 일이 훌륭히 진행되고 있었다. 그리고 다시 6개월이 지나자 데이비드는 그녀를 위해 연필을 깎아주게 되었다.

그녀에게도 꼭 한 가지 좋지 않은 점이 있었다. 즉 문화인인 척하는 점이었다.

데이비드는 들고 있는 책에 눈길을 주었다가 옆에서 〈뉴욕 타임스〉를 천식 환자 같은 목소리로 소리내어 읽는 든든한 체격의 사나이를 흘끗 보고는 시집을 읽기 시작했다.

확정적인 연대기가 전혀 없기 때문에 산스크리트 문학의 역사를 기록하기는 힘들다. 그러나 이 문학사를 두 개의 시기로 나누기는 쉬울 것이다. 즉 초기 산스크리트 시대와 고전 시대로……

데이비드는 '제기랄!' 하는 소리가 목까지 올라왔다. 그러나 그는 한숨만 깊이 내쉬고 다시 읽기 시작했다. 3페이지까지 읽자 그제야 겨우 시가 나왔다. 활자 주위에 충분한 여백이 있었다. 애드맨(광고문 작성자)인 데이비드는 그 시에 탄복했다. 제목은 〈새벽의 인사〉였다.

새벽의 가르침에 귀를 기울이라!
오늘이야말로 뜻을 펴라!
그것은 생명이기 때문이다. 생명 속의 진실한 생명이기 때문이다.
오늘의 헤아릴 길 없는 운명 속에
모든 진실과 삶의 열매가 있다.
생명의 축복
행위의 영광
미(美)의 광채
어제는 꿈에 지나지 않고
내일은 환상에 지나지 않을지니
그러므로 오늘이야말로……

'나쁘지 않은데' 하고 데이비드는 생각했으나 확신이 있는 것은 아니었다. 그는 그 페이지에 집게손가락을 끼워 책을 덮고 스쳐지나가는 경치를 내다보았다. 첫눈으로 하얗게 덮인 조용한 시골, 철길 근처 작은 집의 굴뚝에서 솟아오르는 연기 등을.

'오늘이야말로 뜻을 펴라!'

그렇다, 그 말이 맞다. 데이비드 로빈스는 생각했다.

그는 책을 완전히 덮어버리고 주머니에서 비망록을 꺼냈다. 연필로 적은 메모를 위에서 아래로 손가락으로 짚으며 읽어 내려갔다.

오늘 할 일──1월 3일
1 '슈거 베이비즈'의 프리미엄에 관한 일로 로스를 만나야 함.
  아이디어──플라스틱제 원자력 잠수함 '노틸러스 호'라고 이름붙임.
2 클리블랜드 식품 거래 일로 테이트를 만날 것.
3 신시내티 텔레비전에서 '마더 매기'의 애플파이 선전 일로 백작 부인을 만날 것.
4 건과물 가게에 진열된 자두 그림, 좀더 자연스럽게 고쳐 그려야겠음.
5 쟈니에게 책을 빌려 주어서 고맙다고 말할 것.

9시 10분 전에 기차는 비명을 지르며 그랜드 센트럴 역으로 미끄러지듯 들어갔다. 데이비드는 혼잡한 군중의 흐름 속에 휩쓸려 저절로 큰길로 밀려나왔다. 회사에는 9시에 도착했다. 데이비드는 해거티 테이트 어소시에이트에 입사한 지 거의 18개월이 되었지만, 이렇게 일찍 출근하기는 처음이었다.

그는 부사장 겸 공동 경영자인 고든 테이트 밑에서 대표자 보좌로 일하고 있었다. 이러한 관계는 고든에게도 그에게도 유리한 계약이었다. 데이비드는 이 분야에서 풋내기였고, 대행업 경험도 겨우 1년밖에 안 되었다. 제2차 세계대전과 한국 전쟁에 뛰어든 까닭으로 대학 졸업이 늦어져 일찍 발판을 닦을 수 없었던 것이다. 그리하여 33살이지만 '보좌'라고 불리는 것도 그리 언짢게 생각하지 않았다. 그는 회사의 주요 거래선인 버크 유아식과 버크 식품회사의 베이킹 식품부에 대한 모든 책임을 맡고 있었다. 테이트는 그에게 버크를 기쁘게 하고 만족시켜 주기만 하면 다른 일은 아무것도 하지 않아도 된다고 말했다. 데이비드는 가끔 쟈니에게 이러한 책임 분담은 불공평하다고 불평한 적이 있었다. 그때마다 쟈니는 캐미트 버크를 기쁘게 해주는 건 아주 중요한 일이라고 말했다.

12층에서 엘리베이터를 내리자 그는 새삼스럽게 너무 일찍 출근한 것을 후회했다. 로비에는 접수계 여직원인 조디뿐이었는데, 그녀도 아직 느긋하게 앉아 소설 읽을 채비가 갖추어져 있지 않았다. 그녀는 깜짝 놀라며 그를 향해 눈을 깜박거리더니 여느 때와 같이 직업적인 미소를 잊지 않았다.

"어머나, 오늘 아침에는 일찍 나오셨네요."
"어쩌다 그렇게 됐는데, 내가 첫째인가?"
"아니에요, 해거티 양이 8시에 출근했어요."
조디는 석탄재로 더럽혀진 데이비드의 코트를 유심히 살펴보았다.
"커피를 시킬까요? 아니면 조금 뒤에 할까요?"
"지금 마시고 싶군."

데이비드는 말을 마치자 책상 앞에 서서 로비를 둘러보았다. 본디 이곳의 장식은 초기 아메리카 시대풍이었는데, 누군가가 변덕스러운 착상을 해냈는지 지금은 벽마다 다른 빛깔을 칠해 놓았다. 왼쪽의 붉은 벽에는 밝은 진열장이 죽 늘어 놓여져, 그 속에 해거티 테이트의 광고 작품이 전시되어 있었다. 오른쪽 파란 벽에는 어두운 진열장이 늘어 놓여 있었는데, 의뢰자의 제품 모형이 포장된 채 진열되어 있었다. 한가운데 노란 벽에는 거대한 차바퀴시계가 걸려 있고, 나무로 만든 바늘이 얌전히 9시를 가리키고 있었다.

데이비드는 곧장 자기 방으로 가지 않고 복도 왼쪽으로 꼬부라져 미술부로 향했다. 입구 앞은 어두웠으나 스튜디오 문 안에서 부드러운 빛이 흘러나왔다. 그는 한 번 노크하고 손잡이를 돌렸다.

"어머나!" 제도판에서 얼굴을 들며 쟈니가 말했다. "대체 무슨 바람이 불어서 이런 한밤중에 출근했지요?"

"일에 대한 정열 때문이오." 데이비드는 연극적인 동작으로 문을 닫으며 말했다. "자, 그 웃옷은 벗으시지요."

"커피를 마신 다음에 벗을 거예요. 담배 있어요?"

데이비드가 한 대 건네주자 쟈니는 냉정한 태도로 불을 붙였다. 그녀의 동작에는 언제나 어딘지 모를 쌀쌀맞은 느낌이 있었다. 쟈니는 조금만 더 미용에 신경을 쓰면 미인이 될 수 있는 바탕이 아름다운 여자였다. 컬이나 퍼머넌트가 귀찮아 금빛 머리카락을 남자처럼 짧게 깎아 올리고 있었다. 섬세한 우윳빛 살결, 윤곽이 뚜렷한 얼굴에는 거의 화장기가 없었다. 귀찮아서 화장하기도 싫은 모양이다. 그러나 '센스 있는' 옷차림을 하고 있었다. 그다지 곡선미가 없는 여자가 입으면 틀림없이 칠칠치 못하게 보일 옷도 그녀가 입으면 굉장히 어울리는 것이었다.

"정말이지. 이번 주말에는 혼났소. 보브 번스테인을 만나러 소드 포인트까지 갔거든요." 데이비드가 말했다.

"바쁘다는 건 좋은 일이에요. 어머나, 석탄을 삽으로 푸다 온 사람 같군요."

데이비드는 사고 이야기를 하면서 그녀의 눈이 동정으로 눈물이 글썽해질 것을 기대했다. 그러나 그녀는 아무렇지도 않게 말했다.

"번스테인은 어때요? 버크의 일을 빼앗겨 당황하고 있지 않던가요?"

"그런 것 같았소. 그는 지금까지 죽 버크를 위해 사진을 찍어온데다 지금 한참 캠페인을 벌이고 있는데, 왜 갑자기 해고하는지 그 이유를 모르겠다고 말하더군. 민망해서 뭐라고 말하기가 힘들었소."

쟈니는 생각에 잠겼다. "그는 재능 있는 카메라맨이에요. 아주 뛰어난 사람 가운데 하나지요."

"그런데, 어째서 해고당했소?"

"모르겠어요. 아마 호머 아저씨가 싫증이 났나 보지요. 아니면 캐미트 버크가 사람을 바꾸고 싶어졌는지도 모르고요. 그런 걸 내가 어떻게 알겠어요?"

"너무하군." 데이비드는 천천히 쟈니의 책상으로 다가가 버크 유아식 광고용 사진 시리즈를 보았다. "그는 정말 사진을 잘 찍었어. 당신은 미술 담당자가 아니오? 그런데 당신에게 한마디 의논도 없었단 말이오?"

쟈니가 대답하지 않았으므로 데이비드는 입 밖에 내어서는 안 될 말을 했나 생각하며 빙그레 미소를 떠올렸다.

"아 참, 그 빌려준 책은 아주 좋았소."

"《시의 여명기》 말인가요? 읽어주셔서 기뻐요."

"그것은 새벽의 인사였도다" 데이비드는 책의 한 구절을 인용했다. "나쁘지 않았소."

"나는 그런 시 구절은 잘 몰라요." 쟈니는 연필을 입에 물고 고개를 갸우뚱하며 편집 배정(配定) 용지를 들여다보았다.

"내가 좋아하는 것은 이런 글귀예요——'클리블랜드 식품——주의!'"

두 사람은 웃었다. 데이비드가 말했다. "점심때까지 그 귀여운 걸작이 필요하오. 고든이 보고 싶어하니까."

"오늘은 보지 않을 거예요. 회사에 없으니까요. 하지만 전할 말이 있으면 퀸 테이트에게 부탁하면 될 거예요. 오전중에 회사에 나오기로 되어 있어요."

"고든 부인이? 대체 무슨 용건이지요?"

쟈니는 어깨를 으쓱해보였다. "퀸 테이트가 하는 일에 이유가 있나요? 한 시간 전에 전화가 왔었는데, 아직 교환원이 출근하지 않아 내가 야간 직통으로 받았어요. 고든이 몸이 좋지 않아서 자기가 기차를 타고 호머 아저씨를 만나러 오겠다고 하더군요."

"고든은 어디가 아프답니까?"

"감기나 뭐 그런 거겠지요. 퀸 테이트는 늘 자세한 말은 하지 않으니까요."

"당신은 테이트 부인에게 언짢은 감정이 있는 모양이군요."

"내가요? 천만에요! 나는 부인을 아주 좋아해요. 나는 화장대에 그녀의 사진을 얹어 놓고 있는걸요. 매일 아침 그것을 바늘로 찌르기 위해."

"참으로 여자들이란……" 데이비드는 한숨을 내쉬었다. "그래서 남자들이 겁쟁이가 된다니까. 그건 그렇고, 나에게 '슈거 베이비즈'에 어울리는 새로운 아이디어가 떠올랐소. 그래서 헬로 로스 씨를 만나 이야기하고 싶소. 그 아이디어란 '노틸러스 호'라고 이름붙인 플라스틱제 잠수함이오. 거기에 베이킹 소다를 넣어 잠수함이 떠올랐다 가라앉았다 할 수 있는 장치를 하는 거요."

"좋은 아이디어로군요." 쟈니가 말했다. "나도 한 가지 아이디어가 생각났어요. 청산가리를 넣은 작은 물약병이에요. 어느 집 아이가 제일 먼저 어머니의 얼굴을 도깨비처럼 만드느냐 하는 콘테스트를 개최하는 거예요."

"그거 재미있겠군요."

"아이디어라면 얼마든지 있어요. 어린이용 소독 연은 어떨까요? '교육용 장난감'이라는 이름을 붙이는 거예요. 아니면 조그마한 리큐어 병 세트는? 대개 어느 집 아버지든 몰래 베개 밑에 감추어두는 거 있잖아요……."

"안녕." 데이비드가 말했다. "진지한 이야기를 하고 싶지 않은 모양이군요. 이만 실례하겠소, 찰스 애덤스(뉴요커 지의 만화가. 괴기만화로 유명함)!"

데이비드는 자기 방으로 갔다. 비서의 책상에 아직 뜯지 않은 우편물이 잔뜩 쌓여 있었으나 그는 손도 대지 않았다. 루이스는 애처로우리만큼 직무에 충실한 비서이다. 만일 데이비드가 그녀에게 하루 종일 일을 시키지 않는다면 눈이 빨갛게 되도록 눈물을 흘릴 것이다.

루이스는 9시 40분에 출근했는데, 데이비드가 아침 커피를 마시고 있는 것을 보고 매우 당황했다.

"죄송합니다, 로빈스 씨." 루이스는 못생긴 얼굴을 찌푸리며 말했다. "오늘 아침에는 늘 나오는 시간에 집에서 나올 수가 없었어요. 어머니 때문이었지요. 관절이 여느 때보다 몹시 심하게 아프셔서 오늘 아침에는 제가 급히 아침을 지어야 했거든요."

"괜찮소, 루이스 양." 데이비드는 난처한 듯이 말했다. "로스 씨가 출근했는지 알아봐 주겠소? 출근했다면 내가 잠깐 가도 좋으냐고 물어봐 주시오."

"알았습니다." 루이스는 시킨 일이 중대한 용건이라고 생각했는지 몸을 떨며 대답했다.

그녀가 물 위를 걷듯 조용하게 방에서 나가는 뒷모습을 보고 데이비드는 우울해졌다. 누군가 다른 사람이 보면 데이비드가 갈라디아(소아시아 중앙에 있던, 로마의 속주) 사람을 찾으러 가라고 명령했음에 틀림없다고 여길 것이었기 때문이다.

1, 2분 뒤 루이스가 의기양양하게 돌아와 "출근하셨습니다!" 하고 말했다.
  헬로 로스의 방으로 들어가자 그는 파이프 담배를 피우고 있었다. 그 모습에 여느 때와 달라진 점은 없었다. 로스는 늘 파이프 담배를 피우고 있는 것이다. 그는 책상 서랍에 찔레나무 뿌리로 만든 파이프 반 다스와 굵게 썬 파이프 담배를 잔뜩 넣어두고 있었는데 그것은 모든 인디언과 교섭할 수 있을 만큼 많은 양이었다.
  로스는 사치스러운 사람이었다. 고급 양복점에서 맞춘 몸에 꼭 맞는 플란넬 양복을 입으면 실제보다 키가 커보였다. 최신형으로 단정하게 빗은 머리는, 관자놀이께에 하얀 머리카락이 섞여 있긴 해도 그것이 오히려 눈꺼풀이 통통하고 잘생긴 그 싱싱한 얼굴의 나이를 짐작 못하게 만들어주었다.
  얼른 보면 낭만적인 대학 교수를 연상케 했다. 교실 뒤쪽에서 여학생들이 키득키득 웃음을 터뜨릴 만한 교수 타입이었다. 그는 현재 '슈거 베이비즈'의 분식(粉食) 관계 담당 주임으로 회사가 처음 사업을 시작했을 때부터 해거티 테이트 밑에서 일해 온 사람이다.
  "여어, 일찍 나왔구려." 로스는 재떨이 가장자리에 파이프를 요란하게 두드리며 상냥하게 말했다. "주말에는 내 영역 가까이까지 갔었다지요, 데이브?"
  "그렇소, 보브 번스테인을 만나러 갔었지요. 그는 좋은 고장에 살고 있더군요, 하지만 나는 역시 도시가 좋소."
  "아마 차츰 마음이 달라질 거요." 로스는 웃으며 말했다. "미래의 일은 아무도 알 수가 없으니까요. 게다가 소드 포인트 근처에는 우리 회사 사람이 여럿 살고 있지요. 해거티, 고든, 나, 그리고 캐미트 버크. 거기에 지점을 설치해도 좋을 정도라오."
  "그렇다면 뉴욕에서 정기승차권을 가지고 통근해야겠군요. '소드 포인트(칼끝이 나는 듯)'라는 이름을 붙인 장난꾸러기는 대체 누구였을까요?"

"모르긴 해도 아마 틀림없이 광고 선전원이었을 거요."

로스는 웃었다. 그러나 그 웃음소리는 지어낸 것이었다. 로스의 행동에는 늘 어딘지 일부러 친한 척하려는 데가 있었다. 데이비드는 로스를 직무상으로는 유능한 사람이라고 인정하고 있었다. 아내를 잃은 로스는 데이비드가 등장하기 전까지 얼마쯤 정기적으로 쟈니 해거티와 데이트를 하고 있었던 모양이다. 그러나 지금도 그런 관계가 이어지고 있다고 생각하고 싶지는 않았다.

"그럴지도 모르지요." 데이비드가 말했다. "당신이 관계하는 상품에 대한 이야기인데, '노틸러스 호'라는 플라스틱 잠수함 모형을 만들면 어떻겠소? 상상할 수 있겠지요? 베이킹 소다가 들어 있어 떴다 가라앉았다 할 수 있는 장치로……"

"그건 이미 써먹은 수법이오." 로스가 얼른 대답했다. "약 2년 전에 켈록이 써먹은 것인데 당신 아이디어니까 일단 체크해 두겠소, 데이브."

"아니, 그냥 말해 본 것뿐이니까 아무래도 괜찮소."

로스의 얼굴에 별로 감사의 표정이 나타나지 않았으므로 데이비드는 어깨를 으쓱했다. 그는 금요일 오후 '르 발' 레스토랑에서 우연히 로스를 본 일이 생각났다.

"아 참, 물어볼 말이 있소. 지난 금요일 레스토랑에서 다른 회사 직원과 함께 있었지요? 나는 당신들로부터 두 테이블이나 떨어진 곳에 있었기 때문에 엿들으려고 해도 이야기 내용이 들리지 않더군요."

"아, 그것 말이오?" 하고 로스는 얼굴을 붉혔다. "단순히 친구로서 대화를 나누었을 뿐이오."

"화제를 돌릴 필요는 없소. 새로운 거래선을 틀 작정이었소?"
"천만에, 그런 생각은 없소. 하지만 이야기를 나누는 정도야 괜찮겠지요. 광고업이란 언제 어떻게 될지 알 수 없는 일이니까."
"하지만 버크와 거래가 이어지는 한……."
"그렇소, 내가 말하려는 것도 바로 그것이오. 버크 식품에서 7백만 달러가 들어오고 있소. 그런데 우리 회사 전체의 거래액은 1천만 달러도 못 되오. 바구니 속의 달걀이라고나 할까. 만일 그 달걀이 깨지면 큰일이오."
"나는 걱정할 게 없다고 생각하오. 캐미트 버크는 이번 캠페인에 열중해 있고, 선전은 앞으로 3년 동안 계속될 거요. 그리고 돈 문제는 고든이 취급하고 있으니, 아무튼 걱정할 필요가 없소."
"그렇지요." 로스는 파이프를 입에 문 채 유쾌하게 웃었다. "고든이 병이 났다지요?"
"감기겠지요." 데이비드는 대답했다.

11시 10분 전에 데이비드는 소형 가방에 신시내티 거래선에 대한 자세한 보고서를 집어넣고 루이스에게 버크 식품회사 베이킹 식품부에 갔다 오겠다고 말했다. 루이스는 그런 회사에 뭣 하러 가느냐고 묻고 싶은 표정을 지었으나 그가 의리상 방문이라고 하자 아무 말도 하지 않았다.

데이비드는 로비에서 고든의 아내 그레이스를 만났다. 그레이스는 아래로 내려가는 엘리베이터를 기다리는 중이었다. 그레이스 테이트는 몸매가 호리호리하고 어깨가 좁은 여자인데, 유행 잡지 〈보그〉의 표지에서 튀어나온 듯한 옷차림을 하고 있었다. 몇 년 전 그녀는 자기의 기본적 색조를 은색으로 결정했던 것이다. 코코아 빛 머리칼에 은분을 뿌리고 손톱과 눈꺼풀에도 은빛을 칠하여 한층 더 돋보이게 했다. 손목에서는 은팔찌가 짤랑짤랑 소리를 냈고, 주의 깊게 내는 목소리에도 은방울 같은 울림이 있었다. 전체적으로 그녀는 새로 막 만들어진 은화(銀貨)만을 아름답게 생각하는 사람같이 보였다. 데이비드는 그녀에 대해 거의 아는 바가 없었으나 이 비유는 아주 꼭 들어맞는다고 생각했다.

"안녕하십니까, 테이트 부인?" 데이비드는 말을 걸었다. "테이트 씨가 편찮으시다고요?"

"네." 그녀는 속삭이듯 대답했다. "그이의 부탁으로 오늘 그이 대신 회사에 가져올 것이 있어서 왔어요."

"그럼, 테이트 씨에게 몸조심하시라고 전해주십시오. 테이트 씨가 안 계시면 우리 회사는 일이 제대로 되지 않습니다."

두 사람은 함께 엘리베이터를 탔으나 대화는 그것으로 끊어졌다.

데이비드는 빌딩 앞에서 택시를 잡아타고 롱아일랜드 시티에 있는 버크의 베이킹 식품부 번지를 운전기사에게 일러주었다.

택시는 한 블록에 걸쳐 이어진 큰 벽돌 건물 앞에 멈춰섰다. 그 안에 거대한 식품 공장과 회사 사무실이 있었다. 데이비드의 위가 아프기 시작했다. 버크 식품의 실렝스커 백작 부인은 해거티 테이트의 두 번째 큰 거래선으로, 약 50만 달러의 금액을 쥐고 흔드는 베이킹 식품 부장이었다. 더욱이 그녀는 7백만 달러를 취급하는 캐미트 버크에게 상당한 영향력을 미치고 있었다. 데이비드는 자신이 이러한 거래선을 다루는 책임자로 지목된 사실이 이상하게 여겨질 정도였다.

그러나 호머 해거티는 데이비드가 적격이라고 생각했다. 호머의 의견에 따르면 데이비드의 늘씬한 키며 얼마쯤 유럽풍인 용모, 늙지도 젊지도 않은 나이가, 남자에 대한 백작 부인의 기호에 꼭 맞기 때문이라는 것이었다. 바로 이 점이 이 거래선과 계속 인연을 맺기 위한 어떤 선전 기술보다 더 중요하다고 생각했다(호머 해거티는 현실주

의자이다).

마거리트 실렝스커 백작 부인은 진짜 귀족이다. 그녀는 약 20년 전에 귀족의 칭호를 가진 남편과 함께 미국으로 옮겨와 살았다. 백작은 얼마 뒤에 세상을 떠났으므로 사랑하는 아내가 완전히 미국식으로 사업을 일으킨 것을 보지 못했다. 백작이 맨 처음 생각한 것은 유럽풍의 고상한 케이크, 즉 옛날 조상 대대로 물려받은 저택 지하실에 있는 쇠난로로 구워냈던 슈토를레(기다란 모양의 달콤한 빵)며 슈토르델(치즈, 과일 등을 얇은 빵으로 만 소용돌이 모양의 케이크) 같은 맛있고 보기도 좋은 독일식 케이크를 만드는 일이었다.

그런데 그가 세상을 떠나고 난 뒤 백작 부인은 거대한 미국의 대중 시장을 유심히 관찰했다. 그러고 나서 만들어낸 제품이 사과, 버찌, 밀감, 레몬, 파인애플, 초콜릿 등을 넣은 지름 6인치의 작은 파이였다. 초를 입힌 포장지에는 갓 구워낸 따끈따끈한 파이를 커다란 접시에 자랑스럽게 담아서 들고 있는 가정적인 어머니의 그림과 '마더 매기'라는 상품 이름이 인쇄되어 있었다. 하늘나라에 있는 실렝스커 백작은 이런 파이 따위는 좋아하지 않을 터이지만, 은행 예금고를 보면 틀림없이 만족스러워할 것이다.

약 1년 전 캐미트 버크가 이 백작 부인의 소형 파이에 흥미를 가졌다. 이런 회사를 매수하는 것이 캐미트 버크의 장기였다. 사실 매수할 때 그는 직접 자질구레한 점까지 참견을 했다. 백작 부인으로서는 자신이 쌓아올린 독립국을 넘겨주고 싶지 않았으나 금전적인 이익을 그냥 보아 넘길 수가 없었던 것이다. 다만 사장이라는 직함과 베이킹 식품 부장으로서의 권한은 내놓지 않았다.

백작 부인은 거대한 미국 시장의 수요에 자진해서 응했으나, 아직 낡은 세대의 정서에 얼마쯤 미련을 품고 있었다. 처음에 그녀는 고든 테이트를 통해 거래했다. 그러나 아무래도 마음에 들지 않았다. 고든은 너무나도 미국인다웠기 때문이다. 머리를 짧게 깎아올린데다 개방

적이었으며, 옷차림도 아무렇게나 하고 다녔다. 그러나 이번 담당자 데이비드 로빈스는 아주 마음에 들었다. 데이비드는 백작 부인이 좋아하는 타입이었다. 키가 크고 얼마쯤 귀족적이었으며, 눈도 머리카락도 검었다. 아주 예절바르고 젊은 매력이 넘쳤다. 그렇다고 해서 지나치게 젊지도 않았다. 그는 회합에서 만나면 옆에 앉아 깍듯이 인사를 하고 새로운 옷이며 머리 모양에 대해 칭찬해 주기도 했다.

백작 부인은 공식적으로는 41살, 가까운 사람에게는 48살이라고 말했으나 사실은 56살이었다.

데이비드는 맨 먼저 해야 할 말을 생각하며 건물 안으로 들어갔다. 지난 두 달 동안 백작 부인은 데이비드에게 놀러 오라고 끈질기게 초대했던 것이다. 그때마다 그는 이것저것 구실을 내세워 거절했다. 그러나 그 구실도 이제 바닥이 나고 말았다. 백작 부인으로서도 번번이 거절당하자 차츰 언짢아하는 눈치였다. 데이비드는 이 좋은 고객을 화나게 해서는 안 되었다. 그의 회사는 백작 부인으로부터 50만 달러의 15퍼센트, 즉 7만 5천 달러를 커미션으로 받고 있었다. 이 액수는 데이비드가 받는 급료의 일곱 배였다. 결국 주말의 초대를 거절하여 좋은 고객을 놓친다는 것은 어리석은 일이다.

데이비드는 어깨를 으쓱하며 달콤한 냄새가 나는 엘리베이터에 올라타 4층 단추를 눌렀다. 그는 군침을 돌게 하는 과자 굽는 향기를 깊숙이 들이마셨다.

이때 문득 언젠가 제조 주임 욜젠센이 얘기해 준 적 있는, 일찍이 젊은 나이로 이 일에 몸담게 된 사연이 생각났다. 욜젠센은 덴마크 태생으로 소년 시절을 그 나라에서 보냈는데, 집이 가난하여 팔다 남은 싸구려 빵이 가득 든 큰 봉지를 반짝거리는 1크롬웰을 주고 사기 위해 매일 밤 가까운 제과점에 가곤 했다. 제과점의 따뜻하고 달콤한 냄새가 너무 좋아 그는 이 다음에 빵집을 차려야겠다고 마음먹었다.

그러나 커다란 오븐과 2, 3년 동안 마주보고 있는 사이에 자신의 코가 이미 냄새에 면역이 되었음을 알았다. 그에게 남은 것은 열기와 중노동과 심야 작업뿐이었던 것이다. 왜 그런지 그때 데이비드는 그 이야기를 듣고 들뜬 기분에 젖었었다.

데이비드는 엘리베이터에서 내리자 곧 백작 부인이 자기 방에 있음을 알았다. 부인의 방에서 창백한 얼굴로 문을 열며 나오는 욜겐센과 마주쳤던 것이다.

"어서 오시오." 욜겐센은 우울하게 말했다. "부인은 지금 아주 기분이 좋지 않습니다. 밀타운(진정제의 한 종류)을 가지고 들어가는 게 좋을 겁니다."

데이비드는 웃었다. 욜겐센이 늘 입버릇처럼 말하는 투정이었다. 데이비드는 불쾌할 정도의 진실한 말을 들어도 언제나 미소로써 받아들였다. 3개월 전쯤에 데이비드는 위의 통증과 심장의 동계(動悸)를 겸한 괴로운 증세 때문에 의사에게 의논하러 간 적이 있었다. 찬찬히 진찰했으나 내장엔 아무 이상도 없었다. 데이비드는 별 수 없이 매디슨 애버뉴 인종에게만 있는 전형적인 신경증이라는 병명을 받아들여야만 했다. 걸핏하면 약을 먹는 사람들을 경멸했던 그가 지금은 메프로바메이트(진정제의 한 종류) 병을 책상 서랍에 넣고 매일 오후 꼬박꼬박 먹고 있다.

"당신도 메프로바메이트를 복용해야겠군요." 데이비드는 상냥하게 욜겐센에게 말했다. "그것을 먹어두면 야단을 들어도 화가 나지 않으니까요."

"약이 필요한 사람은 오히려 부인 쪽일 겁니다!"

욜겐센이 화난 얼굴로 말했다.

데이비드는 숨을 깊이 들이마시고 문손잡이를 돌렸다. 바깥은 제법 사무실 같은 느낌이 감돌았으나 안쪽 응접실은 완전히 18세기풍으로 꾸며져 있었다. 그는 언제나 그 차이 때문에 당황하곤 했다. 백작 부인은 금빛 무늬가 아로새겨진 나폴레옹 시대의 책상 앞에 검은 터번 모자를 쓰고 앉아 있었다. 그녀는 눈살을 찌푸리며 데이비드를 쳐다보았다.

"오오, 천재께서 납시었군요!" 부인은 비꼬듯이 말했다.

"안녕하십니까, 백작 부인?"

데이비드는 밝게 웃으며 화려하고 두꺼운 카펫을 비스듬히 가로질러 가서 모자걸이에 가만히 코트를 걸고 소형 가방을 책상 위에 놓았다. 부인은 눈을 번뜩이며 그를 흘겨보았으나 데이비드는 모르는 척했다.

"지난번 텔레비전 광고 일은 잘 되어 가고 있습니다. 비싸지 않은 값으로 시간을 살 수 있을 것 같습니다. 지방 요리 프로는 소규모입니다만, 시청자들이 아주 고분고분하거든요. 그래서 신시내티의 ......"

"데이브!"

데이비드는 입을 다물고 있다가 대답했다. "네, 백작 부인?"

"나를 똑바로 쳐다봐요."

데이비드는 부인을 쳐다보았다. 소름이 끼칠 만큼 고운 여자였다. 그러나 그것은 육체와 용모 때문이 아니었다. 육체의 아름다움은 이미 오래 전에 잃었다. 나이가 나이니만큼 무리도 아니다. 그 아름다움의 비밀은 색채에 있었다. 부인은 이 색채를 최대한으로 이용하여 얼굴의 주름이며 시든 자태를 감쪽같이 남자의 눈에 띄지 않도록 하였다. 검은 터번 모자는 검은 드레스에 잘 어울렸다. 산호목걸이가 목을 네 겹으로 둘러싸고 있었다. 눈같이 흰 살결이 진홍빛 입술과 깊은 바닷빛 아이섀도로 한층 더 돋보였다.

"오늘 굉장히 아름답군요." 데이비드가 말했다.

"듣기좋은 말을 해달라는 게 아니에요, 데이브. 진심을 말해요. 당신은 지난주 금요일 주말에 중대한 거래가 있어 바쁘다고 말했었지요? 안 그래요?"
"네, 아마 그렇게 말씀드렸을 겁니다."
"그러면서 나의 초대를 거절했었지요?"
예상했던 것보다 백작 부인이 많은 걸 알고 있구나 하고 데이비드는 깨달았다. 그는 솔직한 표정을 지으며 대답했다.
"솔직히 말씀드려서 백작 부인, 일이 있었던 것은 사실입니다. 그런데 그 일이 예상했던 것보다 빨리 끝났기 때문에……."
"변명은 그만둬요." 백작 부인은 반지를 낀 한쪽 손을 높이 들어올렸다. "주말에 초대받는 것이 싫으면 솔직히 말해요. 그러면 두 번 다시 당신을 괴롭히지 않겠어요."
"아, 아닙니다, 백작 부인! 아니, 마거리트……."
"그만둬요. 일에 대한 이야기로 돌아가요."
"아니, 나는 초대받고 싶습니다. 진심으로 그렇게 생각하고 있습니다. 정말입니다. 이번 주말은 어떻습니까? 이번만큼은 틀림없이 틈이 날 겁니다."
"그렇겠지요, 더 재미있는 어떤 일이 생기지 않는 한."
"백작 부인, 맹세코……."
"됐어요, 나중에 다시 이야기해요."
부인은 의자에 깊숙이 앉아 담배물부리를 톡톡 치며 일에 대한 이야기를 재촉했다.
"자, 신시내티 일이 어떻게 되었다고요?"

한 시간 뒤 데이비드가 회사로 돌아갔을 때 호머 해거티의 미인 비서 실리아가 데이비드의 비서 루이스를 불렀다. 그 두 사람이 동시에 지껄여 잘 알아들을 수 없었으나 사장실에서 데이비드를 불렀다는 것을 겨우 알 수 있었다. 데이비드는 2층으로 올라가기 전에 책상 서랍을 열고 메프로바메이트를 꺼내 워터쿨러 앞에 가서 작은 하얀 정제를 한 알 삼켰다. 소드 포인트의 플랫폼에서 가방의 날카로운 모서리로 배를 찔려 아픈데다가 백작 부인의 이죽거림을 받은 뒤라 아무래도 신경 안정제의 신세를 져야만 했던 것이다.

사장실 앞에 이르자 비서 실리아가 데이비드에게 따뜻한 미소를 보냈다——여느 때보다 훨씬 따뜻한 미소——그리고 "어서 들어가 보세요" 하고 말했다.

해거티의 인사도 역시 따뜻했다. 그는 일부러 책상에서 일어나 데이비드와 함께 소파에 앉았다.

호머 해거티는 할리우드의 영화계에서 요령 있게 행동하며 마음껏 재치를 펴 보이는 멋진 노배우 같았다. 확실히 잘생긴 노신사였는데, 낭만적이라기보다는 부성적(父性的)인 인상이 짙었다. 그는 또 인기 있는 교회의 설교단에서 아름답게 울려 퍼질 듯한 목소리를 가지고 있었다. 그러나 과연 그는 총명한 사람일까——아무도 이런 의심을 품어본 사람은 없었다.

"입사한 지 얼마나 되나?" 해거티가 물었다. "2년째인가, 데이브?"

"18개월 되었습니다. 7월부터 일을 시작했지요."

"그렇다면 회사 일은 충분히 파악했겠군?"

"아니오, 거기까지는 아직……."

"겸손해 할 것 없네. 자네는 머리가 비상한 사람이야. 광고법에도 정통하지 않은가. 오직 한 고객만으로 우리 거래 총액의 75퍼센트 이상을 확보하고 있으니까. 정말 훌륭해. 하지만 앞으로 계속 장래를 넓혀가기 위해서는 좀더 지반을 굳혀야 할 필요가 있다는 견해도 나올 수 있지."
데이비드는 헛기침을 했다. "무슨 말씀이신지……"
"내 말을 들어보게. 지금으로서는 버크가 가장 안전한 거래선이네. 이번 캠페인은 일찍이 그 예가 없으리만큼 굉장히 큰 규모일세. 비밀을 털어놓기에는 아직 이르지만, 닐센 조사 기관으로부터 매상고가 계속 오르고 있다는 보고를 받았다네. 광고비가 너무 비싸다고 말하는 사람은 이제 아무도 없네."
짤막한 이야기였으므로 데이비드는 당황하여 한쪽 눈썹을 치켜올리고 사장이 이야기를 계속하기를 기다렸다.
"그러나 아직도 우리는 새로운 일에 온 힘을 기울여야 해." 해거티가 말했다. "일이 교묘하게 진행되어 가고 있다네. 우리 모두 조 스피겔의 창의를 자랑해도 좋겠지."
"네, 그는 우수한 사람입니다." 데이비드가 대답했다.
"가장 우수한 사람일세. 인상도 좋고 창의력도 굉장해. 그건 그렇고, 쟈니에 대한 이야기인데……" 해거티는 눈살을 찌푸렸다. "자네는 내가 그애를 어떻게 생각하는지 알겠지? 조카딸이라기보다는 친딸같이 생각하고 있다네. 그러나 그애가 능력이 없다면 나는 아무리 귀여워도 당장 해고할걸세. 그런데 버크 관계의 광고 디자인을 곧잘 해낸단 말이야."
"네, 그렇습니다."
해거티는 아리송하게 미소지었다.
"자네는 쟈니와 자주 만나고 있나?"
"네, 그렇다고 할 수 있습니다."
"그애는 아주 실제적인 성격이라네. 게다가 두뇌도 아주 날카로워. 그전에는 그애의 머리가 그처럼 뛰어난 줄 몰랐었지. 왜냐하면 그애의 어머니가 그저 착하기만 했지 전혀 머리가 좋지 않았거든. 아버지는 어떤가 하면——글쎄, 나를 닮았다고 할까, 맥주와 프레첼(매듭 모양의 비스킷, 짭짤한 맛이 남)을 좋아했다네."

데이비드는 무릎이 떨렸다. 해거티는 무언가 중대한 일을 생각하고 있는 모양인데, 그것이 쟈니의 성격에 대한 문제는 아닌 듯싶었다.

"자네에게 한마디 해두고 싶은 말이 있네, 데이브. 회사 안에서 자네는 평판이 아주 좋아. 큰일을 했으니까. 그런데 이번에 새로운 문제가 생겼다네……"

"어떤 문제입니까?"

해거티는 책상 위에 놓인 상감 세공 상자의 뚜껑을 열었다. 그러나 마음이 달라졌는지 여송연(필리핀의 루손 섬에서 나는 향기 좋고 독한 엽궐련)을 꺼내지는 않았다.

"고든에 대한 것일세."

사장은 한숨을 쉬었다. "어젯밤 심장 발작을 일으킨 모양일세. 그것도 아주 심하게. 뉴욕에서 이름난 심장병 전문 의사를 지체 없이 보냈지만, 나중에 들어보니 가망이 없는 모양일세."

데이비드는 깜짝 놀랐다.

"그렇다면 즉……."

"죽어가고 있느냐는 말인가? 아니, 그렇지는 않네. 심장 발작을 일으킨 뒤에도 오래 살면서 심장병에 관한 책을 보는 사람도 많으니까. 하지만 이번 발작은 손을 쓸 수 없을 정도여서 당분간 고든은 일할 수 없을 것 같네."

"정말 안됐군요."

"으음, 정말 안됐어." 해거티는 깊이 생각에 잠기는 듯했다. "정말 안됐네. 이제 겨우 52살밖에 안 되었는데. 자네도 고든처럼 무모하게 굴어서는 안 되네. 언젠가는 탈이 나고 마니까……."

데이비드는 중대한 질문을 준비했다. 해거티가 계속 말이 없자 이윽고 그가 물었다.

"그럼, 버크와의 관계는 어떻게 됩니까?"

"옳지." 해거티가 얼른 말했다. "자네가 물어주어서 고맙군. 툭 터놓고 이야기하지, 데이브. 자네가 고든의 후임자가 되어주었으면 하네."

"제가요?"

"어려운 일은 아닐세, 데이브. 아마 자네도 알고 있겠지만 우리가 이 사업을 시작했을 때부터 헬로 로스를 고든의 후임자로 정해 두었었지. 확실히 헬로는 유능한 사람일세. 인상도 아주 좋고."

"그렇지요." 데이비드는 목에 뭔가 걸린 듯한 목소리로 말했다.

"그러나 솔직히 말해서 그는 조금 경량급이야. 캐미트 버크를 상대하기에는 그릇이 너무 작아. 버크 영감의 인품을 알고 있겠지?"

"글쎄요, 저는 아직 그분을 뵌 적이 없습니다."

"그렇군. 아무튼 버크는 아주 괴짜라네. 헬로로서는 버크를 속속들이 이해할 수 없을 걸세. 나는 위험한 다리는 건너고 싶지 않거든."

데이비드는 엉겁결에 고개를 끄덕일 뻔했다.

"하지만 해거티 사장님, 저는 아무래도 힘겨울 것 같습니다……"

"아니, 어째서?"

"저는 버크를 다룰 수 없을 것 같습니다. 이 일에 대한 경험이 2년밖에 안 되므로 버크 같은 큰 거래선을 담당할 힘이 없습니다."

"데이브, 잘 듣게. 자네는 앞으로 곧 큰일을 맡아야 하네. 결국 그렇게 될 걸세. 그런데 어째서 지금 당장은 할 수 없다는 건가? 여보게, 데이브. 연수입이 5천 달러나 는단 말일세!"

"생각할 여유를 주십시오."

"물론 생각할 여유를 주지!" 사장은 기쁜 듯이 말했다. "찬찬히 생각해 보게. 오늘 밤 쟈니와 의논하는 게 어떻겠나? 오늘 밤 쟈니와 만나기로 했겠지?"

"네."

"잘됐군. 그애는 머리가 명석하니까 의견을 들어보는 것도 좋겠지. 오늘 밤 안으로 결심이 서거든 곧 우리집에 전화해 주게. 물론 번호는 쟈니가 알고 있네."

"알겠습니다, 사장님."

그날 밤 10시 쟈니는 데이비드의 아파트 소파에 비스듬히 걸터앉아 그의 귀를 살짝 물었다. "아얏!"

데이비드는 비명을 지르며 쟈니의 귀를 되물어 주었다. 그러고 나서 그는 몸을 일으켜 전화기 앞으로 갔다. 쟈니의 숙부 집에 전화를 걸어 결심했다는 뜻을 말했다.

해거티가 말했다.

"잘됐네! 결코 후회하지 않을 걸세, 데이브."

그러나 그것은 잘못이었다.

아이들이 달라고 울며 조른다

'매스터즈 파빌리온'은 푸르스름한 유리가 끼워진 정면과 손질이 잘된 관목을 당당하게 과시하고 있었다. 사실 병원이라기보다는 전위 예술을 위한 미술관이라고 해도 좋을 만했다. 간호사까지도 건물을 장식하기 위해 뽑은 듯하여 데이비드 로빈스는 병원 정면 현관을 감탄하는 표정으로 올려다보았다. 그는 3층에 입원해 있는 중병 환자 고든 테이트를 만나기 위해 소리나지 않는 엘리베이터를 타면서 문득 공기 냄새를 맡았다. 그것은 병원 특유의 석탄산 냄새가 아니라 알페쥬 로션과 샤넬 5번의 냄새인 듯했다.

향수 냄새는 311호실 문을 열었을 때 더욱 강해져 겨우 그 출처를 알았다. 그레이스 테이트가 남편의 침대 옆에 있었던 것이다. 그레이스가 지나가는 곳에서는 반드시 파리제 달콤한 고급 향수 냄새가 풍겼다.

고든 테이트는 데이비드가 병실에 들어서자 친밀감이 담긴 몸짓으로 시트 속에서 기운 없는 한 손을 들어올렸다. 데이비드는 그 비참한 모습을 보고 조금도 불쾌한 생각이 들지 않았다. 거만하게 얼굴을 쳐들고 조니 워커 같은 걸음걸이로 다니던 이 험상궂은 사나이가 잠행성(潛行性) 심장병으로 쓰러졌다는 말을 듣고 데이비드는 어쩐지 징그러울 것으로 예상하고 있었던 것이다. 고든은 여느 때와 다름없이 개방적이었고, 주름이 깊이 새겨진 창백한 얼굴도 술을 지나치게 마신 다음날의 숙취 정도로밖에 보이지 않았다. 그는 데이비드에게 싱긋이 미소지어 보이며 소중히 간직해 두었던 월터 피전 같은 말투로 말했다.

"여어, 대통령! 일은 잘 되나?"

"그저 그렇습니다."

데이비드는 그에게 미소를 보내고 그레이스 테이트에게도 정중히 머리를 숙였다. 그녀는 고개를 까딱해보였으나 그 표정에는 무언가 수수께끼 같은 암시가 깃들어 있는 듯했다.

고든이 말했다.

"거의 비합법적이라고 할 수도 있는 일일세. 제멋대로 구는 자들에게 혹사당하지 말게. 아 참, 자네는 우리 집사람을 알고 있겠지, 데이브?"

"네, 알고 있습니다."

"뭐가 잘못된 건 없나? 발작으로 쓰러진 다음부터 아무도 일에 대해 말해 주지 않는군."

"그만두세요." 그레이스가 엄하게 말했다. "디슈먼 박사님 말씀을 잊으셨어요? 당신은 일 걱정을 하면 안 된단 말이에요."

"걱정하고 있지 않소, 그레이스. 데이비드가 일을 하고 있는 한 나는 편안히 휴가를 즐길 수 있거든."

"지나친 칭찬이십니다." 데이비드는 얼굴을 찌푸렸다. "최선을 다하고 있을 뿐입니다. 하지만 당신 뒤를 잇는 일은 저로서는 벅찬 것 같습니다."

고든 테이트는 껄껄 웃었다. "캐미트 버크가 간이라도 빼줄 것 같은 태도를 보일 때는 조심해야 하네, 데이브. 늘 왼손으로 얼굴을 가리고 언제든 두들겨 맞지 않도록 경계해야 돼. 만일 그 영감이 정말 얌체 짓을 하려 들거든 나에게 의논하러 오게. 나는 버크 씨에 대해 곧 써먹을 수 있는 사건 서류도 가지고 있으니까."

데이비드는 자기의 선임자를 감탄의 눈으로 바라보았다. 고든은 겨우 이틀 전에 산소 흡입용 텐트를 걷었을 뿐인데, 지금 아무에게도 방해받지 않는 딴 나라 사람같이 행동하고 있지 않은가? 데이비드는 마음이 놓였다. 고든은 염라대왕의 장부 내용을 죄다 알면서도 마음 푹 놓고 있는 사람 같았다. 저 세상이 어떤 건지 잘 알고 있어 여유 만만한 것이다. 변덕스러운 운명의 놀림을 자주 받는 데이비드로서는 부럽기 짝이 없었다.

데이비드는 일에 대한 이야기를 하며 벌써 반 시간이나 고든의 머리맡에 있었다. 이윽고 그는 병실을 물러나왔다. 그가 엘리베이터 앞에 이르렀을 때 그레이스 테이트의 목소리가 귓가에서 들렸다.

"로빈스 씨."

"네, 테이트 부인."

"돌아가시기 전에 잠깐만 이야기할 수 있을까요?"

"좋습니다."

주위를 둘러보니 폭이 넓고 키가 낮은 가구와 부드러운 조명이 설치된 대합실 문이 눈에 들어왔다. 데이비드는 대합실로 들어가 앉자 부인에게 담배를 권했다.

그레이스는 한 모금 빨고는 곧 담배를 비벼 끄더니 울기 시작했다. 그녀는 데이비드를 보지 않고 말했다.

"죄송해요. 나는 얼마나 마음이 불안한지 몰라요. 당신에게 매달려서는 안 된다고 생각합니다만……."

"부인 심정은 잘 알겠습니다."

"나에게는 의논할 사람이 아무도 없어요. 남편에게는 친척이 없고, 내 친척은 멀리 캘리포니아에 살고 있거든요."

그레이스는 잠시 입을 다물었다.

"그이의 병은 아주 위독해요, 로빈스 씨. 그이가 생각하는 것보다 훨씬 더 심각하답니다. 당신도 아시지요, 그이가 어떤 사람인지. 디슈먼 박사님이 그이에게 병세를 모두 말해 주었는데도 도무지 그 말을 귀담아들으려고 하지 않아요."

"무척 걱정스러우시겠습니다." 데이비드는 착한 젊은이답게 말했다. "그분은 우수한 인재입니다. 나는 그분을 아주 좋아하지요. 내가 알기로는 한번쯤 심장 발작을 일으켰던 사람도 나중에 깨끗이 낫는 수가 많다고 하더군요. 아무튼 조심하라는 경고로 생각하면 되겠지요. 본인이 충분히 주의하기만 하면……."

"이미 늦은 것 같아요, 그이의 경우는. 디슈먼 박사님은 그리 낙관하고 계시지 않아요."

"정말 안됐습니다, 부인."

그레이스는 그의 얼굴을 똑바로 쳐다보았다. 데이비드는 자신의 얼굴에 동정의 빛이 충분히 나타나 있기를 바랐다. 이 부인의 이야기를 들으니 동정이 가면서도 어쩐지 불쾌한 기분이 앞섰던 것이다.

"생각하면 할수록 정말 미칠 것만 같아요. 누구를 의지해야 할지 모르겠어요. 만일 그이에게 무슨 일이라도 일어나면——로빈스 씨, 지금 이런 말을 하는 건 좀 뭣합니다만, 그이는 생명 보험에 들지 않았답니다. 그이는 생명 보험 따위는 전혀 필요 없다고 생각하고 있지요. 사람에게 언제 어느 때 불행이 닥칠지 모르는데도 그이는 조금도 그런 생각을 하지 않아요."

데이비드는 침을 꿀꺽 삼켰다.

"그러나 회사의 보험이 있습니다. 테이트 씨도 그 보험에 들어 있을 겁니다. 사원 한 사람에게 3만 5천 달러쯤 되리라고 생각합니다."

"이제 보험 이야기는 그만둬요."

그레이스는 데이비드의 손을 잡았다. 은팔찌가 그의 손목에 싸늘하게 닿았다. "할 이야기가 아닌 것 같아요……"

"테이트 씨는 틀림없이 건강을 되찾으실 겁니다."

데이비드는 얼빠진 말을 했다.

"네, 그래야지요." 그레이스는 몸을 일으키며 꾸깃꾸깃해진 하얀 손수건으로 젖은 눈을 닦았다. "신경이 너무 날카로워진 것 같아요. 데이비드 씨에게 걱정을 끼쳐드릴 생각은 없었는데."

"부인의 심정은 잘 알고 있습니다." 데이비드 로빈스는 머뭇거리며 손을 내밀어 그녀의 손등을 가볍게 두드렸다. "모든 일이 잘 될 겁니다, 테이트 부인."

그레이스의 매끈한 볼에 눈물이 한 방울 얼어붙어 있었다. 그것이 대합실의 조명을 받아 은빛으로 반짝였다.

"훌륭한 아이디어란 것은 모두 간단하지요." 조 스피겔이 말했다. "그리고 이 아이디어도 간단합니다."

손님용 회의실에서 데이비드는 등받이가 높은 의자에 깊숙이 앉아 창조력이 풍부한 조 스피겔을 지켜보고 있었다. 조는 반들반들하게 닦인 길이 12피트의 회의용 테이블 옆, 새로운 버크 유아식 선전용 포스터 사진을 판지에 붙여 쌓아놓은 선반에 기대어 서 있었다.

조 스피겔은 얼른 보면 애드맨이라기보다 시골 소매 상인 같았다. 뼈대가 굵은 체격에 살이 별로 없었으며, 테 없는 까칠한 안경이 뾰족한 코끝에 겨우 얹혀 있었다. 언제나 윗옷을 벗고 와이셔츠 소매를 팔꿈치까지 걷어 올려——남부 출신 정치가라면 기뻐할 것이다——빨간 멜빵을 드러내보이고 있었다. 말을 할 때면 낱말이 바싹 마른 비스킷같이 부슬부슬 튀어나오지만, 그 뜻은 완전히 알아들을 수 있었다. 버크 캠페인은 고든 테이트의 재미있는 표현처럼 조가 애지중지하는 아기인 것이다. 그는 어미 사자처럼 그것을 몹시 사랑하고 있었다.

데이비드 로빈스는 새로운 일을 맡자 캐미트 버크가 미친 듯이 온 힘을 기울이고 있는 캠페인에 대해 자세히 설명해 달라고 스피겔에게 부탁했다. 물론 데이비드는 광고의 실물도 보았고 거기에 관한 메모도 읽었으나 발안자로부터 직접 그 설명을 듣고 싶었던 것이다.

"먼저 상품부터 설명하겠소." 조 스피겔이 말했다. "버크 유아식은 연방 정부의 엄격한 검사 기준에 합격했으며, 오하이오에서 생산되고 있소. 원료는 버크 특설 농장에서 재배된 것과 부근 농장에서 모아온 것이지요. 재료는 모두 세균이 없는 조리장에서 높은 압력으로 처리되었으며, 용기는 모두 밀봉되어 있소. 유아의 유동식뿐만 아니라 어린이용 식품과 곡물식도 여러 종류 만들고 있소. 포장도 예쁘고 판매 가격도 다른 회사와 보조를 맞추어 적당히 매겨져 있지요."

스피겔은 날카로운 시선으로 데이비드를 보았다.

"이 상품이 어째서 잘 팔리는지 아시오?"

"글쎄요, 질이 좋은 상품이면 무엇이든 팔리는 게 아니겠소?"

"흥!" 스피겔은 이죽거리듯 말했다. "무지몽매한 사람들이나 할 말이로군. 알겠소? 그 까닭을 가르쳐주겠소. 요즈음 시장에서는 유아식이라면 어느 상표이든 틀림없이 팔리지요. 차이가 있다 하더라도 하찮은 것이오. 기술적인 자잘한 문제 정도지요. 그런 차이를 걱정하는 사람은 아무도 없소. 하지만 당신에게는 다른 문제를 가르쳐주겠소. 세상 어머니들이 무엇을 원하는지 아시오?"

데이비드는 어깨를 치켜올렸다. "결혼반지겠지요."

"천만에, 건강한 아기요." 스피겔이 말했다. "건강하고 귀여운 아기란 말이오. 전에 우리가 모델로 채용했던 존스 부인의 아기보다 더 건강하고 더 귀여운 아기를 원하고 있소. 버크 제품이 잘 팔리는 것은 그 아이디어 때문이오. 자두로는 고객을 낚을 수가 없소. 당근도 안 되고 바나나도 안 되오. 더욱 튼튼하고 더욱 우수한 아기, 이것이 요점이오!"

"옳소!"

"여기까지는 아직 새로운 아이디어라고 할 것도 없소. X상표, Y상표가 몇 년 전부터 건강하고 행복한 아기에 대해 새된 소리로 외쳐대고 있고, 슈퍼마켓 선반에는 몇 천 명의 건강하고 행복한 아기들이 각 상표의 광고 속에서 즐거운 듯 입맛을 다시고 있소. 이제 진실을 가르쳐주겠소. 미국의 부인들이 몇 천이 넘는 아기에게 흥미를 가지고 있는 것은 아니오. 흥미를 가지는 것은 오직 한 아기, 즉 자기 아기뿐이지요. 우리 한번 한국을 생각해 봅시다."

"한국?"

"그렇소. 6·25 전쟁이 끝난 뒤의 일을 생각해 봅시다. 몇 백만의 아이들이 집도 없이 굶주림에 허덕이고 있었지요. 당신은 미국 부인들이 그 아이들의 굶주림을 보고 눈물지었다고 생각하시오? 아니, 난처해할 필요는 없소. 백만의 굶주린 어린이가 화제에 올랐다고 해서 쉽게 눈물샘이 열리는 건 아니니까. 그런데 어떤 지방 신문사에서 누군가가 6·25 전쟁으로 고아가 된 한 소녀를 양육하겠다는 기사를 싣자 세상은 와락 울음을 터뜨렸소. 그 소녀에 대한 기사가 몇 주일에 걸쳐 신문에 대서특필되었고, 선물과 기부금으로 그 소녀는 수천 달러를 받게 되었지요. 왜냐하면 오직 한 소녀였기 때문이오. 이름이 있고 인격이 있기 때문에 그 고난이 사람들에게 이해될 수 있었던 거지요. 이처럼 피가 통하는 같은 인간이라는 점에 버크 캠페인의 최대 비밀이 있소."

존 스피겔은 판지에 붙인 사진들을 선반에서 내렸다. 석 장의 사진에는 각각 맞는 제목이 붙어 있었다. 첫 번째 사진에는 공원 벤치에 다정히 앉은 젊은 부부가 찍혀 있었다. 아내는 분명 임신한 모습이었다. 이 부부의 얼굴에는 수줍음과 기적을 기대하는 표정이 떠올라 있어 효과 만점이었다. 제목은 '두 사람만의 아기'였다.

"이것은 '버크 베이비' 시리즈 첫 번째 사진이오. 이것을 바탕으로 하여 캠페인을 이어나가는 거요. 각기 제 이름을 지닌 젊은 부부 이르마와 하워드 클라크가 인생 최대의 모험, 첫아기를 얻으려는 참이지요. 알겠소? 하나의 아기란 말이오, 쌍둥이가 아니라. 틀림없소. 우리의 광고가 두 사람의 계획과 사고 방식과 희망을, 오직 하나의 아기를 위한 희망을 온 세상에 알리는 거요. 여자아기일까, 남자아기일까? 누구를 닮았을까? 이르마를 닮아 금발일까, 하워드를 닮아 검은 머리일까? 이름은 뭐라고 지을까? 넓은 아파트나 큰 집으로 옮길 필요가 있을까? 할아버지와 할머니는 뭐라고 하실까? 그리고 가장 중요한 문제——힘차고 예쁘고 건강한 아기일까? 자, 생각좀 해보시오, 이 서스펜스를!

그 다음은 경기(景氣)를 부채질하는 거요. 이 원고를 잘 보시오. '클라크 부부는 버크 유아 식품만으로 아기를 키울 계획입니다.' 자, 어떻소? '버크 유아식으로 키운 아기는 존스 부인의 말라빠진 아기를 부끄럽게 만들 것입니다. 다음달 호를 기대하시라.'"

"좀 모험 활극 같군요." 데이비드가 중얼거렸다.

"그렇소. 자, 그럼, 다음에는 어떻게 될 것 같소?"

스피겔은 두 번째 사진 원고를 집어 들어 첫 번째 사진 위에 놓았다. '버크 베이비 탄생'이라는 제목이 붙어 있었다.

"아빠가 산부인과 병원에 있는 엄마와 만나는 장면이지요. 아기는 막 태어났는데, 몸무게 7파운드의 건강한 남자아이. 이 부부는 친할아버지의 이름을 따서 도널드라고 이름지었지요. 두 사람은 아주 자랑스럽습니다. 잡지 독자에게 어떤 효과를 줄 것 같소? 독자들은 클라크 부부와 실제로 가깝게 지내는 사람들과 마찬가지로 행복한 기분을 맛보게 되오. 독자는 서스펜스와 기쁨의 체험을 나누어 가지고 감정을 동화시키지요. 이리하여 매일매일 독자는 버크 유아식 광고에 이끌리게 되는 거요."

스피겔은 세 번째 사진을 집어 들었다.

"'한 달 된 버크 베이비'——이것 보시오, 조그만 도널드가 아빠의 팔에 안겨 칭얼대는 것을. 이렇게 귀여운 아이를 본 적이 있소? 조그만 도널드는 이미 버크 유아식이 마음에 든 거요. 자, 이번에는 넉 장째. '두 달 된 버크 베이비!' 장밋빛 볼을 찬찬히 보시오, 아기는 버크의 말랑말랑한 자두와 바나나에 홀딱 빠져버렸소! 도널드는 이제 곧 건강한 우량아로 입상할 거요. 어떻소, 대단한 실물 선전이지요?

자, 다음에는 중간을 넘겨버리고 미래를 위한 초고를 보여드리겠소. 버크 베이비에게 이가 났소! 정말로 즐거운 시절이 온 거요! 버크 베이비가 걷기 시작했소! 이런 식으로 나가면 1년 반은 문제없이 끌고 갈 수 있을 거요. 버크 베이비가 말을 하기 시작했소! 자, 데이브, 도널드가 깜찍하게 말을 하기 시작하면 그레타 가르보보다 더 인기가 높아지지 않겠소?"

스피겔은 의자에 앉았다. 갑자기 피곤을 느낀 모양이었다.

데이비드는 잠시 가만히 있다가 이윽고 빙그레 미소지었다.

"내가 생각했던 것보다 잘 되어 있군요. 독자들이 모두 틀림없이 좋아할 겁니다."

"고맙소." 스피겔은 깐깐하게 대답했다. "마음에 들었다면 예산을 많이 늘려주기 바라오."

"정말 마음에 들었소. 이 캠페인은 언제까지 계속할 수 있지요?"

"다섯 번째 계획은 아직 손질이 덜 되었지만, 거기에는 '석 달 된 버크 베이비'라는 제목을 붙이려고 하오. 그리고 아직 스튜디오에서 연구중이긴 하지만, 넉 달 된 버크 베이비도 배열이 거의 완성되었소. 고든 테이트가 내일 카메라맨을 데리고 클라크 댁으로 갈 예정이지요."

"쟈니도 함께 가오?"

"아니, 가지 않소. 고든은 미술 담당자를 절대로 촬영하는 곳에 데려가지 않지요. 어쩌면 쟈니를 싫어하기 때문인지도 모르지만, 블린 모어 출신인 그의 아내가 '우리 남편이 쟈니와 간통했다'고 아우성칠지도 모르니까요."

"하지만 나는 쟈니를 데리고 가겠소." 데이비드는 턱에 힘을 주며 말했다. "허가를 얻을 수 있겠지요? 캐미트 버크는 이미 새로운 사진 원고를 보았겠지요?"

"아니, 고든이 오늘 보이러 가기로 했었을 거요. 그런데 당신이 가게 된 것 같군요."

"그런 것 같소."

"캐미트 버크를 만난 적이 있소?" 스피겔이 안경을 밀어 올리며 물었다.

"아니, 없소. 당신은?"

"꼭 한 번 만났는데 잊고 싶어도 잊을 수 없는 만남이었다오."

"어떤 인상이었소?"

스피겔은 히죽 웃었다. "직접 보고 판단하는 게 좋을 거요."

2시 30분쯤 호머 해거티가 은빛 머리를 데이비드의 방으로 들이밀고 다정하게 웃었다. 그는 낙타 가죽 코트를 입고 블랙 워치에서 생산된 격자무늬 목도리를 목에 두르고 있었다.

"준비는 다 되었나?"

"이제 곧 됩니다. 사진 원고가 아직 오지 않았습니다. 함께 가주신다니, 정말 고맙습니다, 사장님."

"고마워할 것 없네. 내가 자네를 캐미트에게 소개하는 것이 가장 좋은 방법일 듯해서니까. 자네와 캐미트는 아마 잘 해나갈걸세."

두 사람은 발송부 주임이 포장하는 것을 곁에서 지켜보았다. 데이비드는 신중하게, 그러나 아무렇지도 않은 듯이 말했다. "보브 번스테인은 앞으로 사진을 찍지 않는다고 합니다만······"

해거티는 어깨를 으쓱했을 뿐 그 이상의 반응은 보이지 않았다.

"좋은 사람 같던데······ 나는 그와 함께 주말을 보냈습니다. 그는 자기가 해고당한 이유를 모르는 것 같았는데, 그 일에 대해 설명해 주시겠습니까?"

"별로 큰 이유는 없네. 그가 남을 화나게 만들어서 해고당한 것뿐일세. 그 대신 우수한 후임자를 찾아냈네. 스몰리라는 사람이지."

해거티는 갑자기 큰 소리로 말했다.

"자, 빨리 가세!"

엘리베이터 안에서 데이비드는 길고 넓적한 꾸러미를 옆구리에 끼며 물었다. "버크는 어떤 타입의 사람입니까?"

"좋은 사람, 아주 좋은 사람이지. 캐미트야말로 진짜 수완가라고 할 수 있네. 데이브, 자네도 아마 틀림없이 그를 좋아하게 될걸세. 미국 최대의 사업가로서, 사교성도 있지. 그렇다고 해서 아무하고나 사귀는 것은 아니지만."

한길에서 해거티는 큰 소리로 택시를 불러 세우고 데이비드에게 덧

붙여 말했다. "그러나 그는 자신이 원하는 것을 똑똑히 알고 있는 사람이니까 신용을 얻도록 애써야 하네. 캐미트는 촌놈같이 굴 때가 있지만, 사실은 빈틈없이 영리한 사람일세. 사소한 힌트나 암시를 살짝 비출 때가 있는데 그것을 가볍게 들어 넘기면 안 되네, 데이브. 사실 그 힌트가 곧 명령이니까."

버크 빌딩의 로비에 들어서자 해거티는 모자를 벗어 안쪽에 밴 땀을 닦았다.

"데이브, 그가 아주 다정하게 대할 때야말로 경계해야 한다는 것을 알아두게. 빈틈을 보이면 곧 쳐들어오니까. 1초도 마음을 놓아서는 안 되네. 그렇지 않으면 형편없는 사람으로 취급될걸세."

해거티는 화난 듯이 얼굴을 찌푸렸다.

"대단한 인물인 모양이군요." 데이비드는 씁쓰레하게 중얼거렸다.

"그래서 광고대행업이 힘든 거라네." 해거티는 떨떠름한 표정을 지으며 대답했다. "손님을 당해내기가 어려우니까."

두 사람은 녹색 카펫 위를 20야드쯤 걸어 버크 식품회사 사무실로 통하는 이중문 앞에 이르렀다. 커다란 책상 앞에 앉은 안내 직원이 해거티에게 상냥하게 고개를 끄덕여보였으나 데이비드에게는 의심스러운 시선을 던졌다. 해거티가 잠시 귀엣말을 하자 그는 전화기를 집어 들었다.

이윽고 할리우드의 신진 여배우가 아닌가 싶을 정도로 아름다운 여자가 옆문에서 나타나더니 마치 무대의 층계를 내려오는 스타처럼 천천히 다가왔다. 여자는 1백 촉광(燭光)만큼 밝은 미소를 띠고 입술을 쫑긋거려보이며 두 사람을 복도로 안내했다. 해거티가 인사하는 태도로 보아 데이비드는 그녀가 캐미트 버크의 비서일 거라고 추측했다.

복도 양쪽에는 과거와 현재의 버크식품 광고샘플이 죽 전시되어 있었다. '베이비는 무엇을 꿈꾸고 있는가?'라는 제목이 붙은 1931년 무렵의 조잡한 작품이 맨 앞에 있었다. 샘플은 마치 미술관에서 전시하는 예술 작품처럼 한 장씩 액자에 간수되어 있었다.

이윽고 두 사람은 현재와 마주쳤다.

호머 해거티는 무게 있는 네모난 방으로 들어가 두툼한 카펫을 밟으며 나가더니 한 손을 내밀었다. 캐미트 버크는 대뜸 그 손을 잡고 크게 흔들어 옛 친구를 다시 만나는 멋진 장면을 연출했다.

"오호, 캐비!" 해거티가 말했다. "다시 만나서 반갑습니다!"

"나 역시 반갑소, 홈런!"

버크는 흰 이를 드러내며 웃었다.

한순간 데이비드는 자신의 귀를 의심했다. 그는 해거티의 뒤 보풀이 일어난 카펫 위에서 안절부절못하고 있었다. 그때 해거티가 문득 생각난 듯 그에게 말했다.

"캐비, 나의 가장 우수한 부하를 소개하겠소. 데이비드 로빈스요. 고든이 회복할 때까지 대리로 일을 하게 되었소. 데이브, 캐비와 인사하게."

데이비드는 머뭇머뭇 손을 내밀었다. 버크의 악수는 힘이 담겨져 있지 않았으며 분명히 차가웠다.

"자, 앉으시오." 버크가 아무렇지도 않은 듯이 말했다. "의자는 많이 있으니까 자꾸 앉지 않으면 아깝거든."

해거티가 웃었다. 두 사람은 의자를 책상 쪽으로 끌어당겼다. 두 사람이 앉은 뒤에도 버크는 여전히 서 있었다. 데이비드가 보건대 버크는 몸집이 큰 농부같이 책상에 우뚝 솟아 있었다. 캐미트 버크는 보기 흉할 정도로 키가 크고, 책상을 짚은 손은 커다랗기만 했지 야무진 데가 전혀 없어 보였다. 더부룩한 밝은 다갈색 머리카락은 툭 튀어나온 이마에 찰싹 달라붙어 있어 마치 나폴레옹의 머리 모양 같았다. 얼굴은 젊어 보이지 않았으나, 두 사람을 바라보는 눈이 개구쟁이 소년 같았으며 커다란 입 역시 개구쟁이의 입이었다.

이윽고 버크는 의자에 앉아 책상 서랍을 열고 담배 케이스를 꺼냈다. 그는 묵직한 도기(陶器) 뚜껑을 열고 짐작했던 대로 끽연 도구인 옥수숫대로 만든 파이프를 꺼내들었다.

"여봐요, 홈런!" 하고 버크는 연기를 혹 뿜으며 빙긋 미소를 지었다. "아무래도 고든을 너무 혹사한 것 같구려. 나와는 관계가 없을 테지만."

"물론 관계가 없지요." 해거티는 부드럽게 말했다. "자기 심장의 상태를 알고 있는 사람은 없지 않겠습니까? 누구에게나 발작이 일어날 가능성이 있지요."

"나는 다르오." 버크는 얼굴을 찌푸렸다. "나는 문제없소. 은화처럼 단단하니까. 담배만은 끊을 수 없지만, 나의 할아버지는 97살까지 담배를 피웠다오."

갑자기 그는 데이비드를 살펴보았다. "어떤가, 젊은이?"

"네?"

"무언가 말 좀 해보게. 고든은 늘 지껄이고 있었는데, 자네는 뚱한 편인 모양이지?"

데이비드는 상냥하게 미소를 지었다. "해야 할 이야기가 있으면 합니다, 버크 씨."

"버크 씨라고?" 이 소중한 단골손님은 모욕을 받아 화난 사람 같은 얼굴로 해거티를 쳐다보았다. "들었소, 홈런? 벌써 나는 이 젊은이에게 25센트를 받게 되었소."

해거티는 웃었다. "아참, 데이브. 자네에게 일러둔다는 걸 잊었군. 캐비는 버크 씨라고 부를 때마다 벌금으로 25센트를 받고 있다네."

"아무튼 벌은 벌이니까." 버크는 서랍에서 법랑으로 된 귀여운 아기고양이 모양의 저금통을 꺼냈다. "이 속에 25센트를 넣게. 앞으로는 나를 캐비라고 부르게. 나의 별명이지. 자네의 별명은?"

"없습니다. 이름은 데이비드입니다."

"좋아, 데이브 크로켓. 나를 어려워하지 말게. 백작 부인에게서 자네의 좋은 점에 대해 많이 들었네."

데이비드는 침을 꿀꺽 삼켰다. "고맙습니다."

"굉장한 여자지, 백작 부인은. 부인은 자네가 뛰어난 젊은이라고 말하더군, 데이브."

그러자 해거티가 말했다. "캐비, 데이브는 벌써 2년 동안이나 당신의 유아식에 대해 깊이 연구하고 있답니다. 어떤 문제든 다룰 수 있는 젊은이지요."

"다행이오" 하고 버크는 고개를 끄덕였다. "이번 유아식 광고에 대한 의견은?"

"데이브는 아주 성공적이라고 생각하고 있습니다." 해거티가 열심히 말했다. "이리로 오는 도중에도 그 이야기만 했지요."

"나는 이 젊은이에게 묻고 있소." 버크가 갑자기 차가운 눈초리로 냉정하게 말했다. "버크 캠페인에 대한 절대적이고 솔직하고 객관적인 자네의 의견을 말해 보게."

데이비드는 한번 숨을 내쉰 다음 대답했다.

"참으로 훌륭한 작품이라고 생각합니다."

해거티가 깊이 숨을 들이마시며 거들었다.

"캐비, 당신도 알다시피 우리 회사에서는 모두 확신을 갖고 있소. 우리의 사업 가운데 당신은 가장 중요한 거래선이오."

"새로운 광고를 가지고 왔나, 데이브?" 버크가 물었다.

"네, 가지고 왔습니다, 버크 씨."

"25센트!" 버크는 아주 기뻐하며 큰 입을 벌리고 웃었다. 데이비

아이들이 달라고 울며 조른다

드는 얼굴을 찌푸리며 25센트 지폐를 또 한 장 아기고양이 저금통에 집어넣었다. 그러고 나서 꾸러미를 풀어 버크 유아식 광고용 사진 원고를 꺼냈다. 제목은 '4개월 된 버크 베이비'——'버크 베이비'인 도널드 클라크가 알파벳이 새겨진 집짓기로 마천루를 만드는 사진이었다.

버크는 입술을 우물거리며 제목과 사진을 열심히 들여다보았다.

그는 얼굴을 숙인 채 눈을 치켜뜨고 커다란 입을 벌려 웃었다. "마음에 들었네, 아주 마음에 들었어."

데이비드는 엉겁결에 안도의 숨을 내쉬었다.

"한 가지만 말해 두겠는데" 버크는 말을 이었다. "아주 사소한 일이므로 그다지 신경 쓸 필요는 없네. 나는 원안에 흠잡을 생각은 없으니 그 점을 알아주게. 내 생각을 들어 보겠나?"

"네."

"알파벳이 새겨진 집짓기 말인데……."

"네."

"무슨 글자들로 되어 있나? cflkpt. 특별한 뜻이 없군."

"그렇습니다만, 특별히 뜻이 있어야 할 필요는……"

"물론 그렇겠지. 하지만 이왕 쓸 바에는 무언가 뜻이 있는 편이 좋지 않겠나? 이를테면 '버크'라는 철자는 어떤가?"

버크는 히죽 웃으며 연한 다갈색 눈썹 밑으로 해거티를 흘끗 보았다.

"좋은 아이디어로군!" 해거티가 동의했다. "훌륭한 끝맺음이오!"

"그럴까요……" 데이비드가 중얼거렸다.

"자, 솔직히 말해 보게." 캐미트 버크가 그에게 말했다. "좋은 아이디어라고 여겨지면 그렇다고 말하게. 유감스럽게도 나는 유아식을 만들어내는 한낱 농사꾼에 지나지 않네, 데이브. 광고에 대해서는 아무것도 몰라. 자, 이것은 좋은 아이디어인가, 나쁜 아이디어인가?"

"아닙니다. 그저 조금 의문을 느꼈을 뿐입니다, 버크 씨. 뜻이 있는 글자를 쓰면 오히려 사진의 진실성이 떨어지지 않을까요? 아시다시피 이번 캠페인이 성공한 가장 큰 원인은 사진이 완전히 진짜였다는 데 있습니다. 물론 부모가 장난삼아 그렇게 해놓았다고 볼 수도 있겠지요. 만일 그것이 자연스럽게 보인다면 뜻이 있는 철자를 써도 괜찮습니다만……"

"이 문제를 천천히 생각해 보게." 버크는 대범하게 말했다. "내일 사진을 찍으러 클라크 댁에 가서 실험해 보는 게 좋겠네. 만일 억지로 만든 것처럼 보인다면 그냥 잊어버리게. 알겠나?"

"네." 데이비드가 대답했다.

10분쯤 뒤 두 사람이 나오려고 할 때 캐미트 버크가 그들을 붙잡았다.

"잠깐만." 그는 껄껄 웃었다. "데이브, 나는 세 번째 '버크 씨'를 잊지 않았네. 내 귀로 틀림없이 들었지. 자, 벌금, 벌금!"

데이비드는 눈을 깜박거리며 손을 주머니에 넣었다. 억지로 얼굴에 미소를 떠올리며 그는 다시 25센트 지폐를 캐미트 버크의 책상 위에 놓인 아기고양이 저금통에 집어넣었다.

데이비드는 회사로 돌아오자 쟈니의 제도실에 들러 버크에게 인정을 받았다고 알렸다.

"사진은 두 가지로 찍어야 할 것 같소." 데이비드는 쟈니에게 말했다. "하나는 집짓기의 알파벳을 '버크'라는 철자가 되도록 짜서 찍는 거요. 하지만 그 아이디어는 좋지 않소. 나는 버크를 설득시킬 수 있다고 생각하오."

아이들이 달라고 울며 조른다 51

"설득시킬 가능성은 거의 없어요." 쟈니가 말했다. "그 사람이 디자인에 대해 트집을 잡는 일은 좀처럼 없거든요. 일단 트집을 잡았다 하면 그것으로 끝장이에요. 각오를 해야 해요."

"될지 안 될지는 해봐야 아는 문제이고, 내일 몇 시에 출발하지요?"

"일찍 가야 해요. 도널드 아기가 선잠 들기 전에 클라크 댁에 닿아야 하니까요. 그리고 윌리스포트까지는 넉넉히 45분쯤 걸려요. 윌리스포트는 그 젊은 부부가 살고 있는 곳이지요. 카메라맨은 거기서 만날 예정이에요."

"당신은 한번도 거기에 가본 적이 없지요?"

"네, 없어요. 당신 선임자가 나의 필요성을 인정하지 않았기 때문이지요. 그레이스 여사는 자기 남편이 요부에게 끌려 다니는 것을 싫어하는 모양이에요. 요부란 물론 나를 가리키는 말이지요."

데이비드는 빙긋 미소지었다. "그거 참, 재미있군. 그럼, 내일은 피크닉 하는 기분으로 갑시다."

"캐미트를 어떻게 생각하세요?"

"캐비 영감 말이오? 그만큼 만만치 않은 영감은 처음 보았소. 한 가지 우스운 점이 있었소. 그는 콘 파이프를 피우더군. 그 영감 니코틴 중독으로 저 세상에 가려는지 공장 굴뚝처럼 연기를 펑펑 내뿜고 있었소."

데이비드는 잎담배를 질근질근 씹어서 쟈니의 그림붓을 넣어두는 단지에 퉤 하고 뱉는 흉내를 냈다.

"버크는 영리한 사람이라고 호머 아저씨가 말씀하셨어요."

"그 말이 틀림없겠지요. 그리고 돈을 버는 솜씨도 대단하던데요. 겨우 15분 동안에 나로부터 교묘하게 75센트나 우려냈으니까. 자, 슬슬 일이나 시작해 볼까. 나중에 다시 만납시다."

데이비드가 자기 책상으로 돌아와보니 루이스가 떨리는 손으로 굉장히 조심스럽게 쓴 듯한 전갈이 있었다. 마치 자살하려는 사람의 유서처럼 절망적인 필적이었으나 내용은 비교적 간단했다.

백작 부인께서 전화를 하셨습니다. 곧 연락해 달라고 하십니다.

데이비드는 한숨을 쉬며 '마더 매기'의 백작 부인을 불러달라고 교환원에게 부탁했다. 전화는 곧 연결되어 실렝스커 백작 부인이 나왔다.
"어머나, 데이브. 오늘은 별 일 없으세요?"
그녀의 목소리는 쾌활했다. 확실히 화해를 청하는 목소리였다. 그러나 데이비드로서는 쾌활해질 수가 없었고 오히려 불안했다. 백작 부인과 자신의 관계가 어디까지 깊어지려는지 겁이 났던 것이다.
"네, 별 일 없습니다, 백작 부인. 신시내티의 텔레비전에 관한 일은 결심하셨습니까? 되도록 빨리 프로를 계약하지 않으면……."
"알았어요. 그 이야기는 나중에 해요." 백작 부인은 초조하게 말했다. "지금 당신과 의논하고 싶은 것은 신시내티에 관한 일이 아니라 나의 로망빌라 저택에 대한 거예요. 이번 주말에는 시간이 있을 거라고 어제 말했었지요? 지금도 변함이 없나요?"
"이번 주말요?"
데이비드의 목소리에 고통스러운 울림이 깃들어 있었음에 틀림없다. 다음 순간 백작 부인의 목소리가 쌀쌀맞게 바뀌어 있었다.
"물론 당신은 바쁘겠지요."
"아닙니다. 그렇지 않습니다. 이번에 나는 새로운 방향으로 배치를 받았는데, 그 일이 꽤 까다로워서……."
"알았어요."

"아닙니다. 어떻게든 틈을 내보겠습니다." 데이비드는 당황하여 말했다. "언짢게 생각지 마십시오, 백작 부인. 대답이 조금 늦었다고 해서……"

"아무튼 좋아요. 당신은 틀림없이 로망빌라 저택이 좋아질 거예요. 말하자면 유럽 대륙에서 그대로 옮겨온 듯한 저택이거든요."

"틀림없이 찾아뵙겠습니다." 데이비드는 주먹으로 자기 머리를 두드렸다. "그건 그렇고, 신시내티의……"

백작 부인이 웃었다. "오늘밤은 신시내티 이야기 좀 그만하세요. 마치 맥주와 다우웰브라텐(고기를 구워 소금에 절인 독일 요리)같이 들려서 싫군요. 오늘 나는 프랑스 식 기분에 젖어 있거든요, 데이브. 일에 대한 이야기는 주말에 만나서 기회가 있으면 해요."

"네, 좋습니다. 안녕히 계십시오, 백작 부인."

데이비드는 무거운 기분으로 전화를 끊고 나서 소리내어 말했다. "이야기할 기회가 있으면 말이지요."

"뭐라고 하셨나요?" 이때 방으로 들어온 루이스가 물었다.

"아니, 아무것도 아니오. 루이스, 내일 아침 회사 자동차를 준비해 주오. 9시 정각에 출발할 거요. 다음호 버크 광고 사진을 찍기 위해 윌리스포트로 가게 됐소."

"알았습니다." 루이스가 대답했다. "저도 함께 가고 싶어요, 로빈스 씨. 그 아기는 정말 귀엽거든요."

그녀는 타이프라이터 용지와 연필을 밋밋한 가슴에 끌어안으며 영원한 모성애의 광채를 눈동자에 가득 담았다.

"게다가 머리도 좋지." 데이비드가 말했다. "그 아기는 알파벳이 씌어진 집짓기로 '버크'라고도 쓸 수 있으니까."

"정말이에요? 그럼, 틀림없이 신동이로군요!"

"그렇다고 할 수 있겠지." 데이비드는 중얼거리듯이 말했다.

다음날 이스트사이드에 있는 데이비드 로빈스의 아파트에 아침햇살이 눈부시게 비쳐들어 때마침 악몽에 시달리고 있던 그를 깨워주었다. 이를 닦기 시작할 때 이미 꿈의 줄거리는 잊어버렸으나 등장 인물이 두 사람이었던 것은 똑똑히 기억났다. 그 두 스타는 콘 파이프를 입에 문 백작 부인과 터번을 머리에 쓴 캐미트 버크였다.

9시 20분에 도착하자 빌딩 정면에 회사의 검은 캐딜락이 멈춰서 있었다. 엘리베이터 앞에서 쟈니가 기다리고 있었다. 그녀는 간단한 투피스에 검은 코트를 걸치고, 우유빛 얼굴을 움츠린 모습으로 서 있었다.

쟈니는 그의 팔을 붙잡으며 말했다.

"늦었어요. 아기가 잠들어버렸겠어요."

그녀는 그를 빙글 돌려 자동차에 쑤셔 넣었다.

뒷좌석에 앉아 운전사 바니의 벌건 목덜미를 바라보며 쟈니는 미소 띤 얼굴로 그에게 몸을 기댔다.

"쾌적하군요. 비즈니스는 모두 캐딜락 뒷좌석에서 해야겠는데요."

"나의 어머니는 당신 같은 여자 이야기를 늘 해주셨지."

데이비드가 말했다.

"어머니가 뭐라고 하셨는데요?"

"너도 그런 아가씨를 한 사람 찾아야 한다고 말이오."

반 시간쯤 달린 뒤 바니는 샛길로 들어서더니 윌리스포트로 가는 꾸불꾸불한 도로로 접어들었다. 윌리스포트는 화이트 플레인즈에서 북쪽으로 약 10마일 지점에 있는 작고 깨끗한 거리였는데, 도로 검문소에 전파탐지기가 설치되어 있었다.

바니는 복스우드 애버뉴 321번지 앞에 서 있는 스테이션왜건 옆에 캐딜락을 세웠다. 키가 작고 뚱뚱한 사나이가 내려와 두 사람에게 인사했다. 그 사나이는 렌즈가 두꺼운 근시 안경을 끼고, 다른 옷과는 전혀 어울리지 않는 짧은 가죽 재킷을 입고 있었다. 어깨에 걸친 가죽 케이스와 오른손에 든 카메라를 보고 이 사람이 카메라맨임을 곧 알았다.

"어서 오십시오" 하고 사나이는 앞니를 드러내 보이며 미소 지었다. "레이 스몰리입니다."

"어머나!" 쟈니가 말했다. "투피스를 입고 오는 게 아니었군요. 처음 뵙겠습니다. 스몰리 씨, 나는 이래봬도 여자랍니다. 그런데 바람둥이들이 환멸을 느끼도록 이런 옷을 입고 있지요."

스몰리의 작은 눈이 성숙한 육체의 곡선미를 감탄하듯 바라보았다.

"정말 여자로군요." 그는 키득키득 웃었다. "나는 여자라면 누구든 상관없습니다."

"데이비드 로빈스라고 하오." 데이비드가 쌀쌀맞게 말했다. "이번 일에 대해서는 물론 잘 알고 있겠지요?"

"그야 잘 알고 있지요."

"광고 원안을 보신 적이 있나요?" 쟈니가 물었다.

"무엇이 목적인지 나는 잘 알고 있습니다. 아시겠습니까? 나는 셔터 누르는 방법을 배운 뒤로 오늘날까지 아기만 찍어왔답니다." 스몰리는 쟈니를 향해 뻔뻔스럽게 추파를 던졌다.

"아가씨, 꽤 쓸 만한 샘플을 보여드릴 수도 있습니다. 우리집 곰가죽깔개가 얼마나 푹신한지 알고 싶다면……."

데이비드가 거칠게 말했다.

"자, 일을 시작합시다."

데이비드는 클라크 부부의 아담한 2층집 현관을 향해 걸어갔다. 문에는 시들어서 누르스름하게 변해버린 크리스마스 꽃다발이 아직도 걸려 있었다. 노커를 두 번 두드리자 문이 열렸다.

"어서 오십시오." 문을 연 사나이가 말했다. "광고 회사에서 오셨지요?"

"그렇습니다." 데이비드가 미소지으며 말했다. "데이비드 로빈스라고 합니다."

"들어오십시오."

좁은 집이어서 몹시 더웠다. 문을 연 사나이는 하워드 클라크일 것이다. 그는 손님들의 코트와 모자를 받아 옷장에 걸었다. 하워드는 착실해 보이는 젊은이였다. 푸른빛 풀오버 스웨터를 입고 있었는데, 상체에 비해 옷이 너무 길었다. 그는 허리까지 내려온 털 스웨터를 두 손바닥으로 자꾸만 비볐다.

"아기는 놀이방에 있습니다." 주인 남자는 빠른 말투로 말했다. "아내는 2층에서 화장을 하고 있지요. 우리는 지금 막 식사를 마쳤어요. 커피 드시겠습니까?"

"기꺼이 마시겠어요." 쟈니가 말했다.

"그럼, 끓이겠습니다. 편히 앉으십시오."

거실에는 아주 공들여 만든 테라코타 난로가 육중하게 자리잡고 있었다. 초기 식민지 시대의 거칠게 깎은 가구들이 갖가지 색깔의 넓고 두툼한 삼베깔개 위에 가지런히 놓여 있었다. 손님들은 딱딱한 나무 테가 붙은 소파에 앉았다.

쟈니가 말했다. "뭐예요, 데이브. 우리는 소개도 하지 않고!"

"그럴 틈이 없었소. 이집 주인은 꽤 신경이 날카로운 사람 같지 않소?"

스몰리는 가죽 케이스를 바닥에 놓고 필름을 꺼냈다. 그는 촬영 도구를 잔뜩 늘어놓았다.

"귀여운 도널드는 어디 있지요? 귀엽지 않은 도널드일지도 모르지만. 아니, 이름은 아무래도 좋지. 아무튼 피사체는?"

아이들이 달라고 울며 조른다

"좀 가만히 계세요!" 쟈니가 말했다.

이때 하워드 클라크가 커피가 든 잔을 세 개 쟁반에 얹어서 들고 거실로 나왔다. 쟈니는 클라크의 얼굴을 올려다보며 말했다.

"고맙습니다, 클라크 씨. 나는 미술을 담당하는 쟈니 해거티예요. 이쪽은 스몰리 씨, 앞으로는 이분이 사진을 찍게 되었어요."

"그래요?" 클라크는 무뚝뚝하게 대답했다. "번스테인 씨는?"

"그는 이제 우리 회사 일을 하지 않게 되었습니다." 데이비드가 그 말에 대답했다. "그를 대신하게 된 스몰리 씨는 이 분야에서 경험을 많이 쌓은 사람입니다."

"그렇습니까?" 클라크는 건성으로 말하며 층계 쪽을 보았다. "아내는 곧 내려올 겁니다. 우선 아기를 보고 싶으시겠지요?"

"네, 무척 보고 싶어요." 쟈니가 말했다.

모두 옆방으로 들어갔다. 그곳은 식당 겸 아기의 놀이방이었다. 한쪽 구석에 플레이펜(격자로 둘러쳐진 아이가 노는 장소)이 있고, 그 안에서 금발의 작은 아기가 박제 곰 인형의 대록대록한 눈에 손가락을 쑤셔 넣는 참이었다.

사람들이 들어가도 아기는 얼굴을 들지 않았다. 그러나 조그만 입을 움직이며 알아들을 수 없는 말을 중얼거렸다. 튼튼하게 생긴 아기였다. 이제 4개월밖에 안 되었는데 아주 몸이 좋아 보였다.

"어머나, 깨물어주고 싶을 만큼 귀여운 아기로군요!" 쟈니가 아기의 고수머리를 쓰다듬으며 비명 같은 소리를 질렀다. "이 동그란 눈을 보세요, 사진보다 훨씬 더 예쁘잖아요? 데이브, 누군가와 닮았다는 생각이 들지 않으세요?"

"글쎄, 윈스턴 처칠일까?"

"농담하지 마세요. 영화배우 누군가와 눈과 입이 비슷해요. 누군지 생각나지 않지만……."

아기는 쟈니에게 사랑을 구하듯 소리를 질렀다. 그러자 그녀는 기뻐서 어쩔 줄 몰라하며 가슴을 부풀렸다.
 데이비드는 손목시계를 보았다. "벌써 10시 30분인데 부인께서는 준비가 덜 되었습니까, 클라크 씨?"
 "아, 다 됐을 겁니다." 하워드는 두 손으로 스웨터 가슴자락을 잡아당겼다. "2층으로 올라가서 불러오겠습니다."
 그는 몸을 돌려 방에서 나갔다. 카펫 깔린 층계를 조심스럽게 올라가는 발소리가 들렸다.
 "무슨 일이 있나 봐요." 쟈니가 말했다.
 "무슨 일?"
 "모르시겠어요? 하워드 클라크 씨는 마치 신경쇠약에 걸린 사람 같잖아요. 틀림없이 부인과 무슨 일이 있었을 거예요."
 "아무리 사이좋은 부부라도 때로는 무슨 일이 생길 수 있지요." 스몰리가 말했다.
 "하필이면 오늘 무슨 일이 일어날 게 뭐람!" 데이비드가 목에 걸린 듯한 목소리로 말했다. "아무튼 우리의 일은 이 가족이 행복하게 보이는 사진을 찍는 것이오. 클라크 부부는 '버크 베이비'의 부모니까. 두 사람은 왕과 왕비처럼 행복해야 합니다."
 세 사람은 거실로 돌아와 불기 없는 커다란 난로를 바라보았다. 스몰리는 방 안을 서성거리며 선반과 골동품 등을 들여다보았다. 10분이 지났다. 그동안 아기 방에서 도널드가 내는 차분한 소리와 맨틀피스에 놓인 금도금 시계의 재깍거리는 소리밖에 들리지 않았다.
 "대체 무슨 일일까?" 데이비드가 말했다.
 이윽고 그는 초조하게 몸을 일으켜 층계 아래로 가서 불렀다.
 "클라크 씨!"
 대답이 없었다. 그는 층계를 세 단 올라가서 다시 한번 불러보았다. 그리고 마침내 2층까지 올라가 부부의 침실 앞에 섰다.

문을 노크하려는데 안에서 무슨 소리가 들렸다. 순간 엿듣고 싶은 충동이 일어났다. 그것은 울부짖는 여자의 목소리였다.
"할 수 없어요! 안 돼요, 여보!"
"하지만 별 수 없잖소." 클라크의 목소리는 긴장되어 있었다. "손님들이 기다리고 있소. 자, 아래층으로 내려갑시다."
"도저히 해낼 수 없어요! 지금은 안 되겠어요. 그냥 돌려보내세요."
"안 돼, 이르마, 테이트 씨의 말을 잊어선 안 돼. 마지막까지 하지 않으면 무슨 일을 당할지 모른단 말이오. 이제는 거절할 수도 없게 되었소. 도널드를 위해서요."
침묵이 흐른 다음 이르마 클라크가 말했다.
"좋아요, 여보. 조금만 더 기다려주세요, 아주 조금만!"
데이비드는 몸을 돌려 층계를 뛰어내려왔다.
쟈니가 얼굴을 들었다.
"어떻게 됐어요?"
"이제 곧 내려올 거요."
"무슨 일이에요?"
"아니, 아무것도 아니오."
그때 스몰리는 작은 탁자 위에 놓인 금도금한 꽃병을 손가락으로 만지작거리고 있었다.
"스몰리 씨, 제발 서성대는 것 좀 그만둘 수 없소? 여기는 당신 집이 아니란 말이오!"
카메라맨은 데이비드가 화를 내자 깜짝 놀라며 곧 꽃병에서 손을 뗐다. 1, 2분이 지나자 이르마와 하워드가 화사한 미소를 지으며 층계를 내려왔다. 이르마는 눈가에 가루분을 짙게 바르고 있었다.

시내로 돌아와 데이비드는 쟈니에게 바에 들려 술을 마시지 않겠느냐고 말했다. 그러나 그녀가 피곤하다고 해서 그냥 집까지 바래다주기로 했다. 도중의 길모퉁이에서 데이비드는 쟈니를 위해 정답게 저녁 신문을 사주었다. 현관 층계에서 포옹하고 있을 때 참으로 뜻밖의 일이 일어났다.

"앗, 큰일났어요!" 하고 외치며 쟈니가 신문 제1면을 현관의 전등 아래에서 펼쳤다.

"뭐요?"

데이비드는 그녀의 어깨 너머로 신문을 들여다보았다.

쟈니의 손가락이 제1면 맨 하단의 짧은 기사를 가리켰다.

"보브 번스테인!"

데이비드는 신문을 빼앗아 그전 카메라맨이 급사한 기사를 읽고 구토증을 느꼈다. 현상용 암실에서 사고가 일어났다는 기사였다. 설명은 간단했으나 데이비드의 가슴에는 기사에서 받은 언짢은 기분이 꼭 달라붙어 떨어지지 않았다. 현상액 산(酸)이 로버트 번스테인의 인상 좋은 유쾌한 얼굴을……

데이비드는 눈을 감았다. 그는 가까스로 나직이 속삭였다.

"가엾게도 보브가……"

살아있는 사람에게 물어보세요

 화요일 아침 출근하여 보고할 때 데이비드의 얼굴에는 번스테인의 죽음으로 받은 충격이 아직 뚜렷이 남아 있었다. 두 사람의 우정은 비록 짧은 기간에 이루어졌으나, 로버트 번스테인의 따뜻한 마음은 그들의 우정이 기분 좋게 피어오르도록 했었다.
 번스테인의 아내를 찾아가 애도의 말을 전할까도 생각했으나, 그녀는 지난 주말에 처음 보았을 뿐이었다. 그는 문상 가기가 싫어서 여러 가지 이유를 붙여 모르는 척하기로 했다. 새로이 맡은 일 때문에도 몹시 바빴던 것이다.
 10시에 그는 고든 테이트의 버크 관계 서류철을 가져오도록 비서 루이스를 보냈다. 서류철을 받아들자 그는 '비(祕)'라는 표시가 있는 서류를 빼내어 방대한 기록을 읽기 시작했다.
 기록이라고는 하지만 아주 평범한 것이었다. 대부분 캐미트 버크와 교환한 편지들로서 비밀로 다루어지는 이유를 알 수 있었다.
 그는 그 가운데 전형적인 편지를 하나 빼내어 읽었다.
 그것은 거의 1년 전, 즉 '버크 베이비' 캠페인이 시작되기 전에 버크가 고든 테이트에게 보낸 편지였다.

친애하는 고디

지난주 당신이 내 방에 두고 간 광고 초안을 볼 기회가 겨우 생겼습니다. 아시다시피 나는 한낱 유아식품업자에 지나지 않습니다. 광고에 대한 재능이 있다고는 전혀 생각지 않습니다. 하지만 나의 할아버지는 이 세상에서 무엇보다도 상식이 가장 중요하다고 가르쳐주었지요. 나는 그 가르침에 힘입어 크게 잘못된 사고 방식을 갖지 않은 듯합니다.

이번 광고에 대해 말씀드립니다만, 확실히 예쁜 도안이군요. 당신은 미술 광고자로서의 재능을 크게 자랑해도 좋을 겁니다. 제목도 나쁘지 않습니다. 그러나 좀더 자연스럽게 쓸 수 없을까요? 나를 기쁘게 한 문장은 '역시 비타민이 들었으니' 같은 것입니다.

아무튼 뼈와 가죽뿐인 병아리——비쩍 말라 울기만 하는 병아리——를 그린 도안은 아주 내 마음에 꼭 들었음을 인정하지 않을 수 없습니다. 원안 전체에 걸쳐 나의 할아버지께서 삼가라고 일러주신 '관념적'인 점이 없기 때문입니다. 내 귀에는 당신 회사의 애드맨들이 이죽거리는 말이 들리는 것 같습니다——"어떤가, 캐비버크는 이번에도 역시 무척 좋아하겠지? 차라리 광고 제조 기계 같은 것을 만들면 어떨까? 그림을 예쁘게 그리고 '역시 비타민이 들었으니' 따위의 속된 문장을 덕지덕지 쓰면 캐비는 무척 좋아할 거야. 한낱 유아식품업자가 광고를 알 리가 있나!"라고.

고디, 나는 잘 모르지만 상식적으로 판단하건대 아무래도 당신들은 너무 놀기를 좋아하는 것 같습니다. 나의 할아버지께서 말씀했듯이 좀더 머리를 쓰고 좀더 술을 적게 마시면 광고비도 좀더 많이 드릴 수 있습니다. 결국 수수료는 15퍼센트 거치(据置)로 해야겠습니다. 따라서 나는 이번의 포스터를 모두 되돌려줄 수밖에 없습니다. 며칠 안으로 여러분이 정말 훌륭한 아이디어를 생각해 내주시기 바랍니다. 나는 진심으로 그렇게 해주기를 바라고 있습니다. 여러분에게도, 그리고 오랜 친구인 홈런 해거티에게도 존경하는 마음을 품고 있지만, 흔히 말하듯 사업은 사업이니까요. 게다가 다른 여러 광고 대행업자들이 오래 전부터 우리 회사를 찾아오고 있답니다. 어쩌면 다른 대행업자에게 기회를 주어도 좋을 시기가 오지 않았나 싶습니다.

이것으로 깨달았겠지만, 고디, 지금은 당신이 수세에 몰려 있습니다. 아무튼 어제는 당신 부인 그레이스를 만날 수 있어서 무척 즐거웠습니다. 앞으로 일이 순조롭게 되면 당신을 우리 집에서 다시 만날 수 있겠지요.

캐비

이와 비슷한 불쾌한 편지가 서류철에 여러 개 끼워져 있었다. 그러나 한편으로 회사의 미술 담당자들이 겨우 완성시킨 이번의 새로운 캠페인을 기뻐하며 쓴 편지도 몇 통 섞여 있었다.

다음은 고든이 캐미트 버크에게 보낸 편지였다.

친애하는 캐비

일이 순조롭게 진행되기 시작하여 나는 무척 기쁩니다. 내일 아침 클라크 부부의 첫 번째 사진을 찍을 예정입니다. 이 일은 우리 회사의 일급 카메라맨인 로버트 번스테인에게 맡기기로 했습니다.

아시다시피 우리 회사는 클라크 부부와 애디슨 부부 두 쌍을 처음부터 계획에 넣고 있었습니다——한 아기에게 문제가 생기면 곤란하니까요. 그런데 유감스럽게도 애디슨 부인이 어제 조산했으므로 자연히 그 부부는 제외되었습니다. 그 아기는 어머니의 태내에서 6개월밖에 있지 못했지요. 버크 베이비가 겨우 5파운드의 몸무게로 세상에 태어나리라고는 생각지 않습니다.

우리는 클라크 댁 아기가 우리가 찾고 있는 대상에 꼭 맞으리라 믿고 있습니다. 계획서를 읽으셨겠지만, 생후 3개월까지는 광고를 내보내지 않을 생각입니다. 앞으로 우리들의 보호가 절대적으로 필요하기 때문이지요.

그건 그렇고, 디자인을 바꾸라는 당신의 요청에 대해 말씀드리겠습니다. '역시 비타민이 들었으니' 같은 문장은……

데이비드는 다른 편지도 대충 훑어보고 버크의 기분이 차츰 나아졌음을 알았다. 확실히 캐미트 버크는 새로운 캠페인에 만족한 모양이었다. 해거티 테이트 어소시에이트를 충분히 믿고 있음에 틀림없었다.

이 서류의 맨 밑에는 버크 관계의 회계보고서가 한 뭉치 있었다. 숫자에 약한 데이비드는 건성으로 읽어 내려갔다. 그런데 그중 유별나게 큰 한 숫자가 그의 눈에 띄었다.

A.G.……12만 5천 달러

데이비드는 머리글자를 보고 고개를 갸웃했다. 관계 서류를 체크해 보았으나 어느 계획표에도 그런 머리글자는 없었다. 회계보고서도 찬찬히 읽어보았다. 그러나 전혀 알아낼 수가 없었다. 그는 전화기를 들고 고든 테이트의 비서 엘레인을 불러냈다.

그녀가 전화에 나왔다.

"'A.G'라고요? 죄송합니다만 로빈스 씨, 전혀 모르겠는데요."

살아있는 사람에게 물어보세요 65

"정말이오? 상당한 금액과 관계된 것인데, 고든이 자기만 알 수 있는 암호로 쓴 게 아닐까요?"

"그럴 리가 없습니다." 그녀는 잘라 말했다. "만일 암호였다면 나에게 가르쳐주셨을 거예요. 테이트 씨는 나에게 아무것도 숨기지 않으셨으니까요."

"당신 말이 맞겠지. 아무튼 고맙소, 엘레인."

데이비드는 전화기를 내려놓고 책상 위의 압지를 손가락으로 톡톡 두드렸다. 아무튼 금액이 너무 크다. 그런데도 설명이 없다니, 이상한 일이다. 이때 문득 회계과의 셰플로가 머리에 떠올라 회계실에 가서 물어보아야겠다고 마음먹었다.

셰플로는 책상에 몸을 구부리고 반들반들하게 닦은 안경 렌즈 너머로 산더미처럼 쌓인 돈뭉치 다발을 세고 있었다. 렌즈가 너무 두껍고 번쩍거려 그 속에 순한 갈색 눈이 있다고는 믿어지지 않을 정도였다. 말을 하면 셰플로의 틀니가 속도 빠른 계산기처럼 딱딱 소리를 냈다.

셰플로는 의심스러워하는 눈으로 데이비드를 맞이했다. 그에게는 직원 가운데 누가 오든지 그런 눈으로 맞이하는 습관이 있었다. 어느 회사의 회계원이나 마찬가지겠지만, 그도 회사의 은행 예금에 대해서는 살아 있는 사전이었다. 그리하여 사원의 승진, 가불, 필요 경비, 저녁 식대 등의 형태로 은행 예금이 축나면 그는 심각하게 고민했다.

데이비드의 질문에 대해 셰플로는 무뚝뚝하게 대답했다.

"물론 그 돈에 대해서는 알고 있습니다. 그런데 그것이 당신과 무슨 관계가 있습니까?"

"아직 이야기를 듣지 못했나 보군요. 고든이 병났기 때문에 내가 버크 식품 관계 일을 맡았소. 따라서 버크 관계 지출이라면 나에게도 그 이유를 알아야 할 권리가 있소."

"버크 관계 지출이라고요? 천만에요. 그것은 순수한 회사의 영업

비용입니다."

"그렇다면 어째서 고든의 버크 관계 서류에 그 금액이 적혀 있지요?"

"모르겠습니다. 알고 싶은 생각도 없고요. 은행 예금을 찾을 때는 언제나 해거티 씨가 직접 허가해 주셨습니다. 해거티 씨나 테이트 씨가 쓰는 돈에 특정한 단골과 관계없는 것은 하나도 없습니다. 해거티 씨에게 개인적인 이유가 있었겠지요."

데이비드는 눈살을 찌푸렸다.

"A.G가 무엇의 머리글자인지 모르겠소?"

"모르겠는데요."

"알고 있어도 나에게 말하고 싶지 않은 거지요?"

셰플로는 희미한 미소를 지었다. "그렇게 생각해도 괜찮습니다."

"그렇다면 결국 해거티 씨가 개인적인 필요에서 찾은 예금이로군요."

"좋을 대로 생각하십시오. 이제 그만 돌아가 주시겠습니까?"

셰플로는 말을 마치자 번쩍거리는 안경을 고쳐 쓰고 회전의자를 빙글 돌렸다.

데이비드는 그 설명이 만족스럽지 않았으나 더 교묘한 유도 신문이 떠오르지 않아 물러나오는 수밖에 없었다. 달리 방법이 없었다.

그는 자기 방으로 돌아와 서류철을 다시 검토했다. 그러나 그의 흥미를 끌 만한 기록은 아무것도 없었다. 'A.G'라는 머리글자는 점심때까지 그의 머리에서 떠나지 않았다.

물론 호머 해거티라면 설명해 줄 수 있을 것이다. 그러나 데이비드는 사장에게 물어볼 마음이 들지 않았다. 차라리 사장의 조카딸에게 물어보는 것이 좋으리라.

두 사람이 점심을 먹은 곳은 3번 거리 끝에 있는 작은 이탈리아 식당이었다. 조용하고 차분한 곳이었지만, 바닥이 몹시 기울어지고 테이블보도 한심하리만큼 더러웠다. 그러나 요리가 맛있어 쟈니는 마음에 드는 듯했다.

데이비드는 에스프레소(로마 식의 짙은 커피)를 마시며 그녀에게 물었다.

"A.G라고요?" 쟈니는 들고 있던 우유 잔을 꼭 쥐며 말했다. "글쎄요, 전혀 짐작이 안 가는데요."

"이 머리글자는 고든의 서류철 속에서 발견되었소. 그런데 셰플로는 당신 아저씨가 은행 예금에서 찾는 것을 허락했다고 말하는 거였소."

"그래서요?"

"나의 호기심을 너무 나무라지는 마오. 12만 5천 달러면 큰 금액이기 때문이오. 그만큼 큰돈을 무엇 때문에 꺼냈는지 짐작이 가지 않소?"

"아니오, 내가 알 리가 있겠어요. 역시 사업에 관계있는 일이겠지요. 세금 때문이었는지도 모르고요. 아무튼 나는 회계에 대한 일은 전혀 몰라요."

쓰고 뜨거운 커피를 입술에 대고 있는 데이비드의 얼굴에 괴로운 표정이 떠올랐다.

"무슨 생각을 하고 있지요, 데이브? 어째서 그렇게 큰일처럼 물으시는 거지요?"

"나 역시 돈에 대한 이해가 그다지 빠른 편이 아니오. 다만 그 돈이 개인적인 이유로 꺼내졌다는 인상을 뚜렷이 받았기 때문에⋯⋯ 당신은 해거티가 어떤 문제에 휘말려 있다고 생각되지 않소?"

쟈니가 대뜸 대답했다. "그런 일은 절대로 있을 수 없어요!"

"어떻게 그처럼 확신할 수 있지요?"

"아저씨 일이라면 모두 잘 알고 있기 때문이에요——누구보다도. 만일 아저씨가 어떤 옳지 못한 일에 휘말려 있다면……"

"나는 그렇게 말하지 않았소."

"하지만 당신 말투는 그렇게 들렸어요."

쟈니의 냉정한 표정이 갑자기 따뜻해졌다. "호머 아저씨와 고든 테이트 둘만이 회사의 주주잖아요? 그러니까 돈은 그들 마음대로 써도 좋겠지요."

"너무 지나친 해석은 하지 마오. 당신 아저씨가 장부를 고쳐 써놓았다고 말한 건 아니니까. 하지만 이것만은 인정하지 않을 수 없을 거요. 그만한 금액이니만큼 무언가 수상쩍은 데가 있으리라는 점이오."

"의심이 많은 사람이라면 그런 생각을 하겠지요."

두 사람은 식탁에 마주앉아 잠시 시무룩해 있었다. 이윽고 데이비드는 마시고 싶지도 않은 커피를 다시 한 잔 주문하려고 손짓했다. 그는 화해의 뜻으로 빙긋 미소지으며 자기 손을 그녀의 손에 얹었다. 그러나 쟈니는 매정하게 그 손을 떨쳐버렸다.

"쟈니, 너무 언짢게 생각지 마오. 당신이 아저씨를 좋아하고 있다는 건 나도 잘 알고 있소. 하지만 이 점은 알아주어야지. 당신 아저씨도 나에게는 다만 고용주에 지나지 않는 거요."

"아저씨만큼 멋진 사람은 없어요." 쟈니는 침착하게 말했다. "아저씨가 나를 얼마나 귀여워해 주시는지 당신은 모를 거예요, 데이브. 당신의 견해가 나와는 다르겠지만, 그 점만은 사실이에요. 아저씨는 나에게나 클로지 아주머니에게나 정말 잘해주시고 있어요."

"아주머니에 대한 이야기는 지금까지 한 번도 들어본 적이 없는데."

"35년 전쯤에 결혼하셨는데, 아저씨는 지금도 아주머니를 신혼의 새색시처럼 소중히 생각하고 계세요. 당신도 두 사람이 함께 있는 것을 한번 보면 금방 알 거예요. 아주머니는 벌써 5년 동안 병으로 누워 계시지만, 아저씨는 거의 날마다 선물을 사들고 들어가신답니다."

"그랬었군. 조금 미안해지는데." 데이비드는 한쪽 눈썹을 치켜올리며 말했다. "쟈니, 나는 해거티 씨를 나무랄 생각에서 그런 말을 한 건 아니오. 오히려 나는 그에게 크게 감사해야 할 입장이오."

"아저씨에게 감사해야 할 사람은 많이 있어요." 쟈니의 목소리가 조금 누그러졌다. 데이비드가 다시 손을 얹자 이번에는 뿌리치지 않았다.

데이비드는 회사에 돌아와서 호머 해거티를 만나러 갔다. 그러나 도중에 대기실에서 발길을 멈추었다. 책상 앞에 앉은 비서 실리아가 어떤 손님과 심하게 말다툼하고 있는 것을 보았기 때문이다.

실리아가 말했다.

"죄송합니다만, 해거티 씨는 지금 만나실 수 없습니다. 전할 말이 있으시면 기꺼이 메모해 두겠습니다."

"나를 속일 수 있을 것 같아?"

여자 손님은 비서의 책상에 몸을 굽히고 격분하여 떨고 있었다. 그 말투가 너무나도 위협적이어서 데이비드는 그냥 서서 들었다.

여자 손님은 무슨 털가죽인지 알 수 없으나 꽤 값나갈 것 같은 푹신한 털가죽 코트를 입고 있었다. 그러나 코트 색깔은 머리 위에 탑처럼 말아 올린 은갈색 머리 빛깔과 조금도 어울리지 않았다. 한 손에 구슬 핸드백을 들고 있었는데, 거기 새겨진 금도금 머리글자——어쩌면 순금일지도 모른다——가 응접실 전등 밑에서 반짝거렸다. 키는 보통이었으며, 발놀림에 특징이 있었다. 격렬한 춤을 추는 쇼걸이 머리 모양을 흩뜨리지 않으려고 균형을 잡는 듯한 몸짓이었다. 여자가 뒤돌아보았을 때 놀랄 만큼 젊다는 것을 알았다. 과연 연예인인 듯 칙칙한 화장을 하고 필요 이상 빨간 입술연지를 발랐다. 이른바 극장가의 선전 유인물에서 흔히 볼 수 있는 미인형으로, 털가죽 코트 속에서 몸을 뒤트는 몸짓으로 보아 남자의 욕망을 몹시 자극하는 여자인 듯했다.

"나를 속일 수 있을 것 같아?" 여자가 되풀이해 소리쳤다. "내가 오늘 여기 온다는 것을 영감은 잘 알고 있단 말이야. 잠깐 그 전화를 좀 써야겠어."

실리아의 얼굴이 발갛게 물들었다. "정말 안 계세요. 오후에 병원으로 문병 가셨어요. 그러니까 전할 말씀이 있으면……."

"물론 전할 말이 있지. 하지만 당신같이 얄미운 사람에게는 말하지 않겠어. 영감 집 전화 번호를 알고 있겠지?"

"몰라요." 실리아는 거짓말을 했다.

여자 손님은 능청맞게 웃었다. 충실한 비서의 어설픈 거짓말을 꿰뚫어본 모양이었다. "좋아, 당신에게는 당신의 의무가 있을 테니까. 하지만 나에게도 중대한 문제야, 이건! 해거티 씨에게 말해 줘요."

"잘 알았습니다. 이름과 주소를 가르쳐주시겠어요?"

"이름은 갠더, 갠더 양. 전화 번호는 해거티 씨가 잘 알고 계시지."

실리아가 받아 적고 있는 동안 여자는 책상에 장식된 꽃병으로 눈길을 보냈다. 이윽고 요염하게 미소지으며 카네이션을 가지에서 꺾어 구슬 핸드백에 넣더니 뒤틀린 손짓으로 탁 닫았다. 그리고 몸을 돌려 하이힐 소리를 요란하게 내며 엘리베이터 쪽으로 걸어갔다.

여자 손님이 가자 데이비드는 책상으로 다가갔다.

"굉장하군! 별별 사람이 다 오는 모양이구려."

실리아가 대답했다. "흔히 있는 일이에요."
그러고 나서 그녀는 몹시 바쁘게 일하기 시작했다.

데이비드는 갠더라는 여자가 보인 호머 해거티에 대한 무시무시한 기세를 생각하며 자기 방 쪽으로 걸어갔다.

그는 자기 의자에 앉는 순간 문득 그녀의 구슬 핸드백 표면에서 반짝이던 순금으로 새겨진 듯한 머리글자가 머리에 떠올랐다.

'A.G'.

데이비드는 힘차게 휘파람을 불고 쟈니와 이야기를 나누기로 마음먹었다.

쟈니는 잡지 한 페이지에 실은 한 다스나 되는 작은 사진들을 들여다보며 생각에 잠겨 있었다. 눈살을 찌푸리고 확대경을 통해 사진을 뚫어지게 들여다보는 중이었다.

"쟈니!" 데이비드가 말을 걸었다. "어제 찍은 사진을 고르고 있소?"

"네, 오후 내내 걸릴 것 같아요."

"잠깐 시간이 있으면 당신에게 물어볼 말이 있는데······"

쟈니는 멍한 얼굴을 들었다.

"기다릴 수 없어요? 문제가 생겨서 그래요."

"기다리지. 그런데 문제라니, 뭐요?"

"당신이라면 알지도 모르겠군요. 이것은 지난 달 '버크 베이비' 광고용으로 번스테인이 찍은 사진이에요. 그리고 이것은 어제 오후 스몰리가 찍은 거고요. 조금 이상하게 느껴지지 않아요?"

데이비드는 두 개의 사진을 번갈아 보았다.

"그다지 이상한 데는 없는 것 같은데."

"어딘지 석연치 않은 느낌이 들지 않아요?"

"모르겠군, 당신의 말뜻을."

"도널드 말인데요, 사진이 다른 것 같지 않으세요?"

"글쎄……하지만 아기는 아직 한 달도 안 되었으니까 하루 하루가 다르겠지."

쟈니는 손가락을 머리카락 속으로 쑤셔 넣었다.

"당신 말이 옳을지도 몰라요. 내가 조금 멍청했나 봐요."

"대체 무엇이 마음에 걸린다는 거요?"

"아니에요. 하지만 잠깐만, 아무래도 똑같은 아기 같지가 않아요."

데이비드는 자기 방으로 돌아와 멍청히 메프로바메이트 병을 들고 습관적으로 정제를 몇 알 꺼냈다. 그것을 삼키기 전에 한참 동안 혓바닥 위에서 굴려야만 했다. 신경 안정제는 쓴맛이 났다.

벌써 4시 30분, 퇴근 시간이 가까워져서 그다지 일할 기분도 나지 않았다. 그는 다시 한번 쟈니의 방으로 가서 아까 본 사진의 이상한 차이를 확인해야겠다고 생각했다. 그런데 갑자기 심한 피로감을 느꼈다. 그는 회전의자에 몸을 젖히고 앉아 창 너머로 보이는 하늘 한 조각을 바라보았다. 저녁 땅거미가 다가오자 대기에는 안개가 끼고 빌딩의 금속 뾰족탑은 빛을 잃기 시작했다. 그는 눈을 비비고 배를 마사지했다. 위가 쑤시듯이 아팠다. 의사의 진단이 잘못이었나? 궤양 증세가 생긴 건 아닐까……

아픔이 더욱 심해지자 그는 간신히 의자에서 몸을 일으켜 워터쿨러 쪽으로 걸어갔다. 그의 발은 냉수를 나오게 하는 페달을 찾을 수 없었다. 갑자기 현기증이 일어나 워터쿨러에 기대지 않으면 쓰러질 것만 같았다. '이게 무슨 꼴이람' 하고 그는 생각했다.

이때 루이스가 지나가다가 왜 그러느냐고 물었다. 그녀의 말이 뚜렷이 들리지는 않았으나 아무튼 괜찮다는 뜻의 대답을 했다. 그리고 자기 방으로 돌아가려고 애썼다. 방문이 묘하게 기울어져보여 두 손으로 문을 똑바로 해놓으려고 했다. 그러나 손가락에 힘이 풀리고 몸이 축 늘어지더니 위가 더욱 심하게 아파왔다. 안 되겠다 싶어 한숨을 쉬며 바닥에 주저앉자 와락 토해버렸다. 주저앉아 있는데 회사 직원들이 달려왔다. 그러나 그는 어떤 이들이 달려왔는지 알아볼 수가 없었다.

순도 99/44퍼센트

데이비드는 어딘가 소파에 누워 있었다. 머리 위에서 떠들썩한 말소리가 들렸다. 모두들 자기 나름대로 진단과 치료법을 지껄이고 있었으나, 어떻게 해야 좋을지 전혀 모르는 모양이었다. 기탄없는 의견 사이사이에 시원스러운 쟈니의 목소리가 들렸다. 그녀의 말이라면 절대로 틀림없을 것이다. 부디 그녀의 의견이 채택되기를 그는 빌었다. 그러나 과연 그렇게 되었는지 어떤지 그는 알지 못했다.

다음에 의식을 되찾아보니 붓글씨 글자처럼 가늘게 꼬인 코밑수염의, 달같이 동그란 얼굴이 눈에 들어왔다. 잠시 후 풀어 헤쳐진 가슴에 청진기가 차갑게 와닿았다. 목소리는 낮지만 날카로운 질문에 그는 뭐라고 중얼중얼 대답했다. 이윽고 잠에 빠져들었다. 꿈을 꾸기 시작하자 조금 기분이 나아졌다.

그 다음에 택시를 탄 것 같고, 쟈니의 부드러운 손이 얼굴을 어루만지는 듯했다. 그리고 자기 침대가 어찌된 일인지 지금까지보다 훨씬 쾌적하고 호화스러운 느낌이 들었다. 그는 베개에 얼굴을 묻고 귀를 기울였다. 부엌에서 기분 좋은 소리가 들려왔다. 오븐의 열기가 두 뺨을 달아오르게 했고, 낮게 콧노래를 부르며 그릇에 무언가를 섞고 있는 귀여운 쟈니의 모습을 상상하며 그는 입가에 흐뭇한 미소를 떠올렸다. 얼마나 나무랄 데 없이 아름답고 가정적인 그림인가! 이윽고 쟈니가 침대 옆을 지나갔다. 데이비드는 매끈한 명주 같은 다리에 불쑥 손을 뻗었다.

"아얏!" 그는 한쪽 눈을 뜨고 아픈 손목을 매만졌다. "어째서 나를 꼬집지?"

"부정한 손이니까요. 당신은 병에 걸려 있으므로 지금 같은 짓을 해서는 안 돼요."

데이비드는 일어나려고 했으나 몸이 말을 듣지 않았다. "누가 병에 걸렸단 말이오?" 그는 모기 소리만한 목소리로 말했다. "병에 걸린 게 아니라 관 속에 한 발을 집어넣고 있는 거요."

쟈니는 침대 가에 걸터앉아 걱정스러운 표정을 지었다. "기분이 언짢아졌어요?"

"그 정도가 아니라 임종이 가까웠단 말이오. 그러니 마지막 소원을 들어주어도 되지 않겠소? 아얏!"

쟈니가 엄격한 목소리로 말했다. "아시겠어요? 얌전히 굴어야 해요. 어설픈 연극은 그만둬요. 시시한 유혹이란 말이에요."

데이비드는 마침내 두 눈을 떴다. "대체 왜 이러는지 모르겠군. 위가 도려내듯 아프니."

"당신은 회사에서 의식불명이 되었어요. 같은 빌딩의 의사가 진찰했는데, 일종의 식중독이라고 말하더군요. 그래도 목숨만은 건진 셈인데, 혼났지요?"

"식중독이라고?"

데이비드의 눈썹이 치켜올라갔다. "우리는 점심때 같은 음식을 먹었잖소. 둘 다 이탈리아 요리 스캄피아와 송아지 스카로피네를 먹었는데, 어째서 당신은 식중독에 걸리지 않았지?"

"안 걸려서 미안합니다!"

"이건 심각한 이야기요." 데이비드는 몸을 일으켜려다가 아랫도리가 몹시 뻣뻣해 깜짝 놀랐다.

"아니, 언제 파자마를 입었을까?"

쟈니의 우윳빛 얼굴이 단풍빛으로 물들었다.

"서랍에 들어 있더군요. 파자마에 풀을 먹이지 말라고 세탁소에 말해야 할 거예요. 저절로 옷장에서 나와 침대로 기어들어갔어요. 이 뻣뻣한 파자마가."

"맙소사! 그럼, 우리는 지금 곧 결혼해야 되겠군." 데이비드는 탐나듯이 말했다. "사람들은 말이 많으니까."

"걱정할 것 없어요. 나는 대학에서 간호학을 배웠기 때문에 이 정도의 특권은 있거든요." 그녀는 데이비드의 눈을 보지 않으려고 했지만 마침내 그의 표정에서 장난스러운 기분이 사라져졌음을 알았다. "무언가 마음에 걸리는 일이 있어요?"

"이건 식중독이 아니오, 쟈니. 식중독과는 다르오. 의식을 잃기 직전에 메프로바메이트를……"

"뭐라고요?"

"밀타운." 데이비드는 눈살을 찌푸리며 말했다. "약 두 달 전부터 복용해 왔소. 제발 놀리지 마오, 쟈니!"

"밀타운? 그런 것 때문에 병에 걸릴 리가 없잖아요?"

"그렇소. 그런데 오늘 먹은 알약은 좀 이상한 맛이 났던 게 기억나는군. 씁쓰레한 맛. 마실 때는 별로 이상하게 여기지 않았는데 1분 뒤 갑자기 현기증이 났소. 범인은 틀림없이 그 약일 거요."

"약이 잘못된 것일까요?"

"그럴지도 모르지. 처방이 잘못되었을지도 모르고, 아니면……"

그는 말을 하다 말았다.

"아니면?"

"당신은 내 머리가 돌았다고 할는지 모르지만, 그것은 비소나 시안 화물이었을 거요. 즉 순수한 독약이었지 식중독이 아니라는 말이오."

"무서운 생각이에요, 데이브! 당신의 약병에 어떻게 독약이 들어 있겠어요?"

"대답은 한 가지밖에 없소. 누군가가 그 속에 넣었겠지."

데이비드는 다시 침대에 벌렁 누워 눈을 감았다. 쟈니의 얼굴에 혼란된 공포의 표정이 떠오르는 것도 보지 못했다. 의사가 어떤 진정제를 먹였는지 약 기운이 아직 남아 있어 그는 금방 잠들고 말았다. 저녁 무렵 소름끼치는 짧은 꿈을 꾸었다. 헬로 로스가 기관사 자리에 앉아 역겨운 냄새가 나는 가시나무 뿌리 파이프를 입에 물고 시커먼 담배 연기를 뭉클뭉클 뿜어 올리고 있는 꿈이었다.

다음날 아침 10시 30분까지 잠을 잤다. 깨어보니 스스로도 깜짝 놀랄 만큼 기분이 좋았다. 회사로 전화하자 교환원이 대뜸 그의 목소리를 알아듣고 병은 좀 어떠냐고 물었다.

"다 나았소, 케네디 부인. 오후에는 출근할 수 있을 거요. 루이스를 잠깐 대주겠소?"

케네디 부인은 장뇌유라든가 발에다 하는 더운 찜질 같은 여러 가지 민간요법을 길게 늘어놓은 뒤 겨우 전화를 연결시켜 주었다. 조금 뒤 루이스가 말했다.

"로빈스 씨 사무실입니다."

루이스는 데이비드의 목소리를 듣자 흐느껴 울기 시작했다.

"걱정 마오, 루이스. 이제 다 나았으니까. 위가 조금 아팠을 뿐이오, 연락온 덴 없었소?"

"실렝스커 백작 부인뿐이었습니다. 병이 나셔서 오늘 출근하지 못하실 것 같다고 말했더니 왜 그런지 아주 이상한……"

"무엇이 이상했다는 거요?"

"백작 부인의 말투가 이상했어요. 내 말을 믿으려 하지 않는 것 같았거든요."

데이비드는 신음 소리를 냈다. 그는 진지한 목소리로 말했다.

"그럼, 루이스. 오늘은 출근하지 않겠소. 무슨 일이 있거든 6시까지 연락해 주시오. 6시 이후에는 집에 없을 테니까."

데이비드는 버크 유아식으로 다이얼을 돌렸다.

"백작 부인이십니까? 데이비드입니다."

"어머나, 이상하군요." 그녀는 쌀쌀맞게 말했다. "당신은 분명히 병이 났다는 이야기를 들었는데요, 데이브."

"이제 다 나았습니다. 어제 위가 좀 아팠습니다만, 이젠 상관없습니다. 괜찮으시다면 주말에 찾아뵙고 말씀드리고 싶군요."

"정말이에요, 데이브?" 그녀의 목소리가 다시 밝아졌다.

"정말이고말고요. 일에서 벗어나지 않으면 몸이 견뎌내지 못할 것 같습니다."

"저런, 가엾어라!" 백작 부인의 목소리에는 어느새 쌀쌀함이 가시고 부드러우며 모성적인 울림이 담겨 있었다. "로망빌라 저택에 가면 충분히 간호해 드릴게요. 하지만 솔직히 말해서 아까 전화했을 때……" 하며 그녀는 웃었다. "당신이 또 나를 피하려고 새로운 구실을 만든 줄 알았어요. 당신은 어리석은 여자와 교제하고 있다고 생각하는 건 싫겠지요?"

"지나친 생각은 말아주십시오. 무슨 일이 있어도 찾아뵙겠습니다."

"좋아요. 6시쯤 자동차를 가지고 가겠어요, 데이브. 옷에 대해서는 신경쓰지 말아요. 로망빌라 저택에서는 격식 같은 걸 차리지 않기로 하고 있으니까요."
"그럼, 6시에 만나 뵙겠습니다, 백작 부인."
데이비드는 전화기를 놓고 얼굴을 찌푸렸다.

데이비드는 오후에 일어나 달걀부침과 땅콩버터를 바른 샌드위치를 아침 겸 점심으로 들었다. 달걀은 갈색 비로드 같은 맛이 났고, 샌드위치는 합성수지 같은 맛이 났다. 4시 30분이 되자 주말 여행 준비를 시작했다.
"대체 왜 이렇게 내키지 않을까?" 데이비드는 욕실 거울에 비친 자기 얼굴을 향해 중얼거렸다. "그녀도 꽤 괜찮은 여자다. 게다가 진짜 백작 부인이고. 귀족 여자와 함께 밤을 지낼 기회가 그리 흔한 줄 알아?"
그러나 이런 생각도 그를 만족시켜 주지는 못했다. 마거리트 실렝스커 백작 부인이 화려한 깃털장식과 귀족 칭호를 가지고 있음에도 불구하고 데이비드의 마음을 끌지 못하는 건 그에게 쟈니가 있기 때문이었다.
데이비드는 쟈니를 생각하자 그만 신음 소리가 나왔다. 이번 주말에 그가 어딘가로 끌려간다는 것, 그리고 그가 초대자의 이름을 끝내 말하지 않으리라는 것을 쟈니는 알고 있었다. 만일 그녀가 의무라는 구실을 내세워 백작 부인이 하는 짓을 꿰뚫어본다면……
그는 젖은 타월로 머리를 식혔다.
6시 5분이 조금 지나자 아래에서 요란한 클랙슨 소리가 들려왔다. 창문으로 내려다보니 빨간 칠을 한 대형 이탈리아제 자동차가 멈춰서 있었다. 대담하기 짝이 없는 자동차로, 길가에 서 있는 플리머드나 시보레 속에서 특이하게 보였다. 데이비드는 슈트케이스를 들고 초대자에게 인사하기 위해 층계를 뛰어내려갔다.

이날 백작 부인의 의상은 온통 털가죽이었다. 푹신한 밍크 코트를 입고 있었으나 살찐 몸에는 어울리지 않았다. 커다란 털가죽 모자는 조그맣고 하얀 담비 꼬리로 장식되어 있었다. 그리고 하얀 담비 털가죽으로 소맷부리를 꾸몄으며, 검은 장갑을 끼고 있었다. 데이비드는 그 모습을 보자 털가죽을 두른 담배에서 뭉글뭉글 연기가 솟아오르지 않을까 생각될 정도였다.

데이비드가 자동차에 올라타자 백작 부인은 입술에 힘을 주어 마치 집에서 기르는 강아지 같은 표정을 지으며 진심으로 만족한 듯 털가죽같이 부드러운 목소리로 인사했다.

"정말 기뻐요, 데이브. 드라이브해도 몸이 괜찮겠어요?"

"네, 문제없습니다." 데이비드가 대답했다. "자주 그러니까요."

"몹시 괴로워했다는 말을 들었는데, 당신 정말 기절했었나요? 그게 사실인가요?"

"네, 그렇습니다. 생각해 보니 생선을 잘못 먹은 것 같습니다."

"그랬군요. 아무튼 조심하셔야겠어요, 데이브."

"네." 그는 깊이 생각하며 대답했다. "아주 조심하겠습니다, 백작 부인."

드라이브는 한 시간도 넘게 걸렸다. 가벼운 드라이브라고 할 수는 없었다. 백작 부인은 자동차 창문을 열고 푹신한 털가죽 코트에 몸을 감싼 채 얼굴에 와 닿는 차가운 바람의 감촉을 즐겼다. 데이비드는 속에 털가죽을 대지 않은 톱코트(춘추용의 가벼운 반코트)만 입고 있어 추웠다. 그러나 춥다고 하면 부인을 화나게 만들 것이다. 부인은 고속 도로를 달릴 때 이외에는 줄곧 소녀처럼 들떠서 떠들어댔다. 그리고 한눈팔지 않고 운전에 온 힘을 기울여 외국제 고급 승용차를 최대 속력으로 몰았다. 어지간히 빨리 도착하고 싶은 모양이었다. 그 기분이 데이비드는 마음에 들지 않았다.

 드라이브가 거의 끝날 무렵 추위와 바람 때문에 데이비드의 눈은 뜨끔뜨끔 아프기 시작하여 페니콕 만 근처에서부터 보이기 시작한 큰 저택의 윤곽도 거의 알아볼 수 없었다. 저택은 완전한 고딕풍 건축이었다. 둥근 천장이며 돌출부도 돌로 만들어지고 수직선이 많았으며, 하늘을 향해 솟은 뾰족탑이 있어 마치 교회처럼 보였다.

 저택 안으로 들어서자 마음이 가라앉았다. 천장에는 돌출부와 부벽(扶壁)과 좁은 창이 있었는데, 그 딱딱함을 갈리스텐의 카펫과 게오르규 옌센의 골동품과 댐버의 가구들이 부드럽게 해주었다. 저택 안에는 여느 집 방의 수보다 더 많은 복도가 있고, 거실——백작 부인은 거실이 아니라 '살롱'이라고 말했지만——은 축구 연습을 해도 될 만큼 넓었다.

 하인이 코트를 받아들자 마음은 겨우 안정되었다. 두 사람은 커다란 석조 난로를 바라보며 얼음같이 차가운 마티니를 손에 들고 앉았다. 백작 부인이 직접 일어나 촛불과 난로에 불을 붙였다. 대단한 설비임은 데이비드로서도 인정하지 않을 수 없었지만, 순진한 젊은이인 자기가 지금 여자 흡혈귀에게 유혹당하고 있다는 생각을 하자 기분이 좋지 않았다.

 "어때요?" 푹신한 10피트 길이의 소파 한구석에 앉아 백작 부인이 깊이 숨을 들이마셨다. "그다지 나쁘지 않지요?"

 "훌륭합니다." 데이비드는 내키지 않는 듯 대답했다.

 "밝은 햇빛 아래에서 봐요. 정원이 깜짝 놀랄 만큼 멋있답니다. 전에는 손질을 자주 했었지요. 요즈음에는 그렇지 못하지만. 당신 몸은 정말 괜찮아요?"

 "네, 괜찮습니다." 같은 소파 한쪽 끝에서 데이비드가 대답했다.

 "그렇게 떨어져 있지 말고 이리 가까이 와요." 그녀는 자기가 앉은 바로 옆을 톡톡 두드렸다. "여기 앉아서 이야기해요. 사업 이야기는 그만두고, 그 점을 약속해 줘야겠어요, 데이브."

데이비드는 백작 부인 옆으로 다가갔으나 이야깃거리가 없었다. 그런데 마침 맨틀피스 위에 놓인 초상화가 그에게 힌트를 주었다. 장교 견장이 달린 푸른 군복을 입고 턱이 연약해 보이는 진지한 표정의 남자였다. 그가 말했다.

"주인에 대한 이야기를 해주지 않겠습니까?"

"앤드루 말이군요. 별로 이야기할 것도 없어요. 앤드루는 그저 앤드루일 뿐이었어요. 지금은 없어진 옛날의 명문 학교를 나온 신사였지요."

백작 부인은 나직하게 웃었다.

"우리는 너무 어릴 때 결혼했어요. 양쪽 부모님이 우리의 약혼을 결정지으셨는데, 나는 겨우 10살, 앤드루는 14살 때였지요. 상상 좀 해봐요! 그래서 나는 미국이 좋아졌어요. 낭만적인 연애를 할 수 있는 곳이니까요. 진짜 연애라고 할 수는 없지만, 아무튼 즐거운 일이지요. 당신은 그렇게 생각지 않아요?"

"그렇습니다." 데이비드가 대답했다.

"그렇다고 해서 내가 앤드루에게 열중하지 않았던 것은 아니에요. 군복을 입으면 아주 멋져 보였거든요. 데이브, 당신도 군대 경험이 있어요?"

"두 번 입대했었지요. 소집을 받았기 때문에. 하지만 군복 입은 내 모습은 도저히 저렇지 못합니다. 두 번 다 하사였으니까 견장 따위도 없었지요. 하사에게 무슨 장식이 있겠습니까?"

"좀더 가까이 와요."

데이비드는 조금 더 다가갔다.

"아아, 비라도 내려주었으면!" 백작 부인은 고개를 반짝 쳐들고 드라마틱하게 말했다. "옛날식의 이색적인 창문에 비가 들이치는 소리를 나는 아주 좋아해요!"

"알 것 같습니다, 그 기분을." 데이비드는 안절부절못하며 말했다. "여기는 별로 차분하지 못하지요? 바깥은 비, 안에는 난로, 평범한……"

드디어 올 것이 왔구나 하고 데이비드는 생각했다. 이제 피할 수 없다. 달아날 수도 없다. 그냥 내버려두어도 이 이상 더 사태가 악화되지 않을 것이다. 독신자로서의 명예를 지키기 위해 새삼스럽게 싸워봐야 소용없을 것이다. 데이비드는 이미 달아나려는 노력에 지쳐버렸다. 백작 부인에게 바싹 다가가 왼팔을 가만히 그녀의 어깨에 감았다. 그리고는 '이제 항복했습니다'라고 말하듯이 어깨를 으쓱해 보이며 오른손을 그녀의 허리에 갖다댔다. 순간 그녀는 깜짝 놀라는 듯했으나 데이비드는 이 틈을 타서 부리나케 키스했다.

"데이브!"

그녀의 목소리는 낮지도 않고 부드럽지도 않았다. 완전히 놀라서 지르는 목소리였다.

"데이브! 무슨 짓이에요?"

"아아, 실례했습니다, 백작 부인."

"정말 분별없는 도련님이군요! 나 같은 할머니에게 그런 식으로 키스하다니, 대체 무슨 뜻이지요?"

"네?"

그녀는 느닷없이 웃음을 터뜨렸다. "여기서, 저 앤드루의 초상화 앞에서 말이에요! 당신에게 자극이 지나쳤나 보군요, 데이브."

"무슨 뜻입니까?"

"나도 잘 모르겠어요. 아무튼 다정하게 대해주어서 고마워요." 부인은 우습다는 듯이 데이비드를 바라보았다. "내가 당신을 유혹하는 줄 알았나요? 정말 무서운 사람이군요!"
"저, 백작 부인……"
"데이브, 나는 자신을 잘 알고 있어요. 여러 가지로 바보짓을 많이 해온 여자지만, 고맙게도 지금은 남자에 대해 전같이 어리석은 생각을 갖고 있지 않아요. 두 번 다시 키스하지 않겠다고 약속해 주면 나의 진짜 나이를 가르쳐주지요. 48살이에요, 데이브, 당신 어머니와 비슷한 나이일 거예요. 그건 그렇고……."
부인은 다시 눈을 깜박거리며 스커트의 구김살을 폈다.
"이런 이야기는 이제 그만해요. 당신에게 소개할 사람이 있어요."
"그렇다면 다른 사람도 초대하셨습니까?"
"그렇다고 할 수는 없어요, 이 저택에 살고 있는 사람이니까."
부인은 다시 방긋 미소를 지었다. 아이를 나무라는 너그러운 어머니 같은 미소였다.
"이 장난꾸러기 도련님, 잠깐만 여기 앉아 있어요. 곧 돌아올 테니까."
백작 부인이 방에서 나가자 데이비드는 소파에 깊이 몸을 파묻고 자신이 바보가 된 듯한 기분에 젖었다. 초상화를 올려다보았다. 앤드루의 얼굴은 이미 고지식하게 보이지 않았다.
백작 부인이 돌아왔다. 그 뒤에 젊은 여자가 서 있었다.
"데이브," 백작 부인이 말했다. "내 딸 소냐예요."
백작 부인은 딸을 앞으로 내세웠다. 데이비드는 깜짝 놀랐다. 어쩌면 이렇게 늘씬하고 요정처럼 아름다울 수가 있을까! 비쳐 보일 듯 투명한 살결과 머리를 둘러싸듯 왕관 모양으로 빗은 검은 머리카락이 선명한 대조를 이루었다. 갸름한 얼굴의 반투명한 살결 밑에서 섬세한 모양을 연상케 하는 뼈가 희미하게 비쳐보였다. 커다란 눈은 연보랏빛이었다. 그러나 그 뛰어나게 아름다운 눈빛은 속눈썹을 자주 내려뜨기 때문에 거의 감추어지는 듯한 느낌이었다. 데이비드는 이처럼 아름다운 여자를 아직 본 적이 없었다. 이를테면 이 세상 사람이 아닌 천사와 같은 아름다움이었다.

데이비드는 미소를 지으려고 애쓰며 어리석은 말을 중얼거렸다.
"나는…… 나는 따님이 계신 줄 몰랐습니다."
"알고 있는 사람은 거의 없어요. 소냐는 이 세상에서 내가 가장 사랑하는 대상이에요. 소냐, 이분에게 인사드려라."
"처음 뵙겠습니다." 소냐는 목구멍에서 나오는 목소리로 말했다.
데이비드는 그녀가 내민 손을 살며시 쥐었다. 가냘픈 손을 다치게 하고 싶지 않았던 것이다. 그러나 그녀의 섬세한 손가락에는 뜻밖에도 힘이 있었다.
"어머니에게서 여러 번 말씀 들었어요, 로빈스 씨. 만나 뵈어서 기뻐요."
"어쩌면 그렇게도 딱딱하지!" 백작 부인이 웃었다. "자, 모두 앉읍시다. 데이브, 소냐에게 마실 것을 만들어주겠어요? 소냐는 루트비어(나리꽃 뿌리로 만든 알코올 성분이 거의 없는 음료. 올드 패션드라고도 함)를 좋아한답니다. 당신 만들 수 있겠어요?"
"네, 할 수 있습니다." 데이비드는 초조하게 말했다. "홈바는 어디 있습니까?"
"저기요." 백작 부인이 명랑하게 말했다. "오늘 밤은 모두 즐겁게 지냅시다. 우리 식사가 끝난 뒤 아주 재미있는 놀이를 해요. 스크래블(말 잇기와 비슷한 놀이)을 하며 놀아요!"
"그거 좋겠군요." 데이비드는 위스키 병을 집어 들며 침울하게 대답했다. "스크래블이라면 아주 재미있지요."
난롯불이 힘차게 타올라 부벽까지 핥아버릴 기세였다. 실렝스커 모녀는 소파에 편안히 앉아 손님이 어설픈 솜씨로 음료 만드는 모습을 황홀한 듯이 바라보고 있었다.

 일요일 오후 4시 데이비드 로빈스는 로망빌라 저택을 나왔다. 기차를 타고 시내로 돌아가는 것은 아주 즐거운 일이었다. 예상했던 것과는 전혀 다른 결과였으나 왜 그런지 불안한 기분이 가시지 않았다. 백작 부인이 보여준 호의는 여전히 변함이 없었다. 애인으로서가 아니라 양자(養子)에 대한 호의였던 것이다……
 소냐가 마음에 들지 않은 것도 아니었다. 그녀에게는 옛 대륙의 마술 같은 분위기가 있다. 그것은 일종의 신비스러운 아름다움이었다. 데이비드는 그 아름다움을 옛 유럽의 여왕이나 왕녀를 충실히 그린 색 바랜 초상화와 연결시켜서 생각해 보았다. 그러나 데이비드는 의지가 굳센 사나이였다. 연애든 사업이든 상대편에서 미리 차려놓은 밥상에 달려드는 것을 좋아하지 않았다. 롱아일랜드 철도의 떠들썩한 현실로 돌아오자 그는 마음속으로부터 자유를 느끼고 기뻐했다.
 플랫폼에서 신문을 산 그는 몸을 녹이기 위해 역의 좁은 대합실로 들어갔다. 이 시각에는 기차가 자주 있지 않았다. 오래 기다려야만 할 것이다. 그는 나무의자에 앉아 신문을 펼쳤다.
 제1면에 선을 두른 큰 제목이 보였다.

 5번 거리 호텔에서 여자 피살

 〈1월 9일 뉴욕 발〉오늘 아침 5번 거리 남쪽 파크 캘튼 호텔에서 미모의 쇼걸이 살해당했다. 피해자 애니 갠더 양은 오후 2시 30분 호텔 여자 종업원에 의해 시체로 발견되었다. 경찰은……

데이비드는 여기까지밖에 읽지 않았다. 그 다음은 읽고 싶은 마음이 없었다.
 그는 구슬 핸드백에 새겨진 금빛 머리글자를 생각했다.
 'A.G'.

대용품은 쓰지 마세요

 48번 블록에 있는 '크롬웰 화학연구소' 연구원은 데이비드가 생각하는 목적을 듣고도 그다지 놀라거나 흥미를 보이지 않았다. 그는 여덟 정 남아 있는 메프로바메이트 병을 받아 들자 번호를 매긴 뒤 영수증을 써주며 분석이 끝나면 전화로 알려주겠다고 약속했다.
 회사로 돌아오기는 했으나 아무래도 일이 손에 잡히지 않았다. 오전 중에 여러 사람들이 몰려왔던 것이다. 해거티 테이트 어소시에이트의 직원들은 몸이 좀 어떠냐고 호기심에 가득 찬 눈길로 물어왔다. 그런데다 데이비드 자신도 좋지 않은 문제로 머리를 썩이고 있었기 때문에 광고 일에 주의를 집중시키기가 쉽지 않았다——업자들 사이의 치열한 경쟁에서 이겨야만 하는 위기에 놓여 있는 상황임에도.
 과연 누가 신경 안정제 병에 독약을 넣었을까? 그는 대답을 얻으려는 생각도 없이 자기 자신에게 물어보았다. 데이비드 로빈스를 죽이고 싶을 만큼 미워하는 사람이 누구일까? 이처럼 상냥하고 선량한 젊은이를! 최근에 소드 포인트의 플랫폼에서 있었던 일도 단순한 사고였을까? 데이비드가 전례 없이 껑충 승진한 데 대해 헬로 로스가 정말 원망하고 있는 것일까? 핼로는 뉴욕에서 떨어진 소드 포인트에 살고 있었다. 아니, 의심하려 들면 해거티 사장을 비롯하여 많은 직원들까지 의심해야 할 것이다. 아니면 이 일이, 정체를 알 수 없는 A.G 양과 12만 5천 달러와 이스트사이드의 고급 호텔에서 죽은 여자와 관계 있는 것일까?

'이제 그만 생각하고 내일로 미루자' 하고 데이비드는 마음먹었다. '내일이면 알게 되겠지. 아니, 내일이면 늦을까?'

"월요일의 우울증이오?"

방문 앞에서 조 스피겔의 코맹맹이 목소리가 들려왔다. 후리후리하게 키가 큰 조가 훌쩍 안으로 들어와 몸을 접듯이 의자에 앉았다. 데이비드는 애써 상냥한 미소를 지어보였다.

이때 문득 데이비드는 한 가지 일이 생각났다.

"조, 당신 혹시 경찰에 아는 사람 없소?"

"교통규칙 위반 관계자라면 아는 사람이 있소."

"조금 알아볼 일이 있는데…… 오늘 아침 〈타임스 익스프레스〉로 전화를 걸어보았지만 아무것도 알아내지 못했소."

"누가 전화를 받던가요?"

"모르겠소. 아마 사회부 사람이었겠지요. 기사로 발표한 것이 전부이며, 더 이상의 뒷이야기는 없다는 거요."

"무슨 기사인데요?"

데이비드는 조금 망설였다. 그러나 개방적이며 시골 사람같이 우직해 보이는 조의 얼굴을 보고는 털어놓기로 마음먹었다.

"실은 살인 사건 기사요. 어떤 여자가 호텔에서 살해당했소. 그런데 그 여자의 이름을 어디서 들은 적이 있는 것 같거든요. 그래서 내가 알고 있는 여자가 아닌가 알아보고 싶은 거요."

"그런 일이라면 매디슨 애버뉴에 간단한 방법이 있잖소." 스피겔은 태평스럽게 말했다.

"무슨 뜻이지요?"

"광고부에 전화해 보시오. 〈타임스 익스프레스〉는 해거티 테이트에게서 늘 광고 의뢰를 받고 있으니까 틀림없이 당신 말을 들어줄 거요."

데이비드는 당황했다. "그게 왜 광고부와 관계가 있지요?"

"당신은 아직 신출내기로군. 〈타임스 익스프레스〉의 범죄 관계 기자와 연락을 취하게 해달라고 부탁하는 거요. 잡담이나 좀 나누고 싶다면서. 알겠소?"

"그거 참, 좋은 아이디어로군." 데이비드가 말했다.

"그렇지요." 조 스피겔이 말했다. "아이디어를 낳는 것이 내 직업이라오."

광고부 직원은 갤러하라는 사나이였는데, 기꺼이 주선해 주겠다고 대답했다. 그리고 그날 오후 갤러하가 데이비드에게 알려왔다.

"로빈스 씨? 맥스 슬링거라는 기자가 있습니다. 갠더 양 사건 담당자지요. 몹시 바쁘지만 5시부터 한 시간쯤 틈을 낼 수 있답니다. '시티 룸'에서 만나시겠습니까?"

"'시티 룸'이란 사회부를 말하는 게 아닙니까?"

갤러하는 소리죽여 웃었다. "혼동하기 쉽지만, 신문사 맞은편에 있는 바 이름입니다. 그리고 맥스의 말투에 화내지 마십시오. 맥스는 노련한 기자인데다, 광고업자가 아기를 잡아먹는다고 생각하고 있거든요."

"알았습니다. 예술 대 상업, 영원한 확집(確執)이라는 말이로군요."

"네? 뭐라고 하셨습니까?"

"아니, 아무것도 아닙니다. 여러 가지로 고마웠습니다, 갤러하 씨."

3시 30분, 크롬웰 화학연구소에서 데이비드에게 전화가 걸려왔다. 결과는 아무것도 아니었다. 예상했던 대로 메프로바메이트 병에는 신경 안정제가 여덟 알 들어 있을 뿐, 아무 이상도 없었다.

4시 45분, 데이비드는 41번 블록 끄트머리에 있는 '시티 룸 바 앤드 레스토랑' 입구에 택시를 세웠다. 시큼한 냄새가 나는 선술집 같은 곳이었는데, 벽 밑 부분에 칙칙한 판자가 둘러쳐지고 바닥에는 톱밥이 뿌려져 있었다. 아마 이 술집에 여자 손님은 절대로 들어오지 않을 것이다.

데이비드는 이런 남성 취향의 술집보다는 부드러운 조명과 기포(氣泡) 고무의 긴 의자와 간드러진 여자들의 웃음소리가 들리는 곳이 좋았다. 맥스 슬링거는 구석 박스에 앉아 있었다. 신문 기자 중에는 이처럼 우중충한 선술집에 늘 죽치고 있는 사람이 많다. 격렬한 신문 기자 기질에 맞는다고 생각하는 모양이다.

"슬링거 씨입니까? 데이비드 로빈스입니다."

데이비드가 손을 내밀자 슬링거는 살짝 손가락을 대는 것으로 악수를 대신했다. 이 범죄 담당 기자는 등이 굽고 마른 사람이었는데, 얼굴이 비바람에 시달려 바래고 이마가 벗어져 있었다. 고대 사막에 살던 잔인한 동물을 연상케 하는 사나이로서 나이는 52, 3세쯤 되어 보였다.

"마티니는 주문하면 안 됩니다, 로빈스 씨. 거스라는 녀석은 아주 지독한 마티니를 만드니까요. 베르무트(포도주에 베르무트 초 등 50여 종의 향료 약품을 우려서 만든 술)를 넣는단 말이오."

"나는 맥주를 마시겠습니다."

데이비드는 미소지으며 박스로 들어갔다.

"역시 애드맨이로군……" 슬링거는 중얼거렸다. "나는 버번위스키가 입에 맞소. 이 술집에 있는 순수한 미국 술은 버번뿐이니까. 그런데 당신은 애니 갠더와 어떤 사이요?"

"아무 사이도 아닙니다. 다만, 사건을 좀더 자세히 알고 싶을 뿐입니다. 굼뜬 신문에는 아직 기사가 나와 있지 않더군요."

"그럴 테지. 경찰이 허락할 때까지 발표할 수 없으니까. 그들은 범인이 누구인지 짐작이 가는 모양인데, 그자가 잡히면 그때 기사로 쓸 수 있을 거요."

"정말입니까?" 데이비드가 정중하게 물었다. "용의자는 누구입니까?"

"넉살좋은 질문이로군. 나도 학교에 다닌 적이 있소, 로빈스 씨. 코르셋 광고문 따위는 쓰지 못하지만." 신문 기자는 핑크 빛 대머리를 박스에서 내밀었다. "거스, 한 잔 더 주게. 그리고 맥주 한 병!"

"사정을 모두 말씀드리는 편이 나을 것 같군요." 데이비드가 곧 말했다. "사실 나 자신도 아직 내가 생각하고 있는 여자가 바로 애니 갠더인지 어떤지 확실치 않습니다. 인상을 설명해 주시면……."

"간단하오. 초상화를 그려주겠소. 검은 머리를 금발로 물들이고 있었지요. 보랏빛이 도는 파란 눈, 포동포동한 엉덩이, 굉장한 술꾼──세상에 이런 여자가 많다는 것을 어머니에게서 배운 적이 없소?"

데이비드는 화가 났으나 참고 다시 물었다. "금발이라고요?"

"보랏빛이라고는 하지 않았소. 대체 왜 그러는 거요? 무엇 때문에 그런 값싼 여자에게 흥미를 갖지요?"

"값싸다고요? 그 호텔은 값싼 곳이 아니던데요."

"그랬던가? 그렇다면 조금 비싼 여자가 되어 있었는지도 모르겠군. 하지만 값싼 여자는 결국 값싼 여자요. 이 점을 잊어서는 안 되오. 나는 여자에 대해서 몹시 짜다오."

데이비드는 테이블 너머로 이 신랄한 사나이를 찬찬히 바라보며 그의 과거에 여자가 있었구나 생각했다. 그 여자에게 어떤 상처를 입혔는지는 모르지만, 아직도 슬링거의 마음에서 상처가 가시지 않은 모양이다.

"이건 장난이 아닙니다, 슬링거 씨. 자세한 인상을 알고 싶습니다. 내가 알고 있는 여자는 아직 젊어 스물 한 두엇 되어보였고, 키는 5피트 10인치쯤, 머리카락은 은빛이 도는 금발, 아름답지만 독살스러운 데가 깃든 얼굴에 짙은 화장을 하고 있었습니다. 쇼걸, 아니면 전에 쇼걸로 일한 적이 있는 여자 같았습니다. 구슬 핸드백에는 금속으로 머리글자가 새겨져 있었지요. 어떻습니까, 살해당한 여자와 비슷합니까?"

"꼭 맞는군." 슬링거는 퉁명스럽게 대답하며, 눈앞의 테이블에 내동댕이치듯 술을 갖다놓은 손목이 늙은 급사의 얼굴을 쳐다보았다.

"구슬 핸드백도?"

"핸드백 같은 건 모르오."

데이비드는 눈살을 찌푸렸다. "핸드백이 다르다면, 그 비슷한 여자가 뉴욕에는 5만 명도 더 될 텐데요."

"그렇다고 해서 당신 잘못은 아니오."

"내 말 좀 들어보십시오." 데이비드는 몸을 앞으로 내밀었다. "중요한 이야기를 하겠습니다. 1주일 전쯤 나는 교외 소드 포인트에 사는 친구를 찾아갔다가 돌아오는 길에 플랫폼에서 떠밀려 레일로 떨어졌습니다. 하마터면 달려오는 열차에 치여 죽을 뻔했었지요. 그야말로 아슬아슬한 순간이었습니다. 〈폴링의 모험(베티 해튼이 주연한 영화)〉과 비슷했지요."

"그래서요?"

"나는 단순한 사고로 생각했었습니다. 아니, 그때는 그렇게 생각했습니다."

"그런데 지금은 생각이 달라졌다는 말이오?"

"그럴 만한 이유가 있습니다. 지난주 목요일 나는 어떤 약을 먹었습니다. 작고 귀여운 하얀 알약인데, 신경 안정제였습니다. 웃지 마십시오. 그런데 신경이 안정되기는커녕 갑자기 기분이 언짢아졌습니다. 결국 심하게 구토를 한 다음 정신을 잃고 말았습니다. 그 일이 없었다면 지금 당신에게 이런 이야기를 하여 폐를 끼치지도 않겠지요. 아무튼 단순하거나 우연한 사고로 여겨지지는 않습니다."

"알았소, 결국 당신이 누군가의 살인 리스트에 올라 있다는 말이지요?"

"증명할 수는 없습니다. 약병을 화학연구소에 보내 억척스러운 분석학자에게 주급의 반을 뜯기고 말았지요. 그러나 병에 남아 있는 다른 정제는 아무 이상도 없었습니다."

"그래서 당신은 그 두 가지 사건이 모두 애니 갠더와 관계 있다고 생각하는 거요?"

"나만이 아는 그럴 만한 이유가 있습니다. 아주 애매하긴 하지만 흑막이 어렴풋이 짐작됩니다. 누군가가 또 다른 동기로 나의 가죽을 벗기려 하고 있는지도 모릅니다. 예를 들면 회사의 어떤 사원이지요. 그 사원은 나에게 지위를 빼앗겼기 때문에 몹시 화를 내고 있거든요."

슬링거는 소리내지 않고 웃었다. 그는 장난기어린 표정을 지어보이며 말했다. "'매디슨 애버뉴 살인사건'이라고 하면 어떻겠소? 일요판 특별 기사로 안성맞춤이겠군. 여보시오, 잊지 말고 내가 취재하도록 해 주시오."

"내 이야기를 믿지 않으십니까?"

"당신은 텔레비전을 너무 보았거나 신경 안정제를 너무 많이 먹은 것 같소."

"당신은 아주 지겨운 사람이군요." 데이비드는 크게 소리질렀다. "남들이 모두 싫어할 사람이란 말이오. 내가 신사적인 사람이 아니라면 순수한 미국의 전통을 위해 당신을 두들겨 패주었을 거요. 명치에 한 발 탕 쏘아주겠소."

데이비드는 말을 마치고 자리에서 벌떡 일어섰다.

그런데 슬링거의 반응이 놀라운 것이었다. "자, 앉으시오" 하고 그는 히죽 웃었다. "여기 사진을 한 장 가지고 왔소."

"뭐라고요?"

"사진. 액자에 넣어 걸어둘 만한 것은 아니지만, 당신이 알고 싶어 하는 점은 확인할 수 있을 거요." 슬링거는 갑자기 미소를 거두며 윗옷 안주머니에 손을 넣었다. "기록 보관용으로 시체를 찍어둔 것이오. 신문에는 절대로 싣지 못하는 사진이지요."

데이비드는 범죄 기자의 손에 쥐어진 광택 나는 사진을 빼앗는 순간 상대방의 의도를 이해했다. 애니 갠더의 시체 사진은 도저히 아침 식탁에서 펴놓고 바라볼 수 있는 것이 아니었다. 목에 총알 자국이 있어 사진 작품으로서는 좋은 부류에 끼워줄 수 없는 것이었다.

그러나 그 사진으로 데이비드의 머리에서는 이미 의혹이 깨끗이 사라졌다. 해거티를 만나러 왔던 여자는 틀림없는 애니 갠더였던 것이다.

"이제 확인되었소." 데이비드가 말했다. "자, 터놓고 이야기합시다."

"당신 아직도 맥주를 마시고 싶소?"

데이비드는 빙그레 미소지었다. "천만에요! 마티니로 하지요. 거스가 베르무트를 넣어주는 한."

그날 밤 9시, 데이비드의 아파트 문에서 초인종이 울렸다. 이때는 회사 복도에서 마주칠 때와 별로 다름없는 예사로운 방문으로 생각했다. 물론 방문자가 쟈니라는 건 벌써 알고 있었다. 두 사람은 데이비드의 방에서 저녁 한때를 즐겁게 지내는 습관이 있었다. 그것은 쟈니가 호기심만 강하고 깔깔거리며 잘 웃는 두 아가씨와 함께 살기 시작한 다음부터의 일이었다.

그러나 그날 밤 데이비드는 기가 질리고 말았다. 쟈니는 여느 때같이 스웨터에 스커트 차림이 아니라 사각사각 스치는 소리가 나는 새틴 드레스를 화려하게 입고 있었기 때문이다.

"오늘 밤 무슨 일이 있소?" 데이비드는 눈을 깜박거리며 물었다.

쟈니는 환하게 웃으며 볼을 발갛게 물들였다. 두 사람은 소파에 나란히 앉았다. 데이비드는 까칠한 뺨을 벅벅 긁고 자기의 구겨진 티셔츠와 다림질하지 않은 바지를 우울하게 내려다보았다.

그리고 그는 마침내 애니 갠더에 대한 이야기를 쟈니에게 해줄 수 있었다.

맥스 슬링거와 나눈 대화를 대충 설명해도 쟈니는 멍하니 듣고 있을 뿐, 그것이 중대한 일인지 어떤지 판단이 서지 않는 모양이었다. 그러나 이야기가 수수께끼의 12만 5천 달러와 애니 갠더가 회사에 왔었다는 대목에 이르자 쟈니는 곧 흥분하며 말했다.

"기가 막히는군요. 살인 사건을 호머 아저씨와 결부시키다니, 이 무슨······."

"잠깐만!" 데이비드는 급하게 그녀의 말을 가로막았다. "맥스의 말에 따르면, 경찰은 이미 범인이 누구인지 짐작하고 있다고 하오."

"범인이 누구래요?"

"윌리 솅크라는 폭력배요. 애니 갠더의 수많은 남자 친구 중 하나지. 맥스의 말을 들으니 '핸섬 윌리'라고 불리는 모양인데, 어째서 그렇게 불리는지는 모르겠소. 갱들끼리 벌인 싸움에서 코끝을 잘렸으나, 절대로 정형하지 않는 녀석이라고 하오. 참으로 구식 갱이지."

"제임스 캐그니가 맡는 역할 같은 건가 보지요?"

"천만에, 이건 진짜요. 징역 10년형을 받고도 형기가 모자란다는 그런 억센 녀석이오. 경찰은 애니와 윌리 솅크가 크게 다투었으리라 보고 있소."

"윌리는 지금 어디 있지요?"

"당황해서 달아났다고 하오. 정부(情婦)가 사살된 바로 그 시각에 거리에서 사라졌으니 그의 행동은 고의적인 것이었다고 봐야 할 거요. 경찰은 녀석이 경계하지 않도록 이 사실을 발표하지 않고 있소."

쟈니는 몸을 떨었다.

"호머 아저씨가 그런 패거리와 관계 있을 리 없어요."

"관계 있다고 말하지는 않았소. 나는 사건 전체에 대해 고민하고 있는 거요. 특히 그 약 문제가 있은 뒤……."

"약 문제라니, 무슨 말이지요?"

데이비드는 입을 열려다가 다시 다물었다. "아무것도 아니오. 우리 이렇게 하면 어떻겠소, 당신이 아주 예쁘게 옷을 입었으니까 나도 옷을 갈아입고 함께 어디로 나가면? 춤을 추러 가는 것도 좋겠지. 호머 아저씨는 나에게 월급을 듬뿍 주고 계시니……."

"좋아요." 쟈니가 낙심한 듯이 말했다. "바라신다면."

"별로 내키지 않는 모양이군."

"어머나, 그렇게 보여요? 좋은 생각이라고 여기는데요. 아무튼 이렇게 잘 차려입고 왔으니까요. 하지만 나는 어리석은 여자였어요."

"무슨 말이오?"

그녀는 눈을 내리깔았다. "아까 당신이 오라고 전화했을 때, 당신은 중대한 신청을 하겠다고 말했었지요?"

"그랬소. 즉 애니 갠더에 대한……"

"알았어요. 그만하세요, 데이브."

데이비드는 면도를 할 때야 비로소 쟈니가 수줍어했던 이유를 알아차렸다.

데이비드는 다음날 오후 늦게 겨우 고든과 그레이스를 방문하기로 마음먹었다. 고든은 이미 5, 6일 전에 매스터즈 파빌리온 병원에서 퇴원했으나 아직도 자리에 누워 있었다. 그가 방문자를 환영할지 어떨지 좀 의심스러웠지만, 데이비드는 수수께끼를 풀기 위해 한시바삐 여러 가지 설명을 들어야 할 필요가 있다고 생각했다.

소드 포인트의 고든 테이트 집에 전화를 걸자 처음에는 하녀가 나오고 그 다음에는 부인이 받았다.

"무리한 부탁인 줄은 압니다만, 부인," 데이비드는 공손하게 말했다. "고든과 아주 중요한 문제에 대해 이야기를 나누고 싶습니다."

그레이스는 모호하게 대답을 했다. "글쎄요. 뭐라고 대답을 드려야 좋을지 잘 모르겠군요, 로빈스 씨. 물론 고든은 누구든 오시면 아주 기뻐한답니다. 몹시 따분해하고 있으니까요. 하지만 절대로 자극을 주어서는 안 되며……"

"네, 절대로 자극을 드리지는 않겠습니다. 오히려 지루하게 해드릴지도 모릅니다."

그녀는 웃었다. "좋아요. 그럼, 9시에 오세요."

오후 내내 데이비드는 디자인 회의로 바빴다. 그는 회의용 테이블

끝 의자에 앉아 해거티가 자기 의견을 자세히 설명하는 것을 바라보고 있었다. 그는 마음속으로 호머 해거티에 대해 곰곰이 생각해 보았다. 회사를 경영하는 이 고상한 말씨의 백발 노인이 어느 정도 지저분한 사람일까 하는 이상한 생각이 들 뿐이었다.

저녁 식사는 터미널 근처에서 마치고 기차 시간까지 뉴스 영화를 보며 시간을 보내기로 했다. 소드 포인트에 도착했을 때는 마치 최면술에 걸린 듯이 나른해 있었다.

예전에는 고든 부부의 집이 웨스트체스터 군 안에서 가장 고급스러운 지역이었을 것이다. 그러나 지금은 새로운 도시계획법 때문에 예전 모습을 많이 잃어버렸다. 데이비드를 태운 택시는 집들이 옹기종기 모여 있는 작은 마을을 여러 곳 지나갔다. 그 포도송이처럼 몰려 있는 신흥 주택들은 테이트 저택의 웅장함을 한층 더 돋보이게 해주었다. 포장 도로가 나무들이 우거진 속을 뚫고 나 있었다. 저택은 남부의 낡은 백악(白堊) 건물의 망령처럼 우뚝 솟아 있었다. 그것을 보면서 데이비드는 백발의 흑인 하인이 현관에 마중나오고, 고래뼈로 받쳐서 부풀린 옛날식 스커트를 입고 나른하고 고상한 태도로 포치에 나와 있을 테이트 부인을 상상했다.

그러나 예상과 달리 테이트 저택의 여주인은 비로드 슬랙스에 티셔츠를 입고, 두 손에 아프리카식 은팔찌를 주렁주렁 끼고 있었다. 게다가 그녀의 인사에는 옛날 남부인의 정성어린 마음이 조금도 없었다.

"너무 오래 계시지 않았으면 해요." 그녀가 말했다. "고든은 하루 종일 기분이 좋지 않았어요. 본인이 생각하는 것보다 훨씬 쇠약해졌거든요."

"네, 오래 있지 않겠습니다." 데이비드는 약속했다. "사무적인 일을 두세 가지 알아보기만 하면 됩니다, 테이트 부인. 의사는 뭐라고 말씀하셨습니까?"

"디슈먼 박사님이 어제 오셨었는데, 아무래도 이미 늦은 것 같다고 말씀하시더군요. 박사님은 효과가 좋다는 약을 몇 가지 주셨어요. 고든의 병세가 악화되면 니트로글리세린제 같은 것을 드리라고 하셨지요. 술 좀 드시겠어요?"

"아니, 괜찮습니다. 훌륭한 저택이군요, 테이트 부인."

그녀의 얼굴이 환히 밝아졌다. "고맙습니다. 바라신다면 50센트의 보수로 관광 안내를 해드리지요."

"아닙니다. 지금은 안 됩니다. 고든과 이야기가 끝나면 아마……"

"네, 물론 그러시겠지요. 남편의 침실은 아래층에 있어요. 2층보다 나은 것 같아서요. 층계가 있다는 것이 앓는 사람에게는…… 아시겠지요?"

"그렇겠지요." 데이비드가 말했다.

데이비드는 부인의 뒤를 따라 초목이 우거진 목장같이 폭신하고 두툼한 카펫을 또박또박 밟으면서 넓은 거실을 한참 가로질러 갔다. 테이트 저택의 가구 장식품들에는 유명한 디자이너의 전시장 같은 취향이 엿보였다. 말하자면 백화점 안에 로프를 둘러치고 모델 룸을 마련해 놓은 듯했다. 재떨이에 재가 없고 의자도 패어져 있지 않았다. 더구나 카펫은 구석구석까지 판판하여 걸어가면 자기 발자국이 오랫동안 남아 있을 것만 같았다.

그레이스는 저택 동쪽에 있는 얼마쯤 좁은 방 앞에 서서 슬라이딩 문을 열었다. 하녀 방으로 쓰여지던 곳인 듯했다. 그 방에서는 다른 종류의 까다로움이 뚜렷이 느껴졌다. 침실이라기보다는 병실에 훨씬 가까웠다. 〈가정과 정원〉 잡지에서가 아니라 〈의학신보〉에서 힌트를 얻어 꾸몄음에 틀림없다. 방 한복판의 위쪽에 놓인 큰 침대에 고든 테이트가 누워 있었다.

그레이스가 달콤한 목소리로 말했다.

"두 분만 계시게 해드리지요. 만일 무슨 일이 있으면 큰 소리로 불러주세요."

그녀는 주렁주렁 매달린 팔찌를 짤랑거리며 조용히 문을 닫았다.

"어서 오게, 대통령!" 고든이 말했다.

"좀 어떻습니까?" 데이비드 로빈스는 빙그레 웃음 지으며 의자를 침대 옆으로 끌어당겼다. 고든의 얼굴을 보고 그는 그레이스의 말이 과장된 것이 아님을 알았다. 고든은 처음 발작을 일으켰을 때보다 훨씬 더 쇠약해진 것 같았다. 얼굴의 살이 쑥 빠지고 혈색이 아주 좋지 않았으며, 눈에서도 광채가 사라졌다. 그는 종이처럼 바짝 마른 엷은 입술을 줄곧 혀로 축이고 있었다.

"이런 때 폐를 끼쳐서 죄송합니다." 데이비드가 다시 말을 이었다. "중대한 문제가 생겨서……."

"괜찮네, 데이브. 모든 문제에 대한 정보를 들려주게. 우리 마님은 꼭 간수 같다네. 도무지 신문을 못 읽게 해. 어떤가,〈광고시대〉를 한 부 나에게 몰래 갖다 주지 않겠나?"

"바라신다면 시간 여유는 얼마든지 있습니다. 하지만 늘 그렇듯이 흔해빠진 기사밖에 없습니다."

"그럼, 회사에서 무언가 재미있는 일이 없었나? 캐비 영감은 만났나?"

"네, 만났습니다."

고든은 껄껄 웃었다. "설명하지 않아도 알겠네. 틀림없이 꼼짝 못하고 당했겠지. 그는 자네를 뭐라고 부르던가? 데이브 존스(바다 속의 악령)라고 하던가?"

"아니오, 데이브 크로켓이라고 하더군요."

"나에게는 '고든 교도소장'이라고 했지. 캐비 영감은 정말로 입이 걸단 말이야. 길이 80피트의 요트를 갖고 있고, 다리가 긴 쇼걸에게 홀딱 빠진 시골뜨기 주제에……"
이 말이 데이비드를 뜨끔하게 만들었다. "쇼걸이라고요?"
"몰랐나? 그렇지. 캐미트 버크의 비밀 이야기를 해줄까……"
"자, 잠깐만요, 애니라는 여자를 아십니까?"
고든 테이트의 백묵빛 얼굴이 이 말로 더욱 하얗게 되리라고는 꿈에도 생각지 못했다. 까닭은 알 수 없지만 데이비드가 질문하기 전에 희미하게 남아 있던 핏기마저 대번에 가셔버린 듯했다. 임종을 맞이한 사람의 창백한 얼굴을 연상케 했다.
"고든, 괜찮습니까?"
고든은 대답하지 않았다. 데이비드는 안 되겠다 싶어 그레이스를 부르려고 몸을 일으켰다. 그 순간 시트 사이에서 뼈만 남아 앙상한 손이 데이비드의 팔을 맥없이 잡으며 말했다.
"앉게."
"부인을 부르는 편이……"
"아니, 데이브, 괜찮네."
"저 당신을 놀라게 해드릴 생각으로 온 게 아닙니다. 다만, 뭐라고 하면 좋을까…… 저는 묘한 입장에 몰려 있습니다."
"무슨 뜻인가? 애니의 성(姓)은?"
"갠더입니다. 그 여자에 대해서는 사실 아무것도 모릅니다. 내가 알고 있는 것은……"
데이비드는 말을 하다 말았다. 애니의 이름을 입에 올렸을 뿐으로도 환자가 충격을 받았는데, 살인 사건 이야기를 하면 어떻게 되겠는가……
그는 말투를 바꾸어 부드럽게 말했다. "저는 다만 호기심이 났을 뿐입니다. 얼마 전에 회사에서 보았거든요. 그녀에게 무슨 일이 있었는지 모르지만, 몹시 화를 내고 있었습니다. 해거티 씨를 만나러 와서 실리아와 크게 다투고 있었지요. 제가 본 것은 그런 광경이었습니다."

"거짓말을 하고 있군, 데이브." 고든이 그를 뚫어지게 바라보았다. 데이비드는 아무것도 모르는 척하려고 애썼으나 성공하지 못했다.

"아닙니다. 거짓말이 아닙니다. 단순히 그녀를 보았을 뿐이지만, 한 가지……."

"뭔가?"

"저는 당신이 담당하고 있던 버크 회사에 대한 지불 기록을 훑어보다가 당신이 개인적으로 적어놓은 서류를 보았습니다."

고든은 눈길을 천장으로 돌렸다. "그래, 무엇을 알아냈나?"

"아니, 뭐 대단한 것은 아닙니다. 제가 버크 식품을 담당하려면 서류를 보아두는 것이 좋을 듯했기 때문입니다. 이를테면 당신과 버크가 주고받은 편지 같은 것을 말입니다. 한 가지 제가 알 수 없는 것은 'A.G'라는 개인 또는 단체에 지불한 12만 5천 달러였습니다. 물론 크게 흥미를 느꼈지요. 셰플로에게 물어보았습니다만, 그는 어디까지나 회사의 영업 지출이지 버크에게 지출한 것이 아니라고 대답하더군요. 그리고 이 문제는 저와 관계된 일이 아니라 전임자인 당신의 문제라고 말하기도 했습니다."

"그래, 자네는 A.G가 애니 갠더라고 생각하고 있나?"

"그렇게 생각하는 것이 이치에 맞을 듯합니다. 해거티 씨에게도 물어볼까 생각했었습니다만, 마음을 고쳤지요. 만일 애니 갠더가 모종의 여자라면……."

데이비드는 얼굴을 붉히더니 말을 이었다.

"저는 해거티 씨의 인간됨을 잘 모릅니다. 만일 그 돈이 개인적인 지출이었다면 제가 참견할 일이 못되지요."

그는 잠깐 말을 끊었다가 계속했다.
"아무래도 제가 쓸데없는 짓을 한 것 같습니다. 이 문제에 파고들 생각은 없었는데……"
"어서 말을 계속하게." 고든이 재빨리 말했다.
"네, 맨 처음 생각은 그랬습니다만 제가 경솔하게도 이 유쾌한 가설을 쟈니에게 말해버렸지요. 그래서 하마터면 파면당할 뻔했습니다. 하지만 해거티 씨의──즉 그의 개인적 지출 기록이 왜 버크 관계 서류에 들어 있는지 도무지 납득되지 않았습니다. 아시겠습니까, 제 말뜻을?"
"알겠네. 다음 이론을 말해 보게."
"저는 로비에서 애니 갠더를 보기 전까지는 그 이론을 바꾸지 않았습니다. 그런데 이때 또다시 의문이 생겼습니다. 바로 그 약 사건이 일어나……."
"약 사건?"
"신경 안정제가 원인이라고 잘라 말할 수는 없습니다. 약병을 화학 연구소에 보냈으나 수상한 성분은 없다는 대답이었습니다. 그런데도 불구하고 절대로 틀림없는 사실이 있습니다. 그날 오후 나는 회사 사무실에서 지독하게 기분이 언짢아지며 거의 죽을 뻔했었지요. 다행히도 그 조금 전에 먹은 여러 가지 음식과 함께 토해 버려 겨우 살았습니다만, 따라서 누군가가 나에게 독약을 먹였다는 것은 의심할 여지가 없습니다, 고든."
테이트는 데이비드의 얼굴을 뚫어지게 쳐다보고 있었다. 미소짓는 것 같기도 하고 얼굴을 찌푸린 것 같기도 했다. 이윽고 그는 입술에 힘을 주며 괴로운 듯이 말했다.
"부탁이 있네. 저 서랍 달린 큰 책상 위에서 캡슐이 들어 있는 작은 플라스틱 병을 열고 약 두 알만 갖다 주게."

"그러지요." 데이비드는 조용히 말했다.

약과 물이 담긴 잔을 갖다 주자 고든은 캡슐을 손바닥에 놓고 가볍게 흔들며 괴로운 듯이 웃었다.

"이 약에 독이 들어 있지 않기를 바라네."

그는 말을 마치고 약을 꿀꺽 삼켰다.

"부인을 부를까요?" 데이비드는 걱정스러운 듯이 물었다. "이런 말을 해서 당신 기분을 상하게 해드렸으니……"

"나는 괜찮네. 다만 신중을 기하려는 것뿐일세."

"제 문제로 당신 기분을 언짢게 해드리고 싶지는 않습니다. 당신 자신에게도 괴로운 문제가 있을 테니까요. 제 약병에 누군가가 정말 마약이나 무언가를 넣었다면, 다른 각도에서 이유를 찾을 수도 있습니다……"

"그렇군." 고든이 말했다.

"무슨 뜻이지요?"

"자네에게 진상을 말해 주었어야만 했는데…… 자네도 진상을 알 권리가 있으니까."

"무슨 말입니까, 고든?"

"자네는 큰 문제에 말려들어가고 있네, 데이브. 호머가 미리 말했어야 하는 건데. 자네가 모르도록 내버려두는 것은 공평하지 못해."

"그렇습니다. 저만 모르는 채 놓아두다니, 끔찍합니다."

"그 일이, 즉 버크 유아식 캠페인이 어떤 식으로 시작되었는지는 알고 있겠지?"

"네, 조 스피겔이 설명해 주었습니다. 훌륭한 캠페인입니다."

"그렇지, 확실히 훌륭한 캠페인일세." 고든 테이트는 쉰 목소리로 말했다. "유감스럽게도 난처한 문제가 숨겨져 있지만. 자네도 알다시피 회사에서는 두 가정을 골랐었다네. 그런데 한쪽 부부는 실패하고 말았지. 그래서 클라크 댁 아기를 쓰기로 했던 걸세."

"알고 있습니다. 버크에게 보낸 당신의 편지를 읽었으니까요."

"시작은 잘 되어갔네. 아기는 예정대로 태어나 우리는 사진을 찍기 시작했지. 그야말로 선풍적인 반응이 일어났었어. 나는 식품 관계 광고를 15년이나 다루어왔지만, 이 아기가 태어났을 때 같은 성공은 처음이었다네. 데이브, 아기가 태어난 뒤 두 번째 광고 사진을 찍었는데, 더욱 선풍적이었지. 그러자 아이디어가 크게 히트한 것을 안 캐비 영감은 기뻐서 어쩔 줄 몰라했다네. 공장의 생산량이 금방 올라갔으니까. 그러나 물론 상품이 소비자에게 날개 돋친 듯 팔린 것은 아닐세. 결과가 나올 때까지 기다려 봐야지."

"이번 주에 닐센 조사 기관에서 사람이 오기로 되어 있습니다. 시장조사 결과를 버크에게 보이기 전에 우리 회사에 먼저 보여주기로 되어 있지요. 결과가 나오는 대로 곧 당신에게 알려드리겠습니다."

그러나 고든은 천장을 응시한 채 데이비드의 말에 조금도 흥미를 보이지 않았다.

고든은 되풀이 말했다.

"시작은 아주 잘 되어 나갔지. 회사의 수입이 실제로 안정된 것은 그때가 처음이었다네. 정말 아침 해가 솟아오르는 기세와 같았지."

고든은 말없이 입술을 축였다.

"그런데 큰일이 일어난 걸세. 그 까닭을 물어봐야 소용없네. '버크 베이비'는 자네도 사진을 보았겠지만 더없이 건강한 아기였지."

데이비드의 손과 발에 오싹한 한기가 스쳐갔다.

"그 아기는 기운이 넘쳐흐르는 조그만 괴물같이 씩씩했어…… 그런데 어느 날 갑자기 구토를 하고 쓰러져 버렸네. 믿을 만한 의사를 급히 보냈지만 이미 때가 늦었지."

"무슨 병이었습니까?"
"확실히 알 수는 없지만 뇌막염 비슷한 것이었네. 발작이 일어난 뒤 사흘밖에 못 살았지."
데이비드는 어깨가 축 늘어졌다. 이제야 알 것 같았다. 클라크 부부의 가정에 이상하도록 부자연스럽게 감돌았던 분위기의 정체를.
"우리는 깜짝 놀랐지. 정말 미칠 것만 같았네. 광고용 사진 원고를 일곱 장이나 제작해 놓았으니 '버크 베이비'는 유아식을 먹지 않아도 될 때까지 튼튼하게 자라주어야 했거든. 캐미트 버크를 찾아가 '버크 베이비'도 광고도 이제 끝장이라고 말할 수는 없었네. 차라리 목을 잘라 자살하는 편이 낫지."
"괴로우셨겠군요." 데이비드가 말했다. "클라크 부부도 얼마나……."
"데이브, 동정의 말은 그만두게. 물론 클라크 부부도 몹시 괴로웠겠지. 하지만 어린아이란 아무 때고 느닷없이 잘 죽는다네. 이것이 인생의 비애지. 그 가운데서도 그 아기가 죽은 것은 비극 중의 비극이었네. 알겠나, 버크 유아식 선전의 근본은 건강이었으니까. '터질 듯한 버크 베이비를 보십시오! 장밋빛 볼을 보십시오! 행복하게 웃는 얼굴을 보십시오!'"
"하지만 이상하군요, 바로 2주일 전에도 사진을 찍었는데요."
"그렇지. 이제 우리가 어떤 수를 썼는지 가르쳐주겠네. 죽은 아이와 꼭 닮은 아이를 급히 찾아야 했네. 새로운 '버크 베이비'를 아주 급히 찾아내야만 했단 말일세."
"다른 아이를? 그럼, 바꿔치기를 했단 말입니까?"
"바로 맞혔네! 도널드 아기는 태어난 지 4개월 만에 죽었지. 도널드와 똑같이 보이게 하려면 역시 4개월쯤 된 아기를 골라야 했네. 생각 좀 해보게, 아기란 끊임없이 변하는 법이라네. 갓난아기는 하루하루 달라지기 때문에 아무도 바꿔치기한 사실을 모르리라고 생각했지."

"글쎄요······."

"클라크 부부의 입장이 되어 생각해 보게, 데이브. 그 젊은 부부는 아기를 잃고 슬픔에 잠겨 있었네. 그런데 도널드 대신 새 아기를 기르지 않겠느냐고 제안하자 대번에 승낙하더군. 부인은 그다지 내켜하지 않았지만. 클라크 부인은 싫다고 한바탕 법석을 떨었으나 하워드는 분별이 있었네. 물론 돈이, 그것도 거액의 돈이 얽혀 있었기 때문이지만. 하워드 클라크는 시청에 근무하고 있는데, 수입이 겨우 주급 85달러거든. 그럭저럭하다가 클라크 부인도 결국 그 제안을 받아들였네. 새 '버크 베이비'를 받아들였단 말일세. 그리고 두 사람은 새 아기를 지독히 사랑하여······"

"하지만 어디서 그 아기를 얻었습니까? 새 '버크 베이비' 말입니다."

"유괴하진 않았으니 걱정하지 말게. 우리는 열심히 조사한 끝에 사생아를 하나 찾아냈네. 그 어머니는 사생아를 내놓을 때 골칫거리가 없어져 오히려 기뻐하는 눈치였지. 게다가 상당한 보수까지 주었으니까. 좀더 자세히 말하자면 2만 5천 달러 정도였지."

데이비드는 획 휘파람을 불었다. "하지만 큰 모험이었군요. 만일 누구에게 이 비밀이 새어나가면······."

"모험하는 수밖에 없었네. 그런데 바꿔치기한 사실을 아는 사람은 잠자코 있는 편이 돈벌이가 되지. 모두 일곱 사람이 이 사실을 알고 있네."

"일곱 사람이라고요?"

"첫째, 아기를 진단한 의사. 첫 번째 도널드를 진단한 의사 말이네. 그 의사는 믿어도 좋아. 왜냐하면 의사로서의 경력에 켕기는

대용품은 쓰지 마세요 109

데가 있어 세상을 두려워하는 사람이니까."
"그렇다면 협박이 아닙니까!"
고든은 불쌍한 듯이 데이비드를 바라보았다.
"데이브, 일을 그처럼 단순하게 보아서는 안 되네. 다른 여섯 사람은 클라크 부부, 즉 이르마와 하워드, 호머 해거티, 나, 자네일세. 그리고 마지막으로 '버크 베이비'의 진짜 어머니가 있지."
"캐미트 버크는 모르고 있습니까?"
"전혀."
"그럼, 사생아의 어머니는……"
고든 테이트는 높이 세운 베개에 푹 쓰러지며 나직이 껄껄 소리내어 웃었다.
"애니 갠더일세, 물론. 그 계집이 뻔뻔스럽게도…… 빌어먹을!"

이젠 잘 시간, 타이어를 바꿀 때

괘종시계가 울렸는데도 데이비드는 늦잠을 자고 말았다. 회사에 도착한 것은 11시였다. 데이비드가 지각한 이유를 설명하지 않자 루이스는 거의 기절할 상태에 빠져버렸다.

"어머나, 로빈스 씨!" 그녀는 숨을 할딱거리며 말했다. 입술이 부들부들 떨렸다. "아침부터 해거티 씨가 찾고 계세요……."

"알았소, 루이스. 내가 연락하지."

"아주 중대한 용건이라고 실리아가 말했어요."

루이스는 두 손을 비비며 말했다.

"걱정하지 마오, 루이스. 당신이 잘못한 건 아니니까."

데이비드는 전화기를 들었다. 루이스는 겁에 질린 채 안절부절못하며 서성거렸다. 그는 그만 버럭 화가 치밀어 소리치지 않을 수 없었다.

"루이스, 제발 좀 그러지 마오. 세상의 종말이 온 건 아니니까!"

루이스는 몸을 빳빳이 하고 주먹을 입에 대더니 몸을 홱 돌려 방에서 뛰어나갔다. 아마 그녀는 틀림없이 어딘가에서 울고 있으리라고 생각하며 데이비드는 전화기를 도로 놓고 직접 해거티를 만나러 갔다.

사장실에 들어가자 해거티는 눈살을 찌푸리고 있었다. 그러나 데이비드가 지각했기 때문에 화내고 있는 것은 아닌 듯싶었다. 해거티의 머릿속에는 무언가 다른 문제가 들어 있는 것 같았다. 그는 한 5분 동안 이런저런 이야기를 한 다음 겨우 본론을 말했다.

"데이브, 이 사건은 특수한 것이라네." 그는 데이비드의 어깨 너머로 창문 쪽을 보며 말했다. "결단력이 필요한 사업이지. 그것도 끊임없이 결단을 내려야 한단 말일세. 그 결단이 쉬울 때도 있고 어려울 때도 있네. 그러나 중요한 것은 옳든 그르든 우선 결단을 내려야 한다는 사실일세."

데이비드는 잠자코 있었다.

"나는 지금까지 아슬아슬한 곡예를 부리는 듯한 결단을 내린 적도 있네. 그러나 후회하지는 않아. 비록 그것이 잘못되었다 하더라도 말일세. 알겠나, 내가 하는 말뜻을?"

"아니, 잘 모르겠는데요."

"나는 이 사업을 벌써 30년 동안이나 해왔네. 로드 앤드 토머스, 에이어, 스털링 게첼……온갖 곳에서 실력을 쌓아왔지. 용케 참아 왔다고 생각하네. 이처럼 꿋꿋하게 살아올 수 있었던 것은 다른 사람을 올바르게 판단하는 내 능력 덕분이었지. 광고 사업에서 이 판단력보다 더 중요한 요령은 없거든. 그러나 이따금 사람이란 조심하지 않으면 자신의 감정에 속아 넘어가는 수가 있다네……."

해거티는 책상 위의 압지를 손가락으로 자꾸만 눌렀다. 의사가 "임종입니다" 하고 속삭일 때와 비슷했다.

"데이브, 나는 큰 잘못을 저질렀네." 그는 솔직히 말했다. "내버려 둘 수 없는 잘못을 말일세. 나는 자네를 좋아하네. 일의 능력도 높이

평가하고 있지. 사실 어떤 일을 맡겨도 마음이 놓이는 사람일세. 그러나 솔직히 말하자면 나는 나 자신에게 반해 있었다고 할 수 있네."
"자신에게 반해 있다고요?"
"그렇지. 데이브, 나는 자네 모습에서 20년 전의 내 모습을 발견했던 걸세. 건방지고 빈틈없고 말솜씨 좋으며 상대를 가리지 않고 부딪쳐나가는 젊은이의 모습. 옛날의 나는 성숙과 경험의 가치를 몰랐었네. 그리고 쟈니의 일도……."
"그녀와 무슨 관계가 있습니까?"
"쟈니는 내 조카딸이 아닌가, 데이브. 그러므로 자네도 친척이 되는 걸세. 남자란 사랑하는 사람을 전적으로 좋게 보는 법이니까 아주 당연한 이야기겠지……."
데이비드는 머리카락을 쓸어 올렸다.
"사장님께서 말씀하시는 그 잘못이란 즉 저에 대한 것입니까?"
"너무 노골적으로 말하지 말게. 자네의 잘못이라고 말하지 않았네. 즉 나는 자네의 출세에 너무 열을 올렸단 말일세. 자네에게 너무 무거운 짐을 떠맡겼다는 뜻이지. 아무튼 데이브, 자네 잘못은 아닐세. 믿어주게. 나쁜 쪽은 나였네."
"말씀하시는 뜻을 잘 모르겠군요. 내가 무슨 일을 잘못했습니까? 버크 관계 지출에 문제가 생겼습니까?"
"아닐세, 데이브, 아직 그렇지는 않아. 그러나 그런 조짐이 보이네. 예감이라고나 할까…… 그래서 우리 두 사람이 모두 상처입기 전에 자네만이라도 책임에서 벗어나게 해주고 싶은 걸세."
"대체 무슨 일로 그러십니까?"
해거티는 위경련을 일으킨 듯한 표정을 지었다.
"미안하네, 데이브. 정말 미안해. 자네도 알다시피 나는 자네에게 모든 것을 걸었었네. 그런데 핸디캡에 대해 생각해 본 적이 있나?

자네는 이 방면에 겨우 2년밖에 경험이 없네. 그래서 최대의 고객을 상대로 하는 일에 익숙지 못해. 캐미트 버크가 그런 타입의 사람이 아니라면 또 문제가 다르지만……."

"다시 말해서 버크가 저를 싫어하고 있습니까?"

"아니, 반드시 그렇다는 건 아니야. 그런 건 결코 아닐세. 하지만 데이브, 나는 그 영감을 잘 알고 있네. 일단 입에서 불을 뿜어내기 시작하면 무섭지. 그래서 나는 자네가 그 불길의 희생자가 되지 않도록 해주고 싶네."

오른쪽 다리가 저려 왔으므로 데이비드는 카펫을 힘 있게 밟아 노여움을 일부러 강조했다.

"역시 그랬었군요, 해거티 씨!"

"뭐 말인가?"

"내가 격하당하는 이유 말입니다."

"오해하지 말게. 만일 나 자신이 진두에 서 있다면 자네를 이렇게 다루지 않을 걸세. 그렇다고 자네를 해고시키리라고 생각지는 말게. 자네는 지금처럼 베이킹 식품부를 맡고, 게다가 '슈거 베이비즈'도 맡게 될 테니까. 로스가 그 일에 손을 대면……."

해거티가 입을 다물었으므로 데이비드가 말했다.

"'로스가 버크 식품을 담당하게 되면'이라는 뜻입니까?"

"언짢게 생각지 말게, 데이브, 헬로 로스는 자네가 군대에 있을 때부터 이 일을 전문적으로 다루어온 사람일세. 자네를 헬로보다 크게 쓴 일은 아무래도 내가 좀 지나쳤던 것 같네. 그래서 이번에는 헬로에게 맡기기로 했네."

데이비드는 일어섰다. "잘 알았습니다."

"언짢게 생각지 말게, 데이브……."

"천만에요, 사장은 당신이십니다, 해거티 씨."

"자포자기하는 마음은 갖지 않겠지?"
"물론입니다. 사장님의 명령을 따르겠습니다, 해거티 씨. 잊어버리신 건 아니지요? 나는 군대에 복무한 경험이 있습니다. 난 지금도 첫 결심을 잊지 않는 하사와 같은 기분으로 있답니다."
해거티는 껄껄 웃으며 책상을 돌아가서 데이비드의 어깨를 다정하게 두드렸다.
"오래 가지는 않을 걸세, 데이브. 너무 오래 기다리게 하지는 않겠네. 나를 떠나지 말아주게. 머지않아 사성(四星) 장군으로 만들어 줄 테니까."
"네, 각하!"
데이비드는 하마터면 차렷 자세를 취할 뻔했다.

자기 방으로 돌아가는 도중 데이비드는 쟈니가 일하는 곳에 들렀다. 그녀는 얼굴을 완전히 들지 않았으므로 그의 얼굴이 벌겋게 상기된 것을 알아차리지 못했다.
"아직 나에게 화내고 있소?"
"화낸다고요?" 쟈니는 쌀쌀맞게 말했다. "어째서 내가 화를 내야 하지요?"
"그렇게 말하니 할 말이 없군. 그런데 중대한 이야기가 있소. 점심 식사하러 나갈 수 있겠소?"
"회사 안에서 식사할까 하는데요."
"밖에서 듭시다. 중대한 이야기니까."
"그러지요."
"그럼, 12시에 데리러 오겠소."
방으로 돌아가 보니 핼로 로스가 데이비드의 회전의자에 앉아 불이 붙여지지 않은 파이프를 빨며 인쇄용 잉크의 광고안을 읽고 있었다.

이것만큼은 데이비드도 참을 수 없이 버럭 화가 치밀었다.

"아까부터 당신을 찾고 있었소." 로스가 의자에서 일어나며 거리낌없이 말했다. "당신도 아마 나를 찾고 있었을 텐데요."

"내가 당신을 찾을 용건은 없소."

"역시 그렇군, 데이브. 당신 기분은 이해하오." 로스는 잘생긴 얼굴을 들어 상냥하게 미소지었다. "어떻소, 내 코에 펀치라도 한 방 먹이면 마음이 후련하겠소?"

데이비드는 도안이 든 용지를 수선스럽게 휘저었다.

"내가 훼방놓은 게 아니니까 그 점은 알아주기 바라오." 로스가 말했다. "물론 이번 버크 담당에 대한 이야기요. 오늘 아침 해거티 씨로부터 이야기를 들었을 때 모두 놀랐지요. 물론 그는 먼저 당신에게 이야기할 작정이었으나 당신이 출근하지 않았기 때문에——믿어주겠소?"

"물론 믿지."

"아니, 믿지 않을 거요. 내가 당신에 대해 나쁘게 말했다고 생각하겠지요. 하지만 데이브, 그것은 당신이 잘못 생각한 거요. 캐미트 버크가 제멋대로 굴고 있는 것 같소, 그렇지 않으면 도저히 이해할 수가 없소. 어쩌면 캐미트 영감, 나에게도 같은 짓을 할지 모르오."

전화가 울렸다. 순간 로스가 전화기를 들려고 했다. 그러나 데이비드가 얼른 손을 뻗어 전화기를 들어올렸다.

"테이트 씨입니다." 루이스가 말했다.

데이비드는 송화구를 손으로 막으며 로스에게 말했다. "자리를 비켜주겠소?"

로스는 히죽 웃으며 방에서 나갔다.

"웬일이십니까, 고든?" 데이비드가 말했다.

"아아, 살았군! 이제야 겨우 통화가 됐으니." 고든 테이트의 목소리는 여전히 병자 같았으나 목소리가 떨릴 만큼 힘이 실려 있었다. "아침부터 전화했는데 계속 없다고 하더군. 할 이야기가 있네, 데이브······."

"무슨 이야기입니까?"

"데이브, 어째서 나에게 말해 주지 않았나? 어제 우리집에 왔을 때 이미 알고 있었을 텐데······."

"당신의 몸 상태가 좋지 않았기 때문에······."

"어째서 말해 주지 않았나!" 조금 전까지 훌륭하게 자제하고 있던 고든의 목소리가 갑자기 흥분하기 시작했다. "내가 신문을 읽지 않는다는 것을 알고——나는 전혀 모르고 있었네, 데이브. 나를 완전히 따돌려놓았군!"

"무얼 말입니까?"

"물론 애니 갠더 일이지 뭐겠나?"

데이비드는 눈살을 찌푸렸다. "미안합니다. 그때 알려드리면 몸이 더 나빠질 것 같아서······하지만 사건 전체가 이상하기 때문에 찾아뵈었던 것입니다. 그녀가 살해당했기 때문에······."

"살해당했다고 단정짓지 말게! 정말 괘씸하군. 아무것도 말해 주지 않다니! 자네는 알고 있잖나, 내가 병자라는 것을. 거의 죽어가고 있는 병자라는 것을 말일세!"

데이비드는 당황한 표정으로 전화기를 들여다보았다.

"물론 그것은 알고 있습니다, 고든. 그래서 말하지 않은 것입니다."

"나는 처음부터 호머에게 경고했었지! 엄청난 위험이 있다고 말이네. 그 여자는 한 방울도 남지 않을 때까지 우리의 생피를 빨아먹을 거라고 말일세. 그런 타입의 여자였으니까. 그런 여자는 무서운 흡혈귀가 될 수 있거든. 자네는 모르겠지만. 그러나 데이브, 나는 그런 짓을 결코 용납하지 않았네. 하느님께 맹세해도 좋아."
"침착하십시오, 그렇게 흥분하시면 안 됩니다……."
"내가 한 말을 잊지 말게, 데이브. 만일 신문당하면…… 나는 사정을 알긴 했지만 그것을 인정하지 않았다는 사실을……."
목소리가 갑자기 달라졌다. 데이비드가 말했다.
"그 이야기는 이제 제발 그만하십시오, 고든! 당신은 몸을 생각하셔야 합니다. 당신이 그런 바꿔치기에 찬성했으리라고 생각할 사람은 아무도 없습니다!"
이 충고는 어느 정도 효과가 있었다. 이윽고 고든 테이트는 차분한 목소리로 말했다.
"이제는 경찰에 맡기는 수밖에 없다고 생각하네, 데이브. 경찰에 연락하여 모든 사실을 털어놓아야 해. 알겠지? 달리 현명한 방법이 없네. 버크며 지금 하는 캠페인은 이 일에 비하면 아무것도 아닐세. 아무튼 실제 사정을 이해시켜야 하네. 중요한 점은 오직 그것뿐일세."
"그 말씀이 옳을 겁니다." 데이비드가 말했다. "그러나 당신이 흥분할 필요는 없다고 생각합니다, 고든. 푹 쉬십시오. 다음에 천천히 이야기하십시다."
"알았네." 고든의 목소리는 차가웠다.
침묵이 흐르다가 전화가 끊어졌다.

'루시아' 레스토랑은 놀랄 만큼 조용했다. 데이비드와 쟈니는 구석의 칸막이가 있는 박스로 들어갔다. 촛불이 켜져 있어 마음이 따뜻하고 부드러워지는 듯했으므로 데이비드가 하려는 이야기보다는 남녀의 낭만적인 이야기가 더 어울리는 분위기였다.

"잘 들어주기 바라오." 데이비드는 식탁에 놓인 쟈니의 차가운 손을 꼭 잡았다. "내 이야기가 끝날 때까지 아무 말도 하지 말아주오. 이것은 당신과 지금보다 더 가까워지고 싶어서 하는 말이 아니라 꼭 해야 하기 때문에 들려주는 거요."

"어서 이야기해 보세요."

쟈니는 촛불을 받으며 눈을 내리떴다.

"당신은 처음부터 진상을 알고 있었던 사람 가운데 하나였소, 쟈니. 지난번에 카메라맨이 사진을 골라서 보냈을 때 당신은 '버크 베이비'가 다르게 보인다고 말했었지요. 그 말이 옳았소. 정확하게 본 거요. 그 아기는 '버크 베이비'가 아니었소. 클라크 부부의 아기가 아니라 다른 아기였단 말이오. 이름은 갠더였소."

데이비드의 손에 쥐어진 쟈니의 손이 바들바들 떨고 있었다.

그는 쉬지 않고 말했다. 손을 놓으면 이야기가 끊어질까봐 그녀의 손을 꼭 쥐고 있었다. 고든 테이트를 방문했을 때 그에게서 들었던 비밀 이야기도 했다. 주의 깊게, 사실에서 벗어나지 않도록, 그러나 너무 딱딱하게 들리지 않도록 애쓰며 설명했다. 이윽고 그는 이렇게 말을 끝맺었다.

"이제 진상을 알았겠지요, 쟈니? 애니 갠더에게는 아기를 넘겨준 대가로 2만 5천 달러를 지불했소. 12만 5천 달러가 아니라, 10만은 예정에 없던 지출이었소. 그것이 무엇인지 당신도 짐작하겠지요?"

"모르겠어요."

"협박당한 거요. 달리 생각할 수가 없소. 애니 갠더는 자기의 이점을 알아차리고 약삭빠르게 굴었소. 보이프렌드인 윌리의 부추김을 받았는지도 모르오. 아무튼 애니는 정말 협박하기 시작했소. 고든의 말에 의하면 '한 방울도 남지 않을 때까지 그들의 생피를 빨아

내는' 방법으로 말이오. 버크 관계의 돈을 강탈할 뿐만 아니라 그
녀는 해거티 테이트의 사업을 완전히 망칠 수도 있었소. 일단 추문
이 퍼지면 사업은 영원히 매장당하고 마니까."
"'그들의 생피'라고 하셨지요?"
"네?"
"'그들'——'그들'이라고 한 이상 호머 아저씨도 휩쓸려 들어갔다
는 이야기가 되겠지요?"
"나는 검사가 아니오. 물론 당신 아저씨는 모두 다 알고 있소. 고
든이 나에게 분명히 말했는데, 그런 결정은 서로 의논한 다음에 이
루어졌다고 했소. 그런데 나중에 사태가 험악하게 된 거요. 여자는
불량배 남자 친구와 짜고 협박하기 시작했소. 늘 돈에 궁했던 불량
배는 이게 웬 떡이냐며 달라붙었겠지……"

통통하게 살찐 급사가 두 사람에게로 다가와 허리를 굽히고 상냥하
게 미소지으며 술은 무엇으로 하겠느냐고 묻는 사이 이야기가 잠깐
끊어졌다.

데이비드가 "위스키" 하고 말하자 급사는 떨떠름한 얼굴로 유감스
러운 듯이 어깨를 으쓱해 보이고 사라졌다.

"알았어요. 거짓말은 아닌 것 같군요." 쟈니가 말했다. "하지만 정
말 틀림없이 범죄였을까요? 데이브, 광고업을 하다 보면 이보다 더
지독하고 못된 장난을 해오는 수가 있다는 것을 알아주세요. 이번 일
은 어떤 성질의 것이라고 생각하세요?"

"그처럼 이론만 캐려 드는 생각은 버리시오."

"이론만 캐려 든다고요?" 쟈니의 눈에 번쩍 불이 붙었다. "데이
브, 광고 회사의 영웅이 어떤 것인지 아세요? 세상사람들은 핑크 빛
연어를 원하는데도 굳이 하얀 연어만 선전하는 자들, '절대 보증——
깡통 속에서 핑크빛으로 변색하지 않습니다'라고 선전하는 사람들—

―당신은 그런 사람들을 광고 회사의 영웅으로 생각하고 있군요. 그리고 타락한 의사들――그런 사람들은 존스 홉킨스 대학을 가득 채울 만큼 있어요. 미국에 B.O($^{Body\ Odoeur}_{암내}$)와 불쾌한 입 냄새와 설거지통 손잡이 따위를 유행시킨 사람들이지요. 그리고 또 잠재의식을 이용하는 사기꾼 등……."

"그만! 쟈니, 당신도 알고 있을 텐데 그러는군. 사실은 그렇게 간단하지 않소. 이 사업에서도 진지한 사람은 얼마든지 있소. 연어가 핑크 빛이 됐다고 한들……."

"너무 그렇게 뽐내지 마세요! 정말 역겹군요. 더러운 광고의 계약 따위를……."

"그런 이야기를 하고 있는 게 아니오!" 데이비드는 화가 나서 말했다. "내가 말하고 있는 것은 광고 문제가 아니라 살인 이야기요!"

"위스키 한 잔 가져왔습니다." 급사가 데이비드의 눈앞에 술잔을 내려 놓으며 비꼬듯 말하고 발소리를 내지 않고 사라졌다.

"우리 어디까지 이야기했지요?" 쟈니가 침착하게 물었다.

"살인 사건 이야기. 내가 골치를 앓고 있는 것은 이 문제란 말이오. 애니 갠더 살인 사건. 고든이 이 사건을 듣고 전화를 걸어왔는데……."

"경찰이 범인을 체포했다고 하셨잖아요. 윌리인지 하는 상습 범죄자……."

"아니, 나는 경찰이 그를 찾고 있다고 말했소. 또 윌리가 죽였다는 뚜렷한 증거도 아직은 없소. 아무튼 내 이야기를 끝까지 들어보오. 고든이 전화를 했는데, 그는 히스테리를 일으키고 있었소. 그가 그런 투로 이야기하는 것은 지금까지 들어본 적이 없소. 애니 갠더가 죽었기 때문에 크게 충격을 받은 모양이오. 소드 포인트에 갔을 때 나는 그의 몸을 생각해서 그 일을 덮어두었소. 그는 자기가 경찰에 끌려 다니리라고 걱정하며 몹시 당황하고 있소."
"그것이 무슨 증거가 되지요?"
"증거가 된다고 말하지는 않았소. 아무튼 나는 걱정이 되오, 쟈니. 만일 고든이 애니가 살해당한 이유를……."
"툭 털어놓고 이야기해 보세요! 자꾸 그렇게 에둘러 말하지 말고. 당신은 그녀가 협박했기 때문에 살해당했다고 생각하는 거지요?"
"협박과 살인은 이웃사촌 같은 것이오. 이 점은 당신도 인정하지 않을 수 없겠지. 협박과 살인은 서로 손을 잡고 나타나는 법이오."
"하지만 고든 테이트가 죽였다고 생각하지는 않겠지요?" 쟈니는 무시무시하리만큼 조용하게 말했다. "물론 그러시겠지요. 고든은 그녀가 살해당했을 때 병상에 누워 있었으니까요."
"물론 그렇소. 그가 범인이 아니라는 것은 불을 보듯 분명한 일이오."
"그렇다면 호머 아저씨가 남는군요."
"쟈니!"
"한 사람씩 지워가는 거예요, 데이브. 윌리 솅크도 범인이 아니에요. 고든도 아니고요. 그렇다면 남는 사람은 호머 아저씨뿐이잖아요?"
쟈니는 일어나려고 했다. 데이비드의 얼굴에 분노가 넘쳐흘렀다.
"잠깐만! 살인 사건은 하나뿐이 아니오. 또 한 사람이 살해당할 것 같소, 바로 내가."
쟈니의 눈에 갖가지 반응이 차례차례 나타났다. 깜짝 놀라는 표정부터 시작하여 마지막에는 경멸의 표정으로 옮겨갔다.
"그랑 기뇨르 (파리의 극장, 짧은 스릴러 연극을 하던 곳) 만세라고나 해야겠군요."
그녀는 웃으려고 했으나 잘되지 않았다.
"그만해 두오. 당신은 내가 하는 말을 믿으려 하지 않는군. 그러나 한 가지만은 알아두어야 하오. 당신이 사랑하는 호머 아저씨는 오늘 아침 나를 버크 담당에서 손을 떼게 했단 말이오."
"뭐라고요?"
"경험이 많은 헬로 로스만큼 내가 그같은 큰일을 해낼 수 없다고 판단하신 거요. 하지만 쟈니, 나는 그 이면에 담긴 뜻을 알고 있소. 내가 그 아기를 바꿔치기한 사실을 알고 있기 때문에 싹둑 잘라버린 거요. 당신 아저씨는 내가 진상을 폭로하지 못하도록 부리나케 자리를 옮기게 한 거란 말이오."
"어머나, 그랬었군요! 알았어요! 당신이 괴로워하고 있는 이유를. 위가 아프다느니 하며 보복하려는 그 속셈을 알았어요. 지금껏 몰랐던 것이 분해요!"
"위스키 맛이 좋지 않습니까?" 통통한 급사가 다가와 물었다.
쟈니는 자기 물건을 챙겨들고 홱 나가버렸다.
"위스키 맛은 아주 좋소." 데이비드는 우울하게 대답하며 메뉴를 집어 들었다.
위스키를 두 잔 더 비우고 나서 점심 식사를 주문했다. 식사가 끝났을 때는 이미 3시가 지나 있었으나, 그는 조금도 개의치 않았다.
데이비드는 카운터에서 우연히 헬로 로스와 만났다. 새 버크 담당자의 태도에는 어딘지 이상한 데가 있었다. 처음에는 그것이 무엇인지 몰랐으나 로스가 인사할 때 겨우 알았다. 늘 물고 다니던 콘 파이프가 보이지 않았던 것이다.
"여어, 헬로." 데이비드가 말했다. "콘 파이프는 어떻게 했소?"
로스는 눈살을 찌푸렸을 뿐 어떤 일에 골몰해 있는 듯했다.
"콘 파이프 따위는 부러뜨려야겠소. 틀림없이 건강에 해로울 테니까."
"당신답지 않군요, 헬로."

"고든이 그렇게 되어버렸으니, 우리도 건강에 조심해야지요."
"고든은 문제없소. 나는 조금 아까 그와 전화로 이야기를 나누었으니까."
로스는 안됐다는 표정을 지었다.
"그리 놀랄 건 없소." 데이비드가 말했다. "현대의학은 굉장히 발달되어 있으니까. 리더스 다이제스트에 그렇게 씌어 있더군요."
"오늘 고든과 이야기를 나누었다고요?"
데이비드는 눈을 깜박거렸다. "그렇소, 11시쯤에. 그런데 왜 그러시지요?"
"그럼, 당신은 못 들었군……."
"무슨 말이오?"
"고든은 죽었소." 핼로 로스는 초조한 표정으로 말을 마치자 코트 주머니에서 콘 파이프를 꺼냈다.

부인의 힘을 낮게 평가 마세요

모두들 한결같이 친절했다.
이렇게밖에 달리 표현할 말이 없다. 그러나 그런 분위기를 알아차린 것은 다음날 아침 데이비드가 출근하고 몇 시간이 지난 뒤였다. 그렇긴 해도 초기 식민지 시대 양식을 본떠 꾸민 로비에 들어선 순간부터 직원들의 태도에 기묘한 변화가 나타나 있었던 것이다. 10시 30분에 데이비드가 엘리베이터에서 내리자 접수계 조디가 1백 촉광만큼이나 밝은 미소를 던졌다. 텔레비전 담당인 윌슨이 복도에서 데이비드를 세워놓고 새로운 포장이 텔레비전에 비치는 상태가 어떠냐고 의견을 물었다. 회계원 셰플로도 화장실에서 마주쳤을 때 그 콘크리트 건물의 외관 같던 얼굴에 상냥한 미소를 띠었다. 비서 루이스는 전보다 더욱 데이비드를 어려워하는 것 같았다.

해거티 테이트의 직원들 가운데 태도를 바꾸지 않은 것은 쟈니 해거티뿐이었다. 그녀의 문은 노크를 해도 열리지 않았다.

데이비드는 분위기의 변화에 당황했으나 곧 그 이유를 알았다. 첫번째 단서는 그의 책상에 놓여 있는 펑퍼짐한 꾸러미에 있었다. 데이비드는 손짐작으로 꾸러미의 무게를 재어보았다. 꽤 무거웠다. 그는 페이퍼나이프로 끈을 자르고 갈색 포장지를 풀었다.

거기엔 은테에 끼워진 캐미트 버크의 사진이 들어 있었다. 유아식 제조업자는 늘그막의 윌 로저스(오클라호마의 인디언, 스스로 선의의 외교관이라고 자처하던 서부 사상 유명한 인물)를 연상케 하는 주근깨투성이의 얼굴에 미소를 띠고 오른손에 콘 파이프를 들고 있었다. 사진 아래에 꿈틀거리는 듯한 악필로 다음과 같이 씌어 있었다.

데이브 크로켓에게
사랑의 표시로——캐비로부터.

데이비드는 까닭을 모르는 채 사진을 들여다보고 있었다. 이때 해거티 사장이 들어왔다.
"여어, 명예 훈장을 받았군!"
"무슨 까닭인지 모르겠습니다. 어째서 사진을 보냈을까요?"
데이비드가 말했다.
"좋도록 해석하게나."
사장은 좀 열없이 미소지으며 책상 옆의 의자를 끌어당겼다.
"모르겠는데요, 캐비가 전 담당자에게 작별 선물을 보낸 게 아닐까요?"
"전 담당자가 아닐세." 해거티가 얼른 말했다. "어제 늦게 사정이 달라졌다네, 데이브, 그 사진은 좋은 소식일세."
데이비드는 사진을 책상 위에 내려놓으며 고개를 저었다.
"어리둥절합니다. 나는 버크 담당에서 제거되었다고 생각하고 있었는데요."
"내가 잘못 생각했네. 버크가 자네를 좋아하지 않는다고 멋대로 판단했었지, 데이브. 그런데 어제 오후 버크를 찾아가 우리 쪽 인사 계획을 말했더니 그 옹고집 영감이 나를 창문 밖으로 내던질 기세로 화를 내더군. 자네를 보내야 한다고 마구 우겨대는 거였네. 물론 나는 기뻤지. 더욱이 고든이 안됐다는 생각이 들었기 때문에……."

해거티는 즐거움 가운데 슬픔이 있다는 점을 강조하듯이 크게 한숨을 내쉬었다.

"해고당했다 임명되었다 하니 도무지 불안해서 견딜 수가 없군요." 데이비드가 중얼거렸다.

"우리들이 하는 사업은 언제 어느 때 무슨 일이 일어날지 모른다네. 아무튼 내가 얼마나 만족하고 있는지 새삼스럽게 말할 필요도 없을 정도일세, 데이브. 잘못해 놓고 그뒤 기쁘게 된 것은 생전 처음이야."

데이비드는 해거티를 날카롭게 쏘아보았다. 해거티의 얼굴에 떠오른 미소는 어딘지 불안했으며, 입가가 일그러져 있었다. 호머 해거티는 정말 기뻐하고 있는 것일까?

"세상이란 모두 이런 걸세, 데이브. 보증하네. 결코 나쁜 일만 있는 건 아니야. 셰플로에게도 연봉을 약 2천 달러쯤 올려주어야겠네. 세금이니 뭐니 생각하면 2천 달러의 승급도 그다지 대단한 건 아니지. 카나페(오드블용 프랑스 요리)를 살 수 있을 정도에 지나지 않으니까."

해거티는 일어나 문 앞에까지 가더니 뒤돌아보았다.

"그 핀업 보이(핀업 걸을 본떠 한 말, 캐미트 버크의 사진을 가리킴)에 대해서 말인데, 데이브——내일 아침 자네와 함께 만나러 가기로 되어 있네. 닐센 조사 기관에서 들어온 매상액 분석 보고서를 보고 싶다고 하더군. 알겠나?"

"알았습니다."

데이비드 로빈스는 약 반 시간 동안 책상 앞에 앉은 채 새로운 사태에 순응하려고 애썼다. 여간해서 동요하지 않을 수 없었지만, 고든 테이트의 죽음의 뜻을 서서히 이해할 수 있었다. 데이비드는 차츰 흥분된 기분에 접어들어가고 있었다.

루이스가 내선 전화를 울렸다.

"백작 부인으로부터 전화입니다."

데이비드는 단추를 눌러 연결시켰다.

"데이브? 내 사무실에 지금 누가 와 있는지 아세요?"

"글쎄요, 짐작이 가지 않는데요, 백작 부인."

"머리를 좀 써봐요. 소냐예요. 가끔 시내에 나오라고 내가 설득했지요. 그런데 좋은 일이 있어요. 친한 친구가 '서클드 하트'의 표를 두 장 주었어요. 좀처럼 구하기 어려운 연극표라는 것은 알고 계시겠지요?"

"네, 압니다. 마음껏 즐기십시오, 백작 부인."

"어머나, 아니에요. 내가 가는 게 아니란 말이에요. 오늘 밤에는 중역 회의가 있기 때문에…… 그러니까 당신이 소냐와 함께 가주셨으면 해요."

"나도 오늘 밤에는 꼼짝할 수가 없습니다. 내일 버크 씨와 만나기로 되어 있고……."

"그렇다고 밤새워 일하는 건 아니겠지요? 그런 말은 믿을 수가 없어요, 데이브. 그리고 당신이 거절하면 소냐가 낙심해요." 그녀의 목소리는 기운찼다. "당신도 알아차렸겠지만, 소냐는 당신을 좋아하고 있거든요."

"설마…… 다음에 만나서 이야기하시죠."

침묵.

'백작 부인이 화를 내기 시작했군' 하고 그는 생각했다. 그러나 앞으로는 마음에 두지 않기로 결심하고 버크의 사진을 바라보며 그는 마음속에 힘이 솟아나는 듯한 기분을 느꼈다.

다시 들려오는 백작 부인의 목소리는 기분 나쁘리만큼 가라앉아 있었다.

"오늘 오후 당신은 우리 회사에 올 예정으로 되어 있지요? 신시내티 텔레비전 계약 문제로."

"주말에 가면 어떨까 생각합니다만······."

"주말에는 내가 바빠서 안 돼요. 오늘 오후에 와줘야겠어요."

"알았습니다." 데이비드는 무뚝뚝하게 말했다. "2시에 찾아뵙겠습니다."

롱아일랜드 시티로 가는 택시 뒷좌석에 앉아 그는 줄곧 얼굴을 찌푸리고 있었다. 식품 공장으로 들어가자 사무실로 통하는 강철제 층계 위에서 욜겐센이 상냥하게 인사했다. 그러나 그는 퉁명스럽게 중얼중얼 대답했을 뿐이었다. 그는 백작 부인의 방문 앞에 서서 그녀의 화난 얼굴과 소냐의 문제를 생각했다. 그리고 결코 지면 안 된다고 굳게 마음먹었다.

그러나 이 두 가지 다 데이비드가 잘못 생각한 것이었다. 소냐는 방 안에 없었다. 백작 부인의 태도는 애처로우리만큼 상냥했다.

"앉아요, 데이브. 지난 주일에는 당신이 오지 않아서 섭섭했어요."

"여러 가지로 큰 문제가 있었습니다, 백작 부인. 고든 테이트의 일을 들으셨겠지요?"

"들었어요. 우리 그이도 같은 병으로 돌아가셨답니다." 백작 부인은 방긋이 미소지었다. "좀더 즐거운 이야기를 해요, 우리. 오늘 밤 계획을 말했더니 소냐가 얼마나 좋아하는지 모르겠어요. 당신이 내 딸과 함께 가서 식사해 주신다면 더 이상 기쁜 일이 없겠어요. 내가 멋대로 '보아장' 레스토랑에 자리를 예약해 놓았어요. 7시로. 데이브, 제발 어리석은 백작 부인을 미워하지 말아주세요. 식사비도 선불했어요."

"뭐라고요?" 데이비드는 눈을 크게 떴다. "백작 부인, 나에 대해 뭔가 잘못 생각하시고……."

"설마 진심으로 그런 말을 하는 건 아니겠지요?"

"아닙니다, 진심입니다!" 데이비드는 입술을 꼿꼿이 했다. "소냐에게 그런 말을 할 권리가 당신에게 있다고 생각지는 않습니다. 지금 당장 그녀에게 진실을 말해 주십시오."

"그런 말은 못해요. 당신은 모르겠지만, 데이브. 소냐는 아주 섬세한 아이랍니다. 몸이 약하다는 뜻이 아니에요. 그 아이의 몸은 소처럼 건강하지요!"

"그거 참, 좋은 말씀입니다. 하지만 오늘 밤에는 안 되겠습니다."

"그런 말씀을 하시면 딸은 기절해 버릴 거예요. 그 애는 당신을 무척 존경하고 있어요."

"하지만 저는 말씀드릴 이야기가 있습니다. 백작 부인, 저는 어떤 사람과 약혼했습니다."

"해거티 양 말인가요?"

백작 부인이 활짝 웃어보이자 데이비드는 움찔했다.

"당신 착각하고 있는 게 아니에요, 데이브?" 그녀는 기분이 좋지 않아 보였다. "내가 들은 바에 의하면 해거티 양은 당신이 믿고 생각하는 것만큼 당신한테 마음이 없는 모양이던데요."

"그런 이야기를 누구에게서 들었습니까?"

"소문이라면 모두 들어서 알고 있어요. 나는 무엇이든지 들을 수 있는 귀와 무엇이든지 볼 수 있는 눈을 가졌으니까요. 동화에 나오는 늑대같이."

백작 부인이 한층 더 입을 크게 벌리고 웃자 건강해 보이는 커다란 이들이 모두 드러났다.

"두 손 들었습니다. 정말 무엇이든지 들을 수 있는 귀로군요." 데이비드는 볼을 붉히며 말했다. "하지만 사실 나는 소냐에게 흥미를 느끼지 못하고 있습니다, 백작 부인. 물론 아주 아름다운 아가씨입니다. 그러나 진실은 어떻게 할 수가 없지요. 그러니 부인, 만족할 만한 다른 남자를 찾아보십시오."

한순간 백작 부인에게서 밝음이 사라지더니 이윽고 다시 쾌활해졌다.

"알았어요. 버크 담당으로 승진하더니 뽐내기 시작하는군요. 그렇지요?"

데이비드는 더욱 얼굴을 붉혔다.

"이런 말은 하고 싶지 않지만, 데이브. 당신은 좀더 겸손해지는 법을 배워야겠어요."

백작 부인은 책상 맨 윗 서랍을 열고 빳빳한 종이 두 장을 꺼냈다.

"어때요, 예쁘지요?"

데이비드는 그 사진을 집어 들었다. 그것은 광고용 사진이었다. 스몰리가 찍은 '버크 베이비'와 로버트 번스테인이 찍은 '버크 베이비' 두 가지 사진이었다.

"무슨 뜻입니까, 백작 부인?"

"자세히 보세요, 데이브……."

"요점을 말씀하십시오!"

"양쪽 아기가 똑같지 않지요, 데이브? 그 점을 못 알아차렸다면 정말 바보지요. 나는 그처럼 바보가 아니에요."

"이 사진을 어디서 구했습니까? 내가 마지막으로 본 것은 미술부였는데……."

"그런 거야 아무려면 어때요. 지금 내가 사진을 가지고 있다는 그 점이 중요한 거지요. 제법 잘 수정했지만 자세히 보면 금방 알 수 있어요. 이것이 가짜라는 것을 버크 씨가 눈치채면 일이 어떻게 되는지 당신은 잘 알고 있을 거예요……."
"그런 짓을 하면 욕을 먹습니다, 백작 부인!"
"욕을 먹지 않아도 되는 방법이 있어요. 내 소원은 당신의 애정을 아주 조금만 나누어 달라는 것뿐이에요. 친구가 없는 가엾은 내 딸에게 조금만 주의를 기울여주면……."
백작 부인은 갑자기 말을 끊고 사진을 낚아챘다. 데이비드가 사진을 찢을 틈이 없었다.
"찢어도 소용없어요, 데이브. 따로 복사해 놓은 것이 있으니까."
"당신은 정말 수완이 좋으시군요, 백작 부인."
"필요는 발명의 어머니라고 하잖아요? 나 역시 한 딸의 어머니거든요."
"임신한 다음 결혼식을 올린다는 이야기를 들은 적은 있습니다만, 이것은……."
"결혼해 달라고 말하지는 않았어요, 데이브. 마음을 써달라는 것뿐이에요. 그 다음 일은 나중에 알게 되겠지요."
"실례하겠습니다, 백작 부인."
데이비드는 가방을 집어 들었다.
"사진을 어떻게 이용하시든 그것은 당신 자유입니다. 아기를 바꿔치기한 일과 나는 아무 관계도 없으니까요. 회사에서 해고당한다 하더라도 다음 일자리는 곧 찾을 수 있습니다. 그러나 다른 사람에게 강요당해서 연애를 하고 싶지는 않습니다. 그것이 아무리 고귀한 연애라 할지라도 말입니다."
"데이브!"
그는 문을 열고 밖으로 나왔다.

데이비드는 회사로 돌아가기 전에 맨해튼의 '푸치니'라는 바에 들러 루이스에게 전화를 걸어 연락 온 데가 없느냐고 물었다. 한 군데 있었다. 맥스 슬링거에게서 전화가 왔는데, 돌아오는 대로 연락해 달라고 말했다는 것이었다.

그는 〈타임스 익스프레스〉로 전화를 걸었다.

"슬링거요." 코에 걸린 듯한 목소리가 대답했다.

"슬링거 씨? 데이비드 로빈스입니다."

"여어, 당신이 흥미를 가질 만한 이야기가 있소. 우리의 친구 윌리가 지금 시내에 있는데, 나에게 할 말이 있다고 하오. 이야기를 듣기만 하고, 멋대로 상상하지는 말아달라는군요. 자기 입장만 이야기하고 싶다는 거지요."

"솅크가? 애니 갠더의 남자 친구 말입니까?"

"그렇소, '핸섬 윌리'. 제삼자가 중간에 나섰는데, 친구를 데리고 간다고는 하지 않았지만 생각이 있으면 함께 가도 좋소. 뭔가 알아낼 수 있을지도 모르니까."

데이비드는 바짝 긴장했다. 그가 알고 있는 암흑가란 극장 2층에서 보는 갱 영화 정도에 지나지 않았다.

"그야 좋지요……어디서 만날까요?"

"바로 그것이 문제요. 남의 눈에 띄는 곳은 곤란하니까. 어떻소, 밤에 당신 회사에서 만나면?"

"그게 좋겠군요. 밤중까지 남아서 일을 하는 사람은 없을 테니까."

"좋소. 그때 만납시다."

데이비드는 '루시아'에서 식사하고 11시 조금 지나 회사로 돌아갔다. 엘리베이터 소리가 자꾸만 신경에 거슬렸다. 도무지 마음이 가라앉지 않았다.

12시 10분 조금 지나서 두 사람이 모습을 나타냈다.

"여어, 도련님!" 하고 슬링거가 의자에 앉으며 히죽 웃었다. "좋은 방이구려. 솅크 씨와 악수하시오."

데이비드는 상대방의 갸름하고 창백한 얼굴을 보았다. 인두같이 생긴 얼굴이었다. 윌리 솅크의 눈은 눈꺼풀이 두꺼웠으며 속눈썹이 시커멓고 곱슬곱슬했다. 입이 작았고 입술이 두툼했다. 첫눈에 범죄 기사에 흔히 나오는 '사나이다운 호남자'라는 이름을 붙여주어도 좋을 만해 보였으나 코가 영 어울리지 않았다. 코의 아랫 부분이 묘하게 깎여 있어 기분 나빴으며, 어딘지 허전한 인상을 주었다. 그러나 크게 위험한 인물 같지는 않았다.

"흐음" 하고 윌리는 차갑게 헛기침을 했다.

"흐음……." 데이브도 헛기침으로 대답하며 회전의자에 앉았다.

"오늘 밤의 이야기를" 슬링거가 말했다. "다른 사람에게 말해서는 안 되오. 대체적인 이야기는 윌리가 이미 나에게 말해 주었소. 하지만 다시 한 번 말해 주겠나, 윌리?"

윌리는 얼굴을 찌푸렸다. "별로 할 이야기가 없는데요. 내가 애니를 죽이지 않은 것만은 사실이오. 나는 사람을 죽이는 타입이 아니오. 아무튼 애니를 죽인 녀석을 붙잡고 싶소."

"붙잡으면 어떻게 하겠나?" 슬링거가 은근히 물었다.

"죽이지요."

데이비드는 식은땀이 밴 와이셔츠 깃을 잡아당겨 느슨하게 했다. 윌리는 얼른 보기에 여자 같은 생김새에 골격도 빈약하지만, 지금 갑자기 위험 인물처럼 보이기 시작했기 때문이다.

"이야기를 좀 해주겠소?" 데이비드가 조용히 말했다. "당신과 애니 사이에 어떤 일이 있었는지……."

윌리는 데이비드를 똑바로 쳐다보았다. "맥스는 당신이 내 계집을 모른다고 말했지만, 아무래도 거짓말을 한 것 같군. 애니는 여러 타입의 남자를 쫓아다녔으니까."

데이비드는 당황했다. "아니오, 나는 그녀를 모르오. 다만 당신과 마찬가지로 누가 그녀를 죽였는지 알고 싶을 뿐이오. 나에게는 내 나름의 이유가 있기 때문이오. 하지만 맥스의 이야기로는……."

데이비드는 숨을 깊이 들이마시고 말을 이었다.

"경찰이 당신을 의심하고 있고, 애니를 마지막으로 본 사람도 당신이잖소. 당신에게는 기회가 있었고, 아마 동기도 있을 거요."

"닥치시오! 지난 8년 동안 나는 가끔 애니와 동거해 왔소. 나 같은 사람은 온전한 가정 생활을 하지 못하오. 알겠소? 애니는 결혼해 달라고 졸랐지만 나는 그럴 마음이 없었소. 그렇다고 애니를 싫어한 건 아니오."

맥스 슬링거가 옆에서 참견했다. "애니가 정조 있는 여자라고 말할 수는 없겠지, 윌리? 남자 교제가 많았으니까."

"그야 그렇지요." 윌리 솅크가 거드름을 피우며 말했다. "나는 애니를 원망하지 않소. 내가 시내에 있는 동안만은 위험한 짓을 하지 말라고 부탁했을 뿐이오. 무리한 부탁은 아니지요. 그렇지 않소?"

"그렇소." 데이비드가 상냥하게 말했다. "어려운 부탁은 아니지요."

"그래, 애니에게 무슨 짓을 시켰지?" 슬링거가 물었다.

"뭐요?"

"이번에는 위험한 짓을 했잖나, 윌리. 아니면 애니가 자네를 속였기 때문에 싸움을 한 건가?"

"제기랄! 하지 않았다니까요!"

"그럼, 아기는 어떻게 된 거요?" 데이비드가 무뚝뚝하게 물었다.

"아기?"

데이비드는 눈을 깜박거리며 다시 말했다. "애니가 낳은 아기에 대해서 모른단 말이오?"

"그 일이라면 맥스에게서 들었소. 대답은 하나밖에 없소. 나는 늘 시내 밖으로 나가 있었소."

"그럼, 누가 아기 아버지인지 모른단 말이오?"

"일일이 손꼽자면 반 다스도 더 될 거요."

"누구누구요?"

"쓸데없는 건 묻지 마시오." 윌리 솅크가 말했다.

데이비드가 다시 물었다. "해거티 데이트라는 광고 회사에 대한 이야기를 들은 적이 있소? 호머 해거티나 고든 테이트라는 이름도?"

"들은 적 없소."

데이비드는 한숨을 내쉬었다. "그렇다면 별 도움이 안 되겠는데요."

맥스 슬링거가 윗몸을 내밀었다. "이봐, 윌리, 이야기하겠다고 한 건 자네가 아닌가. 가능하다면 도와줄 생각도 있단 말일세! 그러려면 진실을 말해 주어야지. 경찰은 자네가 애니를 죽였다고 단정하고 있네. 자네는 전과가 있기 때문에 쉽게 빠져나올 수 없을 걸세. 자, 좀더 터놓고 이야기해 보세."

"재수 없는 말 하지 마시오!" 윌리 솅크는 눈을 가늘게 뜨고 기자를 흘겨보았다. "알고 있는 것은 모두 말하겠소. 애니가 살해당하기 이틀 전에 나는 아파트에서 나왔단 말이오. 조금 다투었지요."

"어째서 다투었나?"

"돈 때문이었지요. 나는 그 계집의 옷차림이 마음에 들지 않았소. 또 부자를 꾀어들인 것 같았지요. 언젠가 한 번 어떤 남자가 그녀의 아파트에서 나오는 것을 본 적이 있소. 애니는 그런 남자를 모른다고 끝까지 버티었지만, 어느 날 밤 그 남자 일로 다투다가 패주었지요. 그러나 심하게 때리지는 않았소. 보이는 곳에 상처를 입히지는 않았으니까. 그런데 이 계집년이 지난 1, 2년 동안 경기가 좋았던 탓인지 나더러 나가라는 거였소. 그래서 나도 욕을 실컷 퍼붓고 후다닥 나와 버렸지요."

"그게 모두인가?"

"그렇소. 나는 애니를 죽이지 않았소, 슬링거 씨. 이건 거짓말이 아니오. 우습게 들릴지도 모르지만, 나는 애니를 좋아했소. 지독히 좋아했단 말이오."

코가 깎여나간 창백하고 갸름한 얼굴에 묘하게 감동적인 표정이 떠올랐다.

"알았네." 맥스 슬링거가 말했다. "최선을 다해 도와주지, 윌리."

윌리는 일어섰다. 키도 크지 않고 어깨폭도 넓지 않았다. 그러나 왼쪽 겨드랑이 밑에 근육뿐만이 아닌 무언가 두툼한 물건이 있는 듯했다. 권총을 갖고 온 모양이었다. 윌리는 방 안을 둘러보았다. '버크 베이비'의 새 포스터를 들고 이해할 수 없는 제목을 들여다보며 어깨를 으쓱했다. 그리고 데이비드의 책상에 놓인 사진을 집어 들었다. 순간 그는 입을 크게 벌리고 손질이 잘 되어 있지 않은 이를 드러내며 "이 녀석이오!" 하고 소리쳤다.

"그게 무슨 말이지?" 맥스가 데이비드를 바라보며 물었다.

"빌어먹을! 바로 이 녀석이오! 애니의 아파트에서 얼쩡거리던 사나이는 바로 이 녀석이었소! 틀림없이 이 녀석이었소!"

데이비드는 윌리의 손에서 사진을 빼앗아들고 캐미트 버크의 길고 싱싱한 얼굴을 뚫어지게 바라보았다.

셔터를 누르세요, 그 뒤는 모두 맡겠어요

 오전 2시에 세코날을 먹었으나 4시까지 잠을 이룰 수가 없었다. 겨우 잠이 들었는데 8시에 맞춰놓은 자명종이 요란한 소리를 내어 깼다. 데이비드는 침대에서 굴러 떨어지듯이 나와 신음하며 욕실로 들어가 벽장에서 덱세드린(각성제)을 꺼냈다. 그는 거울 앞에 서서 약을 마신 다음 소리내어 말했다.
 "될 대로 되렴. 수면제와 각성제가 서로 싸움을 해봐!"
 느리게 달리는 택시 뒷좌석에 앉아 있노라니 수면제 쪽이 이겼다. 데이비드는 쿠션에 깊숙이 몸을 파묻고 고개를 축 늘어뜨렸다. 택시가 회사 빌딩 앞에 닿았을 때 "손님!" 하고 운전기사가 불렀다. 그 소리에 겨우 눈을 뜨자 데이비드는 술에 취해 호탕해진 사람처럼 요금과 거의 비슷한 액수의 팁을 주었다.
 엘리베이터맨이 이상한 듯이 그를 보았다. 접수계 조디가 아침 인사를 했다. 비서 루이스가 서글픈 눈으로 그를 맞이했다. 그러나 데이비드는 아무에게도 인사를 하지 않았다. 쉰 목소리로 단 한마디 "커피!" 하고 고함쳤을 뿐이었다.

루이스는 혈장(血漿)을 가져오라는 명령을 받은 위생병처럼 같은 말을 되풀이해 소리치고 나서 아래층 커피숍에 전화를 걸어 급한 주문이라고 강조했다. 5분이 채 못 되어 하얀 윗옷을 입은 젊은 남자가 군의관처럼 뽐내며 들어왔다. 데이비드는 눈을 크게 뜨고 커피 잔에 덮인 판지 뚜껑을 벗겨 한 모금 마신 뒤에야 겨우 생기를 찾았다. 루이스는 겁에 질려 떨며 그를 바라보고 있었다.
 "아아!" 데이비드는 그제야 마음이 가라앉은 듯 감사의 뜻이 담긴 탄성을 질렀다.
 겨우 하루가 시작되었다.
 "헤거티 씨에게서 연락 없었소, 루이스?" 데이비드가 물었다. "오전 중에 버크를 만나러 갈 예정이었는데."
 "어머나, 잊고 있었군요. 방문은 월요일로 미뤘답니다. 실리아가 연락해 주었어요. 헤거티 씨는 안 계시지만, 새 광고 사진 교정쇄를 보여드리도록 준비해 놓으라고 했습니다. 그리고 닐센 조사 기관의 보고서도요. 그렇게 말씀드리면 아신다고 하셨답니다."
 데이비드는 기분이 나빴다. 연기되었다는 것을 미리 알았으면 점심때까지 늦잠을 잘 수 있었을 텐데.
 "알았소." 데이비드가 말했다. "교정쇄가 나왔는지 해거티 양에게 물어봐주오. 아니, 내가 직접 가서 물어보지."
 데이비드는 커피 잔을 들고 쟈니의 방으로 갔다. 문이 닫혀 있었다. 그 이유는 알 만했으나 그는 손잡이를 돌려 문을 열고 안으로 들어갔다.
 쟈니의 제도 책상 앞에 헬로 로스가 서서 제도용 연필을 한 손에 들고 열심히 제도 용지를 들여다보고 있었다. 그는 데이비드가 들어온 것을 알자 억지로 미소지으며 제도 용지를 덮었다. 그리고는 머뭇머뭇 말했다.

"어서 오시오, 데이브. 쟈니에게 메모를 남겨 놓아야 할 일이 있어서……."

"아직 출근하지 않았소?"

"그렇소. 그건 그렇고, 이번 버크 건에 대해서 당신에게 할 이야기가 있소. 믿어주지 않을지 모르지만 당신이 캐비의 마음에 들었다는 말을 듣고 나는 진심으로 기쁘게 생각했소. 영감이 사진을 보냈다면서요?"

"그렇소." 데이비드는 무뚝뚝하게 대답했다. 그날 아침 로스가 의기양양해하던 것이 생각나 화가 치밀어 올랐다. "그럼, 쟈니에게 내 전갈도 전해주겠소? 출근하는 대로 전화해 주기 바란다고."

"무슨 일인데요?" 등 뒤에서 쟈니가 다가오며 말했다. 그녀는 트위드 코트를 한쪽 팔에 걸치고 또 한 손에는 가죽 핸드백을 흔들며 서 있었다.

"아니, 어느새 들어와 있었지요, 쟈니?" 데이비드가 말했다.

쟈니는 데이비드의 옆을 홱 지나쳐갔다. 그러자 헬로가 비위를 맞추는 듯한 미소를 띠며 부리나케 쟈니의 앞으로 다가가 그녀 손에서 코트를 받아들었다. 그는 코트를 문 뒤쪽의 코트걸이에 걸고 다시 제도판 앞으로 갔다.

"두 분이 할 이야기가 있겠지요." 로스가 히죽히죽 웃으며 말했다. "나는 이만 실례해야겠군요. 쟈니, 만일 데이브가 짓궂게 굴거든 큰 소리로 부르시오."

쟈니는 어색하게 고개를 끄덕였다. 로스가 문을 닫고 나가자 그녀는 창끝을 가는 마오리 족의 무사 같은 무서운 얼굴로 연필을 깎기 시작했다. 데이비드는 잠시 그 모습을 바라보다가 입을 열었다.

"걱정할 것 없소. 다만 일에 대해서 할 이야기가 있어 왔으니까. '버크 베이비'의 교정쇄를 버크에게 보일 수 있도록 준비해 두라는 호머 아저씨의 명령이 있었소. 내일 가져가서 보이기로 되어 있소."

"스튜디오에 있어요. 대지에 붙이고 있을 거예요."

"알았소." 데이비드는 그대로 헤어지기가 싫어서 커피를 한 모금 마신 뒤 다시 말했다.

"마시고 싶지 않소?"

"아니오, 괜찮아요."

데이비드는 얼굴을 찌푸렸다.

"언제까지 이런 냉전을 벌일 작정이오?"

"교정쇄라면 스튜디오에 있어요." 쟈니가 말했다. "또 무슨 용건이 있나요?"

"있고말고!" 데이비드는 삼베천 의자에 내동댕이치듯 커피 잔을 놓았다. 커피가 쏟아져 거무스름하게 얼룩이 졌다. "우선 '버크 베이비'의 사진을 주시오. 호머 아저씨가 싫어해도 지금 버크 담당자는 나니까. 그것도 맨 처음 찍은 사진이 필요하오. 모두 내가 보관해 두어야겠소."

"어째서지요? 사진은 의장부(意匠部) 담당일 텐데요."

"누구 담당이든 내가 보관해야 할 이유가 있소. 끝내 거절한다면 정식으로 서류를 꾸며 보내겠소."

쟈니는 팔에 붙은 연필 부스러기를 훅 불었다.

"자, 어서 주시오. 어떻게 하겠소? 나에게 주겠소, 안 주겠소? 아니면 호머 아저씨가 아무에게도 주지 말라는 명령이라도 내렸소?"

"사진은 없어요." 쟈니가 대답했다.

"뭐라고?"

"지난 주일부터 행방불명이에요. 누군가가 몽땅 가져갔어요."

"누가 가져갔소?"

"몰라요. 각 부에 메모를 돌려 알아보았지만, 아무도 모른다는 거예요. 당신은 그 메모를 보지 못하셨나요?"

"보지 못했소." 데이비드는 뒤가 켕기는 기분이었다. 대부분의 메모를 읽지 않고 내버려두는 버릇이 있었기 때문이다.

"내 말이 믿어지지 않으면" 쟈니가 다시 쌀쌀맞게 말했다. "문서과의 서류철을 조사해 보세요."

"믿어지지 않는다는 말은 하지 않았소."

"입 밖에 내어 말하지는 않았지만, 마음속으로 그렇게 생각하고 있지 않은가요?"

"그만두오!" 데이비드가 말했다. "당신 태도는 무모하오. 당신들은 모두 호머 아저씨의 꾐을 받은 모양이군. 내가 이번 문제에 끝까지 파고 들려고 하여 못마땅한 거요? 부부싸움이라면 더욱 우스꽝스럽지. 우리는 아직 결혼하지 않았으니까."

얼음처럼 차갑고 침착하던 쟈니가 바르르 몸을 떨었다. 그것을 보고 데이비드도 움찔했다.

"즉 내 말은" 데이비드는 자신의 말을 뚜렷이 의식하지 못한 채 주춤주춤 이어나갔다. "부부싸움은 아직 이르다는 뜻이오. 좀더 있다가……."

"좀더 있다가?"

"'우리가 결혼한 다음에'라는 뜻이오."

데이비드는 마치 다른 사람이 자신의 목소리를 빌려 말하고 있는 듯한 기분이었다. 그는 자기 목소리의 변화에 놀랐으며, 자제심을 잃었음을 알고 당황했다.

쟈니는 의자에 꼿꼿이 앉아 제도용지의 잿빛 표지를 뚫어지게 바라보았다.

"프러포즈인가요?"

"당연하잖소!" 그는 무턱대고 말했다. "물론 프러포즈요. 그럼, 무엇인 줄 알았소?"

"나는 몰랐어요."

"이것은 진지한 프러포즈요. 결혼해 주겠느냐고 묻고 있는 거요. 자, 대답해 보오, 쟈니!"

그녀는 데이비드를 똑바로 쏘아보았다.

"당신에게 물어보고 싶은 것이 있어요. 결혼은 아저씨가 살인 용의자로 체포되기 전에 할 건가요, 아니면 그 뒤에 할 건가요? 나는 그전에 하는 편이 좋으리라고 생각해요. 처형당할 때쯤 신혼여행을 가게 될 테니까요. 즐거운 신혼여행은 오시닝 (유명한 신신 교도소가 있는 곳)으로 가는 게 좋겠어요. 그렇게 생각지 않으세요?"

데이비드는 입을 열었으나 뭐라고 말해야 좋을지 몰랐다. 양치질할 때처럼 목구멍 안쪽에서 껄끄러운 소리가 났다. 쟈니는 제도판으로 눈길을 돌렸다.

이윽고 데이비드가 말했다.

"그럼, 좋소. 내가 어떤 행동을 취할지 분명히 말해 두겠소. 월요일에 '버크 베이비'의 내막을 모두 폭로하겠소. 캐미트 버크에게 이 놀라운 사실을 알려줄 작정이오."

쟈니는 얼굴을 번쩍 들었다.

"당신은 조금 전에 들었을 거요." 데이비드의 목소리는 떨렸다. "호머 아저씨와 나는 그 시골뜨기를 만나 새 교정쇄를 보이고 매상고를 보고하기로 되어 있소. 그러나 나는 그 이상의 이야기를 털어놓을 작정이오. 캐비 영감이 모두에게 속고 있다는 것을 가르쳐줄 작정이오. 클라크 부부, 애니 갠더, 고든에 대해, 그리고 바꿔치기의 진상을 모두! 어떻소, 일이 굉장하게 될 듯하지 않소?"

셔터를 누르세요, 그 뒤는 모두 맡겠어요 143

"그가 당신 말을 믿을 것 같아요?" 쟈니가 나직이 말했다.

"믿게 해야 하오. 증거는 사진뿐 아니라 증인도 있으니까. 당신이나 호머 아저씨가 아니라도 또 사실을 아는 사람이 몇 있소."

"누구지요?"

"예를 들면 실렝스커 백작 부인이오."

데이비드는 얼굴을 붉혔다.

"백작 부인은 사진을 손에 넣고 있소. 당신은 그 사실을 아오?"

"무슨 말을 하시려는 건지 모르겠군요. 백작 부인이 그 사진과 무슨 관계가 있지요?"

"크게 관계가 있소. 당신이 생각하는 것 이상으로. 그리고 당신이 잘못 생각하고 있는 것도 있소. 호머 아저씨가 꼬리를 밟히고 있지 않다고 생각한다면 잘못이오. 그 사진을 찍은 보브 번스테인을 잊어서는 안되오. 원판이 아직 남아 있으니까 필요할 때 언제든지 복사할 수 있소."

"번스테인은 죽었잖아요."

"그러나 번스테인 부인은 죽지 않았소. 나는 오늘 안으로 손을 쓸 작정이오."

쟈니는 화가 나서 제도용지를 손가락으로 퉁겼다. 맑은 우유빛 얼굴이 어느새 험악하게 변했다. 데이비드는 사실 그녀를 아무 말 못하게 만들 생각으로 왔었으나 갑자기 후회하기 시작했다. 데이비드는 당황하여 쟈니 옆으로 다가가 정답게 손으로 어루만지려 했다.

"미안하오, 쟈니. 짓궂어서 이러는 게 아니오. 이런 일로 사이가 벌어지면 곤란해."

"사이는 벌써 벌어졌어요."

"이 이야기는 나중에 다시 합시다. 오늘 밤, 어떻소?"

쟈니는 제도 용지를 들여다보고 있었다. 거기에는 한쪽 끝이 올라간 핼로 로스의 필적이 있었다. 데이비드가 그녀의 뒤에서 들여다보니 이렇게 씌어 있었다.

'오늘 밤 '서클드 하트'의 표를 두 장 산 사람이 누구인지 아십니까? 영원히 당신에게 충실한 핼로지요. 어떻습니까, 함께 가시겠습니까?'

데이비드는 몸을 꼿꼿이 하고 씁쓸한 목소리로 말했다.

"마음대로 하구려. 당신이 그렇게 하고 싶다면."

데이비드는 거칠게 숨을 쉬며 자기 방으로 돌아갔다. 덱세드린이 겨우 효력을 나타내기 시작했다. 너무 거칠게 회전의자에 주저앉아 의자다리 바퀴가 하나 빠졌다. 그는 바퀴를 끼우고 다시 앉아 책상을 쾅쾅 주먹으로 두드렸다. 희극 중에서 케틀드럼을 울리는 희극 배우와 똑같았다. 이윽고 그는 전화기를 들고 실렝스커 백작 부인 사무실을 대달라고 부탁했다.

"데이브예요?" 백작 부인의 목소리는 롱아일랜드 시키와 맨해튼 사이의 전화선을 얼어붙게 만들 만큼 차가웠다.

"백작 부인, 나는 생각을 바꾸었습니다. 내가 너무 성급했던 모양입니다. 소냐의 마음이 상하지 않았다면……."

"마음이 상하기는요, 소냐는 절대로 화를 내지 않아요!"

"그거 참, 반갑습니다. 오늘 밤에 꼭 만나고 싶으니 시내로 나와 달라고 소냐에게 전해주시겠습니까?"

"연락할 필요도 없어요. 그 애는 어제부터 시내 아파트에 와 있으니까요. 당신은 아파트로 오기만 하면 돼요."

"잘됐군요. 6시쯤 가겠다고 전해주십시오. 좋겠지요?"

"좋아요." 백작 부인의 목소리는 기쁨으로 떨리고 있었다. "입장권도 마련해 놓겠어요. 극장에 아는 사람이 있으니까 오전 중에 전화를 걸어두면……."

"입장권 따위는 아무래도 좋습니다. 레스토랑 예약도 취소해 주십시오. 자신의 데이트는 스스로 결정합니다. 당신만 괜찮으시다면."
"물론 괜찮아요, 데이브. 나야 뭐······."
"알았습니다, 백작 부인. 그럼 7시쯤 찾아뵙겠습니다."
데이비드는 만족과 우울이 뒤섞인 기분으로 전화를 끊었다. 그는 루이스에게 명령했다.
"지금 외출할 텐데, 오늘은 회사에 돌아오지 않을 거요. 버크 베이비 사진을 미술부에서 받아다 월요일에 가져갈 수 있도록 포장해 놓아주오. 그리고 그 속에 이것도 함께 넣도록 발송과에 갖다 주오."
그는 책상 서랍에서 푸른 표지의 닐센 보고서를 꺼내 루이스에게 주었다.
"연락은 어떻게 할까요?" 루이스가 물었다.
"연락은 필요 없소, 아주 급한 일이 아니면. 알겠소? 빌딩이 쓰러진다거나 하는 비상 사태가 일어나지 않는 한 필요 없소. 나는 보브 번스테인 부인을 만나기 위해 소드 포인트로 가는 거요."

데이비드는 12시 28분에 그랜드 센트럴 역을 떠나는 기차에 올라탔다. 자리는 거의 비어 있었다. 교외에 집을 가지고 있는 것도 아닌데 데이비드는 마치 정기회수권 통근자의 한 사람이 된 듯한 기분이 들었다. 며칠 전 로버트 번스테인의 시골풍 주택을 방문했을 때와 똑같은 기분이었다. 그 뒤 벌써 세 사람이나 살해되었다──번스테인을 포함해서. 그것을 생각하면 데이비드는 우울한 기분에 사로잡혔다. 태풍의 눈이 위장 속으로 스며들어온 듯한 무거운 기분이 되는 것이었다.
이처럼 우울한 데이비드의 마음 속 검은 구름에는 또 다른 요소들이 있었다. 첫째, 월요일에 버크를 만나 '버크 베이비'의 내막을 폭로하겠다는 그의 격렬한 계획이 차츰 어리석고 성공하기 어려운 방법으로 여겨지기 시작했던 것이다. 이해할 수 없는 요소가 너무나도 많았다. 그 가운데에는 애니의 아파트 근처에서 캐미트 버크를 보았다는 윌리 솅크의 놀라운 증언이 있다. 그 두 사람은 어떤 관계였을까? 애니는 자기의 귀여운 아기가 광고에 이용되고 있다는 사실을 버크에게 절대로 알리지 않은 채 협박해야 했을 것이다. 그렇다면 아무래도 앞뒤가 맞지 않는다.

아무튼 데이비드는 철저하게 조사해 봐야겠다고 마음먹었다. 진상을 낱낱이 밝히고, 그 결과 일어나는 반응을 보고 싶은 충동이 솟아올랐다. 비밀이 존재하는 한 자기는 언제까지나 많은 의혹과 공포에 사로잡혀 있어야 할 것이다. 데이비드는 눈살을 찌푸리며 생각했다. 진상이야말로 자신을 자유의 몸으로 만들어줄 것이라고.

그 다음은 오늘 만나야 할 번스테인 미망인에 대한 일이었다. 프리마돈나를 연상케 하는 몸집이 작고 이야기하기를 좋아하는 중년의 루스 번스테인은 전화상으로는 퍽 상냥했지만, 막상 만나려 하니 좀 주저하지 않을 수 없었다. 데이비드는 로버트 번스테인이 죽었을 때 잠깐 갔을 뿐 조의를 표하는 선물 하나 보내지 않았던 것이다. 이 방문의 동기는 전적으로 이기적인 것이다. 이 점을 알아차리면 미망인은 어떻게 생각할까?

소드 포인트에서 내려 주차장의 잿빛 모리스 마이나 옆에 서 있는 다리가 짧은 루스의 모습을 보자 데이비드의 마음은 더욱 우울해졌다. 루스는 상냥하게 손을 흔들고 그가 인사할 수 있는 곳까지 다가와 방긋 미소지었다.

데이비드는 다정하게 말했다.

"이렇게 일부러 마중 나오시지 말라고 전화로 말씀드렸잖습니까?

나는 택시를 타고 가면 될 텐데요."

"아니에요, 심심해서 나왔어요. 유모차 같은 자동차지만, 부디 언짢게 생각지 마세요."

루스는 운전석에 앉았다. 그 옆에 앉은 데이비드는 번스테인의 일에 대해서 뭐라고 한마디 위로의 말을 해야겠다고 생각했다. 그녀는 꽃무늬가 프린트된 홈드레스 위에 초록색 카디건을 걸쳤으며, 곧고 검은 머리카락에 보석을 박은 핀이 꽂혀 있었다. 그 모습이 상중(喪中)인 사람 같지 않아 그는 멋대로 아무 말도 하지 않는 편이 좋으리라고 판단했다. 그러나 시골풍이긴 해도 사실은 몹시 멋을 부린 방갈로 같은, 벽돌과 붉은 돌로 지은 근대적인 번스테인의 집에 닿자 이윽고 루스의 얼굴에 슬픈 빛이 떠올랐다. 집만은 상을 입고 있었다. 창문마다 모두 차양이 내려져 있고, 침실 가까이의 창문에는 덧문이 닫혀 있었다. 잔디는 손질이 되지 않아 풀이 무성했다. 안으로 들어가 현관의 전등 스위치를 켰으나 조금도 밝게 빛나지 않았다.

두 사람은 어두컴컴한 거실로 들어가 커튼이 내려진 전망창 쪽을 바라보았다.

"술 드시겠어요?" 루스가 물었다. "한 병 사다놓았어요. 당신이 마시고 싶어할 것 같아서요."

"고맙습니다." 데이비드가 대답했다.

루스는 술잔 두 개와 술병과 얼음을 담은 그릇을 가져와 물결 모양의 최신 유행의 커피테이블에 놓았다. 그리고 한가운데 구멍이 뚫린 플라스틱 의자에 앉아 한숨을 내쉬며 굽낮은 구두를 벗어던졌다. 이윽고 루스는 총명한 눈초리로 데이비드를 바라보며 말했다.

"당신이 무엇을 생각하고 계신지 알겠어요, 데이브. 보브에 대해 조의를 표해야겠다고 생각하고 계시지요? 하지만 그런 건 잊어주셔도 좋아요. 애도의 말은 귀에 못이 박일 정도로 들었으니까요.

그다지 위로가 되지 않는데도 말이에요."

"슬픈 일이었습니다."

"네, 그 말이면 충분해요. 당신도 슬프고 나도 슬퍼요. 이제 그만 두세요."

"이런 때 찾아와서 대단히 실례인 줄 압니다만, 루스. 중대한 문제가 있어서……"

"천만에요. 나는 회사를 원망하지 않아요. 내가 울며 회사에 매달릴까봐 걱정하는 사람이 있는 모양이지만, 나는 절대로 그런 짓은 하지 않아요."

"큰 충격이었습니다. 정말 끔찍한 일이었습니다. 느닷없이 그렇게 되었으니……"

"실제로 일어난 일을 알고 계시겠지요?"

데이비드는 양심의 가책을 받았다. "아니, 모릅니다. 신문에서 사고에 대한 기사를 겨우 두세 줄 읽었을 뿐입니다."

"만일 내가 현장에 있었다면……" 루스는 꿈꾸듯이 중얼거렸다. "외출만 하지 않았더라면……"

"사고가 일어났을 때 당신은 외출했었습니까?"

"네, 하지만 내가 있었다 해도 그다지 도움이 되지는 못했을 거예요. 스튜디오와 암실에 여러 가지 장치가 있었지만, 그게 어떤 것인지 나는 잘 모르니까요. 그의 작업장을 보신 적이 있으시지요? 집 뒤의 헛간을 개조한 방이에요."

"네, 보브가 안내해 주었었지요."

"하지만 지금은 아무것도 남아 있지 않아요. 모두 부서지고 말았지요. 카메라맨이 트럭 운전사만큼 위험한 직업이라고는 생각해 본 적이 없어요. 카메라를 들고 조그만 단추를 누를 뿐인데, 그것이 뭐 그리 위험하겠어요?" 루스는 술을 한 모금 마셨다.

"당신은 그때 어디 있었습니까, 루스? 무슨 갑작스러운 볼일이라도 생겼었습니까?"

"나는 브롱크스의 옛날 이웃에 살던 부인 댁에 갔었어요. 지금도 어머니가 그 근처 아파트에 살고 계시거든요. 어머니는 소드 포인트를 싫어하셔요. 이교도들이 사는 곳이라면서. 그날 나는 어머니를 만나기로 되어 있었지요. 보브는 나에게 그다지 볼일이 없는 것 같았어요. 초상 사진을 찍을 약속이 있어 바빴거든요……"

"초상 사진이라고요? 보브가 그런 일도 했습니까?"

"물론이지요. 초상 사진을 찍는 것이 그이의 본업이었어요. 아버지가 브롱크스에서 그 일을 하고 계셨기 때문이지요. 당신 회사의 화려한 광고 사진을 맡은 건 훨씬 뒤의 일이에요. 그이는 '버크 베이비'에서 해고당했지만, 그다지 언짢아하지 않고 옛날 일로 돌아왔어요. 그래서 그날 오후 보브가 사진을 찍어야 한다고 말했을 때 나는 어머니를 만나러 갈 좋은 기회가 생겼다고 생각했었지요."

데이비드는 술잔을 테이블 위에 내려놓았다.

"루스, 정확하게 이야기해 주십시오. 보브는 그날, 사고가 일어난 날 그 초상 사진을 찍었습니까?"

"네, 그래요. 그날 아침 누군가가 전화를 걸어왔는데, 그때 약속을 했나 봐요. 전화는 보브가 직접 받았어요."

"그 상대가 누구인지 모르겠습니까?"

"글쎄요, 짐작이 가지 않아요."

"남자였습니까, 여자였습니까?"

루스는 어깨를 으쓱했다.

"그것은 몇 시였습니까? 즉 만난 시각은?"

"모르겠어요. 하지만 사고는 4시 30분쯤 일어났을 거라고 하더군요. 경찰이 이웃에 돌아다니며 물어보았는데, 이웃 사람 하나가 바로 그 시각쯤 짓누르는 듯한 폭발 소리를 들었다고 말했답니다. 그래서 경찰은 그렇게 생각하고 있나 봐요. 내가 집에 돌아온 것은 6시쯤이었어요. 헛간은 이미 잿더미가 되어 있었지요. 보브는 암실에 쓰러져 있었어요. 산산조각이 되어 이미 사람의 형태는 찾아볼 수 없고 까맣게 타버려……" 루스는 한순간 말을 잇지 못했다. 그러나 곧 다급하게 덧붙였다. "아니에요, 울지 않겠어요, 약속해요."

"어째서 그런 사고가 일어났을까요? 원인이 무엇일까요?"

"나도 모르겠어요. 경찰에서는 자연 연소였을 거라고 말하더군요. 사진 현상에 필요한 갖가지 화학 약품이 과열되면 폭발한대요. 즉사였을 터이므로 그다지 괴로움을 당하지는 않았으리라고 말하지만, 정말 그랬을까요? 그것을 어떻게 알지요?"

데이비드는 루스를 바라보았다. 그녀는 울지 않겠다던 약속을 지키지 못했다.

"작업장에는 이상한 냄새가 가득차 있었어요. 마치 지옥 같다고 나는 생각했어요. 하나도 남김없이 가루가 되고 부서지고 타버렸기 때문이에요. 마치 폭탄이 터진 것 같은 상태였어요. 나중에야 나는 우리의 잘못을 깨달았어요. 이웃과 너무 멀리 떨어져 산 것이 나빴어요. 여기서 가장 가까운 집도 1마일쯤 떨어져 있거든요. 좀더 가까웠다면 폭발음을 듣고 틀림없이 누군가가 달려왔겠지요. 그랬다면 보브도 죽지는……."

루스는 어깨를 움츠리고 말을 이었다.

"브롱크스에 살고 있었다면 이런 일은 당하지 않았을 거예요. 그곳에서는 단 2초면 이웃집 현관으로 뛰어갈 수 있거든요. 하지만 여기서는 집 한 채쯤 날아간다고 해도 모두들 유유히 잔디를 깎고 있을 거예요."

데이비드는 말이 이어지기를 기다렸으나 더 이상 계속되지 않았으므로 물었다.

"루스, 어느 정도나 파괴되었던가요? 완전히 파괴되었습니까? 사진이며 뭐며……."

"어떻게 할 도리가 없었어요. 남겨놓을 가치가 있는 것은 하나도 없었어요. 그래서 부서진 것은 모두 버렸지요."

"그렇다면 아무것도 안 남았겠군요? 버크 관계의 사진 원판도?"

"그게 중요한 건가요?"

"아니오." 데이비드는 지친 듯이 말했다. "그다지 중요한 것은 아닙니다. 솔직히 말해서 나는 그 원판이 남아 있으면 좋겠다고 생각하며 왔지요. 조금 조사해 볼 일이 있어서 말입니다. 하지만 루스, 그다지 걱정할 건 없습니다. 다른 방법이 또 있겠지요."

"미안해요. 하지만 나로선 까닭을 모르겠군요. 나를 만나러 오신 건 그 일 때문이었나요?"

"아닙니다. 그 뿐만은 아닙니다. 솔직히 말해서……." 데이비드는 난처한 표정으로 말했다. "사고의 상황을 좀더 자세히 알고 싶었습니다. 요즘 나는 여러 가지 문제에 휘말려 들어가 있거든요."

"업무면에서 말씀인가요?"

"말하자면 그렇지요."

데이비드는 술잔에 술을 따랐다.

"루스, 또 한 가지 더 묻고 싶은 게 있습니다."

"좋아요."

"그 초상 사진에 대해서인데, 즉 불타버린 스튜디오 이외의 곳에 뭔가 기록이 남아 있지 않을까요? 그날 손님이 누구였는지 알아낼 수 없을까요?"

"기록이라고요?" 루스는 눈을 깜빡거렸다. "글쎄요, 없을 것 같군요. 기록이 필요한 만큼 보브에게는 손님이 없었으니까요. 왜 그러시지요?"

"특별한 이유는 없습니다. 다만 알고 싶을 뿐입니다."

루스는 입술을 깨물었다.

"그 일에는 조금도 이상한 점이 없었어요. 손님은 다시 연락해 오지도 않았고……아마 사고가 난 걸 알았기 때문이겠지요. 하지만 카메라에 아직 필름이 들어 있을지 몰라요."

"어느 카메라 말입니까?"

"사고가 난 다음 나는 카메라를 몇 개 남겨두었답니다. 왜 그랬는지 나 자신도 잘 모르겠어요. 스튜디오는 보기도 싫어 부서지지 않은 것까지 모조리 부수고 싶었지만, 카메라만은 남겨두었어요. 라이카였거든요."

데이비드는 자신도 모르게 몸을 일으켰다.

"괜찮다면 보여주시겠습니까, 루스?"

"네, 좋아요."

루스는 일어나 다른 방으로 갔다. 데이비드는 마음을 조이며 기다렸다. 그녀가 라이카를 들고 돌아오자 데이비드는 그것을 받아들고 흥분하며 들여다보았다.

"필름이 들어 있는지 어떻게 아십니까?"

"여기에 조그만 장치가 있어요." 루스는 손가락으로 가리키며 말했다. "눈금이 보이지요? 그것으로 필름이 들어 있는지 없는지 알 수 있답니다."

"루스, 필름을 빼도 괜찮겠습니까?"

"괜찮아요, 데이브. 그런데 왜 그러시지요?"

"단순한 호기심입니다. 안 될까요?"

"아니, 괜찮아요. 내가 필름을 꺼내 드릴게요."

루스는 전등을 켜고 카메라 케이스를 열었다. 그리고 필름을 감아서 빼고 그 끝을 고무풀로 붙인 다음 그에게 건네주었다.

데이비드는 이제 볼일이 없었으나 뭐라고 말하고 돌아가야 좋을지 몰랐다. 그의 안절부절못하는 태도를 보고 루스가 말을 꺼냈다.

"바쁘시지요, 데이브, 회사 일로?"

"네, 굉장히 바쁩니다. 퇴근시간까지 돌아가야 합니다. 어떤 사람과 만날 약속이 되어 있어서요……"

"그러시겠지요, 아무튼 잘 와주셨어요, 데이브."

기차는 시간표대로 달렸으나 데이비드에게는 초조하리만큼 느렸다. 그랜드 센트럴 역에 닿자 그는 회사에 전화를 걸어 미술부 매니저와 이야기했다. 매니저는 44번 블록에 있는 사진관 이름을 가르쳐주었다. 그곳이라면 그 자리에서 곧 현상해 준다는 것이었다.

데이비드는 역을 성급하게 가로질러 44번 블록 끝까지 걸어갔다. 사진관 이름을 대자 어떤 사람이 곧 가르쳐주었다. 그곳 직원이 로비에서 기다려주지 않겠느냐고 말했으므로 데이비드는 기다렸다. 그는 《사진연감》을 집어 들고 사진을 들여다보려고 주의를 집중했으나 전혀 초점이 맞지 않았다. 루스 번스테인이 들려준 이야기가 머리에서 떠나지 않았다. 루스가 초상 사진 손님의 이야기를 했을 때 어떤 놀라운 생각이 그의 머릿속에서 플래시 밸브처럼 폭발했던 것이다.

암실의 자동 벨이 울렸을 때 데이비드의 생각은 뚜렷이 결정되어 있었다. 만일 자기의 추측이 옳다면, 현상되어 나오는 사진에 로버트 번스테인을 살해한 범인이 찍혀 있을 것이다. 암실문이 열렸다.

"유감스럽습니다." 하얀 앞치마를 두른 젊은 사나이가 말했다. "빛이 들어갔군요, 필름이 온통 까맣습니다."

사나이는 데이비드에게 아직 젖은 원판 롤을 건네주었다. 트럼프의 조커처럼 그것은 아무 쓸모도 없었다.

어루만지고 싶은 살결

　맨해튼 매너는 신비스러운 매력에 넘치는 석조 건축이다. 건물은 이스트 리버 사이드를 내려다보도록 솟아올라 있어 예인선의 선장에게는 좋은 목표가 되었으며 웰페어 아일랜드 주민에게는 훌륭한 경치를 제공해 주었다. 이 아파트는 밤이면 한층 더 감동적으로 변한다. 가까이 다가가자 택시 창문을 통해 휘황히 빛나는 테라스가 보이기 시작했다. 데이비드는 이 거리의 아름다움에 새삼스럽게 놀랐다. 이 건물을 보고 감탄하지 않는 사람은 아무도 없으리라.
　데이비드가 이곳에 어울리는 팁을 주자 택시 운전사는 모자 차양에 손을 얹으며 인사를 했다. 빌딩의 도어맨은 택시 문을 마치 캐딜락의 문처럼 공손히 열었다. 정면 현관의 유리 회전문이 마치 왕자를 맞이하듯 장엄하게 움직였다. 로비에 깔린 두껍고 폭신한 카펫이 그의 발에 부드럽고 정중하게 닿았다. 거만한 엘리베이터보이가 틈막이를 한 엘리베이터에 그를 태우고 실렝스커 백작 부인의 아파트가 있는 층까지 조용히 데려가주었다. 실내 장식의 호화스러움에 데이비드는 깜짝 놀랐다. 마치 최면술에 걸린 듯한 기분이었다. 만일 옆 아파트 방에서 양배추요리 냄새가 풍겨오지 않았다면 그는 마치 주문에 걸려 꼼짝 못하게 된 사람처럼 그대로 서 있었을 것이다. 그러나 양배추 냄새가 풍겨오자 그는 코를 쫑긋거리며 싱긋 미소를 지었다. 18A의 단추를 누르자 안에서 차임벨 소리가 들려왔다.

살빛이 거무스름한 젊은 여자가 작은 여행 가방을 들고 나왔다. 여자는 데이비드를 보고 미소지었다. 그는 길을 비켜주었다. 그런데 여자가 문을 쾅 닫고 나갔으므로 그는 어안이 벙벙했다. 그러자 안쪽에서 실렝스커 백작 부인이 설명하는 목소리가 들려왔다.

"저 아이는 우리 집에 통근하는 하녀예요. 데시라고 하지요. 당신이 초인종을 누를 때 마침 돌아가려던 참이었어요. 어서 들어오세요, 데이브."

데이비드는 현관에서 거실로 들어갔다. 그는 온통 빨간 빛깔을 보자 투우처럼 후끈 흥분되었다. 환각이 아니었다. 빨간 융단, 빨간 벽걸이, 온통 빨간색이었다. 가구는 창백한 상아 빛깔이었다. 옛날 가구로, 만들어진 당시에도 꽤 값나가는 것이었음에 틀림없다. 그러나 아무튼 온통 빨간빛이었다.

이윽고 데이비드가 말했다.

"굉장한데요, 백작 부인. 이 방에 어울리는 이름이 떠올랐습니다. '붉은 죽음의 방'이라고 하면 어떨까요?"

백작 부인은 당황하며 웃더니 자기 쪽으로 오라고 손짓했다. 오늘 밤의 실렝스커 백작 부인은 우아한 차림이었다. 고전적인 디자인의 녹청색 파티 드레스를 입고 필요 이상으로 키를 커보이게 하기 위해 머리카락을 공들여 위로 빗어 올렸다. 가까이 가자 그녀는 데이비드에게 붉은색 칵테일을 내밀어주며 물었다.

"맨해튼이라도 괜찮겠어요? 소냐도 맨해튼 파 같아요. 좀더 자세히 말하자면 그 애는 체리를 넣은 것을 좋아하지요."

백작 부인은 미소지으며 자리에 앉았다.

"소냐는 전혀 이 세상의 더러움을 모르는 아이랍니다, 데이브. 그 애는 맞지 않는 시대에 태어난 것 같아요."

"그럴지도 모르겠군요. 소냐는 지금 어디 있습니까?"

"옷을 갈아입고 있어요. 이제 곧 나올 거예요. 무엇을 입으면 좋을지 몰라서 애를 먹고 있지요. 그런데 당신 몸은 어때요?"

"네, 아주 좋습니다."

"아직도 나에게 화를 내고 있어요, 데이브?"

"화를 내다니, 어째서 내가 화를 냅니까?"

"물론 어제 일 때문이지요. 그 사건 말이에요. 내가 한 짓을 결코 용서하지 않겠지요, 데이브? 하지만 여기까지 왔으니 이제 화내지 마세요."

"아아, 잠깐만요!" 데이비드는 술잔을 내려놓았다. "꼭 한 가지만 확실히 해두어야겠습니다. 오늘 밤 내가 이곳에 온 것은 어제 당신이 벌인 사기극과 아무 관계도 없습니다. 만일 당신이 그 사진을 캐미트에게 보이러 갈 생각이라면 아예 내 허가를 받고 가십시오. 좀 더 정확하게 말하면 당신이 아니라 내가 직접 가지고 가겠다는 겁니다."

백작 부인의 꽤 큰 눈이 더 커졌다.

"나는 오고 싶어서 이 댁에 왔습니다." 데이비드는 말을 이었다. "협박을 받아 두려워졌기 때문에 온 것이 아닙니다. 이 문제는 빨리 결말을 지읍시다."

"정말 기뻐요, 데이브! 오늘은 정말 즐겁군요. 오고 싶어서 왔다고 하니……"

"그럼, 됐습니다. 소냐에게 빨리 옷을 갈아입으라고 말해 주십시오. 나는 아침 식사밖에 하지 못했습니다. 솔직히 말해서 거의 굶

어죽을 지경입니다."

백작 부인은 데이비드의 거친 말투에 놀란 듯했으나 일어나지는 않았다.

"오늘 밤에는 어디로 가시겠어요? 시내에는 소냐도 모르는 멋진 곳이 많이 있는데……."

"멋진 곳은 모릅니다."

데이비드는 두 다리를 뻗었다가 생각을 고치고 눈앞에 있는 다리가 활처럼 휘어진 대리석 테이블에 두 다리를 쾅 얹었다.

"3번 거리에 내가 좋아하는 레스토랑이 있습니다. 우리는 그곳으로 가겠습니다. 이 댁처럼 온통 빨간색으로 꾸며져 있지는 않지만, 포도주도 빨갛고 스파게티의 맛도 훌륭합니다. 물론 지저분하지 않고 깔끔한 곳이지요. 거기서 나온 뒤——글쎄요, 소냐를 영화관으로라도 데리고 갈까요?"

"그게 좋겠어요." 백작 부인은 감동한 나머지 숨을 헐떡이며 말했다. "소냐는 영화를 무척 좋아한답니다."

"아니, 어쩌면 영화관이 아니라 볼링장으로 갈지도 모릅니다."

"어머나, 소냐는 볼링은 전혀 못하는 것 같던데……하지만 틀림없이 그 애는……."

"아닙니다. 식사가 끝난 다음 어떻게 할지는 결정하지 않겠습니다. 아무튼 나는 우선 먹어야겠습니다. 그러니 백작 부인, 소냐에게 빨리 나오라고 말해 주십시오."

백작 부인은 일어나 옷 스치는 소리를 내며 아치형 복도로 나갔다가 1분 뒤 소냐를 데리고 돌아왔다. 소냐는 아마 훨씬 전에 나올 준비를 끝마치고 있었을 것이다. 세상 물정에 훤한 어머니이니만큼 일부러 남자가 애태우도록 만든 것인지도 모른다. 아무튼 납인형관에 가더라도 지금의 소냐 실렝스커만큼 번쩍번쩍하게 채색된 인형은 결코 없을 것이다. 검고 부드러운 머리카락이 한 가닥 한 가닥 아교로 굳힌 듯 반들반들 다듬어져 있었다. 선인장같이 윤기 흐르는 파란 드레스는 소매와 스커트를 부풀리고 본디부터 가냘픈 허리를 강조하듯이 바짝 죄었다. 그리고 데이비드는 깜짝 놀랐다. 섬뜩하리만큼 가슴의 높이가 도발적이었던 것이다. 틀림없이 백작 부인은 최고로 센스를 발휘하여 소냐의 얼굴에 짙은 화장을 시켰을 것이다. 아무튼 그 성과는 정말 놀랄 만한 것이었다. 살결은 형광등처럼 하얗고, 입술은 소방차같이 빨갛게 칠했으며, 밝은 라벤더 빛 눈은 검은 안료로 테가 둘러져 있었다.

'이 아가씨는 확실히 미인임에 틀림없어.'——데이비드는 적이 감탄하지 않을 수 없었다. 그러나 그녀는 여전히 현실감이 없어 이 세상 사람 같지 않았다. 살아 있는 여자라기보다는 오히려 수채화 여인을 연상케 했다.

"안녕하십니까?" 데이비드는 무뚝뚝하게 말했다. "지금 나가실 수 있겠지요?"

소냐는 부끄러운 듯이 고개를 끄덕였다.

"즐겁게 놀다 오너라, 소냐." 백작 부인이 딸의 볼에 가볍게 키스했다. "나는 9시쯤 외출할 텐데, 아마 오늘 밤에는 돌아오지 못할 거다."

그리고 나서 백작 부인은 데이비드에게 말했다.

"어떤 시시한 모임에 초대를 받았어요. 오늘 밤은 아마 호텔에서 지내게 될 거예요. 하지만 걱정할 건 없어요."

"안녕히 주무십시오, 백작 부인." 데이비드는 소냐의 팔을 잡고 이끌 듯이 문 쪽으로 걸어갔다.

"딸을 귀여워해줘요." 백작 부인이 명랑한 목소리로 말했다. "천천히 즐기다 와요."

엘리베이터를 타고 내려가는 동안 소냐는 속눈썹을 반쯤 내리뜨고 있었다. 택시가 안뜰의 샘가를 돌아 요크 애버뉴의 속된 분위기로 나갈 때까지도 그녀는 여전히 눈을 내리뜨고 있었다. 이윽고 소냐는 데이비드의 얼굴을 보며 말했다.
"어디로 가는 거지요, 로빈스 씨?"
"데이브라고 불러주시오, 소냐. 로빈스 씨라고 부르는 사람은 없답니다. 단 나의 어머니만은 그렇지 않지만."
"네?"
소냐는 눈을 깜박거렸으나 곧 이것이 소설에 흔히 나오는 익살임을 알아차렸다. 그녀는 깔깔 웃더니 이번에는 자기 쪽에서 말을 하려고 헛기침을 했다.
"어젯밤에는 함께 즐기지 못해서 유감이었어요. 즐거운 밤이 될 줄 알았는데."
"그렇습니까? 그런데 무엇이 즐거운 일이지요?"
뒷좌석의 어슴푸레한 불빛 속에서도 그녀의 볼에 핏기가 도는 것이 뚜렷이 보였다.
"말하자면 사랑을 하는 것이지요."
"좋은 착상이시군요." 데이비드가 말했다.
'루시아' 레스토랑에 들어가자 데이비드는 모자와 코트를 급사에게 맡겼다. 급사장이 안내한 테이블은 남의 눈에 아주 띄기 좋은 곳이었으나 그는 별로 군소리를 하지 않았다. 소냐의 모습도 쉽게 남의 눈에 띨 것이다. 그러므로 금발의 미술 담당자와 파이프를 입에 문 그녀의 남자 친구에게 들킬 위험성은 충분히 있다.
소냐는 데이비드를 보며 말했다.
"멋진 곳이로군요. 늘 오세요?"
"가끔. 이 레스토랑에서는 송아지 스카로피네와 스파게티를 권하고 싶습니다. 두께와 빛깔이 알맞고 소스 또한 일품이거든요. 당신은 칼로리가 많은 게 싫지 않습니까?"

소녀가 대답했다.

"별로 신경쓰지 않아요. 하지만 나는 많이 먹지 않는 편이에요."

그러나 소녀는 어느새 스스로 많이 먹는 편임을 드러내보였다. 루트 비어 두 병, 작은 굴 반 다스, 스파게티 한 접시, 특대 송아지 스카로피네 하나, 빵 4분의 1파운드, 토르토니 한 접시, 커피가 데미태스 컵(식사 뒤 나오는 블랙커피용 찻잔)으로 두 잔——이 모든 것이 이럭저럭하는 사이에 그녀의 위 속으로 들어가 버렸다. 겉으로는 나긋나긋해 보이지만 그녀의 먹는 태도는 인정사정없었다. 그녀의 왕성한 식욕에 데이비드가 오히려 부끄러워질 정도였다. 그리고 정작 계산할 단계에 이르자 소녀는 아까와 마찬가지로 눈을 아래로 내리뜨고 창백하니 영양 실조에 걸린 듯한 표정으로 되돌아가 있었다.

데이비드가 말했다.

"이제부터 어떻게 할까요? 영화를 보러 가도 좋고, 한가로이 공원을 산책해도 좋고, 아니면 담배 연기가 자욱한 어떤 나이트클럽에서 새벽까지 시간을 보내도 좋습니다. 당신 생각은 어떻습니까?"

"글쎄요……" 소녀는 머뭇거리며 말했다. "당신은 어떻게 하는 것이 좋겠어요?"

"솔직히 말해서 나는……" 데이비드는 얼굴을 찌푸리며 말했다. "구두를 벗고 허리띠를 푼 다음 편안히 쉴 수 있는 곳으로 가고 싶습니다. 그러나 오늘 밤은 당신의 밤이니까 당신이 결정하십시오."

소녀는 잠시 가만히 있다가 말했다.

"집으로 돌아가면 안 될까요? 음악을 들어도 좋고, 또 스크래블 게임을 해도 좋지요."

데이비드는 들리지 않도록 조그맣게 신음 소리를 냈다.

"좋소, 그렇게 합시다."

두 사람은 떠난 지 세 시간도 못 되어 맨해튼 매너로 돌아왔다. 소냐가 열쇠를 돌릴 때 비로소 데이비드는 생각해 냈다. 아파트가 편리하게도 비어 있다는 것을. 하녀에게는 오늘 밤 휴가를 주었고, 백작부인은 우연히도 모임에 초대받아 새벽까지 돌아오지 않는다. 미리부터 짜여진 계획이 아닌가?

그러나 이러한 속셈에 대한 의심은 소냐의 행동으로 부정되었다. 그녀는 열심히 돌아다니며 전등을 켰고, 약속대로 스크래블 게임을 할 준비를 했다. 소냐는 붉은 죽음의 방 커피테이블 서랍에서 게임 상자를 꺼내 빨간 카펫 위에서 무릎을 꿇고 앉아 상자 속의 작고 하얀 패를 성급하게 늘어놓았다. 데이비드가 입을 열었다.

"칵테일을 만들까요?"

"난 필요 없어요." 소냐는 들뜬 목소리로 말했다. "아직도 머릿속이 욱신거려요. 당신이나 드세요."

데이비드는 스카치 온 더 록을 만들어 가지고 소파로 돌아왔다. 그러나 어째서 소냐가 스크래블 게임을 하고 싶어하는지 짐작이 가지 않아 한숨을 쉬며 앉았다.

데이비드가 물었다.

"따뜻하니까 불을 피울 필요는 없겠지요?"

"어머나, 나는 더운 편이 더 좋아요. 당신 불 피울 줄 아세요?"

"글쎄요, 보이 스카우트 흉내라도 내면 되지 않겠습니까?"

데이비드는 일어나서 난로 앞으로 갔다. 가지런히 잘라놓은 장작과 쏘시개할 종이가 미리 챙겨져 있었다. 라이터로 불을 붙이자 곧 타오르기 시작했다.

데이비드가 말했다.

"아주 잘 붙는데요."

너무나도 모든 준비가 잘 되어 있었다.

소냐도 즐거운 듯 여러 가지 색깔로 나누어진 게임 판의 눈에 패를 놓고 낱말을 이어나갔다.

"소냐." 데이비드가 말했다.

"네?"

"한 가지 물어봐도 좋겠소?"

"물론 좋지요."

소냐는 얼굴을 들었다. 눈이 이상하게 반짝이고 있었다. 순간 데이비드는 난로불의 반사인가 생각했으나 자세히 보니 소냐의 몸속에서 타오르는 불길 때문인 듯했다. 왠지 기분이 언짢아졌다. 데이비드는 다시 말했다.

"이 아파트에서 아기의 사진을 본 적이 없소?"

"무슨 사진이요?"

"아기 사진이오. 시리즈로 되어 있지요. 한 페이지에 열두 장씩 붙여진 것이오."

소냐는 입을 오므렸다.

"아니오, 본 적이 없어요. 왜 그러시지요?"

"아무것도 아니오." 데이비드는 소파로 돌아갔다. "자, 스크래블을 합시다. 지난번 로망빌라 저택에서는 당신에게 무참히 졌으니까 오늘은 복수를 해야겠소. 소냐, 당신은 이런 게임을 아주 잘하더군요."

"네, 어서 해요." 그녀는 벌떡 일어났다. "전등을 모두 켜놓을 필요는 없겠지요? 난로불만으로도 방 안이 밝으니까요."

소냐는 구두를 걷어차서 벗어버리고 맨발로 춤추듯 돌아다니며 조금 아까 주의깊게 켜놓은 전등을 모두 꺼버렸다. 소파로 돌아올 때 그녀는 명랑하게 웃고 있었다. 그리고 피로한 때문인지 숨을 헐떡거렸다. 굉장한 가슴이 심하게 물결쳤다.

"방 안이 덥군요!"

소냐는 푸른 새틴의 짧은 볼레로를 벗어던졌다. 소냐의 어깨는 놀라우리만큼 아름다운 크림 빛이었다.

"어서 시작해 보시오," 데이비드가 무뚝뚝하게 말했다.

소냐는 소파에 앉아 미소지으며 데이비드에게 추파를 던졌다. 그에게 처음으로 던지는 아양떠는 눈길이었다.

"정말 스크래블을 하고 싶으세요?"

"물론이지요, 복수전이니까."

"복수보다 훨씬 즐거운 일이 있잖아요?" 소냐가 말했다.

"예를 들어 어떤 거지요?"

소냐는 다시 미소지으며 소파에 발딱 몸을 젖혔다.

"보면 모르세요."

소냐가 다시 스크래블 판으로 눈길을 보낼 때까지 데이비드는 그 뜻을 몰랐다. 처음 한순간 그는 소냐가 스크래블 판에 엮어놓은 글자의 뜻을 파악할 수가 없었다. 두 번째 보고서야 겨우 그 뜻을 이해했을 때 찬물이 얼굴에 끼얹어진 듯한 느낌이 들었다. 그는 다시 한번 확인하기 위해 읽어보았다. 그러나 역시 똑같이 보였고 그는 충격을 받았다.

"앗!" 그는 약하게 놀란 소리를 냈다.

"왜 그러시지요?" 소냐는 까르르 웃음을 터뜨렸다.

그 낱말이라면 그도 알고 있었지만, 이런 식으로 사용되리라고는 생각지 못했었다. 그것은 누구나 알고 있는 말, 그러나 공공연히 입 밖에 내어 말할 수 없는 야비한 낱말이어서 아무리 생각해도 스크래블 게임에는 어울리지 않았다.

"놀랍군요, 소냐!" 데이비드는 부드럽게 미소지으려고 했으나 목소리가 목구멍에 걸려 닭 울음소리처럼 되어 버렸다. "당신이 이런 여자인 줄은 몰랐소."

"그래요, 나는 이런 종류의 여자예요." 소냐는 쉰 목소리로 말했다. "이제 아셨지요, 데이브?"

소냐는 한 손을 그에게 내밀었다.

"정말 놀랐소." 데이비드는 소냐의 옆에 앉지 않을 수 없게 되었다. "당신은 겉보기와 전혀 다른 여자로군."

소냐는 그의 머리 뒤로 손을 돌려 와이셔츠 칼라 속으로 손가락 두 개를 집어넣었다.

"당신은 즐기고 싶지 않으세요?" 소냐가 말했다.

"그야 뭐……하지만……."

"그렇다면 어째서 나와 함께 즐겨서는 안 되지요?"

난로에서 탁 하고 장작 튀는 소리가 났다. 데이비드는 벌떡 일어났다.

"장작을 조심해야겠소. 이 아파트에 불이 나면 큰일이니까……."

난로에서 돌아오자 소냐는 소파 가득히 누워 있었다. 데이비드는 반대쪽 팔걸이의자에 앉으려고 했으나 소냐가 둘째손가락을 꼬부리며 자기 쪽으로 오라고 했다.

"이리오세요."

"당신은 스크래블 게임을 할 작정이었잖소."

데이비드는 화난 듯이 말했다.

소냐는 등을 활 모양으로 발딱 젖혔다.

"자, 어서 오세요, 데이브."

"이봐요, 소냐. 당신은 아주 얌전한 아가씨라고 생각했는데, 오늘밤에는 술이 좀 지나쳤나 보오."

"그런 말씀 마세요. 술은 벌써 몇 시간 전에 마신걸요. 어머니가 염려된다면 걱정 마세요. 새벽까지는 돌아오시지 않을 테니까."
"어머니가 돌아오실까봐 걱정하는 게 아니오. 당신이 걱정되어서 그러는 거요. 자, 소냐, 어서 일어나오. 한 게임 하고 나는 가겠소."
소냐는 가까이 온 그의 와이셔츠 소맷부리를 확 잡아당겼다.
"잠깐만 즐겨요. 그 일이 끝나면 당신은 돌아가셔도 좋아요. 자, 그 다음에 이어지는 네 글자의 낱말은……."
데이비드는 팔을 뿌리쳤다. "난 모르겠소! 나는 다만 일곱 글자의 낱말밖에 생각나지 않소——Good bye."
"데이브!"
데이비드는 어이가 없어서 복도 쪽으로 걸어가기 시작했다. 금테가 둘러쳐진 거울 밑에 등받이가 하프 모양으로 된 의자가 있고, 거기에 그의 모자와 코트가 걸려 있었다. 그는 그것을 거칠게 집어 들고 문 손잡이에 손을 얹었다.
"데이브, 잠깐만 기다려요!"
소냐가 문 앞까지 쫓아왔다.
"왜 그러오?"
"중대한 것이 생각났어요."
소냐는 문에 등을 대고 섰다.
"아까 당신이 물은 사진에 대한 거예요. 아기 사진 말이에요."
"그것이 어쨌다는 거요?"
"모자와 코트를 의자에 도로 내려 놓으세요. 그러면 이야기해 드릴게요."
데이비드가 명령에 따라 움직이는 것을 그녀는 뒷짐지고 서서 지켜보았다. 그리고 빨간 방으로 돌아가자 턱을 내밀고 눈을 감았다. 데이비드는 화를 내며 거칠게 그녀를 안고 키스해 주었다. 소냐의 몸은 겉으로 보기에 연약하기 짝이 없지만 정말은 구석구석 탄탄했다.

"좋아요." 소냐는 깊이 숨을 들이마셨다. "그래서 나는 스크래블 게임을 좋아하지요……"

"사진 이야기는?"

"나중에 말해 줄게요."

"아니, 지금 하오!"

"좋아요." 소냐는 데이비드의 어깨에 얼굴을 갖다댔다. "지난 주일 어떤 남자가 와서 엄마에게 사진을 드렸어요. 사진은 엄마 회사 이름이 인쇄된 갈색 봉투에 들어 있었지요. 엄마의 화장대에 놓여 있었는데, 그것이 그처럼 중대한 건가요?"

"그 사람이 누구였지요?"

"모르겠어요. 대학 교수같이 꽤 똑똑해 보이는 사람이었어요. 나이는 아주 젊었지만요. 파이프로 담배를 피우더군요. 그 사람이 돌아간 뒤 엄마가 온 집 안에 담배 냄새가 난다고 하신 말이 기억나요."

"헬로로군!" 데이비드가 말했다.

"누구요?" 소냐는 화가 난 모양이었다.

"아무것도 아니오. 소냐, 난 지금 이상한 생각을 했소. 빌딩이 와르르 무너진다는 생각."

"어느 빌딩이?"

"그런 건 아무래도 좋소. 아무튼 이제 그만 실례해야겠소. 즐거운 밤이었소. 고맙소."

"비겁해요. 돌아가지 말아요!" 소냐는 몸을 비틀며 소리쳤다. "여기 계세요, 데이브."

"아니, 안 되오, 정말. 나는 어머니와 약속을 했거든요. 40살이 될 때까지 여자에게 손대지 않겠다는 약속을."

어루만지고 싶은 살결 167

소냐는 몸을 확 잡아빼며 한쪽 발로 빨간 카펫을 쾅쾅 밟았다.
"사생아!"
"저런, 당신은 참으로 여러 가지 낱말을 알고 있군요."
"상놈! 매독 환자! 색골!"
"과연 대단해." 데이비드는 차마 들을 수가 없었다. "이로써 당신은 내 비밀을 알았지요? 나는 곧 돌아가야겠소. 그렇지 않으면 몽고메리 크리프트가 화를 낼 테니까. 그 배우는 지독히 질투심이 강하다더군."
"어서 썩 꺼져요!" 소냐는 새된 소리를 질렀다. "나가요! 두 번 다시 나타나지 말아요!"
"어머니에게 안부를……"

맨해튼 매너 빌딩을 나오자 그는 혼자 있고 싶은 욕망을 뿌리칠 수가 없었다. 어떤 공중 전화부스로 들어가고 싶다고 생각했다. 마침 1번 거리의 드러그스토어 구석에 전화부스가 보였다. 주머니를 뒤졌으나 25센트 지폐가 한 장 있을 뿐이었다. 그는 지폐를 돈 넣는 구멍에 넣고 쟈니의 아파트 번호를 돌렸다.

전화벨이 여덟 번 울렸다. 아무래도 집에 없는 모양이었다. 그는 손목 시계를 보았다. 11시 5분 전이었다. 만일 쟈니가 헬로와 함께 나갔다면 약 15분 뒤 브로드허스트 극장에서 나올 것이다. 많은 관람객들 사이에서 그녀를 찾아내기는 어려울 것 같았으나 해볼 만한 가치가 있을 듯싶었다.

데이비드는 부스에서 뛰어나와 다가오는 택시를 불러 세웠다.

극장 바깥은 아직 한산했으나, 그것이 오히려 앞으로 빚어질 혼잡을 예상하게 했다. 과연 그가 택시에서 내리자 바로 안내인이 극장문 쪽으로 달려갔다. 안내인은 떠들썩한 관객들을 정리하기 위해 필사적인 표정을 짓고 있었다.

 우르르 사람들이 밀려나왔다. 그들은 방금 구경한 '서클드 하트'에 대한 비평을 떠벌이며 앞을 다투어 택시를 잡으려고 야단이었다. 군중을 둘러보았으나 처음에는 모두 비슷비슷하게 보일 뿐이었다. 그는 길가에 서서 자바 섬의 무용수처럼 목을 좌우로 움직였다. 기마(騎馬) 경관이 바로 옆을 지나갔고, 부인 셋이 그의 눈앞에서 모금함을 흔들어댔다. 쟈니를 찾아내는 일은 불가능할 것 같았다.

 그러나 데이비드는 난생 처음으로 헬로가 늘 자랑하는 파이프에 진심으로 감사했다. 늘 보아온 까만 찔레나무 재료로 만든 거칠거칠한 파이프——헬로 로스는 곤봉 같은 그 파이프를 미소띤 얼굴의 잇새에 쑤셔 넣고 있었다. 옆에 바싹 붙은 쟈니는 그의 팔을 잡은 채 더없이 사랑스럽고 만족한 표정을 짓고 있는 것처럼 보였다.

 처음에 데이비드는 두 사람을 큰 소리로 불러 세우려고 했으나 곧 재빠른 행동으로 마음을 고쳐 먹었다. 사람들 사이를 필사적으로 헤치고 나가 두 사람을 미행했던 것이다.

 택시를 잡는 일은 마치 지옥의 법석과도 같았다. 이스트사이드에서 오는 자동차들은 아직 저쪽 모퉁이에서 정지당하고 있었다. 44번 블록 한가운데에서도 그다지 심하진 않았으나 역시 사람들이 택시를 잡으려고 법석이었다. 그러나 로스는 태연히 서 있다. 그 까닭은 곧 알게 되었다. 8번 거리 모퉁이에 번쩍번쩍 빛나는 검은 캐딜락이 멈춰서서 로스가 오기를 기다리고 있었다. 제복을 입은 운전사가 문을 활짝 열며 "굿이브닝 서, 굿이브닝 마담!" 하고 인사했다.

 "세라피노로 갑시다" 라고 말하는 로스의 목소리가 들렸다.

 로스는 쟈니와 나란히 뒷좌석에 앉았다. 캐딜락이 떠나기를 기다리지도 않고 데이비드는 택시를 잡기 위해 남쪽 8번 거리로 달려갔다. 그는 디룩디룩 살찐 여자를 앞질러 겨우 택시를 잡아타자 "세라피노" 하고 운전기사에게 일렀다.

세라피노는 56번 블록에 있는 찻집으로, 커피도 손님도 참으로 가지각색인 색다른 가게였다. 시내 변두리의 보헤미안적인 분위기를 데이비드는 좋아하지 않았으나 헬로 로스는 좋아할 만하다고 여겨졌다. 가게 안으로 들어가자 '빌리지 숍'에서 팔고 있는 액세서리를 잔뜩 단, 포니테일(뒤에서 묶어 아래로 내려뜨린 긴 머리) 형으로 머리를 빗은 여급사가 테이블로 안내하려고 했으나 데이비드는 손님들을 훑어보며 자기에게 편리한 테이블을 찾아내었다. 그리고는 친구를 만나야겠다며 그녀를 밀어냈다.

데이비드를 먼저 알아본 것은 쟈니였다. 그녀는 가까스로 놀라움을 감출 수가 있었다. 그러나 로스는 파이프를 떼고 입을 크게 벌린 채 놀라운 표정을 감추지 못했다. 로스가 말했다.

"여어, 데이브, 대체 무슨 바람이 불어서 이런 곳에 다 왔소?"

"커피를 마시고 싶어서 견딜 수가 있어야지요." 데이비드는 쟈니를 보며 말을 이었다. "그리고 당신에게 한 가지 묻고 싶은 것도 있고……."

"미행한 모양이군요." 쟈니가 엄하게 말했다. "데이브는 아마추어 탐정이랍니다. 모르셨어요, 헬로?"

데이비드는 의자를 끌어당겼다.

"그렇소, 미행했소. 아마추어 탐정으로서는 꽤 교묘하게 한 셈이지요. 이를테면 나는 오늘 밤 당신에 대해 꽤 흥미 있는 비밀을 알아냈소, 헬로."

"내가 어쨌다는 거요?" 로스는 그의 말을 무시하려고 했다.

"당신에게 그처럼 묘한 취미가 있는 줄은 미처 몰랐소. 꽤 충격을 받았지요."

"대체 무슨 말을 하는 거요?"

"당신 부업에 대해서——취미와 실리를 고루 갖춘 부업."

쟈니가 경멸하듯이 말했다. "취하셨군요!"

"그럼, 좀더 듣기 좋은 말을 써서 표현하겠소." 데이비드가 말했다. "예를 들면 '스파이'라는 말을."

로스는 파이프를 빨고 있었다.

"나는 당신 친구의 친구와 조금 전까지 이야기를 나누었소." 데이비드가 다시 말했다. "그녀는 당신이 실렝스커 백작 부인 댁에 가끔 드나든다는 사실을 일러주었소. 백작 부인의 아파트에 그 광고용 사진을 가지고 갔다고요? 그래, 고정 급료를 받고 있소, 아니면 그때 그때 받소?"

핼로 로스는 귀에 거슬리는 소리를 내며 의자를 뒤로 밀치고 일어났다. 옛날 같았으면 일어나자마자 허리에서 권총을 빼들었을 상황이다. 그러나 그는 현대인이므로 데이비드를 노려보며 험상궂게 말했다.

"나갑시다, 쟈니. 당신 친구가 점점 더 역겹게 구는군요."

쟈니는 당황하며 두 사나이의 얼굴을 번갈아보았다.

"무슨 짓을 하려는 거예요?"

데이비드는 상대방에게 위압당하는 것이 싫어서 벌떡 몸을 일으키고 자기의 큰 키를 이용하여 로스를 내려다보았다.

"쟈니에게 고백하시지, 핼로, 그녀의 방에서 사진을 훔쳐낸 사실을 말이오!"

"뭐라고! 이 빌어먹을!" 로스는 조그맣게 외쳤다.

로스는 실수를 저질렀다. 데이비드의 노여움을 과소평가했던 것이다. 그는 한 손을 뻗어 데이비드의 윗옷 깃을 손바닥으로 밀었다. 그저 위협하는 정도로 밀었는데, 그것만으로도 데이비드의 노여움을 폭발시키기에 충분했다. 순간 데이비드의 오른팔이 피스톤처럼 움직여 수요일 밤의 권투 시합같이 상대방의 허를 찔렀다. 펀치는 로스의 튀어나온 턱에 명중하여 파이프가 튕겨 나갔다. 파이프는 소리를 내며 옆 테이블의 에스프레소 잔 사이로 굴러 떨어졌다.

쟈니의 숨가쁜 외침 소리는 이어서 일어난 가게 안의 소용돌이 소리에 지워져 들리지 않았다. 맨 먼저 '세라피노'의 여급사들이 흥분한 발레댄서들처럼 달려왔다. 그 다음 에스프레소를 끓이는 금빛 커피포트 저쪽에서 두 팔에 털이 무섭게 난 가운 차림의 사나이가 이탈리아어로 욕지거리를 퍼부으며 달려왔다. 싸움을 하는 두 사람을 제외한 다른 손님들은 모두 이 유쾌한 돌발 사건이 터지자 환성을 올리며 기뻐했다. 두 사람은 흥분이 좀 가라앉자 서로 침착하게 얼굴을 마주보았다. 이윽고 로스가 맞은 턱을 문지르며 쉰 목소리로 쟈니에게 말했다.

"나갑시다, 어서 여기서 나갑시다."

쟈니는 발딱 일어나 의자 등받이에 걸려 있는 코트를 집어들었다. 두 사람은 카운터로 갔다. 로스는 거기서 눈을 동그랗게 뜨고 있는 급사로부터 바둑무늬의 가벼운 톱코트를 받아들었다. 그러나 밖으로 나가기 전에 쟈니가 갑자기 몸을 홱 돌리더니 테이블로 되돌아왔다.

쟈니는 침착하게 말했다.

"데이브!"

그 눈길이 부드러웠으므로 데이비드는 용기를 얻어 말했다.

"쟈니, 좀 과격한 짓을 했지만 아까 그 말은 사실이오. 헬로는 그 아기 사진에 대한 일을 알고 있었고 백작 부인에게……."

"그건 아무래도 좋아요." 쟈니는 눈을 내리뜨고 목소리를 낮추었다. "한 가지 물어볼 게 있어요. 오늘 아침 당신은 무슨 생각에서 그런 말을 했지요, 회사에서?"

"내가 뭐라고 했는데?"

"나와 결혼하고 싶다고 했지요?"

데이비드는 움찔했다. "물론 했소."
"그렇다면 여자에게 약혼 반지를 선물하는 게 옳지 않겠어요?"
"쟈니, 당신은 정말……."
"네, 당신에게서 반지를 선물받고 싶었어요, 데이브."
쟈니는 고개를 번쩍 쳐들었다. 그 눈이 다이아몬드보다 더 밝게 빛났다.
"당신에게 되돌려주기 위해서 말이에요!"
그러고 나서 쟈니는 몸을 돌려 문 앞에서 기다리고 있는 핼로 로스에게로 갔다. 두 사람은 뒤돌아보지도 않고 나가버렸다.
데이비드가 느릿느릿 다시 자리에 앉자 그 긴 머리의 여급사가 머뭇머뭇 다가와 테이블 위에 놓인 커피 값을 주워 모았다.
"손님, 무엇을 드시겠어요?"
데이비드가 대답했다.
"아! 청산가리를 넣은 커피를 줄 수 있겠소?"

가장 친한 친구도 가르쳐주지 않는다

"크고 편편한 이런 꾸러미야말로 애드맨의 등록 상표지." 데이비드가 꾸러미를 옆구리에 끼자 호머 해거티가 웃으며 말했다. "이것이 없으면 여느 회사원과 구별할 수 없을 테니."

"그렇지요. 대부분의 월급쟁이들이 회색 플란넬 양복을 입고 있으니까요." 데이비드가 말을 받았다.

"맞아. 주급 75달러짜리 월급쟁이도 모두 그것을 입고 다니지. 요즘은 회사의 고급 사원과 도살업자도 구별할 수 없게 되었단 말이야. 9층에서 내려주게." 해거티는 엘리베이터보이에게 말했다.

10초 뒤 '버크 베이비' 식품 회사 응접실에 닿았다. 사장실의 이중문 앞에까지 폭넓은 초록빛 카펫이 20피트 가량이나 깔려 있었다. 엘리베이터를 타고 수직으로 올라오는 것보다 그 20피트를 걸어가는 데 훨씬 더 시간이 걸렸다. 데이비드는 호머 해거티와 보조를 맞추어 걸어가며 절대로 의지를 꺾여서는 안 된다고 자신에게 다짐했다.

두 사람의 모습을 보고 접수계가 환하게 미소지으며 말했다.

"오서 오십시오. 만나 뵈어서 반갑습니다, 해거티 씨. 그리고 로빈스 씨."

"잘 있었소?" 해거티가 말했다. "버크 씨에게 연락 좀 해주시오. 미리 약속을 하고 왔소."

접수계는 인터폰을 향해 말하더니 다시 미소지으며 벽가에 놓인 빨간 가죽 의자를 권했다. 데이비드는 무거운 꾸러미 끝을 바닥에 닿게 하며 앉았다.

"모두 갖추어졌지?" 호머 사장이 물었다. "교정쇄, 레이아웃, 그리고 닐센 조사 기관에서 보내온 보고서도?"

"네, 모두 갖추어졌습니다." 데이비드는 의미 깊게 말했다.

5분이 지났다. 마치 영겁(永劫)의 시간처럼 괴로웠다. 이윽고 캐미트 버크의 야한 비서가 나왔다.

"버크 씨는 지금 굉장히 바쁘십니다." 비서는 관능적인 몸짓으로 목소리를 떨게 하며 말했다. "갑자기 일이 생겨서……조금만 더 기다려주시겠어요?"

"좋소." 비서가 사라지자 해거티는 웃었다.

"굉장하군. 저 여자는 영화 배우처럼 당당하게 등장하는군그래."

"그리고 퇴장하는 모습도 굉장한데요."

"데이브, 실은 기다리라고 해서 오히려 다행으로 생각하네. 개인적으로 자네에게도 묻고 싶은 일이 있네."

"말씀하십시오, 사장님."

"쟈니에 대해서인데……." 해거티는 곧 움찔했다. 데이비드의 얼굴에 나타난 반응에 놀란 것이다.

"아닐세, 데이브. 자네의 개인적인 일에 참견하려는 건 아니네. 하지만 내가 쟈니를 사랑한다는 건 알고 있겠지? 그 애가 불행하게 된다면 참을 수 없네. 그래서 나는 괴로운 걸세. 두 사람 사이가 잘 되어가고 있지 않은 것 같아서."

"그렇게 어렵게 말씀하시지 않아도 됩니다. 하지만 쟈니 일로 걱정하실 필요는 없습니다. 마음놓으십시오. 요즘 새로운 남자 친구가 생긴 모양이니까요."
"헬로 말인가?"
"그렇습니다, 강철턱의 헬로 로스지요."
"뭐라고?"
"아닙니다, 아무것도 아닙니다. 그건 그렇고, 사장님, 캐비 영감님이 좀 이상하지 않습니까? 절대로 약속을 어기지 않는 분일 텐데요?"
"여느 때는 절대로 사람을 기다리게 하지 않는다네. 아마 큰일이 생긴 모양이지. 데이브, 멋대로 화제를 돌리면 곤란해. 쟈니는 어젯밤 우리 집에서 잤는데, 오늘 아침 식사 때 그 애의 얼굴을 보니 아무래도 밤새도록 운 모양일세. 쟈니의 마음은 내가 잘 아네. 그 애는 8살 이후로 운 적이 한번도 없단 말일세……."
하이힐 소리에 두 사람은 문 쪽으로 눈길을 돌렸다. 그러나 나타난 여자는 캐미트 버크의 비서가 아니었다. 실렝스커 백작 부인이었다. 만일 제삼자가 있었다면 백작 부인이 나타나자 빨간 가죽 의자에 앉아 있던 두 사나이의 표정이 홱 달라진 일에 큰 흥미를 느꼈을 것이다. 두 사람은 모두 고대 그리스의 가면 같은 표정이 되었다. 나이 많은 사나이는 입술만 조금 들어올리며 얼빠진 미소를 지어보였고, 젊은이는 기분이 언짢은 듯 입술 양끝을 축 처지게 하며 찡그렸던 것이다.
"안녕하십니까, 백작 부인!" 호머 해거티가 그 특유의 온화한 목소리로 인사했다. "만나 뵈어서 반갑습니다."
"안녕하십니까?" 데이비드는 무뚝뚝하게 말했다.
대체 어떻게 된 일일까 하고 데이비드는 재빨리 생각했다. 백작 부인이 이처럼 일찍 버크를 방문한 이유는 한 가지밖에 없을 것이다. 백작 부인은 어젯밤 일을 소냐에게서 들어 알고 있을 것이다. 소냐가 어떤 식으로 이야기했는지 모르지만, 데이비드에게 불리할 게 뻔하다. 지난번에 백작 부인은 '버크 베이비'가 가짜임을 폭로하겠다고 데이비드를 협박했었다. 결국 그 말을 실행하기 위해 오늘 버크를 찾아온 것이리라.

 실렝스커 백작 부인은 두 사람을 보자 움찔하며 멈추어 섰다.

 "어머나, 안녕하세요! 기다리게 해서 죄송하군요. 좀 중대한 용건이 있어 버크 씨와 이야기를 나누어야 했답니다. 하지만 놀랐는데요……." 백작 부인은 데이비드의 얼굴을 빤히 바라보며 말했다. "잠깐 시간을 낼 수 있을까요, 데이브?"

 "좋습니다, 백작 부인."

 "당신과 둘이서만 이야기하고 싶은데요."

 해거티가 싱긋이 미소지었다.

 "방해하지는 않겠습니다. 잠깐 나가서 한잔 마시고 오지요."

 해거티는 일어나 복도로 나갔다.

 "무슨 일입니까, 백작 부인?"

 "데이브, 내가 여기 온 이유를 알고 있을 테지요?"

 "네, 짐작은 합니다, 백작 부인. 당신은 나의 수고를 덜어준 셈입니다. 나 역시 그 사실을 폭로하기 위해 여기에 왔으니까요."

 백작 부인은 그 말을 못 들은 척했다. "오늘 아침 소냐에게 이야기를 듣고 솔직히 말해서 나는 깜짝 놀랐어요. 화가 나서 견딜 수가 없었지요. 당신을 지독하게 혼내주고 싶었어요, 데이브. 이만저만 괘씸하지 않았어요. 세상의 더러운 면을 조금도 모르는 내 딸에게……."

 "대체 무슨 말씀이십니까?"

 "자, 데이브, 당신 기분은 이해할 수 있어요. 나는 단순히 평범한 어머니 입장에서 화를 내고 있을 뿐이에요. 젊음의 정열이 얼마나 격렬한 것인지 아마 잊고 있었나 봐요. 당신은 이해심과 분별력이 꽤 있는 사람이라고 생각했었는데……아무튼 좋아요, 당신을 특별히 나무라고 있는 건 아니에요."

"잠깐만요! 어젯밤에 어떤 일이 있었는지 알고 계십니까?"

"데이브, 제발 그 이야기는 그만둬요. 소냐와 나는 당신 행동을 너그럽게 용서할 생각이니까요. 버크 씨의 방에 들어갔을 때 내가 어리석은 여자였음을 깨닫고 사건 이야기는 덮어두었어요. 그리고 방문한 이유를 달리 둘러댔지요. 그러니 마음놓아요. 당신의 비밀은 지켜지고 있으니까 염려 말아요."

"내 질문에 대답해 주십시오. 소냐가 어젯밤 일을 어떻게 설명했습니까?"

백작 부인은 일어섰다. "그 이야기는 그만둡시다. 아무 일도 없었던 것으로 하면 되니까요, 데이브." 백작 부인은 데이비드의 손을 꼭 쥐며 너그러움을 자랑하듯 방긋 웃음을 지었다.

"남자들이란 정말 모두 늑대에요! 하지만 데이브, 제발 결혼식이 끝날 때까지는 참아 주기를 부탁해요."

그리고 백작 부인은 몸을 홱 돌리더니 쏜살같이 걸어 나갔다.

호머 해거티가 돌아올 때까지 데이비드는 그 자리에 꼼짝 않고 서 있었다.

"데이브, 캐미트가 기다리고 있네!"

"네?"

"백일몽에서 깨어나게! 자, 막이 열렸단 말일세!"

"네? 아, 알았습니다." 데이비드는 크고 펀펀한 꾸러미를 집어 들고 호머 해거티를 따라 캐미트 버크의 방으로 들어갔다.

"자, 어서 좋은 뉴스를 들려주시오."

캐미트 버크는 콘 파이프에 담배를 채워 넣으며 말했다. 그는 껄껄 웃으며 개구쟁이 어린아이 같은 얼굴을 들었다.

"어째서 좋은 뉴스라고 내가 말했는지 알고 싶지 않소? 그 비밀을 가르쳐주지. 당신들이 미소를 지으며 상냥하게 들어오면 나는 무언가 좋지 않은 일이 있었구나 생각한다오. 그럴 때면 이야기를 듣고 싶지 않지요. 반대로 얼빠진 얼굴로 들어오면, 좋은 소식이 많이 있구나 생각한단 말이오. 어떻소, 맞았지요?"

해거티는 버크의 어설픈 심리학에 찬탄을 보이며 말했다. "당신은 그야말로 한 치의 틈도 주지 않으니 속일 수가 없군요, 캐비. 확실히 좋은 소식이 있습니다."

해거티는 데이비드의 어깨를 두드렸다. "데이브 크로켓이 이 조그마한 검은 가방에 뉴스를 잔뜩 넣어가지고 왔답니다. 곧 설명으로 들어갈까요?"

이때 데이비드가 얼른 말했다.

"먼저 새로운 광고부터 보시겠습니까? 초교를 보십시오, 버크 씨."

버크는 서랍에서 도자기로 된 아기고양이 저금통을 엄숙하게 꺼내 짤그락짤그락 소리를 내며 책상 위에 놓았다. 데이비드는 얼굴을 찌푸리며 주머니에 손을 넣었다.

"25센트짜리가 없는데요."

"괜찮네, 기록해 두지." 버크는 껄껄 웃으며 의자 등받이에 몸을 기대더니 머리 뒤에서 두 손을 깍지 꼈다. 이 시골 신사는 데이비드가 꾸러미의 끈을 푸는 것을 바라보고 있다가 판지에 붙인 '버크 베이비' 교정쇄를 받아들었다. 버크는 한마디도 말하지 않고 주의 깊게 살펴본 다음 그것을 책상 속에 집어넣으며 말했다. "이제 매상 조사에 대한 이야기를 들려주게."

데이비드는 포장지를 뜯고 파란 서류철을 꺼내 맨 첫 페이지를 펼쳤다.

"물론 이것은 총괄적인 보고에 지나지 않습니다. 이번 주말까지는 닐센이 완성된 보고서를 보낼 겁니다. 하지만 오늘의 보고도 근본적인 점에서는 마찬가지입니다. 매상고는 모든 지방에서 7퍼센트 포인트가 늘었습니다. 특히 '버크 베이비' 부문은 18퍼센트에서 27퍼센트로, 즉 다른 부문보다 높은 9퍼센트 포인트가 늘었습니다. 이것은 단위 판매이기 때문에 달러로 계산하면 좀더 늘게 됩니다."

"어디 그것 좀 보여주겠나?" 캐미트 버크가 말했다.

데이비드는 책상 너머로 서류를 건네주었다.

"꽤 경기가 좋은 숫자로군." 버크는 숱 많은 다갈색 눈썹 밑으로 두 사람을 쳐다보았다.

"광고업자는 꽤 의기양양하겠군. 안 그렇소, 홈런?"

"당치도 않은 말씀입니다." 해거티가 잘라 말했다. "당신 회사의 판매부는 우리보다 단수가 훨씬 높습니다. 당신 부하들은 참으로 뛰어난 장사꾼들이지요."

"쓸데없는 겉치레 말은 그만두시오. 진심으로 그렇게 생각하는 건 아니겠지요, 홈런?" 버크는 입을 벌리지 않고 목구멍 속으로 웃었다. "우리 판매부는 1954년부터 아무 일도 하지 않고 있다는 것을 당신도 잘 알 텐데. 달라진 것은 광고뿐이오. 당신들은 자랑할 만하오. 나는 인간적으로 당신을 믿고 있소, 홈런. 그런데 자네 의견은 어떤가, 데이브?"

데이비드는 헛기침을 했다.

"당신 말씀이 맞습니다. 확실히 광고 효과가 있었습니다. '버크 베이비'에 특별히 힘을 기울였으니까요. 다만 문제는……." 데이비드는 입을 다물고 배짱을 두둑이 가지기로 마음먹었다. "……이 선전이 완전히 거짓말이라는 것입니다."

데이비드가 꾸러미를 풀기 시작할 때부터 하얀 이를 드러내며 웃고 있던 해거티는 여전히 입이 벌어진 채였다. 버크는 장난기어린 웃는 눈으로 데이비드를 빤히 지켜보고 있었다. 데이비드는 자기의 말이 곧 효과를 가져왔음을 알고 이야기를 계속했다.

"거짓말이 아닙니다. '버크 베이비'는 가짜입니다. 따라서 광고도 모두 가짜라고 할 수 있지요. 아무튼 진실이 조금도 없으니 이 광고는 포기하시는 게 이로울 겁니다. 이것이 내 의견입니다, 버크 씨."

단골손님의 표정이 천천히 바뀌었다. 그는 속삭였다. "이제 50센트를 내야 하네. 알겠나? 나중에 50센트 넣어야 해."

호머 해거티도 겨우 사태를 파악했다. 입이 다물어지고 입술 가에 갑자기 온통 주름이 잡혀 이 빠진 늙은이처럼 보였다. 그는 팔걸이의자에 두 손을 얹고서 몸을 일으키려고 했으나 허리가 말을 듣지 않는 모양이었다. 머리에서 두 볼에 걸쳐 핏기가 확 퍼졌다. 말을 하려고 입을 벌렸으나 양치질을 할 때처럼 목구멍에서 그륵거리는 소리가 날 뿐이었다.

"데이브, 굉장한 말을 꺼냈는데 설명 좀 해주겠나?"

버크가 부드럽게 말했다.

"기꺼이 해드리겠습니다."

"로빈스!" 해거티가 큰 소리로 데이비드의 성을 불렀다.

"침착하시오, 호먼. 젊은 사람이 자기 생각을 말해 보겠다는데 기회를 주어야지. 나의 조상은 언제나……." 버크는 자기 조상이 뭐라고 했는지 생각나지 않는 듯 말을 끊었다. "어서 설명해 보게, 데이브 크로켓. 끝까지 물어볼 테니."

가장 친한 친구도 가르쳐주지 않는다 181

이미 다이빙대에 한 발을 내디딘 데이비드는 마음을 굳게 먹고 거꾸로 뛰어내렸다.

"이것을 보십시오." 그는 버크의 책상에 놓인 사진 교정쇄를 집어들었다. "자세히 살펴보십시오, 버크 씨. 우리 회사의 미술부에서 사진을 교묘하게 수정했습니다만, 당신은 '버크 베이비'를 처음부터 여러 장 보셨을 테니 지금 자세히 보시면 차이를 발견할 수 있을 겁니다."

"어디가 다르단 말인가?"

"아주 크게 다릅니다. 버크 씨. 당신이 지금 보고 계신 이 사진의 아기는 다른 아기입니다. 진짜 도널드 클라크는 죽었으니까요. 도널드는 태어난 지 넉 달 만에 뇌막염으로 죽었습니다. 우리 회사는 당신이 돌아설까봐 진상을 감추어왔습니다. 자, 다시 한번 자세히 보십시오, 버크 씨."

버크는 사진을 보며 말했다. "별로 다르게 보이지는 않는구먼, 데이브. 사람들이 알아차릴 것 같은가?"

"다른 사람을 문제삼을 필요는 없습니다, 버크 씨. 중요한 것은 당신이 계속 속아왔다는 사실입니다. 이런 사태에 대해 우리 회사는 충분한 대책을 세워놓지 않았기 때문에 다른 방법을 택한 것입니다. 즉 애니 갠더라는 여자의 사생아로 바꿔치기한 것이지요……"

데이비드는 캐미트 버크의 얼굴을 뚫어지게 지켜보았다. 그러나 애니의 이름도 그의 표정에 변화를 일으키지는 못했다.

"클라크 부부는 애니 갠더의 아기를 맡아가지고 자기들의 피를 나눈 아들이라고 꾸며왔습니다. 카메라맨은 해고당했고, 거짓을 감추기 위해 온갖 수단이 동원되었습니다. 그러나 거짓은 거짓을 낳는 법입니다, 버크 씨. 비밀을 언제까지나 억눌러 둘 수는 없습니다. ……이미 여러 사람이 알고 있으니까요."

"누구누구인가?"

"우선 해거티 씨와 테이트 씨가 있습니다. 도널드 아기를 진찰한 의사, 클라크 부부, 그리고 카메라맨 보브 번스테인도 알고 있었겠지요. 그밖에 또 있습니다. 실렝스커 백작 부인, 핼로 로스, 그리고 해거티 씨의 조카딸……"

해거티는 비단뱀이라도 잡는 듯한 몸짓으로 자기 넥타이를 움켜쥐며 말했다.

"쟈니? 쟈니가 알고 있다고?"

"참으로 잘도 알아냈군, 데이브." 버크가 침착하게 말했다. "그런데 어째서 다른 사람들은 지금까지 나에게 잠자코 있었을까?"

"직접 판단하시기 바랍니다. 지금까지 관계자 중 세 사람이 죽었습니다. 애니 갠더, 고든 테이트, 보브 번스테인. 의사는 고든이 하라는 대로 했습니다. 비합법적으로 인공 유산을 하여 어떤 여자를 죽게 한 경력이 있는 사람이므로 입을 열 수가 없었지요. 클라크 부부도 가짜 도널드를 키우고 있기 때문에 아마 침묵을 지킬 겁니다. 말할 나위도 없는 일이지만, 그 부부는 돈이 탐났을 테지요. 백작 부인과 핼로 로스와 쟈니는 말하자면 각자의 입장 때문에 입을 다물고 있는 겁니다. 물론 나도 사실을 알고 있는 사람 가운데 하나입니다. 버크 씨, 분명히 말씀드립니다만 더 이상 누군가가 상처를 입기 전에 빨리 이 광고를 그만두게 하십시오!"

"상처 입은 사람은 아무도 없네!" 해거티가 흥분하여 소리쳤다. "바꿔치기로 상처 입은 사람은 아무도 없어! 단순한 사업상의 필요악에 지나지 않아!"

"침착하시오, 홈런! 아직 이야기가 끝나지 않았잖소. 계속해 보게, 데이브."

"거의 다 말씀드렸습니다, 버크 씨. 내가 하고 싶었던 말은 이것뿐입니다. 내가 어떤 행동을 했는지는 좀 말씀드리기 곤란합니다. 털어놓게 되면 직장도 애인도 잃게 될 테니까요. 그러나 비밀을 덮어두는 것은 더욱 어려운 일입니다. 그것은 잊혀진 치즈처럼 악취를 뿜어내겠지요. 증명할 수는 없습니다만, 이 비밀 때문에 연속 살인이 일어나고 있다는 것이 제 의견입니다."

해거티가 항의하려고 했으나 데이비드는 그를 거들떠보지도 않고 설명을 계속했다.

"그리고 비밀은 또한 여러 형태의 협박거리가 되고 있습니다. 그러므로 의혹을 깨끗이 씻어버리는 것이 가장 좋은 해결책이라고 판단했습니다, 버크 씨. 어떻게 생각하십니까?"

데이비드는 의자 등받이에 몸을 젖히고 대답을 기다렸다.

버크는 그를 바라보며 커다란 손가락으로 책상 위의 압지를 탁탁 두드리더니 '버크 베이비'의 새로운 광고 사진을 집어 들어 다시 한번 찬찬히 살폈다. 그리고 책상 위의 메모지를 끌어당겨 연필로 뭐라고 썼다. 이윽고 그는 느닷없이 말했다.

"내 계산에 의하면 자네는 여덟 번 버크 씨라고 불렀네, 데이브. 즉 2달러의 벌금을 나의 아기고양이 저금통에 넣어야 하는 걸세."

데이비드는 입을 동그랗게 벌렸다.

"그것이 대답입니까?"

버크는 교활하게 웃으며 해거티에게 말했다. "대단한 사람을 짊어지고 들어왔구려, 홈런. 이 젊은이를 얼마쯤 가치 있는 사람으로 보았소?"

해거티는 신음했다. "솔직히 말해서 캐비, 나는······."

"아니, 괜찮소. 우리는 데이브를 과소평가하지 않은 셈이오. 잘한 거요. 데이브처럼 두뇌가 뛰어난 사람이라면 언젠가는 진상을 알아내기 마련이니까. 나의 조상은 늘 이렇게 말했다오. 세상은 신용이

제일이라고."
데이비드는 머리를 긁적였다.
"조금도 놀라지 않으시는군요, 버크 씨."
"나라는 사람은 절대로 놀라거나 당황하지 않는다네, 데이브. 자, 이제부터 어떻게 한담, 홈런? 당신이 데이브에게 털어놓겠소, 아니면 내가 말할까요?"
해거티는 정년 퇴직의 나이에 이른 늙은이처럼 아무 대답도 하지 못했다.
"그럼, 내가 대신 말하겠소, 데이브……." 버크는 윗몸을 책상 위로 내밀었다. 갈색 머리카락이 이마에 흘러내렸다. "나는 오래 전부터 이 사실을 알고 있었다네. 자네보다 훨씬 먼저였다고 생각해."
"알고 있었다고요?"
"그렇지. 애니 갠더는 처음에 나에게 덤벼들었다네. 자네가 알고 있는 것처럼 처음부터 홈런을 생각지 않았다네. 스캔들을 가장 두려워할 사람은 유아식 메이커의 캐비 영감일 것임에 틀림없다고 판단한 거지. 도널드가 죽었다는 사실이 세상에 알려지면 그 순간부터 매상고가 떨어질 게 뻔하니까. 물론 제품과는 아무 관계도 없지만 세상 사람들의 사고 방식이란 참으로 믿을 수 없거든. 내가 어디 그렇게 만만한가. 그녀가 잘못 본 것이었지."
데이비드는 불같이 화를 내리라고 예상하고 있었기 때문에 이러한 그를 보자 놀라지 않을 수 없었다. 애니 갠더가 정말 버크를 협박했다면, 윌리 솅크가 버크의 초상 사진을 알아본 이유를 이해할 수 있다.
"결국 그 여자는 나를 어떻게도 할 수가 없었다네, 데이브. 마음만 먹으면 경찰에 연락하여 교도소에 집어넣을 수도 있었지만, 사정을 생각해서 돈이 정 필요하다면 메디슨 애버뉴 430번지 해거티 테이트 어소시에이트의 호머 Q 해거티를 만나는 게 좋을 거라고 말해주었지. 아무튼 나는 광고비로 700만 달러나 지불하고 있으니까. 그리고 바꿔치기를 만들어낸 사람은 홈런 당신이거든. 자기가 뿌린 씨는 스스로 거두어야 한다는 이야기지. 안 그렇소, 홈런?"

"그렇지요." 해거티가 나직한 목소리로 대답했다. "정말 그렇습니다, 캐비. 우리의 실책이었소. 잘못을 저지른 이상 당연히 대가를 치러야지요."

"일이 이렇게 된 거라네. 나의 조상이 말했듯이 피리 부는 사람에게 돈을 지불하는 사람은 곡을 선택할 권리가 있지 않겠나, 데이브? 나는 눈가림당하고 끌려다니는 말이 아닐세. 난로에서 무슨 요리가 만들어지고 있는지 똑똑히 알고 있지. 곧 냄새를 맡으니까."

이때 비로소 데이비드는 해거티를 보았다.

"그렇다면 나는 어처구니없는 헛수고를 한 셈이로군요." 데이비드는 씁쓸하게 말했다. "두 분 모두 처음부터 진상을 알고 계셨군요. 그렇다면 나에게 귀띔이라도 해주셔야 했습니다."

"그 말이 맞네." 버크가 유쾌하게 말했다. "우리는 좀더 공동 전선을 잘 펴나가야겠소, 홈런. 데이브가 우리 편이라면 내막을 알려주는 게 좋지 않겠소?"

버크는 넓적한 손을 책상에 활짝 펴고 일어섰다. "자, 응어리진 감정을 풀지 않겠나? 우리 셋이 악수를 나누고 새로운 기분으로 일을 시작합시다. 어떤가, 자네는?"

데이비드는 불쑥 내민 손을 눈을 크게 뜨고 바라보았다. 그리고 엉겁결에 악수를 했다. 버크는 호머 해거티에게도 손을 내밀었다. 해거티는 시무룩하게 악수했다. 마지막 악수가 가장 어색했다.

"자!" 버크가 껄껄 웃으며 말했다. "이번에는 당신들이 진심으로 악수하는 모습을 나에게 보여주시오."

해거티가 맥없는 손가락을 모아 손을 내밀었다. 데이비드는 그 손을 조심스럽게 잡았다.

"그게 뭐요, 진심을 담아 악수하시오! 당신들은 서로 도우며 일을 해야 하잖소!"

두 사람은 눈길을 바닥으로 떨어뜨리고 다시 악수를 나누었다.

"됐소," 캐미트 버크가 말했다. "이 문제는 잊어버리고 다시 일로 돌아갑시다. 매상은 확실히 좋아졌지만, 마음을 놓아서는 안 되오, 나의 조상은 늘……."

반시간 뒤 두 사람은 버크의 방에서 나왔다. 큰길에 이를 때까지 아무도 말을 꺼내지 않았다. 이윽고 데이비드가 입을 열었다.

"저, 저를 해고시키지 않으십니까?"

"해고?" 해거티는 어리둥절해하며 말했다. "어째서 그런 생각을 했나?"

"그냥 그런 생각이 떠올랐을 뿐입니다."

"쓸데없는 생각은 하지 말게, 데이브." 해거티는 목소리를 낮추었다. "갠더에 대한 일을 알았을 때 어째서 나에게 곧 말해 주지 않았나? 유감스럽군. 그랬다면 모든 일을 의논할 수 있었을 테고, 아까처럼 버크 방에서 당황하지 않아도 되었을 텐데."

"미안합니다. 하지만 사태가 너무 복잡해서……얼마나 복잡했었는지 모르실 겁니다."

"택시가 오는군." 해거티가 말했다.

택시 뒷좌석에 오르자 데이비드가 다시 이야기를 꺼냈다.

"제가 사직하면 성가신 일이 일어나지 않을 텐데요."

"바보 같은 말 하지 말게. 버크가 말하지 않던가? 자네를 좋아한다고. 이미 자네는 이 위험한 일에 발을 들여놓은 걸세. 그렇지, 사태를 있는 그대로 내버려두는 편이 좋을 것 같네. 자네는 곤란한가?"

"글쎄요……."

데이비드는 택시 창문으로 획획 지나가는 5번 거리의 풍경을 바라보았다. 따뜻한 날씨라 아름다운 날개로 장식한 모자를 쓴 여자들이 한길 가득히 넘쳐흘렀다. 가게에는 예쁜 물건들이 잔뜩 진열되어 있었다. 사람들은 서로 미소를 주고받으며 힘차게 걸어갔다. 기분 좋은 하루이다. 불쾌한 세상은 아닌 것이다.

"하지만 역시 성실이라는 것도 중요하지 않습니까?" 데이비드는 반쯤 혼잣말처럼 중얼거렸다. "그리 간단히 잊혀질 문제가 아닙니다."

"그것은 아름다운 어휘들 중의 하나에 지나지 않네."

해거티가 중얼거렸다.

"그렇다고 할 수도 있겠지요."

그러나 데이비드는 다른 말을 머리에 넣고 있었다.

"살인 사건은 어떻게 합니까?" 데이비드는 똑똑히 말했다.

"거창하게 말하는군." 호머 해거티는 좌석에 웅크리고 앉아 한숨을 쉬었다. "광고 대행업이란 살인적인 일이라네. 나와 함께 점심을 들지 않겠나, 데이브? 최고급 술과 요리가 나오는 곳을 알고 있지."

"당신이 결정하십시오."

데이비드가 대답했다.

최고명품을 사려는 분에게

 매컨타일 클럽의 회원 명단에는 전 미합중국 대통령과 현 각료가 각 한 명, 상원의원 여섯 명, 유명 회사 사장이 열 두엇, 영화계의 원로급 인사가 네 명, 그리고 신문의 표제나 인명록 등에 자주 오르는 이름이 백여 명쯤 기재되어 있다. 호머 해거티가 코트를 맡기는 동안 데이비드는 재빨리 명단을 훑어보고 꽤 큰 감명을 받았다. 이윽고 해거티가 손을 비비며 돌아와 카펫이 깔린 방으로 데이비드를 데리고 들어갔다. 그곳은 여행 안내서가 없을 뿐, 그랜드 센트럴 역을 연상케 할 만큼 호화스러운 방이었다.
 두 사람은 대리석 식탁 둘레에 놓인 가죽 의자에 앉아 하얀 윗옷을 입은 당당한 급사장이 오기를 기다렸다. 해거티는 버번을, 데이비드는 위스키사워를 주문했다. 그리고 나서 해거티는 의자에 몸을 깊숙이 묻고 벽에 걸린 엄숙한 초상화와 같은 쇠난간이 달린 꾸불꾸불 이어져 있는 대리석 층계를 감회 깊게 바라보았다.
 "어떤가, 데이브, 이곳이?"
 "어딘지 친근한 분위기가 느껴지는군요."

"2층 다이닝룸을 보지 않고서는 진가를 모를 걸세. 이곳 회원으로 추천받는 데 4년이나 걸렸다네. 지독히 까다로운 클럽이지. 회비는 1년에 2천 달러지만, 아깝지 않네. 자네는 어느 클럽에 들어 있나, 데이브?"

"남성용 로션 클럽이라는 곳에 가입한 적이 있습니다. 하지만 싸움을 해서 쫓겨났지요."

해거티는 불안한 눈길로 데이비드를 보며 히죽 웃었다. "격에 맞지 않는 사치라고 생각하겠지만, 그렇지 않아. 여기서 여러 방면의 중요한 인물을 만날 수 있으니까. 광고업이란 이런 고급 클럽에 가입하거나 고급 레스토랑에서 식사를 해도 충분히 수지 균형을 맞출 수 있다네. 사람과 교제하려면 좋은 인상을 주어야 해. 우리의 장사는 바로 그 인상이라는 것에 좌우되니까."

해거티는 식탁을 두드리며 꿈꾸듯이 먼 곳을 바라보았다.

"아니, 정확하게 말하면 그렇지도 않네. 나는 사업상의 이유만으로 매컨타일에 가입하고 싶었던 건 아닐세. 이런 클럽에 입회하게 되면 자신이 훌륭해진 것 같은 느낌이 들기 때문이지."

"사실은 바로 그 때문이겠지요." 데이비드가 말했다.

"농담하고 있는 게 아닐세. 나는 이런 생활을 좋아한다네, 데이브. 일류 레스토랑, 일류 위스키, 그런 것이 좋아. 캐딜락, 재규어, 시골에 지은 농가풍 저택, 시내에 옥상 주택을 가진다는 것은 큰 즐거움이지. 이러한 것을 경멸해서는 안 되네, 데이브. 사람들에게 대우를 받으니까."

이번에는 데이비드도 밝게 웃었다.

"의론은 여기서 그만두십시오, 사장님!"

"아닐세." 해거티는 얼굴을 붉히며 몸을 앞으로 내밀었다. "사치스러운 인생에 대한 이야기를 하며 부끄러워할 필요는 없다고 생각하네. 나는 돈을 사랑해. 돈을 사랑하는 것이 어째서 나쁜가? 어릴 적 나는 피츠버그에 있는 아버지의 얼음 창고에서 일하며 장래에는 반드시 큰 부자가 되어 사치스럽고 호화로운 생활을 하리라고 꿈꾸었지. 알겠나, 데이브? 광고업의 가장 큰 즐거움은 교제비며 기차의 특등석이며 미인 모델 등에 대해 이야기하는 것일세. 그렇지 않다면 혈기 왕성한 많은 젊은이들이 무엇 때문에 광고업에 뛰어들겠나?"

"그 말씀이 옳은 것 같습니다."

"그렇고 말고, 내 말이 틀림없네!"

술이 나왔다. 해거티는 버번 잔을 손에 들고 마치 싸울 듯한 투로 말했다.

"사치스럽게 사는 것이 어째서 나쁘단 말인가! 나도 자네도 세상 사람들도 모두 돈을 좋아해. 자, 건강을 위해 건배하세!"

"통풍을 위해 건배!" 데이비드가 말했다. "그것은 부자들이 걸리는 병이라지요?"

두 사람은 엘리베이터를 타고 2층으로 올라가 술을 두 잔 마셨다. 해거티가 예약해 놓은 자리는 5번 거리를 내려다볼 수 있는 높은 창가에 있었다. 요리는 최고급품이었다. 데이비드는 천천히 맛을 음미하며 먹었다. 다 먹고 난 뒤 입술을 핥을 만큼 맛있었다.

"아직도 마음에 걸리나?" 이윽고 해거티가 말했다. "버크 캠페인에 관한 일이 머리에서 떠나지 않나?"

"네, 마음에 걸립니다, 당신과 고든이 한 일에 대해 도덕적으로 이러쿵저러쿵 말하려는 건 아닙니다. 저도 당신의 자리에 있다면 아마 같은 수단을 썼겠지요. 그러나 어쩐지 내가 낭떠러지 위에 서 있는 듯한 기분이 듭니다. 언제 폭발할지 알 수 없는 사태가 아닙니까?"

"그 점이 마음에 걸린다는 건가?" 해거티는 깊이 한숨을 내쉬었다. "거기에 대해서도 가까운 장래에 마음 놓을 수 있도록 해주겠네, 데이브. 나에게 기회를 주기만 하면 되네. 버크의 아기고양이 저금통 외에 자네가 걱정할 건 하나도 없네, 데이브. 언젠가는 알게 해주지."

"당신은 나보다 낙천적이시군요. 회사의 중대한 비밀을 반 다스나 되는 사람들이 알고 있지 않습니까! 마음만 먹으면 그중 누군가가 폭로할지도 모릅니다."

"하긴 그렇지. 그러나 비밀을 누설할 사람은 하나도 없을 걸세. 그것을 증명해 보이지."

해거티는 안주머니에서 가느다란 금테를 두른 만년필을 꺼내 매컨타일 클럽의 메뉴를 집어 뒤집어놓고는 거기에다 무언가 쓰기 시작했다. 조금 뒤 그는 그것을 데이비드에게 건네주었다. 거기에는 이름이 주욱 씌어 있었다.

호머 해거티
캐미트 버크
데이비드 로빈스
쟈니 해거티
이르마 클라크, 하워드 클라크
허버트 류스
핼로 로스
실렝스커 백작 부인

"한 사람씩 지워보세." 해거티는 다시 메뉴를 집어 들며 말했다. "맨 먼저······."

"당신은 문제가 아니지요."

"그렇다면 내 이름을 지우겠네."

해거티는 명단의 첫 번째 이름에 줄을 그어 지웠다.

"그 다음은 캐비로군. 물론 지워도 되겠지. 그 다음은 자네일세, 데이브."

해거티는 얼굴을 들어 히죽 웃고 둘째 줄과 셋째 줄의 이름을 한꺼번에 지웠다.

"다음은 쟈니일세." 해거티가 말했다. "그 애도 내가 실업자가 되어 구호소에서 빵을 배급받게 되기를 바라지는 않겠지. 쟈니도 걱정할 것 없네."

네 번째 이름도 지워졌다.

"이번에는 클라크 부인데, 자네가 이미 설명했듯이 그들은 아기를 내놓고 싶지 않아서 한마디도 누설하지 않을 걸세. 이 이름을 모르겠지만, 도널드 아기가 죽을 때 옆에 있던 의사가 류스라네. 이 의사의 전력을 알고 있겠지? 그러므로 이 세 사람 역시 지워도 될 걸세."

해거티는 다시 줄을 그어 지웠다.

"그 다음은 핼로군요." 데이비드가 불쾌한 듯이 말했다. "그는 백작 부인에게 사진을 갖다 주었으니까 물론 비밀을 알고 있습니다. 내가 어떻게 그 사실을 알아냈는지는 묻지 말아주십시오."

"아니, 나는 알고 있네. 핼로는 처음부터 이 일에 가담하고 있었지."

"핼로가요?"

"물론일세."

해거티는 웃었다.

"벌써 잊었나, 데이브? 핼로는 자네가 우리 회사에 들어오기 전에 고든의 보좌역이었고, 그의 지위를 물려받을 첫 번째 후보자였네.

버크 캠페인의 자질구레한 계획을 세운 것도 헬로였지. 무엇보다도 중요한 사실은, 바꿔치기의 수단을 생각해 낸 게 바로 그였다는 것일세."
"그렇다면 이번 사건은 모두 헬로의 짓이었습니까?"
"아니, 책임을 그에게만 밀어붙일 생각은 없네. 그러나 광고에 쓸 아기의 부모를 찾아내는 것이 헬로의 임무였지. 헬로는 애디슨 부부와 클라크 부부를 골라냈고, 캠페인을 벌일 시기도 결정했지. 만일 그가 조금만 더 주의깊었다면 우리는 아기가 태어난 뒤 바로 선전을 시작하지 않았을 걸세. 그랬다면 이런 시끄러운 일이 없었을지도 모르지. 그러나 결과는 이렇게 되어버렸네. 헬로 로스는 매를 맞아도 아무 말 못할 처지일세. 알겠나? 만일 그가 말썽을 일으킨다면 나는 가만두지 않겠네. 온 나라의 동업자에게 그를 쓰지 말라고 통첩을 돌릴 걸세! 로스는 그것을 알고 있기 때문에 절대로 털어놓지 않아."
해거티는 웃으며 로스의 이름에 두 번이나 줄을 그었다. "헬로에 대해서는 걱정할 필요 없네."
"그럼, 남은 사람은 백작 부인뿐이군요." 데이비드가 말했다.
"그렇지. 하지만 백작 부인은 캐미트 버크에게 조종당하고 있는 여자에 지나지 않네."
해거티는 이 마지막 이름도 지웠다.
"잠깐만요! 백작 부인에 대해 당신께 말씀드릴 일이 있습니다. 그녀를 조종할 수 있는 사람이 버크만은 아닙니다. '마더 매기'도 꽤 조종을 잘하는 사람입니다."
"무슨 뜻인가, 그것은?"
"지금까지 말씀드리지 못했습니다만, 백작 부인은 헬로를 사진을 훔쳐내게 한 뒤 나를 조종하는데 이용했습니다. 즉 '새 각시가 온다네'라는 노래의 구절에 맞추어서 말입니다."

데이비드는 해거티가 화를 터뜨리지 않도록 조심하며 소냐에 대한 이야기를 털어 놓았다. 해거티가 말했다.

"놀랍군. 그런 방법이 있을 줄은 몰랐네. 자네는 정말 백작 부인이 딸을 떠맡기기 위해 자네 등을 쳤다고 생각하나?"

"아무튼 이야기는 그렇게 됩니다. 소냐는 매력이 없다거나 지나치게 딱딱한 여자는 아닙니다. 딱딱하기는커녕 오히려 닳고 닳은 여자지요. 아직도 백작 부인은 유럽식 사고 방식을 버리지 않고 딸의 결혼 상대는 어머니가 골라야 한다고 생각하는 모양입니다."

"그렇다면 그리 걱정할 것도 없지 않나? 캐미트에게 눌려 있으니 그녀도 함부로 날뛰지는 못할 걸세."

해거티는 데이비드의 얼굴에서 곤혹의 표정이 가시지 않는 것을 보고 급히 덧붙였다.

"자네가 그래도 걱정이 된다면 내가 캐미트를 만나 백작 부인에게 압력을 넣도록 하겠네. 소냐를 위해 가장 좋은 것은 외국 여행이라고 설득하면 되겠지."

"잘 될까요?" 데이비드는 눈을 빛내며 물었다.

"보증하네. 이달 그믐까지는 소냐를 프랑스에 보내도록 하겠네. 기다리고 있으면 알게 될 걸세."

"맙소사! 이번에는 배의 승무원이 희생되겠군."

데이비드가 중얼거렸다.

급사가 왔다. 해거티는 전표에 서명하고 나서 데이비드에게 말했다.

"자, 회사로 돌아가 좀더 이야기를 나누세. 자네에게 알려줄 일이 또 한 가지 있네."

해거티는 해거티 테이트 어소시에이트의 사장실로 들어갈 때까지 어떤 이야기인지 조금도 내색하지 않았다. 해거티가 비서에게 회계과 월튼 셰플로를 부르라고 명령할 때까지 데이비드는 해거티의 의도를 조금도 짐작하지 못했다.

셰플로는 옆구리에 갈색 서류철을 끼고 들어와 번쩍번쩍 빛나는 안경 너머로 데이비드를 흘끗 보고는 의자를 끌어당겼다.

해거티가 말했다.

"월튼, 데이비드에게 회사의 경영 상태를 자세히 설명해 주게."

셰플로는 더욱 의아한 표정을 지었으나 서류철에서 분류된 서류를 꺼내어 팔닥팔닥 소리를 내며 페이지를 펼쳤다.

"모두 말입니까?" 그는 텅 빈 목소리로 물었다. "비밀 숫자까지도요?"

"요점만 설명하게." 해거티는 웃었다. "주식의 분배라든가 순이익 등을 말일세."

셰플로는 혀를 찬 다음 설명하기 시작했다.

"해거티 테이트 어소시에이트는 8년 전 10만 달러를 자본으로 하여 설립되었음. 주식의 수는 1천 주였고, 해거티 씨와 테이트 씨에게 반씩 분할되었음. 현재 회사의 유동자산은 약 30만 달러에 이르고 있음. 자산의 내용은 7만 5천 달러의 은행예금, 수취 계정(受取 計定), 소액의 재고품 및 2만 5천 달러에 이르는 가구와 비품 등임."

"2, 3개월 전에는 총액이 40만 달러를 넘었었지." 해거티가 우울한 목소리로 말했다. "그런데 이때 그 기밀비가 지출되었다네……"

"12만 5천 달러였습니다." 셰플로가 자세하게 설명했다.

"맞아. 그렇지만 우리 회사의 자산은 아직 튼튼하겠지?"

"네, 충분합니다."

"그리고 우리는 앞으로 2년 안에 주가가 꽤 올라갈 것으로 예상한

다네. 안 그런가, 윌튼?"
"회계를 맡은 사람으로서 말씀드린다면……."
"그런 건 아무래도 좋아. 내가 올라간다고 하면 올라가는 걸세. 문제는 고든이 죽었다는 점이네, 데이브. 자네도 알아차렸는지 모르지만, 우리는 주식을 팔지 않기로 결정했다네. 그런데 고든은 까닭을 알 수 없으나 생명 보험을 아주 싫어했지. 제1회 보험료를 지불하는 순간 자기는 죽어버릴 거라고 믿고 있는 듯했네. 그 점이 잘못이었어. 그래서 테이트 부인이 남겨진 주식의 절반을 취득하게 되었지. 그런데 내가 테이트 부인에게 물어보니 그녀는 취득한 몫의 절반을 회사에 팔겠다고 승낙했네——다시 말해서 전체의 25퍼센트를 말일세. 그러므로 회사에는 지금 팔 수 있는 주식이 250주 있다는 이야기가 되네."
"장부 가격으로는 한 주에 312달러 47센트입니다."
셰플로가 말했다.
"그렇지. 그래서 말인데 데이브, 그 주식의 소유주를 결정해야 하네. 나는 자네를 주주로 하고 싶네만."
데이비드는 셰플로와 시선을 주고받은 다음 해거티와 마주보았다.
"잘못 보셨습니다. 저에게는 그만한 돈이 없습니다."
"돈이 있고 없고는 관계없네, 데이브. 나는 자네를 위해 어떤 조작을 해보려고 생각중이네. 자네에게 생전 처음 굉장한 기회를 주려는 걸세. 선택매매라는 말을 알고 있나, 데이브?"
"아니오, 정확하게는 모릅니다."
"아주 간단한 조작이지. 2, 3년 안에 그 주식을 지금의 가격으로 살 수 있도록 자네에게 선택권을 준다는 말일세. 주가는 틀림없이 오를 테니까 자네는 자기 돈을 전혀 쓰지 않고서도 그 차액으로 주식을 살 수 있게 되는 거지. 어떤가, 이 제안이?"

세플로가 목이 메는 듯한 소리를 냈다.

"그만 나가도 좋네, 윌튼." 해거티는 얼굴을 찌푸렸다. "수고했네."

회계원은 서류를 모아가지고 사장의 책상을 흘끗 살펴본 뒤 방을 나갔다.

"너무 선심을 쓰시는군요, 사장님……."

"선심을 쓴다고? 그런 말 하지 말게. 나는 비즈니스를 하고 있는 걸세. 비즈니스와 즐거움을 겸한 일이지. 자네는 캐비의 마음에 들었네. 이것이 그 이유 가운데 한 가지일세. 자네는 캐비를 기쁘게 할 만큼 건방진 젊은이거든. 그리고 또 한 가지 이유는 자네가 쟈니의 남편이 될 사람이기 때문일세."

"글쎄요, 그 점은 어떻게 될지 모르겠습니다."

"데이브, 내가 쟈니의 성격을 모른다고 생각하나? 지금 나는 자네와 쟈니 사이에 일어난 다툼의 까닭이 무엇인지 똑똑히 알고 있네. 결국 '버크 베이비'가 모든 트러블의 원인이 아닌가?"

"그렇다고 할 수도 있겠지요."

"그렇다면 이미 문제는 해결된 셈이 아닌가? 나와 자네는 이제 서로 이해하고 있으니까."

"네, 그렇다고 생각합니다."

"그렇다면 또 무슨 문제가 있겠나?" 해거티는 웃었다. "툭 터놓고 사나이답게 서로 이야기를 나누니 참으로 기분 좋군. 오늘은 여러 가지 어려운 문제를 서로 이야기함으로써 해결했으니 정말 기쁘네!"

해거티는 일어나서 손을 내밀었다. "자, 이제야말로 진심으로 악수하세, 데이브. 몸도 마음도 새롭게 하여 우리 협력해 보세나. 어떤가, 데이브?"

데이비드는 빙긋 웃음지으며 고개를 끄덕였다.
"약속하겠습니다, 사장님."
"앞으로는 일체 문제를 들쑤셔내지 않겠지?"
"네."
"앞으로는 일체 어두운 비밀을 폭로하지 않겠지?"
"네."
"좋아. 그럼, 지금 곧 일을 시작하게. 주주는 한시라도 쓸모없는 사람을 먹여 살릴 수는 없으니까. 자네 방으로 돌아가다가 쟈니에게 한마디 알려주게나. 그 애는 자네 이야기라면 기꺼이 들어 줄걸세."
"그렇겠지요." 데이비드는 활짝 웃으며 문 쪽으로 걸어갔다.
"아, 데이브, 또 한 가지 할 일이 있네."
"뭐지요?"
"대주주가 한낱 중견 간부여서는 곤란하지. 자네를 부사장으로 임명하겠네."

복도를 걸어가는 데이비드의 표정에는 하느님의 축복 같은 것이 반짝이는 듯했다. 도중에서 마주친 사람들도 이 점을 알아차리고 의아한 표정으로 인사했다. 쟈니의 방에 그녀가 없어 낙심했으나 그의 얼굴은 여전히 밝았다. 데이비드가 자기 방으로 돌아가자 루이스가 굳어진 얼굴로 웃어 보이며 걱정스러운 듯이 물었다.
"기분이 언짢으신가요, 로빈스 씨?"
"아니, 기분은 아주 좋소, 루이스, 입고 있는 옷이 예쁘군."
그녀는 깜짝 놀란 모양이었다. "정말이에요, 로빈스 씨?"
"물론 정말이지. 색깔이 아주 잘 어울리는데."
"어머나!" 루이스는 하늘에라도 올라갈 듯한 기분으로 맹렬하게 타이프라이터를 치기 시작했다.

  데이비드는 비서실과 자기 방 사이의 문을 닫고 회전의자에 앉아 책상 위에 두 다리를 올려놓았다. 난생 처음 행복감이라는 것을 진짜로 맛본 그는 폭신하고 부드러운 구름 위에 떠 있는 듯한 기분이었다. 이렇게 2, 3분 동안 꿈꾸는 듯한 기분으로 있자 비로소 머리가 움직이기 시작했다. 그는 소리죽여 혼자 웃었다.

  호머 해거티가 살인이라는 어리석은 죄를 저질렀다고 생각하다니, 그처럼 우스꽝스러운 상상이 또 있을까? 참으로 우스운 일이다.

  애니 갠더가 해거티를 몰아붙이며 돈을 내놓으라고 협박한 건 사실이다. 그리고 협박자를 없애기 위해서는 죽이는 게 가장 좋다는 것도 사실이다. 그러나 해거티는 아마 모든 사업가들이 그렇듯 협박자의 말을 들어주었을 것이다. 크게 화를 내고 위협하고 빠져나갈 길을 생각하며 욕지거리를 퍼붓고 몹시 증오했겠지만, 결국은 요구하는 금액을 지불했을 것이다.

  데이비드는 유쾌한 장면을 상상하고 혼자 미소 지었다. 호머 해거티가 협박자를 처치하는 장면이었다. 해거티는 브룩스 브라더스제 양복 윗옷 밑에 권총을 감추고 애니 갠더 앞에 우뚝 서서 범죄 영화에 나오는 갱 같은 냉혹한 목소리로 "좋아, 원하는 대로 해주지……" 하고는 느닷없이 권총을 빼내어 총부리를 그녀의 몸에 들이댄다. 탕 탕――1막 끝!

  갑자기 데이비드는 책상에서 다리를 내리고 손으로 무릎을 탁 쳤다. 참으로 어리석은 공상이다. 고급 클럽, 캐딜락, 칵테일, 큰 회사와의 거래, 중역 회의실 안을 바쁘게 왔다갔다하는 아랫배가 불룩 나온 반백의 실업가가 살인을 하다니! 살인이란 눈이 벌겋게 충혈된 작업복 차림의 남자나 주머니에 잭나이프를 숨겨가지고 다니는 여드름투성이의 비행 소년이나 하는 짓이다. 그리고 윌리 셍크처럼 빈틈없이 으름장을 놓는 키 작은 타입······.

윌리 솅크, 맞아, 틀림없이 윌리였을 것이다! 이 해답은 너무나도 단순하고 뚜렷하기 때문에 처음부터 믿지 못했던 것이다. 윌리에게는 범죄 성향이 있었다. 지난번 이 방에서 윌리 솅크의 이야기를 듣고 있을 때 데이비드는 죽은 정부에 대한 애정을 연거푸 외치며 항의하던 기묘한 사나이에게 희미하나마 동정심을 품지 않을 수 없었다. 그러나 생각해 보라. 윌리는 거짓말을 떡먹듯이 잘하는 사나이로 범행을 부인하는 일쯤 아무것도 아니다. 첫째 거짓말을 하는 것이 그의 직업의 일부가 아닌가?

아침 신문이 휴지통에 버려져 있었다. 그는 부스럭부스럭 신문을 꺼내 그 뒤 갠더 사진에 대한 기사가 실려 있지 않나 하고 다시 한번 3면을 훑어보았다. 그러나 이미 기사는 없었다. 경찰은 어째서 윌리를 찾아내지 않을까? 그 녀석을 붙잡아다 신문하면——아니, 고문이라고 해야 옳을 것이다——틀림없이 결정적인 해답이 나올 텐데. 그는 경찰에 전화를 걸어 자기와 윌리와 맥스 슬링거 셋이 만났던 사실을 알리고 싶었다. 그러나 물론 그런 짓을 해서는 안 된다.

이윽고 좋은 생각이 떠올랐다. 맥스라면 새로운 뒷이야기를 들려줄 수 있을 것이다. 새로운 증거라든지 최근 경찰의 수사 활동에 대해 알 수 있을지도 모른다······.

데이비드는 전화기를 들고 타임스 익스프레스를 불러냈다.

"맥스 슬링거 씨요? 데이비드 로빈스입니다. 잠깐 만나고 싶은데, 별 일 없습니까?"

"소화불량이오." 맥스 슬링거가 말했다. "매디슨 애버뉴의 높으신 어른은 어떻소?"

"여전합니다. 그런데 될 수 있으면 빨리 당신을 만나보고 싶은데, 안 될까요? 내가 한턱 내지요. 저, 오늘 밤에 당장 만나주시겠소?"

"오늘 밤에는 시간이 없소. 고료를 가불받고 연속 기사를 쓰는 중인데, 그 원고를 끝마쳐야 하거든요. 그러니 거스의 마티니 따위나 마시고 앉아 있게 되면 일을 할 수 없지요."

"거스네 가게까지 갈 필요는 없습니다. 잠깐이면 됩니다. 회사일이 끝나는 대로 당신 사무실로 가도 좋겠소?"

"사무실이라고 할 만한 곳도 못 되오." 맥스 슬링거는 무뚝뚝하게 말했다. "책상과 의자와 타구(唾具)만이 내 것이니까. 그래도 좋다면 오시오. 얼마든지 환영하겠소."

"고맙습니다. 5시 30분쯤 가겠습니다."

"6시로 하시오."

"알았습니다." 데이비드가 말했다.

쟈니는 오후까지 출근을 않고 있어서 데이비드는 올리브 가지(평화의 상징. 노아의 방주에서 풀어놓은 비둘기가 올리브 가지를 물고 돌아왔다는 성서 이야기)를 바칠 기회를 얻지 못했다. 3시 30분에 급사가 회사의 공문을 그의 책상에 갖다놓았다. 다음과 같은 내용이었다.

　데이비드 로빈스를 부사장으로 임명합니다. 나는 이것을 공고하게 됨을 기쁘게 생각합니다. 뛰어난 일을 하여 부사장 직함을 얻은 데이비드를 모두 축하해 주기 바랍니다.

　　　　　　　　　　　　　　　　　　사장 호머 해거티

데이비드는 자손 대대로 보존해 둘 생각으로 그 공문을 책상 맨 아랫 서랍에 집어넣었다. 10분 뒤 월튼 셰플로가 와서 신문과 업계지에 보낼 만한, 잘 나온 사진이 없느냐고 물었다. 나머지 오후 시간은 줄줄이 몰려와 축사를 하는 해거티 테이트 사원들을 겸손하게 미소 지으며 맞이하는 일로 보냈다. "축하합니다" 하고 맨 마지막으로 말한 것은 루이스였다. 그녀는 자기의 상관을 마치 링컨의 동상을 우러러보듯 바라보았다.

데이비드는 5시 30분에 회사를 나와 싱그러운 공기를 깊숙이 들이마시고 나서 타임스 익스프레스 건물 쪽으로 걸어갔다. 안내도를 보니 맥스 슬링거는 4층에 있었다.

데이비드는 넓은 방 여기저기에 놓여 있는 책상 사이를 누비고 나아갔다. 그 큰방에는 맥스 슬링거 한 사람밖에 없었다. 범죄 담당 기자는 몹시 낡아빠진 레밍턴 타이프라이터 앞에 앉아 굶주린 독수리처럼 두들겨대고 있었다. 데이비드가 다가가자 흘끗 쳐다보고는 더러운 두 손으로 계속 난폭하게 키를 두드렸다. 데이비드는 의자에 앉아 맥스 슬링거가 롤러에서 원고지를 빼낼 때까지 기다렸다.

"이 방의 인상이 어떻소?"

맥스 슬링거가 의자를 삐걱거리며 뒤로 물렀다.

"쾌적한 곳이라고 할 수는 없겠지요. 그런데 무슨 생각을 하고 왔소, 도련님? 당신 친구 버크와 애니 갠더의 관계를 알아내진 못했겠지요? 사실 나는 그 점이 이상해서 견딜 수가 없소."

"실질적인 관계는 아무것도 없었소. 버크는 애니가 협박한 첫 번째 대상에 지나지 않소. 윌리가 버크를 보았다고 말했는데, 그 이유도 바로 거기 있었지요. 하지만 버크는 빈틈없는 사람이라 순순히 돈을 내놓지는 않았소. 영감은 애니를 호머 해거티에게 보냈단 말이오. 해거티는 하는 수없이 요구하는 돈을 주었지요. 그것이 모두였소."

"확실하오?"

"절대로 틀림없소. 나도 곰곰이 생각해 보았지요. 그 결과 나는 쓸데없는 일에 참견했다는 결론에 이르렀소. 협박 사건에 대해서는 이미 문제가 없지만, 살인 사건은……."

맥스 슬링거는 숱이 없어진 눈썹 한쪽을 치켜올렸다.

"그 말투가 이상한데……태도가 완전히 달라진 것 같구려. 해거티에 대한 마음 속 생각이 달라졌소?"

"아니, 달라진 건 아니오. 다만 해거티가 애니를 죽였다거나 내 목숨을 빼앗으려고 여러 번 시도했다는 것을 입증할 증거가 전혀 없는 거요. 사실 나를 없애려고 정말 시도했는지 어떤지도 확실치 않소. 소드 포인트의 플랫폼에서 있었던 일도 단순히 밀려서 넘어진 건지 모르오. 그리고 내 약병에 독약을 넣었는지 어떤지도 아무 증거가 없거든요. 그 일은 아무래도 나의 지나친 상상 때문이었던 것 같습니다. 맨 처음 당신이 생각했듯이 말이오."

기자는 연필을 책상 위에 내동댕이치며 말했다. "묘한 도련님이로군! 당신은 어느 날에는 온갖 곳에서 스파이를 찾아냈다고 법석을 떨더니 눈 깜짝할 사이에 더없이 명랑하고 단순한 젊은이가 되어버렸구려. 대체 그동안 무슨 일이 있었소? 사장이 급료라도 올려줍디까?"

데이비드는 얼굴을 붉혔다. "그런 건 아니지만……"

"그렇다면 뭐요?"

"사장이 어떻게 했든 상관없잖소. 아무튼 살인 사건과는 아무 관계도 없으니까. 해거티는 나의 의심을 사고 있었다는 것조차 모르고 있소. 하지만 그는 사람을 죽일 타입이 아니오. 내 말뜻을 아시겠지요?"

"아니, 그렇지 않소. 나는 벌써 20년도 넘게 경찰서를 드나들었는데, 살인자 타입이라는 것을 본 적이 한번도 없소. 예를 들자면 보육원에 근무하던 온화한 노부인의 이야기가 있소. 그녀는 남편을 죽여 토막을 내서 산산 조각난 시체를 세인트루이스로 보냈소. 그리고 막 대학을 졸업한 잘생긴 젊은 변호사가 있었는데, 그는 자기 자동차로 여자 친구를 수고스럽게도 여덟 번이나 치었단 말이오. 그리고 또 어떤 장관은……."

"알았소, 그만두시오." 데이비드는 조금 화를 내며 말했다. "살인할 타입이란 없단 말이지요? 그럼, 단도직입적으로 물어보겠는데, 윌리 솅크가 애니를 죽였을 가능성은 얼마든지 있지 않소? 윌리에게는 동기도 기회도 있었소. 그 녀석이 바로 살인자 타입이 아니고 무엇이겠소!"

"하긴 그렇소."

"그렇다면 어째서 윌리의 이야기를 믿지요? 어째서 그가 무죄라고 생각하는 거요?"

"윌리는 어떤 뜻에서 보면 아주 다루기 힘든 거짓말을 감쪽같이 하니까. 그래서 진실을 말했을 경우에도 상대방은 그것을 진실로 받아들일 수가 없지요."

"하지만 당신은 그가 무죄라고 생각하고 있잖소."

"아니, 무죄로 생각하고 있는 게 아니오." 맥스 슬링거는 말했다. "무죄임을 알고 있는 거요."

데이비드는 의자에 앉은 채 잔뜩 긴장했다.

"그게 무슨 뜻이지요?"

"오늘 아침에 내 친구인 버거 형사와 이야기를 나누었는데, 경찰은 어제 윌리를 검거했다가 네 시간 뒤 풀어주었다고 하오. 경찰이 아무것도 하지 않는 것 같지만, 거의 밤을 새우다시피 하며 조사하고 있소. 사건이 일어나자 경찰은 곧 닥치는 대로 증인을 불러다 알리바이를 확인했소. 윌리도 형사들만큼 정확하게 자신의 무죄를 주장하지는 못했을 거요. 윌리는 물론 형사들이 뒤에서 조사하고 있다는 것을 모르지요. 그러나 아무튼 그는 용의자가 아니라고 하오."

데이비드는 둥실 떠오르는 부끄러운 행복감이 차츰 사라져감을 느꼈다.

"어떻게 확증되었지요?"

"애니의 아파트에 사는 사람들이 증언했소. 윌리 솅크가 아파트에서 나가고 세 시간 뒤 애니——살아 있는 애니——를 본 사람이 둘이나 있었소. 윌리가 갔던 호텔의 직원은 그가 온 시간을 정확하게 기억하고 있었소. 급사도 호텔의 바텐더도 증언했다고 하오. 경찰은 윌리의 행동을 샅샅이 알아냈소. 범죄 상습자이든 아니든 윌리 솅크는 애니 갠더를 죽이지 않았소. 사람은 겉으로만 보아서는 알 수 없는 법이오."

데이비드는 의자 등받이에 맥없이 몸을 기댔다. 선이 가는 어깨가 더욱 가늘어졌다.

"윌리가 범인이 아니라면……"

"누군가 다른 사람이겠지요. 아마도 살인자같이 보이지 않는 사람일 테지……"

데이비드는 그 말에 반박하려고 했으나 이때 방해가 끼어들었다. 맥스 슬링거의 책상 위 전화가 깜짝 놀랄 만큼 요란하게 울렸다. 데이비드는 움찔 놀라며 몸을 떨었으나 범죄 담당 기자는 침착하게 전화기를 들고 큰 소리로 대답했다. 그는 잠시 듣고 있다가 "고맙소" 하고 전화를 끊었다. 그런 다음 기자는 팔짱을 끼고 데이비드를 빤히 쳐다보았다.

"진짜 살인을 본 적이 있소?"

"뭐라고요?"

"진짜 살인 말이오. 당신은 애니 갠더의 사건을 이야기하고 또 마음 쓰고 있지만, 실제로는 사진 한 장과 신문 기사를 보았을 뿐이잖소. 아무리 살인 사건에 대해서 떠들어봐야 결국은 풋내기에 지나지 않소. 풋내기들은 영화나 텔레비전에서, 또는 미스터리소설을 읽어서 알 뿐이라 살인을 추상적인 존재로 생각하지요. 그들에게는 살인이란 일종의 놀이에 지나지 않소. 그러나 당신은 케첩 따위를 바르지 않은 진짜 살해당한 시체를 한 번이라도 본 적이 있소?"
"그야 없지요." 데이비드가 대답했다.
"그럼, 보아두는 게 좋겠군. '살인'이라는 그 말이 어떤 것을 가리키는지 알아둘 필요가 있소. 아마 당신은 상상과 실제가 너무나도 다른 데 놀랄 거요."
맥스는 턱으로 전화기를 가리켰다.
"전화는 버거에게서 온 거였소. 그는 지금 15번 블록의 어떤 하숙집에 있는데, 한 여자가 목을 찔린 모양이오. 함께 가보겠소?"
데이비드는 숨을 크게 들이마셨다. "지금 당장 말이오?"
"물론. 담당은 나니까 당신을 데리고 왔다고 말하면 되오. 기자증을 빌려주겠소. 그러면 마음대로 드나들 수 있지요. 이처럼 좋은 기회는 늘 있는 게 아니오."
"좋소." 데이비드는 일어나면서 말했다. "하지만 나는 역시 애니갠더에 대한 이야기를 나누고 싶은데……"
"그 이야기라면 나중에 해도 되지요." 맥스 슬링거는 넥타이 매듭을 바짝 죄었다. "당신이 꼭 듣고 싶다면 말이오."
큰길로 나가 데이비드가 택시를 세우려고 하자 슬링거는 돈이 든다고 중얼거리며 지하철 입구로 그를 끌고 갔다. 두 사람은 어색하게 입을 다문 채 14번 블록 정거장까지 지하철을 타고 갔다. 거기서 내려 밖으로 나가보니 신문사가 있는 거리와 비교해 볼 때 더럽기 짝이 없는 곳이었다. 하숙집은 강에서 세 블록 떨어진 곳에 있었다. 이미 순찰 차 네 대와 구급차가 달려와 그 일대에 구경꾼들이 몰려들지 못하도록 바리케이트 역할을 하고 있었다. 날이 차츰 어두워지자 순찰

차 한 대가 건물의 현관을 헤드라이트로 비추고 있었다. 그 광경은 기묘하리만큼 영화 촬영 세트와 비슷했다.

맥스 슬링거는 기자증을 보이고 적갈색 사암으로 지어진 황폐한 3층 건물로 들어갔다. 그는 들어가면서 정복 경관이며 사복 형사들과 허물없이 인사를 나누었으므로 데이비드는 함께 온 것을 자랑스럽게 느꼈다. 피해자의 방문 앞에 갈색 트위드 양복을 입은 불그레한 얼굴의 사나이가 서 있었는데, 그는 맥스 슬링거의 팔을 툭 치며 온화한 호기심을 담은 눈으로 데이비드를 보았다.

"로빈스일세." 맥스 슬링거가 말했다. "풋내기여서 내가 훈련시키고 있지. 로빈스, 버거 형사에게 인사하오."

데이비드는 손을 내밀었다. 버거는 좀 당황했으나 곧 악수했다. 이윽고 문을 열고 모두 함께 안으로 들어갔다.

좁은 방에 세 사나이가 있었다. 한 사람은 주머니에 청진기를 늘어뜨리고 있었다. 그들은 낮은 목소리로 이야기를 주고받았다. 그 말투가 너무도 태연하여 데이비드는 아무 일도 일어나지 않은 게 아닌가 하는 느낌이 들 정도였다. 그들은 방으로 들어온 세 사람 쪽을 보았다. 그 중 한 사람이 맥스 슬링거에게 미소를 던졌다. 데이비드는 마음이 놓이며 조금도 기분이 흐트러지지 않았다. 그런데 베테랑인 맥스는 몹시 심각하지 않은가?

그때 데이비드는 시체를 보았다.

여자의 나이는 겨우 20살을 넘은 듯했다. 헐렁한 털 스웨터, 아주 짧은 스커트, 젊은 여대생 같은 인상이었다. 짧은 단발에 온딘(장 지로두의 희곡. 물의 요정. 1939년 주베가 연출 상연했고, 나중에 브로드웨이에서 오드리 헵번이 주연했음) 식으로 이마에 늘어뜨린 앞머리, 건방져 보이는 조금 위로 쳐들린 듯한 코, 핑크 빛 입술연지 때문인지 보헤미안 스타일의 여대생을 연상케 했다. 방 안도 그런 분위기를 풍겼다. 대학의 페넌트와 굵은 활자의 책들이 사이좋게 벽면을 나누어

차지하고 있었다. 아마 이 여자는 대단한 독서가였던 모양이다. 책장도 자기 손으로 만든 듯했고, 게다가 책들이 가지런히 꽂혀 있지 않은 것으로 보아 결코 장식하기 위한 게 아닌 듯싶었다. 매력 있고 사려 깊고 사람의 마음을 끄는 데가 있는 아가씨였던 모양이다. 데이비드는 이런 처녀라면 좋아질 수 있을지도 모르겠다는 생각마저 들었다.

그러나 데이비드가 감탄한 그 한순간 뒤 끔찍한 진상이 그에게 격렬한 충격을 주었다.

여자는 이미 살아 있는 귀여운 존재가 아니었다. 모든 것은 과거였다. 한순간 칼날의 번뜩임으로 말미암아 갑자기 삶을 마친 것이다. 지금 그녀는 하나의 '물체'에 지나지 않았다. 시체가 그로테스크한 모습으로 누워 있는 깔개는 피를 흠뻑 빨아들였다. 길고 날씬한 두 다리는 비참한 각도로 뒤틀려 있고, 눈은 감기고 입은 괴로운 듯 크게 벌어져 있었으며, 그리고 입 아래에는······.

데이비드는 갑자기 토하고 싶어졌다. 재빨리 알아차린 맥스 슬링거가 그를 부리나케 복도로 데리고 나갔다. 밖에서 한 순찰 경찰관과 이야기를 나누고 있던 버거 형사가 놀란 듯 두 사람을 쳐다보았다. 그는 곧 사정을 알아차렸으나 데이비드의 한심한 모습을 비웃지는 않았다.

맥스 슬링거는 그의 두 팔을 부축하고 층계를 내려가 기분을 돌릴 수 있도록 싸늘한 한길로 나갔다.

"한심하지요?" 데이비드가 말했다. "그냥 충격을 받았을 뿐인데······그 상처······."

"목이 거의 몸뚱이에서 떨어져나갔더군요." 맥스가 중얼거렸다. "귀여운 아가씨던데."

"그런 악마 같은 범인은······."

"악마인지 누구인지 알 수 없소." 맥스 슬링거가 거칠게 가로막았다. "악마에도 여러 가지가 있으니까. 남자 친구, 관리인, 그녀의 아름다움을 미워한 애인, 하숙집으로 불쑥 기어들어온 변태성욕자—— 이 가운데 누가 범인일지는 아직 알 수 없소. 당신이라면 어떤 식으로 범인을 추정하겠소?"

그는 데이비드의 안색을 보고 목소리를 누그러뜨렸다.

"아, 도련님이 완전히 풀이 죽었구먼. 어떻겠소, 한잔하면?"

"좋지요. 16번 블록에 파디라는 술집이 있는데……."

"그럼, 이렇게 합시다. 당신은 거기에 가서 술을 마시며 기분을 가라앉히시오. 나는 신문사로 돌아가 기사를 쓰고 15분 뒤 그 술집으로 가겠소. 아니, 좀더 빨리 갈 수도 있을 거요."

"좋습니다." 데이비드가 대답했다.

파디의 박스에 걸터앉아 아직 첫 잔을 다 비우지 못한 데이비드를 맥스 슬링거가 찾아낸 것은 약속보다 늦은 20분 뒤였다.

맥스는 자리에 앉자 우울하게 한숨을 내쉬며 말했다.

"아주 짤막한 이야기더군요. 시체 발견 한 시간 뒤 식료품 가게의 점원이 범행을 자백했소. 꽤 잘생긴 녀석인데, 그 부근에서는 일종의 색마였던 모양이오. 아마 그 방에 침입했다가 여자가 놀라며 비명을 지르자 덜컥 겁이 난데다 화가 치밀어……."

"끔찍하군!" 데이비드가 소리쳤다. "그런 잔인한 짓을 하다니!"

"그는 몹시 겁에 질렸던 거요." 맥스가 엄하게 말했다. "일단 겁에 질리면 사람이란 무슨 짓을 저지를지 모르오. 녀석이 두려워한 것은 능욕죄로 체포되는 일이었소. 다른 사람이라면 또 다른 이유로 겁에 질렸겠지요. 어떤 사람보고 생활 수단과 권위와 그에게 있어 중대한 모든 것을 빼앗겠다고 협박해 보시오. 그는 틀림없이 겁에 질릴 것이며, 때로는 자포자기에 빠지는 수도 있지요. 사람을 죽일 만큼 말이오."

그 말뜻을 데이비드도 알 수 있었다.

"알겠소. 살인이란 약한 사람이 저지르는 죄라는 말이군요. 동기 따위는 문제도 되지 않는다는 뜻이겠지요?"

"그렇다고 할 수 있소."

"내가 호머 해거티를 잘못 보고 있다고 생각하는군요. 처음 생각이 옳았다고 말이오."

"그것은 당신이 결정할 문제요. 당신도 말했듯이 이렇다 할 증거가 없으니까."

데이비드는 테이블을 힘 있게 두드려 맥스 슬링거의 하이볼 잔이 춤추게 했다. "그렇지, 증거 따위가 있을 리 없지요. 잠깐 의심이 생겼을 뿐인데, 만일 입증해 보라고 한다면……."

"그것은 당신이 할 일이 아니오. 경찰은 그런 일을 하기 위해 월급을 받고 있소. 당신은 알고 있는 사실을 모두 경찰에서 이야기하여 방증(傍證)이 될 만한 사실을 조사하도록 만들면 그걸로 되는 거요."

"하지만 나는 그런 짓 못합니다! 그런 사실을 고발하면……."

데이비드는 말을 끊었다.

"당신의 지위가 위태로워지겠지요? 부사장이 되었고 미인도 손에 넣을 참인데."

데이비드는 비참한 기분이 들어 부끄러운 듯 몸을 비틀었다.

"슬링거 씨, 내 입장을 좀 생각해 주시오."

"내가 말이오?" 기자는 메마른 목소리로 껄껄 웃었다. "나라면 매주일 수표로 수금을 하고, 자기 돈은 쓰지 않으며 사치스러운 생활을 즐기고, 신사답게 마티니를 마시고, 미인과 결혼하고 코네티컷에 별장을 사는 일 따위는 모두 잊어버리겠소. 내 소원은 그것밖에 없으니까. 나는 타락한 게으름뱅이거든요!"
 데이비드는 나머지 술을 단숨에 마셔버렸다.
 "알았소, 나는 옳은 일을 하겠소. 하지만 확증을 줄 때까지 경찰에 알리고 싶지 않소."
 맥스 슬링거는 테이블을 쾅 내리쳤다.
 "거기에는 방법이 하나 있소. 그러나 쉬운 건 아니오."
 "그것이 무엇이오?"
 "우리가 지금 다루고 있는 사건은 차례차례 새로운 범죄를 낳는 종류의 범죄요. 애니는 협박했소. 협박이 살인을 불러왔지요. 당신은 이 살인의 내막을 너무나도 잘 알고 있소. 그러므로 당신도 역시 누군가의 목표물이 되어 있는 거요. 말하자면 연쇄반응 같은 거지요."
 데이비드는 로버트 번스테인의 일이 생각났으나 입 밖에 내어 말하지는 않았다.
 "살인자의 목숨이 위태로운 한" 맥스 슬링거가 다시 말했다. "그는 아마 차례차례 죽여갈 것이오. 만일 그가 애니 갠더와 같이 위협적인 존재가 있는 것을 알아차리면 지체 없이 또 살인을 저지를 거요. 알겠소?"
 "그럴까요? 나는 모르겠는데요."
 "진상을 알고 싶은 생각이 없소?"
 "있다면?"
 "자, 정신을 바짝 차리시오. 당신은 사장이 살인할 사람이 아니라고 생각하고 있소. 그렇다면 어째서 그것을 입증해 보려고 하지 않소? 자, 다른 사람을 통해 그에게 겁을 주도록 해봅시다. 애니 갠더와 비슷한 협박자를 들이대는 거요. 다시 말해서 미끼를 던져 낚아보자는 뜻이오. 어떻소, 미끼를 던지는 방법을 이제 알겠소?"

"잠깐만요! 나를 그 미끼로 쓰겠다는 말이오?"
"아니, 그게 아니오. 당신이 분명 싱싱한 미끼임에는 틀림없지만, 이제는 오히려 의심을 사게 되어 있소. 나는 당신이 아니라 윌리를 이용해 볼 생각이오."
"윌리 솅크를?"
"그렇소. 당신 사장이 윌리에게 어떤 반응을 보일지 알고 싶소. 그는 애니를 잘 알고 있으니 윌리도 알 거요. 따라서 윌리로 하여금 애니의 뒤를 잇게 할 수만 있다면……."
데이비드는 기막힌 책략에 어안이 벙벙했다.
"똑똑히 말해 보시오. 요컨대 윌리 솅크를 시켜 두 번째로 해거티를 협박하게 만들겠단 말이오? 그리고 해거티가 윌리를 없애는 것을 기다리자는 말이오?"
"그렇지요. 윌리가 살해당해 봐야 어디의 누구 하나 섭섭해 하겠소? 녀석은 경찰에서도 이름난 악당인걸." 맥스 슬링거는 얼굴을 일그러뜨리며 웃었다. "아니, 그보다 더 뚜렷한 목적이 있소. 적어도 내 생각에는 해거티가 애니 갠더를 죽였을 것 같소. 그러므로 이번에도 그에게 저번과 똑같은 기회를 주자는 거요. 한 가지 다른 점이라면, 이번에는 죽일 때까지 기다리지 않는다는 것이오. 해거티를 사형에 처하는데 필요한 증거만 잡으면 되니까."
"하지만 과연 윌리가 협력할까요? 그리고 만일 착오가 생기면?"
"그 두 가지 모두 대답할 수는 없지만, 아마 윌리는 협력할 거요. 왜냐하면 그는 아직 자기가 혐의를 벗었다는 사실을 모르고 있으니까. 그리고 살인혐의를 벗기 위해서는 그밖에 다른 방법이 없다고 설득하면 되겠지요. 충분히 주의를 기울이면 착오도 생기지 않을 거요. 하지만 역시 단언할 수는 없소. 상어를 잡으러 가서 거꾸로 사람이 상어에게 먹히는 수도 있으니까."

"아무래도 내키지 않는데요." 데이비드는 불안해졌다.

"그거야 당연하겠지요. 하지만 당신 사장이 유죄인가 무죄인가를 확실히 알기 위해서는 그밖에 다른 방법이 없소. 역시 결단은 당신이 내려야 하오. 호랑이굴에 들어가지 않으면 호랑이새끼를 잡지 못하는 것과 같소. 이제 이해하겠소?"

데이비드는 자신의 술잔을 물끄러미 보았다. 흔들리는 얼음으로 자기의 운명을 판단하려는 것처럼.

"윌리가 연극을 잘 해내기만 하면……."

"나는 성공하리라고 생각하오."

"그렇다면 나도 협력하겠소." 데이비드가 말했다.

데이비드는 그날 밤 늦게 아파트로 돌아왔다. 그는 방 안의 전등을 모두 켰으나 기분이 조금도 나아지지 않았다.

밤 10시, 졸리지 않았다. 데이비드는 텔레비전 스위치를 켜고 퀴즈 쇼에 출연한 사람이 번쩍번쩍 빛나는 흰색 캐딜락을 타가지고 돌아가는 것을 지켜보았다. 그 다음에는 언제나와 마찬가지로 흔해빠진 범죄 영화가 방영되었다. 그는 피비린내 나는 줄거리가 차츰 잔인하게 펼쳐져가는 것을 보았다. 중간에 광고가 끼어들었으나 두통, 신경통, 관절염 등에 잘 듣는 약품을 권하는 의사들의 말 따위는 듣고 싶지 않아 맥주를 마시려고 부엌으로 갔다. 텔레비전 앞으로 다시 돌아왔을 때 전화벨이 울렸다. 데이비드는 얼른 수화기를 집어 들었다.

"데이브? 아직 주무시지 않았군요?"

"누구십니까?"

여자의 목소리가 대답했다. "루스 번스테인이에요. 오후 내내 연락을 하려고 애썼는데 죽 안 계시더군요. 저, 지난번 당신이 우리 집에서 이야기하신 것을 곰곰이 생각해 보았어요. 은근히 걱정이 되는군요, 보브에게 사진 찍으러 왔던 손님이 누구인지 알아내는 것이 많이 중요한 일인가요?"

데이비드는 눈을 감았다. "아닙니다. 그다지 중요한 문제는 아닙니다. 다만 호기심이 생겼던 것뿐입니다, 루스."

"그래요? 그렇다면 괜히 걱정했군요. 아까 나는 당신에게도 말할 수 없는 사실을 생각해 냈어요. 그건 그렇고, 요전에 가지고 가신 필름은 현상했나요?"

"네, 하지만 카메라는 폭발 사고가 일어났을 때 누군가가 열어본 모양입니다. 필름은 모두 빛이 들어가 까맣게 되어 버렸더군요."

"정말 안됐군요. 그런데 데이브, 나는 오늘 보브의 서류와 메모 등을 모조리 읽어보았어요. 당신이 아직도 흥미를 가지고 계시다면……."

"물론 흥미를 가지고 있지요!"

"보브가 늘 손님과 만날 약속이며 전화 번호를 메모해 두던 낡은 수첩을 발견했어요. 현관 책상 서랍에 들어 있더군요. 거기만큼 비밀수첩을 감추기에 좋은 곳은 또 없을 거예요."

"그래서요?" 데이비드는 두근거리는 마음을 누르며 재촉했다.

"주문 비망록은 아니지만, 아무튼 누구와 만나기로 약속한 날짜며 시간 같은 것을 메모해 두는 수첩이에요. 예를 들어 9월 6일란에는……." 코멘 목소리로 바뀌었다. "정다운 메모를——다시 말해서 우리들의 결혼 기념일에 대한 메모를 적어놓았더군요. 그리고 보브가 죽은 날의 난에는 어떤 사람의 이름이 씌어 있어요. 그 사람이 바로 초상 사진을 찍으러 온 손님임에 틀림없겠지요?"

"그게 누굽니까?" 데이비드는 흥미를 잃고 피곤한 듯이 물었다.

"지금 나는 손에 그 메모장을 들고 있어요. 'F——쟈니 해거티'라고 씌어 있군요. 'F'의 뜻은 모르겠지만, 쟈니 해거티라면 당신도 알고 계시지요? 당신 회사에서 일하고 있는 늘씬하고 아름다운 아가씨 말이에요!"

총으로 한 방

 화요일은 최악의 날이었다. 화요일에는 월요일의 나른한 기분도, 수요일의 충실함도, 목요일의 즐거운 표정도, 금요일의 1주일의 마지막 날로 들어가는 상쾌감도 없다.
 몇 주일 전부터 그는 아침 식사를 충실히 들기로 했다. 그 준비를 하면서 그는 내내 쟈니에 대한 생각을 했다.
 어째서 그녀의 이름이 번스테인의 수첩에 적혀 있었을까? 사진을 찍으러 가겠다고 약속한 손님이 정말 그녀였을까? 하지만 그 카메라맨이 비참한 죽음을 당한 날 쟈니는 데이비드 자신과 함께 교외의 클라크 댁에 가서 하루 종일 그의 곁을 떠난 적이 없지 않은가? 만일 만나기로 약속했다면 그녀는 어째서 약속을 지키지 않았을까? 아니면 다른 누군가를 위해 약속을 해준 것일까?
 데이비드는 반숙 달걀을 깨려다가 손가락을 데어 크게 비명을 질렀다. 토스트는 덜 구워졌다. 그래서 다시 넣었더니 이번에는 숯처럼 새까맣게 타서 먹을 수가 없었다. 커피는 멀겋고 마멀레이드 병뚜껑은 꼭 달라붙어 열 수가 없었다.

데이비드는 배가 고픈 채 밖으로 나갔다. 비가 주룩주룩 오는데 빈 택시가 잡히지 않아 버스를 탔다. 버스가 너무도 느리게 달려 마치 고문당하는 듯한 기분이 들었다. 아무튼 빨리 쟈니를 만나 여러 가지 의문을 풀어야만 한다. 의문이 꼬리를 물고 그의 머릿속을 달렸다. 만일 쟈니가 호머 아저씨를 위해 약속했다면 어째서 사실을 감추었을까? 어떤 목적이 있어 털어놓지 않았을까? 그리고 그녀의 이름 위에 적힌 'F'라는 글자는 무엇을 뜻하는 것일까?

회사에 닿아 쟈니의 방에 가보았으나 아무도 없었다.

접수계의 조디가 그에게 대답했다.

"해거티 양 말인가요? 댁에 누워 있습니다. 어제 오후 감기 때문에 2시쯤 조퇴하셨어요."

"내가 전화를 걸어보지." 데이비드는 말했다. 데이비드는 자기 책상에서 전화를 걸었다.

쟈니는 기운 없이 비참한 목소리로 전화를 받았다.

"감기에 걸렸다지, 쟈니? 뭐, 도와줄 건 없소?"

데이비드가 말했다.

"나를 내버려둬 주세요." 쟈니는 시무룩한 목소리로 말했다. "몹시 졸린데 전화를 하셨군요."

"미안하오. 하지만 아주 중대한 문제가 생겼소. 나는 번스테인 부인, 보브의 아내를 만났소."

"그녀에게 설사약을 먹였나요?"

"그게 무슨 뜻이오?"

"속이 나쁘지도 않은 사람에게 설사약을 먹이는 것이 당신의 악취미 아닌가요?"

"농담하지 마오. 보브가 죽은 날 초상 사진을 찍으러 간 손님이 있다고 하오. 루스가 그렇게 말했소. 지난번에 루스를 만났을 때 그 손님이 누구인지 몰랐지만, 오늘 그녀가 나에게 전화로 알려주었소. 그가 남긴 메모에 당신 이름이 적혀 있었다고 하더군요."
"내 이름이?"
"그렇소. 당신은 보브와 만나기로 약속했었소?"
"나는 몰라요." 쟈니는 말했다. "이제 그만 전화를 끊어요. 잠을 좀 자야겠어요."
"다른 누군가를 위해 약속해 준 건 아니었소?"
"보브가 버크 일에서 해고당했을 때 그의 생활을 도와주기 위해 손님을 소개해 주었지요. 하지만 나는 그날 보브와 만나기로 약속하지 않았어요. 이제 그만 끊어요. 그렇지 않으면 수화기에 맥주를 부어넣겠어요."
"알았소." 데이비드는 쟈니의 맥 빠진 말투를 흉내 냈다. "혼자 있게 해줄 테니 걱정 마오. 하지만 쟈니, 나는 당신을 만나야겠소. 할 이야기가 산더미처럼 있고……"
"당신 정말 전화 끊지 않겠어요?"
"좋소. 그만둡시다, 안녕."

2, 3분 뒤 영업부 직원이 와서 다음번 버크 캠페인에 대한 의논을 했다. 수수료나 현금할인이니 유지비니 하는 따분하기 이를 데 없는 이야기로 한 시간이 소모되었다. 11시가 되어도 영업부 직원은 여전히 그의 방에서 나가지 않았다. 이때 인터폰으로 루이스가 연락을 해 왔다.

"슬링거 씨에게서 전화가 왔습니다."
"잠깐만 기다리도록 해주오." 데이비드가 말했다. "자, 이젠 됐겠지요, 젤리? 개인적인 전화가 왔는데……"
"네, 끝났습니다."
데이비드는 혼자 있게 되자 수화기를 집어 들고 속삭이듯 말했다.

"슬링거 씨? 어떻게 됐소?"

"잘 되어가고 있소. 어젯밤에 그 친구를 만났지요. 코가 이상하게 생긴 녀석 말이오. 어제 우리는 그를 설득시키기가 어려울 거라고 생각했는데, 녀석은 대뜸 달려듭디다."

"그래요?"

"윌리 녀석, 마음보를 고친 모양이오." 맥스 슬링거는 웃었다. "마치 경찰관 같더군. 자기 손으로 꼭 사건을 해결하겠다는 거요. 나의 계획을 자세히 설명하고, 그의 기막힌 필적으로 편지를 쓰게 했지요. 당신이 아는 인물 앞으로 말이오. 편지는 아마 오늘 아침 그의 손에 들어갔을 거요. 지금쯤 틀림없이 그의 책상 위에 있을 거요."

"지금이라고요?" 데이비드는 바짝 긴장했다. 호머 해거티의 잔뜩 화난 모습이 눈에 보이는 듯하여 얼른 문 쪽으로 눈길을 돌렸다.

"그렇소. 그래서 되도록이면 빨리 당신을 만나야겠소. 당신에게 편지를 보이고 이 계획의 세부 사항을 알려주기 위해. 점심 식사 때 나올 수 있겠소?"

"나갈 수 있지요. 주택가 쪽이 어떨까요? 58번 거리의 루발이라는 레스토랑……"

"어디라도 좋소. 당신이 한턱 내겠다면."

"물론 내지요." 데이비드가 말했다.

두 사람은 12시 15분에 레스토랑 문 앞에서 만났다. 맥스 슬링거는 요즘 세상 풍조를 따르는 기업에서 일하는 사람을 모두 싫어하는 모양이었다. 그는 도어맨에게 무서운 표정을 지어보이더니 자기 손으로 문을 열고 들어갔다. 그리고 접수계 여자를 노려보았으며, 급사장에게 호통을 쳤고, 맵시 있고 가늘게 자른 옥수수빵을 빵접시에 담으려는 급사에게 욕설을 퍼부었다. 맥스 슬링거는 화를 내며 말했다.

"이름이 뭐라는 곳이오?"
"마음에 들지 않소?"
"아니, 좋소. 그렇기 때문에 화가 나는 거요. 좋아하지만 이런 데 올 만한 돈이 없으니까. 자, 의논이나 합시다."
맥스는 접은 종이 쪽지를 주머니에서 꺼내 데이비드에게 건네주었다.
"이것은 내가 윌리에게 써준 편지요. 그러나 녀석은 이대로 쓰지 않았소. 좀더 무시무시한 말로 고쳐 쓰더군. 그러나 오늘 아침 해거티 사장 앞으로 보내진 편지와 근본적으로 다를 바가 없소."
데이비드는 읽어보았다.

해거티——
 당신과 애니 갠더 사이의 일을 모두 알고 있소. 애니는 나의 여자였소. 버크 광고에 쓰는 아이도 내 아이요. 어디서 당신이 그 아이를 얻었는지, 당신이 애니에게 무슨 짓을 했는지 나는 모두 알고 있소. 성가신 문제가 일어나기를 바라지 않는다면 오늘 밤까지 10만 달러를 마련해 놓으시오. 돈을 가지고 오지 않으면 내가 알고 있는 사실을 경찰에 알리겠소. 이건 정말이오. 오늘 밤 9시, 41번 블록과 8번 거리 모퉁이에 있는 웨스트모어 암스 호텔 208호에서 기다리겠소. 돈을 가지고 와야 하오. 그것이 당신을 위해 이로우니까.

윌리 솅크

"아까도 말했듯이," 맥스 슬링거는 소리죽여 웃으며 말했다. "윌리는 이 편지를 보더니 아주 만족해하더군요. 문장이 좀 마음에 안 든다고 투덜대긴 했지만."

"그는 지금쯤 보았겠지요?"
"아침 우편물을 훑어보았다면 지금쯤 보았을 거요. 윌리는 아침 9시에 직접 편지를 갖다 주었으니까. 그의 비서가 받았다더군요. 만일 해거티가 대단치 않은 협박으로 생각했다 하더라도 비서에게 물어보았을 때 윌리의 인상을 말할 수 있도록 한 거지요."
"그 웨스트모어 암스 호텔 말인데, 협박자에게 유리한 장소입니까?"
"물론이오. 시티 룸 바 바로 맞은편에 있는 값싼 거주용 호텔이지요. 나는 어젯밤에 윌리를 위해 방을 하나 예약해 놓았소. 오랫동안 지켜봐야 하게 되더라도 우리는 바에서 느긋하게 기다릴 수 있을 테니까. 거스네 가게 창문에서 호텔 현관이 잘 보이거든요. 우리는 해거티가 호텔로 들어갈 때까지 거스네 가게에 앉아 있으면 되오. 그가 정말 온다면 말이오."
"오지 않을 수도 있겠지요?"
"나도 그 점은 생각하고 있소. 하지만 만일 온다면 곧 뒤쫓아 호텔로 들어갈 수 있소."
"만일 우리가 좀 늦어지면? 만일 그가······."
"윌리를 걱정할 필요는 없소. 녀석은 잘해 낼 테니까. 당신의 사장은 전문가도 아닌 주제에 금방 울컥하기 쉽지만, 윌리는 프로란 말이오."
급사가 맥스 슬링거의 코끝에 스테이크 접시를 불쑥 내밀었다. 그는 경멸하듯 급사를 흘겨보며 말했다.
"한심한 걸 가져오는군. 별로 맛있어 보이지도 않잖아."
"우리가 할 일은 그것뿐이오?" 데이비드가 물었다. "시티 룸에서 해거티 사장이 나타나기를 기다리기만 하면 되느냔 말이오."
"그럼, 다른 도움이 필요하다는 거요? FBI나 형사 같은 자들이?"
"아니, 그런 건 아니지만……."
"걱정이 되겠지만, 그 점은 염려 마시오. 무슨 일이 일어날 경우를 위해 버거 형사에게 연락해 놓았으니까. 그에게 이유는 말하지 않았지만, 무슨 일이 일어날 것 같으면 내가 곧 전화하겠소. 버거는 대기하고 있을 거요. 그러니 마음 놓으시오."
"글쎄요, 너무 간단한 것 같아서……."
"걱정하지 말라니까. 자, 회사로 돌아가 시치미 떼고 일이나 하시오. 당신이 할 일은 그것뿐이오. 흥, 지독한 스테이크군!"
맥스 슬링거는 급히 씹어 먹기 시작했다.

맥스 슬링거의 명령을 지키기는 아주 힘들었다. 2시 30분이 될 때까지 데이비드는 스무 개비들이 담배 한 갑을 몽땅 비웠다. 모두 반 인치씩밖에 피우지 않은 것들뿐이었다. 루이스가 들어와서 재떨이를 보고 암탉같이 놀란 소리를 질렀다.
"안 계시는 동안 실리아가 왔었어요. 사장님께서 부르신다고요."
"사장님이?" 데이비드는 전화로 해거티의 비서를 불렀다.
실리아가 말했다. "어머나, 사장님은 외출하셨는데요, 로빈스 씨. 셰플로 씨와 함께 은행에 가신 것 같아요. 3시 30분쯤 돌아오시겠다고 말씀하셨어요."
데이비드는 전화를 끊고 나서 전화기를 지그시 내려다보았다. 은행! 그렇다면 윌리에게 굴복했단 말인가?
데이비드는 복도의 자동 판매기에서 담배를 한 갑 사가지고 와 재떨이를 또 하나 더럽히고 말았다. 4시에 루이스가 연락해 왔다. 해거티가 돌아와 그를 만나고 싶어한다는 것이었다.
해거티는 가죽 회전의자에 부쩍 늙은 모습으로 기운 없이 앉아 있

있다. 아주 딴사람 같았다. 숨을 쉬는 것도 괴로운 듯해 보였다. 풀어헤친 와이셔츠 깃 사이로 양피지같이 바싹 마른 윤기 없는 결후가 보였으며, 입술에도 전혀 핏기가 없었다.

"어서 오게, 데이브." 해거티는 쉰 목소리로 말했다. "앉게나."

데이비드는 호머 해거티의 완전히 달라진 얼굴에서 눈길을 떼지 않으며 앉았다.

"자네에게 할 이야기가 있네." 해거티가 말했다.

한마디 한마디 입 밖에 내는 것조차 괴로운 모양이었다. "나는 말이야, 데이브, 이제 기운이 다 빠져 버렸다네. 버크의 일은 자네도 알다시피 너무 무거운 짐이었어. 고든 같은 사람한테조차도……."

"너무 마음 쓰지 마십시오, 사장님."

"나도 그래야겠다고 생각하고 있네. 마음을 쓰지 말자고! 이번의 유아식 광고는 굉장하게 될 것 같네. 그런데 여기서 우리가 그 일을 그만두면 세상은 틀림없이 법석을 떨겠지?"

"그렇습니다."

"이 사업에는 수없이 많은 함정이 있네. 어제 자네도 말했듯이 다이너마이트에 앉아 있는 거와 다를 바가 없지. 남에게 급소를 찔리면 얼마나 비참한 기분이 드는지 자네는 상상도 못할 걸세. 나는 잘 생각해 보았는데, 데이브, 이제 그 일은 그만두는 게 좋겠다는 마음이 자꾸 드는군."

"버크 베이비를 말입니까?"

"그렇지. '버크 베이비'에서 이제 손을 떼어야겠어. 그 아기 이야기 같은 건 두 번 다시 듣고 싶지 않아. 내일 캐비에게 전화를 걸어 내 생각을 말할 작정일세. 물론 캐비는 다짜고짜 화를 내겠지. 그로서는 판매고만 오르면 그만이니까. 그럼, 이쪽에서도 손님은 얼마든지 있다고 말해 주면 돼. 그래도 영감이 군소리를 하면……" 해거티는 우울한 목소리로 덧붙였다. "마음만 먹으면 나도 싸움을 잘한다네."

데이비드는 휘파람을 불었으나 목에서 잘 나오지 않았다.

"놀랐는데요. 어제와는 전혀 말씀이 다르지 않습니까?"

"완전히 달라진 건 아닐세, 데이브. 걱정할 필요는 없네. 자네의 선택매매권을 박탈하지는 않을 테니까. 조그마한 문제가 생겨 뜻하지 않은 지출이 있었지만, 자네에게는 지장 없게 해주겠네. 약속하지, 데이브."

데이비드는 다음 말을 기다렸으나 해거티는 할 말이 없는 모양이었다. 데이비드는 일어나서 문 쪽으로 갔다.

"그것뿐입니까, 사장님?"

사장은 입을 벌렸다가 다시 다물었다. 그리고 그렇다는 뜻으로 고개를 끄덕였다.

"데이브!"

"네?"

"새로운 아이디어 구상에 대해 조 스피겔과 의논해 보게. 우리 회사는 새로운 주문을 맡아야 하네. 훨씬 더 좋은 일을. 되도록 빨리 착수하라고 일러주게. 알겠나?"

"알았습니다, 사장님!"

데이비드가 조 스피겔을 찾았을 때 조 스피겔은 안경을 코끝까지 내려뜨린 채 낱말을 쥐어짜내느라고 애쓰는 참이었다. '거북이 종류'를 표현하는 여덟 자로 된 낱말을 찾고 있었다. 데이비드가 테라핀(북 아메리카산 식용거북이)은 어떠냐고 가르쳐주자 비로소 그가 바지 멜빵을 탁 퉁기며 데이비드의 말에 귀를 기울였다.

"새로운 광고라고요?" 스피겔이 얼떨떨한 표정으로 말했다. "대체 무엇을 광고하는 거지요?"

"지금은 나도 모르겠소. 사장님이 도널드 아기를 싫어하게 되었다는 것밖에는"
"그럼, 다른 아기를 찾아내면 될 게 아니오?"
"그것도 좋은 아이디어지만 '버크 베이비'는 아직 태어난 지 6개월도 채 못 되었으니 바꾸기에 너무 이르고, 구실이 없소. 아 참!"
데이비드는 손가락을 부딪쳐 딱 소리를 냈다.
"지금 하는 시리즈를 중단하고 형태를 바꾸면 되겠군요. 그러면 구실을 댈 수도 있겠지요."
"어떤 구실을!"
"전국에서 콘테스트를 열어 '버크 베이비'를 뽑는 거요. 별 효과가 없을지도 모르지만."
"콘테스트라면, 어떤 형태로 하지요?"
"이른바 '우량아 선발대회' 같은 것이지요. 첫아기를 낳은 부부만을 유자격자로 하여 새로운 '버크 베이비'를 그 중에서 뽑는 게 목적이오. 상도 푸짐하게 걸어야지. 그리고 일등상을 탄 아기를 버크 유아식의 다음 광고 모델로 채용하는 거요. 이것을 해마다 되풀이하면 더 잘 팔리게 될 테지……."
그러나 스피겔은 별로 좋아하지 않았다.
"내 밥줄을 끊어놓을 작정이시오? 이 회사에서 뛰어난 아이디어맨으로 인정받고 있는 나를?"
"이 아이디어가 마음에 들지 않소?"
"제기랄, 마음에 들었단 말이오! 틀림없이 효과가 있을 거요."
"그럼, 곧 계획을 짜보지 않겠소? 메모 정도라도 좋소."
"언제까지요?"
"지금 당장! 안 되겠소?"
데이비드는 소리내어 웃었다. 갑자기 기분이 좋아졌으므로 그는 스피겔의 바지 멜빵을 툭 치고는 방에서 나갔다.

그러나 이 유쾌한 기분은 1, 2분도 더 지속되지 못했다. 오늘 밤에 해야 할 큰일이 아직 있지 않은가. 살인 사건의 목격자가 되는 기회가.

데이비드는 방에서 가만히 앉아 있을 수가 없었다. 그는 방 안을 공연히 왔다갔다했다. 아무도 없는 쟈니의 방에 들어가 게시판에 전시되어 있는 그림이며 사진을 자꾸만 들여다보았다. 미술 담당자로서의 그녀의 눈을 만족시키는 작품들——고상한 취미의 광고를 오려낸 것, 유명한 카메라맨의 작품집에서 떼어낸 격조 높은 사진, 《예술연감》에서 뜯어낸 피카소의 복제화 등이 있었다. 가만히 들여다보고 있자니 애정으로 가슴이 뜨거워짐을 느꼈다. 쟈니에게만이 아니라 예술가 모두에게 공연히 애정이 느껴지는 것이었다. 각자의 재능을 회사에 가져다주고, 돈의 세계에 아름다움을 가져다주려고 애쓰는 공상적이고 이따금 두서없는 말을 중얼거리는 사람들, 그러나 일단 문제가 일어나면 맨 먼저 눈총을 받고 바보 취급을 당하는 사람들이다.

그 다음 데이비드는 카피라이터들이 모여 있는 좁고 답답하게 칸이 막힌 작업장으로 가보았다. 그들은 수줍어하면서도 스스로 뛰어난 인물로 자처하는 교만과 회사의 제약만 없다면 훨씬 더 좋은 작품을 만들어낼 수 있다는 자존심을 가진 사람들이다. 그는 회사에 한 사람밖에 없는 라디오 텔레비전 관계 담당자가 쓰는 칸이 막힌 방도 들여다보았다. 비쩍 마른 젊은 사나이가 《버라이어티》를 읽고 있다가 쇼 비즈니스에 대해 늘어놓았다. 마치 사육제의 법석과 비슷한 몸짓으로 떠벌려 그가 과연 자기가 하고 있는 짓을 의식하고 있는지 의심스러울 정도였다. 그런 다음 데이비드는 조사부로 가서 아카데믹한 이야기를 주고받는 나직한 목소리를 들었다. 어느 부의 간부이든 소비자들의 심술궂음에 괴로움을 당하고, 다른 부의 직원들에게 오해받고 있다고 말하며 심각한 순교자 같은 표정을 지었다. 갑자기 데이비드는 광고 사업에 더욱 호감을 느끼기 시작했다. 그리하여 오늘 밤을 마지막으로 출셋길이 막힐지도 모른다는 생각이 들자 아주 우울해졌다.

데이비드는 회사 안을 두루 돌아본 다음 자기 방으로 돌아왔다. 6시까지 그대로 기다렸다가 밖으로 나가 그다지 비싼 것 같지 않은 레스토랑에 들어가서 혼자 식사를 마쳤다.

8시에 맥스 슬링거와 만났다.

맥스는 카운터에서 거스와 일방 통행 이야기를 나누고 있었다. 기자는 데이비드를 보자 히죽 웃으며 옆자리를 권했다. 그가 물었다.

"잘 되어가고 있소?" 맥스 슬링거가 물었다.

"그럭저럭. 윌리가 있는 호텔은 어디지요?"

맥스는 턱을 치켜들어 유리에 금빛으로 씌어 있는 술집 이름에 주의를 기울이도록 했다. 'MOOЯ YTIƆ'——안에서 보는 글씨라 거꾸로 읽혔다. 큰길 건너편 다섯 개의 층계 위에 닳아빠진 초록빛 차양이 바람에 펄럭펄럭 소리를 내고 있었다. 정면 현관에 거의 지워져가는 글자가 보였는데, 아마 '웨스트모어 암스 호텔——여행자와 거주자용'이라고 씌어 있는 듯했다. 세어보니 호텔은 6층 건물이었다.

맥스 슬링거가 말했다.

"꼭 알맞은 장소지요." 맥스 슬링거가 말했다. "여기에서는 호텔로 들어가는 사람을 하나도 빠짐없이 볼 수 있소. 우리가 참을성 있게 기다리기만 하면 되오."

그는 흘끗 데이비드를 곁눈질해 보았다. "아니, 왜 그러지요? 기분이 좋지 않은 것 같소."

"네, 그리 좋은 착상이 아니었던 것 같은 생각이 드는군요."

"마음을 단단히 가지시오. 어떤 점이 불만이오? 당신 사장이 오지 않을 것 같소?"

"아니오, 올 겁니다. 그는 오늘 오후 회계과 직원 셰플로와 함께 외출했었는데, 비서의 말에 따르면 은행에 갔다고 했소."

"그렇다면 그다지 곤란할 게 없지 않소. 돈을 준다 하더라도 그가 살인범이라는 뜻은 아니니까. 사실은 죄가 없음을 증명하게 될지도 모르오."

"바로 그 점입니다." 데이비드가 격렬한 목소리로 말했다. "윌리에게 돈을 준다 하더라도 그건 아무 증명도 되지 않습니다. 사장은 살인사건과 아무 관계없이 윌리에게 계속 돈을 줄지도 모르오. 그리고 그가 살인범이었다 하더라도 이제는 윌리까지 없애버릴 힘이 남아 있지 않을 거요. 당신 말대로 애니는 그저 교활한 여자에 지나지 않았지만, 윌리는 다르지요. 범죄에 있어서 전문가니까."

"그러나 만일 윌리를 정말 없애려고 한다면——그럴 경우에는 충분한 증거가 남지 않겠소?"

"물론 그렇지요." 데이비드는 비참한 마음으로 대답했다. "맥주 주시오."

바의 벽시계는 평화롭게 움직여갔다. 동그랗게 씌어 있는 숫자 위를 분침이 눈에 보이지 않을 만큼 느릿느릿 돌았다. 두 사람은 말없이 시계 바늘을 지켜보았다. 데이비드는 마음속으로 느릿느릿 가고 있는 시계 바늘을 저주했다.

8시 30분. 데이비드가 말했다. "버거 형사는 정말 대기하고 있을까요? 당신 이야기를 진지하게 받아들였을까요?"

"그렇소, 내가 전화를 걸면 5분 안에 달려오기로 되어 있소. 그 점은 걱정 마시오."

20분쯤 지났으리라고 생각했는데 8시 35분이었다.

"아무도 드나들지 않는군요." 데이비드가 말했다. "인기가 없는 호텔인가 보지요?"

"월도프 호텔과는 다르오." 맥스가 대답했다. "맥주 더 안 들겠소?"

"그만하겠소."

10분이 지난 다음 데이비드가 말했다. "카나디언 클럽을 마십시다, 스트레이트로."

9시가 되었다.

"제기랄, 아무도 얼씬거리지 않는군." 맥스가 투덜거렸다. "겁이 난 모양이지——아니, 단순한 지각일지도 몰라. 당신들 애드맨은 시간을 잘 지키시오? 몇 시에 출근하지요?"

"9시 30분이나 10시쯤."

"그렇다니까!"

9시 5분 조금 지나서 웨스트모어 암스 호텔의 정면 층계를 검은 우산을 든 노파가 올라갔다.

"정말 견디기 어렵군." 데이비드가 말했다. "위궤양이 또 아파오는데……."

"잠자코 지켜보시오."

열심히 지켜보고 있느라니 거울 속의 시계가 갑자기 속도를 냈다. 9시 10분. 깜짝 놀랄 만큼 빨리 갔다.

"빌어먹을!" 맥스 슬링거가 투덜거렸다. "죽이 되든 밥이 되든 해거티는 틀림없이 약속을 지킬 거요. 겁이 나서 꼬리를 감추는 타입은 아닌데……."

"호텔 출입문이 또 있소?"

"골목에 뒷문이 있지만, 해거티는 아마 모를 거요. 어쩌면 해거티에게 무슨 일이 일어났는지도 모르겠군. 아니면 거꾸로……."

맥스 슬링거는 맥주잔을 카운터에 내동댕이쳤다.

230 회색 플란넬 수의

"왜 그러지요?"

"큰일 났소!" 기자가 소리쳤다. "내 짐작이 옳다면 이 계획은 큰 실패요!……."

"대체 무슨 말이오?"

맥스는 옷걸이에서 레인코트를 낚아챘다. "어서 윌리를 만나러 갑시다."

"지금요? 해거티가 나타나면 어떡하지요? 나는 얼굴을 보이고 싶지 않은데……."

"형편에 따라야 하오. 어서 갑시다!"

데이비드는 투덜거리며 맥스 슬링거를 따라 바를 나갔다. 기자는 중년답지 않은 몸짓으로 운동 선수같이 재빨리 자동차가 오가는 큰길을 가로질러 웨스트모어 암스의 정면 층계를 두 개씩 뛰어올라가더니 뒤따라가는 데이비드를 기다리지도 않고 후줄근한 로비를 가로질러 갔다.

"엘리베이터를 기다릴 시간이 없소." 맥스 슬링거가 소리쳤다. "층계로 올라갑시다!"

2층까지 올라가자 데이비드는 너무 숨이 차서 벽에 기대 흥분한 푸들처럼 헐떡거렸다. 맥스 슬링거는 208호의 방문을 힘껏 두드렸다.

대답이 없었다.

"큰일났군." 데이비드가 말했다. "설마 윌리가……."

"들여다봐야지!" 맥스 슬링거는 손잡이를 돌렸다. 잠겨 있지 않아 문은 곧 열렸다.

데이비드는 시체를 보아도 기절하지 않도록 용기를 쥐어짰다. 그러나 리놀륨이 깔린 바닥과 침대 시트가 씌워진 쇠침대와 금속제 벽장과 하얀 칠을 한 색 바랜 의자가 있을 뿐이었다.

"아무도 없소!"

"당했군!" 맥스 슬링거가 퉁명스럽게 말했다.

"윌리는 틀림없이 여기 있었소?"

"침대에 누워 있으라고 내가 여기서 7시 30분에 말했소." 기자는 침대 옆으로 가서 흩어진 시트를 살펴보았다. 바닥에는 범죄 실화 잡지 한 권과 그 옆에 비벼 끈 짧은 담배 꽁초가 여러 개 담긴 재떨이가 있었다. "겁이 나서 달아났을까? 아니면……."

"윌리가 약속을 어긴 걸까요?"

"그뿐이 아닌 것 같소. 내가 윌리를 너무 믿었던 것 같소. 이건 이중의 배신이로군!"

"이중의 배신이라니, 무슨 뜻이지요?"

"나는 윌리가 진심으로 협력하고 싶어한다고 생각했지요. 계획을 털어놓았을 때 녀석이 너무 고분 고분하더라니……그러나 녀석은 애니를 죽인 범인을 붙잡는 것보다 10만 달러를 더 가지고 싶었던 모양이오."

"그렇다면 어째서 해거티를 기다리지 않았을까요?"

"원 참! 기다릴 까닭이 없잖소. 우리가 시티 룸에서 지키고 있는 것도, 버거 형사가 대기하고 있는 것도 윌리는 알고 있단 말이오. 그렇게 되면 현금을 가지고 달아날 수 없을 테니까 약속 장소를 바꾸어……."

데이비드는 맥이 빠져 의자에 주저앉았다.

"내가 큰 실수를 했소, 내가!" 맥스 슬링거가 우울하게 말했다. "윌리를 너무 얕잡아 본 내가 잘못이었소. 이렇게 되리라고는 꿈에도 생각지 못했는데……하지만 생각해 보면 누구나 큰 돈에는 욕심이 생기게 마련이니……."

"이제부터 어떻게 하지요?"

"나에게 물어봐야 소용없소. 버거에게 연락하여 윌리를 찾아내게 합시다. 하긴 찾아내봐야 이미 늦었겠지만 녀석이 돈을 가지고 줄 행랑쳤거나 아니면 해거티가……."

"그 두 사람을 찾아내야만 합니다! 그렇지 않으면……." 갑자기 좋은 생각이 떠오른 듯 데이비드가 말했다. "옳지, 실리아가 있지!"

"누구요?"

"윌리가 만날 장소를 바꾸었다면 오늘 회사로 전화를 걸었겠지요. 그렇다면 해거티의 비서가 사장에게 틀림없이 전했을 테고 실리아라면 지금 두 사람이 있는 장소를 알고 있을 거요!"

"그렇군, 물어볼 만한 가치가 있겠소."

데이비드는 나이트 테이블에 놓인 전화기를 집어 들었다가 다시 곧 내려놓았다. "아, 야단났는데……그녀의 집 전화 번호를 모르오."

데이비드는 맨해튼 구의 전화 번호부를 무릎에 놓고 멍청히 표지를 내려다보았다.

"실리아 클랜시? 실리아 캠스톡? 실리아 캘링턴?"

"대체 무얼 하고 있는 거요?"

"성이 생각나지 않소!"

"한심하군."

"틀림없이 알고 있었는데, 아무래도 떠오르지 않소."

"당신도 정신 분석을 받아 봐야겠는걸."

"받았지요, 한 번."

"가엾어라, 그런데도 이 꼴이로군."

"안 되겠는데요."

데이비드는 전화 번호부를 나이트 테이블 서랍에 집어넣었다.

"그 여자와 벌써 거의 2년이나 함께 일해 왔는데, 그런데도 성을 모르다니."

"그렇다면 끝장이오." 맥스 슬링거는 한숨을 쉬었다.

"한 가지 방법이 있소." 데이비드가 말했다. "크게 믿을 만한 것은 못되지만, 달리 좋은 생각이 없으니 별 수 없지요. 즉 회사의 사장 방에 가면 책상에 메모지가 있을지도 모르오. 윌리가 새로 연락한 장소를 적어놓지 않았을까요?"

"제법인데. 꽤 탐정술에 익숙해졌구려."

맥스가 턱을 문지르며 감탄한 듯 말했다.

데이비드는 칭찬을 받아 기뻤지만 입으로는 거칠게 대답했다.

"빨리 갑시다."

택시가 해거티 빌딩 앞에서 멈추자 두 사람은 택시에서 굴러 떨어지듯 내렸다. 데이비드는 13층에 전등이 켜져 있는지 어떤지 스틸 유리로 된 빌딩 정면을 아래에서 차례로 세어가며 올려다보았다.

"누가 있을지도 모르겠군요." 데이비드가 말했다.

"청소부가 있겠지요."

"청소는 7시 30분쯤이면 끝나요. 야경에게 물어봅시다."

야경꾼은 떨떠름한 얼굴을 한 붉은 머리의 사나이로, 더러운 작업복을 입고 있었다.

"네, 9시쯤에 한 사람 올라갔습니다."

데이비드와 맥스 슬렁거는 서로 얼굴을 마주보았다.

"서명하고 갔습니까?"

"서명하지 않으면 아무도 들여보내지 않습니다." 사나이는 두 사람에게 장부를 내던지듯 건네주었다.

데이비드는 맨 마지막에 적혀 있는 이름을 뚫어지게 보았다.

호머 해거티——13층.

"앗, 두 사람은 여기서 만나고 있소!" 데이비드가 헐떡이며 말했다.

"아닙니다." 붉은 머리의 사나이가 말했다. "올라간 사람은 한 명뿐입니다. 당신들도 올라가실 겁니까?"

"물론이지요." 맥스 슬링거가 무시무시한 목소리로 대답했다.

데이비드는 장부에 갈기듯 서명한 다음 맥스와 함께 자동식 엘리베이터에 뛰어들어 힘차게 단추를 눌렀다. 13층에 이르러 다시 문이 열릴 때까지 시간이 견디기 어려우리만큼 길게 느껴졌다.

두 사람은 엘리베이터에서 내려 초기 식민지풍의 로비로 들어섰다. 접수계 책상에 켜져 있는 초록빛 전등이 기분 나쁘게 로비를 비춰주었다. 안으로 통하는 유리문이 닫혀 있었으므로 데이비드는 주머니에서 열쇠다발을 덜커덕거리며 꺼냈다. 당황하고 있었기 때문에 세 번이나 열쇠를 잘못 꽂았다.

"늦었을까요?" 데이비드가 말했다.

"모르겠소, 아무튼 들어가 봅시다."

데이비드는 우뚝 서서 어두운 복도 끝을 살폈다.

"통로에 전등 스위치가 없소?" 맥스 슬링거가 물었다.

"어딘가에 있겠지만 잘 모르겠소. 사장의 방은 복도 끝에 있는데 어두워도 걸을 수 있겠지요."

"나는 올빼미가 아니오." 맥스 슬링거가 투덜거렸다. "하지만 갑시다."

두 사람은 인디언들이 습격할 때처럼 발끝으로 서서 살금살금 나아갔다. 그러나 맥스 슬링거의 구두가 삐걱삐걱 소리를 냈고, 데이비드는 해거티의 방 밖에 있는 워터쿨러에 무릎을 부딪치고 말았다.

"문이 잠겨 있소?" 맥스 슬링거가 속삭였다.

데이비드는 천천히 손잡이를 돌렸다. 짤깍 하는 소리에 그는 마음을 놓았다.

"잠겨 있지 않군요."

문을 열고 벽가의 스위치를 더듬었으나 찾아낼 수가 없었다. 방의 창문 세 개에 모두 베네시언 블라인드가 내려져 있었으나 달빛이 그 사이로 흘러들어와 카펫 위에 창백하니 길쭉한 무늬를 그려내고 있었다.

"아무것도 보이지 않는군."

맥스 슬링거가 언짢은 목소리로 말했다.

마침내 데이비드는 스위치를 찾아냈다. 스위치를 켜자 천장에 달린 달걀 모양의 형광등이 두 번 깜빡이더니 세 번째에 겨우 방 안을 환히 비춰주었다.

방 안은 달라진 데가 없었다. 초록빛 긴 가죽의자가 있었다. 장식용 책들과 필요할 때마다 쓰이는 술병이 선반에 나란히 놓여 있었다. 진주 빛을 칠한 골동품 책상, 다리가 바깥쪽으로 둥글게 휜 책상, 반짝반짝 윤이 날 정도로 잘 닦여진 육중한 마호가니 책상도 있었다.

그러나 데이비드는 무언가가 없어졌음을 알아냈다.

"의자!" 갑자기 그가 외쳤다.

책상 앞에 있어야 할 회전의자가 보이지 않았다. 가까이 가보니 의자는 쓰러져 있고 가죽이 씌워진 팔걸이를 피에 젖은 손이 꼭 쥐고 있었다. 그 옆에 사람의 몸이 태아 같은 모습으로 웅크리고 있었다. 심한 위장의 발작이 일어나 곧 저 세상으로 가버릴 사람처럼 기역자로 몸을 꼬부리고 있었다. 하얀 와이셔츠 가슴에 흥건히 피가 괸, 고통을 받은 듯 굳어진 시체를 보자 데이비드는 구토증이 일어나 얼른 눈길을 돌려버렸다. 그보다 신경이 강한 맥스 슬링거는 바닥에 무릎을 꿇고 앉아 급히 시체를 살펴보았다. 기자가 다시 몸을 일으켰을 때 데이비드는 방에서 나가 워터쿨러에 몸을 굽혀 냉수를 입에 물고 가슴을 두근거리고 있었다.

"기운을 내시오." 기자가 말했다. "이제는 시체에 익숙해질 만도 한데……."

"천만에요, 어떻게 시체에 익숙해집니까! 그런데 죽은 사람은 누구지요?"

"윌리요." 맥스 슬링거는 침울한 목소리로 대답했다. "가엾은 사람. 여기가 새로 만날 장소였군. 우리의 예상대로 되긴 했으나 한 발 늦었소……."

"경찰을 불러야겠지요."

"해거티의 방에서는 안 되오. 현장에는 일체 손을 대면 안 되니까. 전화는 어디 있지요?"

"셰플로의 방에 야간용 전화선이 있소. 복도를 조금만 가면 되오."

데이비드가 발을 옮기려 하자 맥스 슬링거가 팔을 잡고 말렸다.

"잠깐만 기다리시오!"

"왜요?"

"내 귀가 이상한가? 뭔가 움직이는 소리가 들렸는데……."

데이비드는 조용히 서서 귀를 기울였다. 귓속이 윙윙 울리기 시작했다.

"아무 소리도 들리지 않는데요."

"복도 저쪽에는 무엇이 있소?"

"물론 사무실이 있지요. 대체 무슨 생각을 하는 거요?"

"아니, 아무것도 아니오. 조심해야 한다고 말하고 싶었을 뿐이오."

"조심하라고요? 토하고 싶어 참을 수가 없소. 탐정 흉내는 이제 질색이오! 뒷일은 경찰에 맡깁시다. 나는 세금을 물고 있단 말이오."

데이비드는 기자의 손을 뿌리치고 회계과 방을 향해 성큼성큼 복도를 걸어갔다. 그는 문 앞에 서서 손을 방 안으로 들이밀어 전등 스위치를 켰다. 갑자기 방 안이 밝아졌으므로 그는 눈이 부셔 깜박거렸다. 그 순간 방 한구석에서 무언가가 희미하게 보였다. 그것이 그에게 무서운 인상을 주었다. 셰플로의 방에 사람이 있었던 것이다.

데이비드는 깜짝 놀라 비명을 질렀다. 그러자 상대도 겁을 먹고 떨리는 팔을 들어 그의 가슴팍에 권총을 들이댔다. 데이비드는 광포한 고함소리를 지르며 맹렬하게 덤벼들었다. 그리고 의식을 잃었다. 10분 뒤 데이비드는 다시 살아났다. 맥스 슬링거로부터 일의 자초지종을 들으며 그는 앞이 보이지 않을 정도로 웃었다. 전쟁에 두 번이나 참가하여 한 번도 부상을 입지 않았던 자신이 지금 수수한 샐러리맨의 회색 플란넬 양복을 입고서 피를 흘리고 있으니.

비교해 보시면 곧 압니다

 "우리가 너무 늦게 알았어요." 쟈니가 발그레한 콧등에 티슈를 갖다대며 말했다. "아기가 바꿔치기된 사실을 알았을 때 곧 머리를 써야만 했는데……."
 왼쪽 어깨에 드리워진 삼각건 덕분에 제법 씩씩해 보이는 데이비드는 그녀에게로 몸을 굽히며 가만히 손을 쥐었다. 쟈니는 베개를 등에 받치고 침대에 일어나 앉아 있었으며, 옆의 나이트 테이블에는 감기약 등이 놓여 있었다. 쟈니에게서 건강하게 보이는 점이라면 호기심뿐이었다.
 "그런 일로 머리를 썩이지 않는 편이 좋소." 데이비드가 다정하게 말했다. "감기가 다 나은 다음에 이야기합시다."
 "싫어요!" 쟈니는 화를 내며 말했다. "지금 이야기하고 싶어요. 우리가 그처럼 더러운 탐정놀이를 했으니까……."
 "반드시 그렇지만은 않소." 데이비드가 당황하며 말했다. "결말을 생각해 보면 그리 잘못된 것도 없소."
 "하지만 아기가 바뀐 것을 몰랐다는 점이 잘못이에요. 고든은 어떻게 그처럼 빨리 도널드를 대신할 아기를 찾아냈을까요? 양자결연을 하려면 몇 달, 또는 몇 년이 걸릴 텐데. 아무리 뛰어난 애드맨이라 해도 그런 어린아이를 광고해서 찾아낼 수는 없잖아요."
"클라크 댁에서 사진을 찍던 날이 기억나오? 당신은 그때 아기가 누군가와 닮은 것 같다고 말했었잖소?"
"네. 하지만 얼른 떠오르지는 않아요. 눈과 코 언저리가——그러나 고든의 얼굴과 결부시킬 수는 없었어요. 만일 그렇게 느껴졌다 하더라도 단순한 우연에 지나지 않는다고 생각했겠지요. 설마 고든 같은 사람이 그런 타입일 줄은 나는 전혀……."
"아니오, 그는 그런 타입의 사나이였소. 고든은 버크 캠페인을 시작하기 훨씬 전부터 애니 갠더를 알고 있었다고 하오. 그는 16개월 이상이나 애니를 그 호텔에서 살게 했소. 애니가 사생아를 낳았을 때도 비용을 모두 그가 댔지. 이제 알겠소, 도널드 아기가 죽었을 때 그가 무슨 생각을 했는지? 클라크 부부의 요람 속에 아기를——자기 자신의 아기를 넣기만 하면 되었소. 아기 어머니에게는 적당히 돈만 쥐어주면 아기와 헤어지는 일에 대해 불평하지 않을 테고, 고든 자신도 귀찮은 굴레에서 벗어날 수 있었으니까."
"어쩌면 그처럼 무서운 짓을……." 쟈니가 중얼거렸다. "가엾게도 갓난아기를……."
"하지만 나는 그리 걱정하지 않소. 클라크 부부는 자기들의 진짜 아기만큼 귀여워하고 있을 테니까. 이번 사건으로 가장 이득을 본 것은 그 아기인 것 같소."
"가장 안된 사람은 보브 번스테인이에요." 쟈니가 슬픈 듯이 말했다. "아무 죄도 없는 사람이었으니까요."
"그렇소, 그는 광고 사진을 찍은 것뿐이었으니까. 그러나 그 사진이야말로 살인범이 가장 두려워한 것이었소. 보브는 '버크 베이비'

의 맨 첫사진부터 모두 보관하고 있었으니까 갑자기 해고당하면 의심을 갖기 시작할 염려가 있었던 거요. 그 주말에 내가 소드 포인트로 보브를 만나러 갔을 때 그는 이상하게 안절부절못하고 있었소. 그 다음 그 플랫폼에서……"

쟈니는 숨을 헐떡이며 물었다. "정말 누군가가 당신을 밀었다고 생각하세요?"

"정확한 것은 알아낼 수 없겠지. 하지만 주말을 그의 집에서 보냈으니까 살인범은 보브가 나에게 의심을 털어놓았으리라고 생각했을 거요. 아무튼 나로서는 그것만으로도 공포의 원인이 되었소. 그러나 약병 건은 의심할 여지가 없었소. 그것은 틀림없이 살인 계획에서 나온 일이었소. 나는 그 약병을 늘 책상에 놓아두었으니까. 아무도 없을 때 내 사무실로 몰래 들어가 약병에 독약을 넣은 다음 내가 무자비한 이 세상과 작별하는 것을 지켜보는 건 쉬운 일이오. 다행히도 독이라고는 하지만 쥐약 정도였는지, 나는 위통을 일으켰을 뿐 목숨을 건졌소. 그러나 번스테인은 나만큼 운이 좋지 못해서……"

데이비드는 갑자기 눈살을 찌푸렸다.

"그러나 아직 알 수 없는 일이 있소. 보브의 메모에 당신 이름이 적혀 있었던 이유 말이오. 살인범이 보브를 방문하는데 당신 이름을 이용하지 않았다면……"

"뻔하잖아요!" 쟈니가 경멸하듯 말했다. "나는 보브의 생활을 도와주기 위해 그의 사진 기술이 대단하다고 여러 사람에게 선전해 주었어요. 덕분에 보브는 수입을 좀 얻을 수 있었어요. 그래서 고맙다는 말을 적은 편지를 곁들여 나에게 꽃을 보냈더군요."

"꽃을? 아아, 이제 알겠군, 당신 이름이 그의 메모에 적혀 있었던 이유를. 당신 이름 위의 'F'자는 플라워——꽃을 뜻하는 것이었소! 당신에게 선물을 하기 위한 메모에 지나지 않았었군!"

"그럼, 당신은 대체 어떻게 생각했지요? 내가 보브를 죽이러 갔다고 생각했었나요?"

"무슨 생각을 했는지 전혀 기억하고 있지 않소." 데이비드는 당황하여 얼른 변명했다. "다만 그것이 단순한 사고가 아니라 보브와 사진을 동시에 없애버리려는 계획이었음에 틀림없다고 생각했소. 그러나 나는 그가 매를 맞고 의식을 잃었다는 것도, 누군가가 일부러 불을 질렀다는 것도 몰랐소. 보브의 시체는 엉망이 되어 있었고 증거도 없었으니까……."

쟈니는 몸을 떨었다. "정말 무서운 범인이에요!"

"그러나 살인 행위는 보브 번스테인만으로 그치지 않았소. 거짓 협박장을 쓰는데 동의한 윌리 솅크도 피해자 리스트에 올려졌으니까."

"그런데 윌리는 어째서 회사로 갔을까요? 어째서 호텔에서 기다리지 않았을까요?"

"범인이 만날 장소를 바꾼 거요. 윌리가 있는 호텔에 전화를 걸어 약속을 다시 하면 되었으니까."

"하지만 윌리는 당신과 맥스 슬링거를 도와주기로 되어 있었잖아요. 그런데 어째서 그런 전화를 받고 당신들에게 알리지도 않았을까요?"

데이비드는 씁쓰레한 얼굴을 지었다. "윌리에게는 딴생각이 있었던 거요. 그는 돈이 들어올 즐거운 꿈에 젖어 있었소. 그가 협박장을 보내는 계획에 찬성한 유일한 이유는 10만 달러를 손에 넣고 싶었기 때문이었소. 즉 이중으로 배신할 작정이었던 거요. 전화 연락은 그의 계획을 더욱 완벽한 것으로 만들어주었소. 그래서 윌리는 호머 아저씨를 만나 돈을 받을 생각에서 몰래 호텔 뒷문으로 빠져나가 회사에

갔던 거요."

"하지만 빌딩으로 들어갈 때 야경꾼이 보았을 것 아니에요?"

"야경이 본 것은 윌리 한 사람뿐이었소. 윌리는 호머 해거티라고 서명한 뒤 위로 올라갔소. 그러나 범인은 이미 오후 4시부터 거기서 기다리고 있었소. 테라스가 맞붙은 방 세면실에 숨어 있다가 초저녁에 청소부의 눈을 피해 윌리에게 전화를 걸어 다시 약속한 시간에 세면실에서 나왔소. 그 다음은 사무실에서 하룻밤을 지내고 아침에 사원들이 출근하여 윌리의 시체를 발견하기 전에 달아나기만 하면 되었던 거요. 그 결과는 짐작할 수 있겠지요? 윌리 솅크가 호머 아저씨 방에서 발견되면 우리는 틀림없이 아저씨가 범인이라고 믿었을 거요. 진짜 범인은 이미 달아나버린 뒤니까."

"그리고 호머 아저씨가 모습을 나타내지 않으므로……."

"그렇소. 호머 아저씨는 윌리의 입을 막을 만큼 줄 돈이 없었소. 아저씨는 셰플로와 함께 은행에 갔다가 비로소 그 사실을 알았소. 그리고 회사 자본의 절반은 아저씨 것이지만, 회사 문을 닫지 않는 한 돈을 구할 수 없다는 말을 들었던 거요. 그래서 새로운 공동 경영자인 그레이스를 회사로 불러내어 이러한 곤경을 호소했으나 그녀는 거절했소. 그리하여 호머 아저씨는 윌리와 만날 약속을 어기고 집으로 돌아가 혼자 쓸쓸히 술에 취해 있었소……."

쟈니는 입술을 지그시 깨물며 중얼거렸다. "돈이란 참으로 더러운 것이로군요. 돈 때문에 사람은 끔찍한 짓을 저지르니까요."

"그런 사람도 있소." 데이비드가 신음하듯 말했다. "하지만 돈을 버는 사람, 돈 때문에 일하는 사람, 돈 때문에 땀을 흘리는 사람, 돈이 있는 것을 자랑하는 사람──이런 사람은 돈 때문에 남을 죽일 타입이 아니오. 돈을 갖지 못한 사람이 돈에 대해 심각하게 생각하는 법이오. 차이는 바로 여기에 있소. 당신의 호머 아저씨는 돈을 몹시 좋아하오. 나에게도 그런 말을 하셨으니까. 하지만 호머 아저씨에게 있어 돈이란 야드 자(尺) 같은 거였소. 즉 인생에서 자신의 값어치를 재는 척도였던 거요. 만일 버크를 놓친다 해도 그라면 와이셔츠 단추를 끄르고 소매를 걷어붙인 다음 회사를 다시 일으키기 위해 온 힘을 다 기울여 일할 거요. 캐미트 버크도 역시 같은 타입이지요. 그럼, 사건에 말려들어간 관계자들을 한 사람 한 사람 생각해 봅시다. 앞날의 희망이 없는 사람, 돈을 갖고 싶어 견딜 수 없으나 1센트도 자기 힘으로는 벌 수 없는 사람이 있소."

"그리고 또 한 가지 이유가 있어요." 쟈니는 얼른 말을 받았다. "사람에게 반드시 따라다니는 질투라는 것이지요. 그것을 잊어서는 안돼요."

"그렇소. 애니 갠더는 이중의 이유로 살해당했소. 물론 돈을 손에 넣기 위해서이기도 했지만, 동시에 라이벌을 없애기 위한 목적도 있었던 셈이오. 그레이스 테이트는 권총을 쏘았을 때 바로 그런 행위를 했던 거요."

쟈니는 붕대를 감은 데이비드의 팔에 가만히 손을 댔다.
"게다가 당신까지 죽임을 당할 뻔했으니까······."
"나는 운이 좋았소. 애니보다도, 보브 번스테인보다도, 윌리보다도, 고든보다도······."
"고든도?"
"이번 사건에서 가장 심하게 당한 사람이오. 애니가 살해당한 사실을 알자 고든은 겁을 먹고서 경찰에 사정을 알리려고 했소. 그러나 그레이스는 애써 고든을 죽일 필요도 없었소. 고든을 독살한 것은 아주 위험한 일이었소. 그녀는 다만 중환자를 가만히 내버려두기만 하면 되었을 텐데······."

두 사람은 잠시 말없이 서로 손을 마주잡고 있었다. 이윽고 쟈니가 입을 열었다.

"데이브, 아직도 나를 좋아하세요? 무척 많이 다투었는데……."

"물론 좋아하오."

"아무튼 내 생각이 옳았지요? 호머 아저씨에 대한 생각 말이에요."

"내가 지독히 좋아하는 나의 사장님이오!"

데이비드는 그녀의 손가락을 조금씩 깨물며 말했다.

"나의 참마음을 알아주시겠어요, 데이브?"

"아니, 모르겠는데. 워낙 오래된 일이라 모두 잊어버렸소."

쟈니는 재채기를 했다.

"이런, 가엾어라." 데이비드는 의자에서 일어나 그녀의 침대 가에 걸터앉았다.

조 스피겔이 데이비드의 방에 들어갔을 때 의자는 비어 있었다. 그러자 스피겔은 얼굴을 찌푸리며 루이스의 책상으로 다가가 심술궂게 물었다.

"당신 주인님께서는 어디 계시지요? 어제는 이번에 벌인 새 버크 캠페인에 대해 이러니저러니 말도 많더니 이제 와서 자취를 감추었군, 제기랄!"

루이스는 물기어린 눈동자를 반짝반짝 빛내며 말했다.

"로빈스 씨는 출근하지 않으셨습니다."

"병이라도 났단 말이오?"

"감기에 걸리셨답니다." 루이스가 대답했다. "감기란 옮기 쉬운 병이라 정말 큰일이에요."

THE KINDEST MAN IN THE WORLD
세상에서 가장 친절한 사나이
헨리 슬레서

세상에서 가장 친절한 사나이

"59살이시라구요? 그렇군요."
데니슨은 철컥 소리를 내며 흐뭇한 표정으로 서류가방을 열었다.
"분명히 말씀드리지만, 루이스 씨. 우리는 당신과 같은 나이대의 고객과 계약을 맺는 일이 별로 없습니다. 하지만 그건 우리들이 그런 일을 꺼리기 때문만은 아닙니다. 생명보험에 가입하는 데 너무 나이가 많다든가, 혹은 너무 적다든가 하는 것은 큰 의미가 없으니까요. 그러니까 어디 한번 검토해 보기로 합시다. 선생님이 어떤 담보를 가지고 계신지 혹은 가족들을 위해서 앞으로 어느 정도의 준비가 필요하실지, 그런 일들 말입니다."
데니슨은 주머니에서 만년필을 꺼내 들고 금 펜촉을 죄면서 만반의 준비를 했다.
"볼펜 따위는 한번도 써 본 적이 없어서요."
이렇게 말하면서 그는 웃음을 지었다. 그러나 방금 한 말이 아주 유치하게 들렸을지도 모른다는 생각이 들자, 자신에 대해 슬며시 화가 치밀어 올랐다. 그는 다시 말을 이었다.

"그런데 보험금 수령인은 부인으로 하실 건가요?"

긴 호텔용 가운을 입고 방 안 반대편 창가에 앉은 남자는 소매에 감싸인 야윈 팔을 들어 올려 기지개를 켰다. 희미한 불빛 아래에서 그 모습은 마치 괴상한 새, 금방이라도 먹이를 향해 회색 융단 위를 천천히 날아 오르려 하는 커다란 까마귀처럼 보였다.

"아니."

사내는 마치 새처럼 히죽거리며 말했다.

"나에게는 아내도 없고 딸린 식구도 없소."

굳이 어떤 기대를 걸었던 것은 아니지만 데니슨은 한숨을 내쉬었다. 전화는 라스팔마스를 담당하고 있는 사무실을 통해 예고없이 걸려왔었다. 그리고 전화를 건 사람은 특별히 데니슨을 지명해 보내달라고 요청했던 것이다. 이번 달 영업실적이 오르지 않아 조바심을 내고 있던 데니슨은 왜 자신이 지명되었는지 깊이 생각해 보지 못했고, 또 호텔을 임시 숙소로 삼고 있는 단기체류자가 왜 종신 생명보험에 관심을 갖고 있는지를 숙고해 볼 틈도 없이 이렇게 찾아온 것이다.

긴 가운을 입은 사내가 되풀이해서 말했다.

"난 마누라도 없고 자식도 없소. 이렇다하게 내가 보살펴 주어야 할 사람은 아무도 없단 말이오."

"알겠습니다."

도무지 영문을 알 수 없었지만, 데니슨은 일단 대답했다.

"그러시다면 보험의 목적은 어떤……."

"나는 계약을 맺자는 말은 한마디도 안 했어요."

"하지만 사무실에서 전해 들은 바로는……."

"당신을 만나고 싶다고 했지. 조 데니슨을……. 바로 자네 말이야!"

언젠가처럼 조바심나는 어떤 응어리가 목구멍을 치밀어올랐다. 데니슨은 상대의 속셈을 알아내려고 눈을 가늘게 떴다.

"아니 이 친구야. 날 기억하지 못하겠나?"

루이스라고 자기를 소개한 남자는 키들키들 웃으며 말을 계속했다.

"그러고보니 옆구리 찔러 절 받는 기분인데, 조, 이제 겨우 10년도 지나지 않았는데 나를 기억하지 못하다니."

"알았어요, 그만해 둬요. 도대체 속셈이 뭐죠?"

데니슨은 힘없이 물었다.

"조, 이렇게 말한다면 믿지 않을지도 모르겠지만, 나는 세상에서 가장 친절한 사람이라네. 자네한테 친절을 베풀어 주고 싶어서 멀리 삼천 마일을 달려왔지. 그러니까 자네가 집을 나갔을 때 무슨 사정 때문에 그랬는지는 모르지만…… 나는 자네 행방을 놓쳐버렸다고 생각했었지. 그런데 내 친구 한 사람이——우연히도 그는 사립탐정이지만——그 사나이가 이 로스앤젤레스에서 자네를 찾아낸 거야. 생명보험 외판원을 하고 있다고 말해주더군. 보험이라니 아주 웃기는 일이야. 어때 그렇지 않은가? 만일 네티가 자네 회사 보험에 들어가 있었다면, 자네는 그녀를 죽이지 않았을지도 모르겠군. 어때, 그럴 듯하지 않은가?"

긴 가운을 입은 사나이는 두 손을 깍지 끼어 무릎 위에 얹고서 데니슨의 대답을 기다리고 있었다. 잠시 후 데니슨의 입이 떨어졌다.

"당신은 윌프레드 코비군요."

"그렇다네. 자네를 속여서 여기로 불러 낸 데 대해 기분 나쁘게 생각하지 말게, 달리 방법이 없었어. 이렇게 해서라도 서로의 마음을 풀고 홀가분해지고 싶었거든. 나는 옛날에 벌써 마음을 정리했다네. 아주 깨끗하게 화를 풀었지."

그는 천천히 의자에서 일어나 앙상한 손을 내밀고 다리를 질질 끌며 다가왔다.

"악수해 주겠나 조, 나와 화해할 수 있겠어?"

데니슨은 혐오스런 눈으로 그가 내민 손을 노려 보았다. 그리고 나서 마치 도전이라도 하듯 그 손을 잡고 딱 한 번 아래위로 흔들었다.

"고맙네."

코비가 킥킥 웃었다.

"어때, 그다지 나쁜 기분은 아니지? 아까 말한 대로 나는 자네한테 친절을 베풀러 왔다네. 이건 진심이야. 다른 친구들과 마찬가지로 나는 자네를 도와주고 싶다네."

"다른 친구라니요?"

"파울러와 필 헤플화이트며 윌리 월드론 말이야. 알겠나? 나는 그들을 용서하기로 했다네. 아주 오래 전부터 말이야. 뿐만 아니라 힘들게 손을 써서 그들에게 보상했지. 그들이 저지른 일에 대해서 이제 아무런 원한도 없다는 것을 보여 준 거지. 그러니까……네티를 죽였던 일에 대해서 말야."

데니슨의 입술이 긴장 때문에 푸르르 떨렸다. 파울러, 헤플화이트, 월드론, 오랫동안 듣지 못했던 이름들이다. 그가 집에서 저지른 그 일 때문에 할 수 없이 뉴욕을 떠난 뒤로는.

"그랬었군요, 우리를 용서했다는 이야기를 들으니 한결 마음이 편안하군요. 코비 씨, 그건 그렇고 이제 저는 돌아가야 하겠는데……."

"잠깐 기다리게, 조. 자아, 기다려 주게. 자네는 내가 어떤 방식으로 다른 친구들을 용서했는지 듣고 싶지 않나? 이건 사실 중요한 문제야. 나는 자네한테도 똑같이 보상해 주려고 생각하지만, 그러자면 자네의 협조가 필요하다네. 어떻게 친절을 베풀어야 되는지 자네가 가르쳐 주지 않으면 안 된다는 말이야."

데니슨은 눈살을 찌푸리며 무릎 위에 얹힌 서류 가방을 내려다보았다.
 "정말 이렇게 여기 오래 머물 수는 없는데……."

 "하긴 지금보다 10살이나 더 젊었을 때지만."
 코비는 말하기 시작했다.
 "그렇다 하더라도 기껏 10년이란 세월이 어떻게 이토록 많은 변화를 가져왔는지 불가사의할 정도야. 당시 나는 50살이 가까웠지만 마치 스물 안팎의 젊은이처럼 혈기왕성했었지. 네티 덕분에 말이야. 그녀는 31살이었어. 아니 둘이었던가? 몇 번 물어 보았지만 분명하게 말해 주지 않더군. 나이를 그다지 말하고 싶어하지 않았지. 자네한테도 보여주고 싶네, 조. 물론 그녀가 살아 있었을 때의 모습을……. 네티의 눈과 입, 그 모든 데에선 아침부터 밤까지 쉴 새 없이 삶의 생기가 흘러넘쳤다네. 파데프스키가 건반 위에서 연주하는 것처럼 그녀는 하루에도 몇 번씩 감정의 음계를 오르내릴 수 있었지. 함께 지내기 쉬운 여자는 확실히 아니었네. 하지만 헤어져 지내는 건 더욱 어려웠지.
 내가 그 호숫가 집을 사들인 것은 결혼한 지 2년이 채 되지 않았을 무렵이었어. 그 해에는 모든 일들이 순풍에 돛을 단 듯 순조로웠지. 보잘것 없는 내 회사는 크게 도약을 하려는 참이었고……. 그런 무렵인데도 네티는 나에게 자신의 제안을 받아들이라고 조르더군. 그 제안이라는 것은, 회사의 경영을 다른 사람에게 넘기고 단 둘이서 세계 여행을 하자는 것이었어. 그야말로 인생을 즐기면서 살자는 것이었지. 실제로 네티만큼 웃는 것을 좋아하는 여자를 보지 못했어. 나는 은퇴까지 생각하지는 않았지만 어쨌든 그 호숫가 집을 사들였지. 물론 네티를 위한 작은 요트도 말야. 그건 그녀에게 준 생일 선물이었는데, 정확하게 몇 번째 생일인지는 알 수 없어. 네티는 나이를 그다지…… 옳아, 이건 아까도 말했었지?

그녀가 왜 갑자기 요트를 탈 생각을 하게 되었는지는 하느님만 아실 뿐이지. 보통 때 같으면, 우리들이 요트를 타고 달릴 때 그녀는 겁이 나서 꽥꽥 소리를 질러대며 요트 바닥 한 구석에 엎드려 있었을 뿐, 선착장에 닿을 때까지는 거의 움직이지도 못했는데 말이야. 아마 그날——어떤 날을 말하는지 알고 있겠지, 조—— 그녀는 화창한 하늘과 거울 같은 수면에 자기도 모르게 도취되어 혼자서 요트를 띄운 것 같아. 아주 멋진 모습이었을 거라는 생각이 들어. 그 긴 금발을 바람에 나부끼면서…… 자네들 패거리가 등불에 날아드는 불나방처럼 몰려 들었던 것도 무리가 아니지.

내가 뭘 생각하고 있는지 알겠나? 나는 말이야, 그녀가 화려한 모터보트를 타고 호수를 휩쓸고 다니는 자네들 네 사람을 보았던 게 틀림없다고 생각하네. 립스틱처럼 새빨간 크라스크라프트를 타고 수면을 가르는 네 사나이를 보고 그 여자는 호기심에 마음이 들뜬 거야. 알겠지? 그렇기 때문에 나는 그 사건에 대해 자네들을 원망할 생각이 전혀 없어.

문제는 네티가 전혀 요트를 조종할 능력이 없었다는 데 있었지. 자네들이 마구 웃고 소리를 고래고래 지르면서 전속력으로 그 여자한테 달려 왔을 때, 그리고 그 보트가 일으킨 물살이 네티의 작은 요트를 물에 뜬 코르크처럼 휘저어 버렸을 때, 그녀는 완전히 정신을 잃어버린 거야. 아마도 자네들은 언제 그 여자가 뱃전에서 물속으로 빠졌는지도 알 수 없었을 거야.

분명히 검사 심문에서 그렇게 진술하지 않았던가? 그런데 말이야, 그 여자가 뱃전에서 떨어지는 것을 설령 보았다 하더라도 아무 문제될 게 없어. 선체를 붙들고 기어오르면 된다, 이렇게 생각하면 되니까. 물론 자네들도 그렇게 생각했겠지. 그러나 자네들은 그걸 확인하기 위해 뒤돌아보지 않았어. 어떤가, 자네도 다른 친구들도 말이야. 물에 빠진 여자를 그대로 내버려두고 그냥 가버린 거야.

 실제로 무슨 일이 일어났는지 확실히 알 수 없어. 그녀가 떨어질 때 요트에 머리를 부딪혀서 의식을 잃었었는지…… 그것도 확실히 알 수 없어. 물론 나로서는 진심으로 그렇게 되었길 바라지. 네티는 어떤 고통도 싫어했으니까. 치과 의사와의 진료 예약을 어기는가 하면, 술을 많이 마신 다음날 두통이 심하면 아스피린을 꼭 땅콩같이 삼켜댔지. 그런 네티가 고통을 겪었다고 생각하기 싫다네. 물이 허파에 가득 차고 입 안에까지 넘쳐 허우적거리면서, 사람 살리라고 질러대는 비명을 못들은 체하고 죽게 내버려두었다고 생각하기 싫어. 나는 60마일 떨어진 곳에, 그것도 소란한 도시에 있었어. 하지만 들을 수 있었겠지. 그녀가 사람 살리라고 소리쳤다면 반드시 내 귀에까지 들려왔을 거라고 나는 생각하네.

 어쨌든 내가 얼마나 괴로워했는지 이해할 수 있겠지, 조? 그래서 그런 말을 했던 거라네. 그런 협박을 했던 거야. 검사 심문에서의 자네들의 얼굴, 네 개의 비석과도 같은 자네들 얼굴만 떠올리면 나는……배심원들의 그 결정을 들었을 때 나는 바보처럼 추태를 부렸지만 자네들은 틀림없이 한시름 놓았을 거야. 이해를 바라지만 나는 본심으로 그런 말을 하지는 않았네. 누구한테 물어보아도, 내 동업자나 고객 그리고 내 경쟁자까지도 내가 평소 얼마나 친절한 사람이었는지를 말해 줄 것이라고 나는 믿네.

 시간이 좀 흐른 뒤 내 마음은 가라앉았어. 일어났던 일을 다시 생각해 보니까 네티의 죽음을 자네라든가 다른 친구들의 책임으로 몰아세운 것은 내 잘못이었다는 걸 인정하게 되었다네. 그러자 그 동안에 내가 추태를 부린 일이 켕기기 시작했어. 하지만 어떻게 하면 좋은지, 어떻게 보상해야 하는 것인지 도무지 방법을 생각해 낼 수 없었지.……그러니까 리버시티 클럽에서 우연히 파울러하고 마주쳤을 때까지는 말일세.

네티가 죽고 1년 이상이나 지났을 무렵이었어. 생각해 보면 정말 이상한 일이었지. 그 무렵엔 네티가 어떤 얼굴이었는지도 뚜렷하게 떠올리기가 꽤 힘이 들었는데, 파울러는 한눈에 알아 봤지. 그는 거기 있었지. 고급 마직 양복을 입고 예쁘장한 여자 어깨에 팔을 두르고 있더군. 직업도 좋아보였고 군턱이 조금 나왔지만 활기가 넘치더군. 그뿐 아니라 위스키도 철철 넘치게 따르더군. 싫어도 그게 눈에 띄었지. 파울러에 대해서 잘 알고 있겠지. 그 친구의 약점이 술이라는 사실도. 나는 그게 어느 정도인지 몰랐었지. 그 친구가 댄스홀 한 가운데 쓰러져서 웨이터들에게 팔다리가 들려 나가는 것을 볼 때까지는 말이야.

나는 그 친구의 파트너가 정말 안 됐더군. 그래서 다가가 말을 걸어 보았더니 꽤 상냥하더군. 루이스라는 이름의 성격이 참하고 사교계에 나온 지 얼마 되지 않은 귀여운 아가씨였어. 머리는 그다지 좋은 것 같지 않았지만 네티하고 닮은 초록색 눈을 하고 있었지. 그것만으로도 충분했지.

파울러한테 술이 얼마만큼 심각한 문제가 되는지를 내게 알려준 사람은 루이스였네. 불쌍하게도 그 친구는 와인이나 리큐어에 대해서는 누구 못지않게 감정할 수 있다고 자부하고 있었지. 실제로 그랬는지도 모르지만. 무엇보다도 그는 시간도 돈도 넉넉하게 가지고 있었으니까. 문제는 그 무렵에 들어서 그 친구의 소득이 갑자기 내리막길을 달리고 있었다는 사실이야. 파울러가 일하고 있는 주식 중개 회사에서는 주정뱅이는 아무리 안목 있는 친구라도 훌륭한 경리 책임자가 될 수 없다고 생각하고 있었지. 그 친구는 디너파티나 주말의 별장 초대 같은 일들을 책임지고 열심히 잘 감당해 내고 있었지만, 그런 자리에서도 술버릇 때문에 친구를 잃어가고 있었어. 그대로라면 조만간에 지위도, 사교상의 친구도, 건강도 고스란히 그를 떠나가버릴 것 같았지. 그리고 그렇게 되면 우리 불쌍한 파울러는 어떻게 되는 걸까. 아무튼 이야기를 듣고 나니 정말 안됐더군. 그래서 깊이 생각해 보았다네. 어떻게 하면 내 친절한 마음을 조금이라도 보여줄 수 있을까 하고……

2주일쯤 지나서 나는 파울러의 주소를 알아냈어. 친구인 사립탐정이 수고했지. 지저분한 곳이었어. 시내에서 가장 낮은 지대에 있는 싸구려 단칸 아파트였다네. 그렇지만 루이스가 그 친구한테 좋은 영향을 주고 있다는 것을 알고 나는 남몰래 얼마나 기뻐했는지 몰라. 두 사람은 이미 그 때 약혼한 사이였고 약혼할 때 그 아가씨가 내건 첫 번째 조건이 바로 파울러가 절대 술을 마시지 않겠다고 서약하는 일이었다네.

실제로 착한 여자의 애정이 타락한 남자의 삶을 얼마나 새롭게 바로잡아주는지, 정말 놀라울 정도야. 그렇지 않은가? 다른 직업을 구한 그 친구는 그로부터 6주 이상이나 아주 훌륭하고 착실한 모습을 보이더군. 말하자면 따분한 중산층이라는 이름의 길로 열심히 발을 내딛고 있었던 셈이야. 참으로 불쌍한 친구였지.

그런 상황에서 내가 그 친구를 도와주는 길, 그러니까 앞날에 기다리고 있는 그 단조로운 미래로부터 그를 구해 주기 위해 할 수 있는 일은 오직 한 가지밖에 없을 것 같았네. 나는 그 친구의 익명의 후원자가 되기로 결심하고 먼저 어떤 술 애호가와도 잘 어울리는 선물을 보냈어. 저스테리니 앤드 부룩스라는 1875년산 코냑 한 병이었네. 코냑에 대해 그다지 잘 알지 못하는 것 같구먼. 그 코냑은 어떤 왕이 무슨 대관식을 기념해서 만든 최고급 브랜디 명품이야. 어김없는 애호가 취향의 일류품이었지. 파울러 같은 애호가라면 진심으로 기뻐하리라는 것을 잘 알고 있었지.

유감스럽게도 그 친구가 너무 기뻐했다는 사실을 말하지 않을 수 없네. 그 친구가 가여운 상태로 빠져들고 있는 것을 본 루이스는 거의 약혼을 취소할 지경까지 갔었지. 하지만 여자를 잃게 될 위험에 직면한 파울러는 마음을 고쳐먹고 앞으로는 절대로 금주 서약을 깨뜨리지 않겠다고 다짐했어.

그래서 나는 다음으로 1955년산 샤토 무통 로트실트 한 상자를 보내주었지. 그 희귀한 극상품에 속하는 와인은 해마다 줄어들고 있어서 귀중품과 마찬가지로 취급되고 있었거든. 그런 값비싼 붉은 와인을 조금 맛본다고 그걸 나쁘다고 하지는 않겠지. 식사 때마다 조금씩 즐기는 정도라면 말이지. 그렇지 않은가? 그런데 유감스럽게도 루이스는 그것을 이해할 수 없었던 거야. 그래서 가엾은 파울러는 그걸 모두 처분하지 않으면 안 되었다네. 아니, '거의 모두'라고 말해야 옳겠지. 그 녀석이 처분했으니까 틀림없이 한 병 아니면 두 병쯤은 어딘가에 감쪽같이 숨겨 두고 몰래 즐겼겠지.

어쨌든 나는 그 친구의 훌륭한 행실에 대해서 상을 주어 마땅하다고 생각했네. 그래서 나는 그 뒤로 다시 극상품 스카치 위스키를 또 보냈는데, 그 친구는 그걸 마음껏 즐겼겠지. 그 뒤로는 줄줄이 1924년산 특산 마알, 마르키 단제르뷔 한 병씩, 알마냑, 드메누 보안제르 한 병씩, 샤토 슈바르 블랑 한 케이스, 게다가 베렌나 존넨과 아우스레제 1959년짜리 한 케이스, 그리고……. 그래, 결국 루이스 그 아가씨는 마침내 파울러를 버렸지. 차라리 그러는 편이 훨씬 나았어. 사정이야 어쨌든 파울러는 마침내 그 아가씨한테도 정말 나쁜 영향을 끼칠 정도가 돼버렸으니까 말이야. 그 아가씨가 떠나자 나는 그 사실을 축하하기 위해서 샴페인을 보내 주었다네…… 루이 레드레르 크리스탈 브류트 1955년짜리 특급품 한 병을.

파울러가 마침내 그 싸구려 아파트에서조차 지낼 수 없게 된 것은 슬픈 일이었어. 그 친구가 의지할 데 하나 없는 신세가 되어 빈민굴의 더러운 뒷골목을 헤메고 다니게 되니까 그 친구한테 선물을 보내는 일이 점점 어려워지게 되었다네. 그 친구가 병이 들어서 ——폐렴인 것 같은데—— 마침내 숨을 거두었다는 것을 알게 됐을 때 내가 얼마나 실망했는지는 짐작하기 어렵지 않겠지? 그 친구의 부모들이 멀리 위스콘신에서 달려와 장례식을 치렀지. 쓸쓸하고 을씨년스러운 장례식이었던 모양이야. 공교롭게도 나는 참석할 수 없었지만 조화만은 보내 주었네.

필 헤플화이트와는 우연히 만나지 않았네. 친절이라는 것이 얼마나 많은 일을 해내는지 이미 알고 있었으니까 말이야. 말하자면 이쪽에서 먼저 손을 써서 그 친구를 찾아냈던 거야.

첫 보고를 받았을 때, 필이라는 사나이는 친절을 베풀기 어려운 상대가 될 것 같다는 예감이 들었지. 그 친구는 모든 것을 갖고 있는 것처럼 보였으니까. 사업상으로는 번창하는 선글라스 제조회사의 공동 경영자였어. 체격 좋고 사나이답고 학벌도 있었지. 인품도 훌륭했다네. 더군다나 금상첨화라고나 할까? 아주 행복한 결혼 생활을 하고 있었지. 그 이야기를 들었을 때 나는 매우 기뻐했다네.

그 여섯 달 전에 그 친구는 린다 피셔라는 매력적인 여자하고 결혼했지. 그녀는 헤플화이트 회사에서 비서로 근무하던 여자였어. 회사에서는 여러 부문에서 많은 여성을 고용하고 있었지만, 그렇다 하더라도 회사 안팎에서는 그 친구의 결혼을 조금은 뜻밖의 일로 받아들이고 있었지. 왜냐고? 자네도 아마 알고 있겠지만 필은 여자를 너무 좋아한다는 평판을 듣고 있었으니까 말이야. 아름다운 여자만 보면 정신을 못차리고 빠져드는 것이 바로 그 친구의 약점이었지. 그리고 린다는 그 친구의 데이트 상대 중에서 가장 매력적인 존재였던 셈이 되고.

어떤 의미에서는 그 친구가 그런 젊은 나이로, 몇 살이었던가? 스물다섯? 서둘러 결혼했다는 것이 불행의 씨앗이었어. 나는 마흔이 넘을 때까지 결혼하지 않았는데, 그 이유는 남자란 그 때쯤 돼서야 비로소 한 여자를 지키고 가정을 추스릴 수 있는 능력을 가지게 되는 것이라고 생각했기 때문이지. 그리고 또 한 가지, 만일 필의 여자를 보는 기준이 외모 한 가지에만 한정된 것이라면 그를 우물 안의 개구리라고밖에 말할 수가 없다네. 나는 그 점에서부터 생각하기 시작했지. 그 친구한테 그런 걸 가르쳐줌으로써 친절을 베풀어야 겠다고 말이야.

내가 처음 필의 사무실에 들여보낸 여자는 '도나 드브리스'라는 아가씨였는데, 한때 실제로 비서 교육 코스를 밟은 적이 있었던 여자였지. 그러므로 비서 일을 할 만한 자격은 갖고 있던 셈이야. 하지만 실제로는 놀랄 만한 일이었지. 왜냐하면 미스 드브리스는 15살 때부터 그 머리에 신성한 월계관을 써 왔으니까 말이야. 얼마동안 그녀는 미스 뭐라든가 하는 칭호를 차지하고 있었어. 그 다음은 속옷 광고 모델로 카메라맨들한테 인기를 얻었고, 다시 최근에는 세번 공연하고 중지하긴 했지만, 뮤지컬 레뷰에 출연해서 그 경력에 화려함을 더했지.

그녀는 당연히 그 일자리에 채용되었고, 그리고 내가 두려워하고 있었던 대로 피할 수 없는 일이 일어났어. 두 달 남짓 지나는 사이에, 필은 린다의 헤어컬을 둘둘 만 머리, 크림을 바른 얼굴, 잠에서 막 깬 퉁퉁 부은 눈 같은 것들에다가 몸맵시가 나무랄 데 없고 향수 냄새마저 산뜻하게 풍기는 도나의 매력을 대비시켜 볼 수밖에 없었지. 당연히 필은 점점 늦게까지 일하게 되었고, 따라서 도나도 거기에 맞추어서 잔업을 하게 되고…… 그리고 싸움, 눈물, 침꾸리기라는 차례가 진행된 거야. 필은 자신의 행동을 뉘우치고 가정의 평화를 위해 충분히 납득이 가는 조치를 취했지. 말하자면 도나를 해고해서 깨끗하게 그녀와의 관계를 청산한 다음, 린다에게 영원히 충실한 남편이 될 것을 약속했지.

그 다음에 나는 '트레이시'를 들여보냈다네. 트레이시는 도나 드브리스보다 한결 아름다웠지. 그 여자의 아름다운 얼굴은 잡지라는 잡지의 표지를 모두 장식했는데, 미국에서 이 매력 있는 표지 모델을 사용하는 일에 콧대를 세운 것은 '내셔널 지오그래피', '포퓰러 메카닉'을 비롯한 기껏 몇몇 잡지뿐이었지. 따라서 그 여자의 얼굴은 너무나 알려져 있었기 때문에, 새삼스럽게 그 아가씨가 비서를 지망하고 있다는 식으로 들여보낼 수는 없었어. 나는 다른 소개 방법을 생각해 냈다네. 단순하지만 효과적인 방법이었지. 트레이시는 선글라스 모델을 지망하고 있다는 구실로 헤플와이트 씨를 만나러 갔지. 그 친구는 광고 대행사로 그녀를 보냈는데, 그에 앞서 점심이라도 함께 하자는 식으로 이야기가 전개되었지. 그 뒷일은…… 그렇지, 역사라는 말이 있지 않은가. 흔히들 하는 말이지만, 그 왜……. 역사는 되풀이된다고 하지 않던가.

린다가, 필이 새로 바람을 피우고 있다는 사실을 알아차리는 데는 두 달도 걸리지 않았다네. 그 여자는 재판에 따른 별거 생활 이외에는 만족하지 않더구만. 변호사들이 한몫 잡았지. 몇 달 뒤 또 다시 새로운 화해가 성립되었네. 트레이시는 팜비치에 들어앉아 필한테 받은 위자료로 생활하게 되었고, 린다는 다시 한번 헤플화이트 집안의 여왕벌로 군림하게 되었지.

그 다음에 나는 이로우나를 들여보냈네. 이로우나는 도나 드리브스만큼 화사하지 못했어. 옷차림도 도나만큼 세련되지 못했고 헤어

스타일도 그렇게 완벽하다고는 할 수 없었어. 또한 그 여자는 트레이시만큼 예쁘지도 않았어. 머리카락도 눈도 새까맣고 입술은 조금 두꺼웠지. 몸매는 조금 육감적이었던 것 같았네. 하지만 그 여자는 필 헤플화이트네 생활에 파고들더니, 이번에는 마침내 린다 가정의 행복에 마침표를 찍었지. 린다는 마치 맥베스에 나오는 세 마녀의 망령이라도 쓰인 것처럼 소동을 부렸다네. 마침내 필이 견디지 못하고 짐을 싸들고 나가려 하자 린다는, 모욕당한 마누라들이 일반적으로 하는 짓거리 이상의 일을 저질렀다네. 뒤에서 그 친구 허리를 겨냥해 총을 쏘아버렸지.

처음 듣는 이야기인가, 조? 그렇다네. 그렇게 해서 가여운 필의 결혼 생활은 슬프게 막을 내린 거야. 아니 그래도 다행히 목숨은 건졌어. 총알은 등뼈를 박살내고 한 쪽 콩팥을 망가뜨려 버렸고, 그 친구는 완전한 폐인이 되어 늘 누워지낼 수밖에 없는 신세가 되었지만, 그래도 살아 있기는 살아 있어. 현대 외과의술이 대단하다고 생각하지 않나? 듣기로는 한 번인가 두 번인가 스스로 손목의 동맥을 잘라 의사들의 노고를 물거품으로 만들어버릴 뻔했지만 말이야. 다행히도 목숨에는 지장이 없었다네. 나는 해마다 그 친구한테 크리스마스 카드를 보내고 있지.

다음은 가여운 월리 월드론이야. 그 친구가 죽은 건 알고 있겠지. 심장발작이라던가? 허허, 웃을 일이 아니라고? 하긴 이런 일에 웃는 것이 예의에 어긋나는 일이지만 말이야…… 아마도 그걸 심장 기능 정지라고 부를 수 있겠지. 누구라도 죽을 때는 심장이 멎을 테니까. 하지만 말이야 거기에는 좀더 복잡한 사정이 있었다네.

자네도 알고 있겠지만, 나는 월리 월드론을 찾아내자마자, 이 친구한텐 친절이라는 것을 어떤 식으로 베풀어주면 좋을 지를 바로 깨달았다네. 가여운 파울러와 아주 비슷했지. 자신의 약점을 송두리째 드러내고 있었으니까 말이야.

그 친구를 붙든 곳은 라스베이거스였어. 심리학자가 노름꾼의 충동성과 강박증세에 대해 써놓은 것을 본 적이 있겠지. 그 이론에 따르면, 노름꾼이 주사위를 굴리거나 칩을 얹어놓거나 하는 모든 행위는 사랑 때문이라는 거야. 판돈을 걸면서 그 친구들은 운명의 여신에게 사랑해 달라고 간절히 소원하고 있는 것이라더군. 어쩐지 나에게는 묘한 여운을 남기지만 내로라하는 학자들까지도 그렇게들 말하고 있다네.

윌리는 굉장히 사랑에 굶주린 것 같았네. 왜냐하면 충동과 강박에 푹 빠져 있는 주사위 노름꾼의 전형이 있다면, 그 친구야말로 바로 그런 존재였으니까. 내가 라스베이거스에서 찾아냈을 때 그 친구는 네바다 주에서 얻을 수 있는 선의와 신용의 마지막 한 방울까지 모조리 탕진해 버리고 동부로 돌아가려 하던 참이었지. 이 세상에서 그 친구한테 남아 있는 것이라고는 그 호숫가에 있는 통나무 집과 립스틱같이 빨간 문제의 크라스크라프트뿐이었어. 둘 다 어느 인심 좋은 삼촌의 유산이었다네.

그 친구는 그 집을 팔고, 보트도 팔아 챙겼다네. 모두 6천 달러에 에드워드라는 남자한테 팔았지. 그건 윌리에 대한 나의 최초의 친절이었지. 그러니까 에드워드는 내 대리인이었단 말이 되지. 통나무 집은 사들인 그대로 손을 대지않았지만, 보트는 불을 질러 물 속에 처넣어 버렸지. 어린애같이 유치한 짓이라고 생각되지만 아무래도 그렇게 하지 않고는 견딜 수가 없었어.

그 보잘것 없는 돈을 윌리가 얼마나 빨리 써 버리는지를 몰래 지켜 보는 일은 아주 재미있었다네. 처음부터 끝까지 속속들이 지켜

본 사립탐정 친구마저도 월리가 그 돈을 탕진하는 속도를 따라잡을 수 없을 정도였다네. 절반은 몽땅 현금분배 방식의 경마로 날려버렸어. 나머지는 시내 여기저기의 지하실이나 차고 안에서 벌어지는 사설 도박장에서 주사위 노름으로 탕진해 버렸지. 돈을 다 쓰는데 걸린 기간은 모두 6주일…… 1주일에 1000달러 꼴이었어. 그 친구는 동전 한 푼 남지 않은 알거지가 돼버렸지.

그래서 나는 그 친구한테 어떤 식으로 친절을 베풀어 주는 것이 좋은지를 깨달았네. 낭비할 만큼의 큰 돈을 주는 것보다 그 친구가 어떻게든 하루하루를 살아갈 수 있게 적은 돈이라도 조금씩 보내주기로 했지.

어느 날 나는 그 친구한테 현금으로 100달러를 보내주었어. 내 친구 사립탐정의 보고에 따르면, 그 돈이 우편으로 도착했을 때 그 친구는 어안이 벙벙해서 제대로 입을 다물지 못하는 것 같더라고 했네. 커넬 거리에는 웨버라는 사나이가 있었는데, 월리의 친구이며 책방을——그리고 술가게도——열고 있었지. 월리는 웨버의 아파트로 달려가서 자신의 믿을 수 없는 행운에 대해서 떠들어댔지. 웨버는 심한 곱추였기 때문에 괴로움이 많았고, 그래서 세상에 대해 비뚤어진 눈을 가지고 있던 청년이었지. 아마도 트로이의 목마라는 이야기를 끌어대서 그 친구한테 경고했었다고 기억되네만, 물론 월리는 그것을 코웃음으로 넘겨버렸지. 그날 밤에 그 친구는 100달러를 주사위 노름으로 또 날려 버렸다네. 테이블 앞에 앉은 지 반 시간도 채 되기 전에 말이야.

이튿날 다시 우편으로 50달러짜리 지폐 한 장이 배달됐어. 그 친구가 기운을 차리는 모습은 그저 놀라울 뿐이었지. 실제로 사뭇 기운이 난 그 친구는 그 50달러를 털어 술이니 음식이니 사들고 웨버의 아파트로 달려가더구먼. 두 사람은 게걸스럽게 먹고 마시고 웃어댔다네. 그리고 윌리는 감격한 나머지 앞으로는 노름에서 손을 떼고 착실한 직업을 잡겠노라고 선언하기까지 했어. 아니, 그렇게 선언하지 않았는가 짐작했을 뿐이지……. 그렇게 짐작한 까닭은 윌리가 그 이튿날 직업 소개소로 찾아가서 여기저기 면접을 받고 다녔기 때문이야.

그래서 나는 다시 200달러를 보내주게 되었는데 그러자 그 친구는 또다시 춤추기 시작하더군. 그날 밤 그 친구는 용케도 수백 달러 남짓을 땄고, 그 이튿날 밤에는 그것을 갑절이나 불리려고 다시 나섰다네. 그야말로 눈물겹게 치열한 승부였지. 운명의 여신은 그 친구를 사랑했어. 그 주말에 윌리는 3, 4000달러나 땄는데, 더 큰 승부에 나설 기회를 노리고 있었지. 마침내 그 기회가 왔다네……. 리치 에디를 물주로 호텔 설루드에서 벌어지는 비밀 주사위 노름판에의 초대였지.

리치 에디에 대해서는 내 친구인 사립탐정이 여러 가지 재미있는 이야기를 들려 주었지. 그 이야기를 들으면 한마디로 말해서 폭력이 판을 치던 서부시대로 되돌아가는 느낌이라고 할까? 나는 몸이 부르르 떨렸다네. 내 친구 윌리가 이런 폭력적인 사나이와 같은 테이블에 앉았다는 것을 상상하니까 말이야. 어쨌거나 윌리는 그의 초대를 받아들이고, 가진 돈을 몽땅 챙겨 나섰지. 아무래도 행운도 같이 챙겨갔던 것 같았네. 왜냐하면 그 친구는 그날 밤 크게 따서 8천달러 가까이 벌었으니까. 리치 에디는 순순히 그 친구를 돌려 보내줬지……. 다만 아주 정중하게 다시 판을 벌일 것을 약속받은 다음이었지만.

그러던 어느 날 밤에 윌리는 드디어 잃었는데, 그것도 아주 형편 없이 잃었어. 6시간 동안의 숨가쁜 승부가 끝났을 때, 그 친구는 육체적으로나 정신적으로 그리고 금전적으로도 녹초가 되어 있었다네. 윌리는 부끄러움도 남의 따가운 시선도 돌아볼 겨를없이, 에디한테 울며불며 매달려 판에 남을 수 있도록 밑천을 빌려달라, 조금이라도 빌려 달라고 통사정을 했다네. 리치 에디가 두말없이 빌려 준 것은 말할 필요가 없겠지.

호텔 설루드를 나설 때 윌리는 그 노름판에서 500달러를 빚지게 되었고 그래서 그는 머리를 싸매고 고민하게 되었다네. 나는 그 친구한테 500달러를 보내 주었어. 윌리가 재빨리 빚을 갚으려는데 만족한 리치 에디는 빚 갚을 기간을 연장해 주었고, 덕분에 결국 윌리는 4000달러의 빚을 걸머지게 되었다네. 그 주말에는 리치 에디한테 진 빚이 1만 2000달러로 불어나 있었지. 말할 나위도 없지만 나도 더 이상 윌리한테 돈을 보내고만 있을 수는 없었다네. 그 친구가 닥치는 대로 그 돈을 노름판에 쏟아붓기만 했으니까 말이야. 자네도 이해해주겠지?

실로 그건 매우 슬픈 광경이었네. ……매일 아침, 윌리는 다시 기적의 우편물이 날아와 자신을 궁지에서 구해주지나 않을까 하며 우편 배달부를 기다리곤 했지. 그 우스꽝스러운 꼬락서니라니 말이야. 하지만 그 친구는 차차 이제 기적은 없다는 것을, 빚을 갚기 위해서는 다른 방법을 찾을 수밖에 없다는 것을 깨달았지. 리치 에디는 기다리다 지쳐 윌리에 대한 보복 수단을 검토하기 시작했는데, 그야말로 유쾌하지 못한 결과를 빚을 것 같았다네.

빚 갚을 시한이 2주일 지난 뒤, 윌리는 도저히 그걸 갚을 수가 없다고 판단하고 밤중에 몰래 살던 곳에서 도망을 쳤지. 그 길로 웨버네 아파트를 찾아간 그 친구는, 어떻게든 리치 에디와 그 밑에 있는 살인 청부업자들한테 들키지 않게 숨겨 달라고 통사정했다네. 웨버는 윌리를 숨겨주고 먹여주는 등 안전을 보장해 주었어. 하지만 말이야, 조. 우리의 착한 사마리아 사람이 어떤 처지에 빠졌는지 자네도 잘 알고 있겠지. 우리가 아무리 친절하게 대해 줘도, 그 친절을 받는 놈은 고맙게 여기기는 커녕 오히려 배은망덕하는 법이지.

웨버네 좁은 골방에 틀여박혀 있는 동안 윌리는 속을 끓이다 못해 병적으로 변해 버려서 사사건건 생트집과 신경질을 부리게 되었다네. 그러던 어느날 윌리는 마침내 웨버한테 대고, 웨버가 이 세상에서 가장 싫어하고 더러워하는 욕지거리를 마구 퍼붓고 말았지. 분통이 터진 웨버는 몰래 아파트를 빠져나와 곧장 리치 에디한테로 내달렸고.

그래…… 윌리의 사인이 심장마비였다고 말한다면 그렇게 말할 수도 있겠어. 발작이었으니까 말이야.

자네가 뭘 생각하는지 알아맞춰 볼까, 조? 나는 도대체 어떻게 될 것인가를 생각하고 있겠지.

자아, 들어봐. 이렇게 된 거야. 윌리가 죽은 뒤 나는 친구인 사립탐정한테 자네 행방마저도 캐내달라고 부탁했지. 그런데 자네는 그 거리와 부모님이 사는 집과, 심지어는 직업까지도 버리고 떠났다는 거야. 그 사람이 찾아낸 것은 그것뿐이었지.

자네의 코는 사냥개처럼 예민하더군, 조. 자네가 직업적인 범죄자였다 하더라도 그만큼 멋지게 자취를 감출 수는 없었을 걸세. 물론 전문가가 아니기에 더 멋지게 사라질 수 있었다고도 말할 수 있겠지. 뭐니뭐니해도 초보자가 행방을 숨기려 들 때만큼이나 찾아내기가 어려운 일은 없다네. 그렇게 생각하지 않는다면, 경찰의 실종자 수색 담당한테 가서 물어보면 알게 될 거고…… 꽤나 오래 걸려 간신히 나는 자네를 따라잡은 거야. 천신만고 끝에 이 로스앤젤레스에서 자네를 찾아낸 셈이지, 조. 나는 여기 온 지 한 달이나 됐고 내 친구 사립탐정도 마찬가지야. 하지만 우리 둘 다 자네에 대해서는 자네가 여기에 살고 있다는 사실 이상은 아무것도 알아내지 못했네. 이보게, 조…… 어떻게 자네를 도와주면 되는지를 가르쳐주지 않겠나? 다른 친구들과 똑같이…… 어떻게 친절을 베풀어 주면 되는지를 말해주지 않겠나?"

조 데니슨은 벌떡 일어섰다. 자기도 모르게 주먹을 꽉 쥐고 있어서 손가락이 아플 지경이었다.
"다른 친구들과 똑같이, 그런 말인가?"
"그렇다네 다른 친구들과 똑같이 말이야. 내가 검사 심문 자리에서 입에 담았던 온갖 악담과 저주, 자네나 다른 친구들한테 품고 있었던 부당한 증오심, 그런 것들에 대해서 보상할 수 있도록 도와주게."
"내 약점을 알고 싶다는 거지, 그렇지?"
"그렇게 받아들이고 싶다면……."
"네 놈이 말하고 싶어하는 것이 바로 그거야! 그렇지?"
데니슨은 숨을 헐떡이며 말했다.
"파울러는 주정뱅이였어……. 그래서 네 놈은 그 더러운 선물인가로 그 친구를 죽였어. 필 헤플화이트는 여자한테 눈이 어두웠고, 윌리의 경우는 노름이지……."
코비가 또다시 그 괴상한 새처럼 킥킥거리기 시작했다.
"그런데 자네의 경우는 뭐지, 조? 자네는 나한테 자신의 약점을 말하고 싶지 않은가?"
데니슨은 코비의 의자로 다가가서 그 앞에 멈춰섰다. 그리고는 느닷없이 손을 뻗쳐 타올 천의 긴 가운을 움켜쥐고 그 괴상한 새를 연상시키는 사내를 잡아 일으켰다.

267

"이 더러운 살인자!"

그는 이빨 사이로 힘들게 말을 뱉었다. 그리고 가운을 힘껏 흔들어 댔다. 가운 속의 바짝 여윈 몸이 마구 흔들렸다.

"나는…… 친절을 베풀려고 한다네."

코비는 또 천연덕스럽게 말했다.

"자네가 네티한테 친절을 베푼 것과 마찬가지로……. 조, 자네나 다른 친구들이……."

"이 살인자야!"

데니슨은 이렇게 소리치면서 이번에는 상대의 뼈만 남은 어깨를 붙잡았다. 힘껏 잡은 손으로 세차게 흔들어대자 갈대 줄기처럼 가냘픈 목 위에 위태위태하게 얹힌 코비의 머리가 앞뒤로 마구 흔들리면서 빛바랜 핑크색 살덩어리와 겁에 질린 새까만 눈동자만이 드러나 보였다.

"이 살인자야!"

데니슨은 다시 고함치며 가속도가 붙은 기계의 피스톤처럼 더욱 손놀림을 빨리 했다. 별안간 코비의 뼈가 녹아 흐늘흐늘해진 것 같았다. 그의 몸은 인형처럼 늘어졌으며, 몸의 뼈마디에서 나던 뿌드득거리는 괴상한 소리도 더 이상 들려오지 않았다. 데니슨은 지금이 몇 시쯤이나 됐는지 알 수 없었지만, 그보다도 코비가 정확하게 언제 죽었는지를 알 수 없었다.

"6시 10분 전이었습니다."

마이너 경위가 말했다.

"그 시각에 데니슨은 로비에 내려와 접수계에 있는 사람에게 무슨 일이 있었는지를 말했어요. 접수계 직원은 파출소에 전화를 걸었고, 데니슨은 로비에서 우리가 도착하는 것을 기다리고 있었습니다."
"사인은?"
"피해자는 목뼈가 부러져 있었습니다. 하지만 경감님. 이 데니슨이란 남자는 골치를 썩히지 않을 것 같습니다. 이미 진술서를 받아놨으니까요."
마이너는 입을 다물었다가 다시 덧붙였다.
"하지만 저로서는 그 사나이가 안돼 보이는군요."
"안돼 보여? 왜?"
"분별이 있는 사람으로 보이기 때문입니다. 코비를 죽일 생각은 없었고, 화가 울컥 치미는 바람에 정신없이 그랬을 뿐이라고 진술하고 있습니다. 분명하지는 않지만, 비슷한 일이 몇 년 전인가에도 있었다나요……. 아버지와 말다툼을 하다가 느닷없이 주먹을 휘둘러댔던 일이 있었던 것 같습니다. 그는 그일을 크게 후회해서 집을 뛰쳐 나왔고, 일자리도 걷어치워버린 끝에 서부까지 오게 됐다는 것이지요."
"음."
경감은 씁쓸한 얼굴로 말했다.
"분별 있는 사람이라는 것은 바로 그런 사람을 두고 하는 말인가. 자네 생각으로는?"
"아주 울컥하기 쉬운 다혈질이던데요."
마이너가 말했다.
"우리는 누구나 다 약점을 가지고 있습니다. 그렇지 않습니까?"

BOOKTAKER
책도둑
빌 프론지니

책도둑

5월 말의 어느 목요일 오후였다. 잔뜩 찌푸린 날씨에 비가 내리고 있었는데 나는 드럼스트리트의 새 사무실에 앉아 어디론가 떠나고 싶다는 생각을 하고 있었다. 특히 다이아몬드하이츠에 있는 케리의 아파트에 가서 그녀와 함께 그 멋진 벽난로 앞에서 아늑한 시간을 보내고 싶은 생각이 간절했다. 그 즈음 나는 줄곧 그런 생각에 빠지곤 했다. 내가 케리를 알게 된 것은 불과 2, 3주 전이었지만 우리 사이는 이미 꽤 농도 짙은 관계로 발전해 있었다. 적어도 내게는 그렇게 느껴졌다.

하지만 그날 밤은 그녀와 아늑한 시간을 가질 가망이 없었다. 그 다음 날 밤도 마찬가지였다. 케리는 샌프란시스코의 베이츠카펜터 광고회사에서 광고문안을 작성하는 카피라이터로 일하고 있었는데, 그날 아침 전화를 걸었더니 자기가 중요한 발표를 하게 되었다면서 마감시간을 맞추기 위해 이틀 동안 야근을 해야 한다고 말했다. 토요일 밤은 어떠냐고 물었더니 좋다고 말했다. 이렇게 약속을 해놓았으니 그나마 약속이 없는 때보다는 나은 셈이었지만 그래도 그에게 이틀은 너무나 긴 시간이었다. 앞으로 48시간 동안 이곳 사무실과 퍼시픽하이츠의 내 아파트에서 혼자서 지내야 한다고 생각하니 마음이 날씨만큼이나 울적해졌다.

내 아파트는 그런 대로 괜찮은 편이었지만 새로 문을 연 사무실에는 불편한 점이 많았다. 사무실은 방이 두 개였는데 하나는 대기실, 다른 하나는 내 전용사무실이었다. 부드럽고 옅은 색조의 벽과 베이지색 양탄자 위에 베이지색 코르덴 쿠션을 댄 철제 의자가 몇 개 놓여 있었고 창문에는 베네치아식의 블라인드가 드리워져 있었다. 전화회사에서 보내온 밝은 노란색 전화기는 다 망가진 내 헌 책상과 어울리지 않았다. 또 그 헌 책상도 초라한 실내환경에 어울리지 않았다. 어울리지 않기는 나도 마찬가지였다. 덩치가 크고 뚱뚱하며 초라한 모습인데다가 얼굴은 보는 관점에 따라 어떤 사람들은 수수하다고 생각하고 또 어떤 사람들은——기분 좋을 때의 나 자신을 포함하여——침착한 성격을 나타낸다고 생각하는 그런 얼굴이었다. 말하자면 이미 이 세상에 없는 영화배우 '리처드 분'과 같은 모습이었다.

나는 그런 장소에 어울리는 사람이 아니었다. 그 사무실에는 개성이 없었다. 그저 새로 수리한 부두 근처의 빌딩에 있는 방 두 칸짜리 평범한 사무실에 불과했다. 어떤 직업에 종사하는 누구라도 사용할 수 있는 그런 방이다. 반면 내가 2주 전 이곳으로 이사오기까지 20년이나 있었던 사무실은 개성이 너무 강했다. 사실 내가 그곳을 떠나기로 마음먹은 것도 바로 그 때문이었다. 그 사무실은 이 도시의 우범지대인 텐덜로인 지구의 변두리에 위치한 어떤 지저분한 낡은 건물 안에 있었는데, 주변 환경이 계속 악화됐기 때문에 나는 마침내 고객들이 그런 주소에 사무실을 둔 사립탐정을 별로 고용하고 싶어하지 않을 것이라는 사실을 받아들여야 했던 것이다.

새 사무실은 내 능력으로 구할 수 있는 것 중에서는 최상의 사무실이었다. 그러나 아직은 걸려오는 전화도 없고 문밖에서 고객들이 줄 서서 기다리지도 않았다.

나는 점점 의기소침해지고 있었다. 내게 필요한 것은 여기서 나가 오늘 그리고 내일 하루종일 돌아다니는 것이었다. 그런데 왜 아무도 찾아오지 않는 거지? 나는 대기실 건너편의 출입문을 바라보았다. 허 참, 누구라도 좀 찾아오려무나.

바로 그 때 누군가가 문을 열고 들어섰다.

나는 깜짝 놀라 눈을 깜박였다.

방문객은 남자였다. 내가 일어서자 그가 다리를 절며 내 전용사무실로 걸어와서 책상 앞에 섰다

"기억하실지 모르겠습니다만, 나는 '존 로스만'이외다." 그가 말했다.

"기억하고 말고요. 다시 뵙게 돼서 반갑습니다, 로스만 씨."

그를 만난 지 1년이 넘었는데도 나는 그를 금방 알아보았다. 나는 사람의 얼굴에 관한 한 형사같은 기억력을 가지고 있다. 그는 샌프란시스코에서 가장 큰 중고서점 주인이었다. 골든게이트 거리의 페더럴 빌딩 근처에 있는 건물 한 채를 모두 사용하는 그 서점은 지하에서 지상 3층까지 인기소설과, 논픽션에서부터 고서적과 만화에 이르는 온갖 종류의 중고서적으로 가득 차 있었다. 내가 그를 처음 만난 것은 몇 년 전의 일이었다. 그 때만 해도 통속잡지들은 값이 꽤 쌌기 때문에 나처럼 본격적으로 수집하는 사람은 별로 없었다. 그는 재산경매를 통해 〈블랙 마스크〉, 〈다임 미스터리〉, 〈다임 디텍티브〉 등 30년대와 40년대의 싸구려잡지 수천 권을 수집해놓고 있었는데 나는 당시 돈이 꽤 여유가 있었으므로 한 권에 1달러도 안되는 값으로 한 무더기를 몽땅 사들일 수 있었다. 지금 그 책값을 모두 합하면 보통 내가 한 해 동안 버는 돈보다 많을 것이다.

그후로도 로스만은 몇 차례 통속잡지 무더기를 새로 입수할 때마다 내게 연락을 주었다. 값이 계속 올랐기 때문에 나는 책을 많이 사주지 못했지만 그래도 그가 내 이름을 기억할 만큼은 구입했었다.

그러나 그날 그는 나에게 책을 팔러 온 것이 아니었다. 내 직업과 관련된 방문이었다.

"서점에 좀 심각한 문제가 생겼어요." 그가 말했다. "진상을 규명하기 위해 선생을 고용하고 싶습니다만."

"제가 도울 일이 있다면야 기꺼이 해드려야지요."

나는 그가 손님용 의자에 앉기를 기다렸다가 나도 자리에 앉았다. 그는 50대의 귀족풍의 외모를 가진 키 큰 남자로서 은빛 머리를 한 얼굴에는 광대뼈가 마치 작은 산등성이처럼 툭 튀어나와 있었다. 그가 다리를 저는 것은 어릴 때의 어떤 질병이나 사고로 인한 것으로——이점은 언젠가 그가 막연히 언급한 적이 있었다——이 때문에 그는 항상 지팡이를 짚고 다녔다.

"단도직입적으로 말씀드리지요." 그가 말했다. "지난 몇 달 동안 도둑 때문에 골치를 앓고 있습니다. 어떤 놈의 짓인지, 어떻게 훔쳐가는 건지 꼭 알아내고 싶습니다."

"도둑 맞은 물건이 뭡니까?"

"값진 골동품들이에요. 처음에는 희귀본들이 없어지더니 요즈음에는 동판화, 석판화, 옛 지도 같은 것들을 훔쳐갑니다. 값으로 치면 모두 합해서 2만 달러가 훨씬 넘어요."

나는 눈을 크게 떴다.

"거액인데요."

"그렇습니다. 게다가 보험에 들지 않은 것도 있어요. 경찰에 갔었지만 경찰도 지금으로서는 별 뾰족한 수가 없는 것 같습니다."

"책도둑은 흔한 일이지요?"

"아, 그럼요." 로스만이 말했다. "책방들마다 도둑이 골칫거리지요. 나도 매년 도둑 때문에 수백 달러를 손해보고 있습니다. 손님들을 아무리 철저하게 감시해도 숙달된 도둑은 어떻게 해서든지 비밀주머니와 옷속에 책을 슬쩍하거나 판화나 옛 지도를 외투 속에 넣고 나가거든요. 몇 년 전에는 아주 점잖은 노신사 한분이 내가 그를 계속 지켜보았는데도 마크 트웨인의 〈허클베리 핀〉 초판본을 감쪽같이 훔쳐간 적도 있습니다."

"그런 사람들은 돈벌이를 위해, 그러니까 책을 되팔기 위해 훔쳐가나요?"

"그런 사람들도 있지요." 그가 말했다. "또 꼭 갖고 싶은데 돈이 없거나 돈을 내고 싶은 생각이 없는 수집가들도 있습니다. 그중 극소수는 도벽이 있는 사람들이구요. 그러나 이런 경우는 절도 건수나 금액 면에서 예외적인 경우에 속하고 따라서 주된 동기는 책을 팔아 돈을 버는데 있다고 봅니다. 다른 책방에 파는 것은 아니고 장물 취득도 꺼리지않는 비양심적인 개인 수집가들에게 팔았을 겁니다."

"그럼 직업적인 도둑의 소행이라고 보시는가요?"

"아니요. 내 종업원들 중 한 명의 짓일 겁니다."

"그래요? 왜죠?"

"몇 가지 이유가 있습니다. 훔쳐간 물건은 모두 3층의 고(古)서적실에서 없어졌는데 그 방은 늘 잠가두는 방입니다. 열쇠는 내가 하나 갖고 있고 또 종업원 두 명도 갖고 있었는데 우리들 중 한 명이 입회하지 않으면 어떤 손님도 그 방에 들어갈 수 없도록 되어 있어요. 그리고 두 번째 절도사건이 발생한 직후, 나는 특별히 어떤 손님도 내가 직접 확인하지 않는 한 고서적실에 출입시키지 말라고 지시했습니다. 그리고 출입문 정면에 자동감지경보기도 설치해놓았지요. 그게 어떤 것인지 아시겠지요?"

나는 고개를 끄덕였다. 그것은 공항의 금속탐지요원들이 사용하는 것과 비슷한 일종의 전자식 개폐장치였다. 판매한 서적은 일단 감지띠에 통과시켜 처리해 놓는다. 누구든지 돈을 치르고 감지띠로 처리하지 않은 서적을 가지고 방을 나서면 경보가 울린다. 요즘에는 이런 장치를 사용하는 책방이 많으며 대부분의 도서관들도 마찬가지 장치를 해놓고 있었다.

"그로부터 3주 후의 일이었습니다." 로스만이 말했다. "판화 제작의 선구자 알브레히트 뒤러의 작품으로 생각되는 16세기 종교판화 한 점이 사라졌습니다. 최근에 내가 구입한 두 점 중의 하난데 감정만 제대로 받았더라면 값이 엄청날 겁니다. 감정서는 없었지만 그래도 나는 몇천 달러를 받고 힐즈버러에 사는 어떤 수집가에게 팔려고 하던 중이었는데 작품을 도난당했습니다." 그가 잠시 말을 중단했다가 계속했다. "문제는 내가 그날 점심 먹으러 나가기 전에 평소대로 그 고서적실을 점검했는데 그 때도 뒤러의 판화는 그 자리에 있었다는 점입니다. 그런데 그날 오후 다시 점검해보니 그 작품이 감쪽같이 사라지고 말았습니다. 그리고 그 동안 손님은 한 명도 들이지 않았고 방문의 자물쇠에 손을 댄 흔적도 없었단 말입니다."

"그 후에 추가로 경계조치를 취했습니까?"

"물론이지요. 고서적실의 나머지 열쇠 두 개를 바로 회수했지요. 그러나 그래도 효과가 없었어요. 그 후로도 네 차례 더 절도사건이 ——더욱 빈번하게—— 있었는데, 그 모두가 내가 자리를 비운 오전 11시에서 오후 2시 사이에 일어났습니다. 뒤러의 두 번째 판화가 없어지고, 17세기 일본의 채색판화 두 점, 그리고 동양의 옛 지도 한 점이 없어졌는데, 지도가 사라진 것은 이틀 전이었습니다."

"그 도둑은 열쇠를 회수하기 전에 복제해 둔 또다른 열쇠를 갖고 있을 수 있겠군요." 내가 말했다.

"그렇습니다. 나도 그 점을 생각해 보았어요. 열쇠를 갖고 있던 그 두 명뿐 아니라 실제로 종업원 네 명 모두가 복제 열쇠를 가지고 있었을지도 모릅니다. 그 두 명은 일이 바쁠 때 고서적실에서 물건을 꺼내 올 일이 생기면 다른 종업원 두 명에게 종종 열쇠를 맡길 때가 있었으니까요."

"자물쇠를 바꿀 생각을 해보셨습니까?"

"네, 해봤습니다. 하지만 바꾸지 않기로 했어요."

"왜지요?"

"범인이 워낙 영리해서 열쇠를 바꿔봐야 소용없다고 생각했어요. 그리고 내가 원하는 것은 도둑이 단지 도둑질을 못하도록 막는 것만이 아니고 그놈을 잡아서 처벌하는 것입니다. 그리고 다시는 그런 일이 일어나지 못하도록 예방조치를 취하기 위해 그 자가 어떤 방법으로 훔쳐가는지 알고 싶단 말입니다. 도둑 못지않게 도둑질하는 방법에 신경이 쓰이니까요."

"혹시 도둑이 아무도 보지 않을 때 사전에 물건을 감지기로 처리해 놓았다가 나중에 옷 속에 감춰가지고 나간 것은 아닐까요?"

"그럴 가능성은 없습니다. 감지기는 현금출납데스크에 설치한 것 하나뿐인데 종업원들 중에서 도둑이 들던 날 그곳에 접근할 수 있었던 사람은 '애덤 터너' 한 사람뿐입니다. 그는 내가 무조건 신뢰하는 유일한 직원인데, 20년 동안 함께 일했지만 지나칠 정도로 충직한 사람입니다. 그 사람은 절도가 시작된 이후로 줄곧 감지기를 담당해 왔는데, 적어도 그중 두 번은 자기가 한 순간도 자리를 뜬 적이 없다고 맹세하고 있습니다."

"서점의 문을 닫은 다음에는 경보시스템의 스위치를 끕니까?"

"그렇습니다."

"그렇다면 도둑이 물건을 점포 안 어딘가에 숨겨두었다가 경보시스템을 끈 후 반출할 가능성은 없을까요?"

로스만이 고개를 가로저었다. "나는 거의 매일 맨 나중에 퇴근합니다. 그렇지 않을 때는 애덤이 문을 잠그지요. 정문열쇠를 가진 사람은 우리 둘밖에 없습니다. 뿐만아니라 종업원 각자는 정문을 닫기 전에 경보출입문을 통과해서 퇴근하도록 되어 있어요. 그건 엄격한 규칙이어서 예외가 없습니다."

"영업시간 중에 범인이 다른 출입구를 통해 빠져나갈 가능성은 없을까요?" 내가 곰곰이 생각하며 말했다.

로스만이 다시 고개를 저었다.

"서점의 모든 출입문——1층의 뒷문과 2층과 3층의 비상구들——은 늘 잠가두고 각각 별도의 경보시스템을 설치해 두었습니다."

"그 출입문들의 열쇠는 누가 가지고 있나요?"

"나 혼자 가지고 있어요. 그리고 설사 다른 사람이 열쇠를 입수해 복제한다 하더라도 출입문을 열 때마다 경보가 울리도록 되어 있습니다."

"경보시스템들의 제어함은 어디에 설치했지요?"

"현금출납데스크 뒤편이지요. 그러나 이것도 역시 잠겨 있는데다가 애덤이 철저하게 지키고 있습니다."

"창문들은 어떻습니까?" 내가 물었다. "창문에도 경보장치가 설치되어 있습니까?"

"아닙니다. 하지만 창문들은 모두 꼭 잠그고 페인트를 칠해 놨어요. 아직껏 창문을 건드린 흔적은 없습니다."

내가 다시 곰곰이 생각해 보고 말했다.

"또 한 가지 가능성을 생각해 볼 수 있겠는데요. 범인이 훔친 물건을 아직 바깥으로 내가지 않았다면, 경보장치를 돌파할 방법이 생각나지 않아서 나중에 갖고 나갈 작정으로 점포 안 어딘가에 숨겨

둔 것이라면 말입니다."

"두 가지 다 해답이 될 것 같지 않군요. 우선, 애덤과 나는 점포 안을 한 차례 이상 샅샅이 뒤져 보았습니다. 매우 넓기는 하지만 그래도 없어진 물건이 숨겨져 있었다면 우린 찾아냈을 겁니다. 게다가 없어진 품목들 중 적어도 한 품목——뒤러의 첫 번째 판화———은 지금 시카고에 사는 마르텔이라는 사람이 소장하고 있는 것 같습니다."

"소문을 들으셨나요?"

"단순한 소문이 아닙니다. 나는 도난 당할 때마다 〈AB서적상주본〉 등 업계 간행물들은 물론이고 전 미국과 유럽의 다른 고서적상들에게도 도난 사실을 통보했습니다. 그건 값비싼 서적이 도난 당했을 때 반드시 취하는 절차입니다. 내가 첫 번째 뒤러 판화의 도난 사실을 통보하고 얼마 후에 시카고의 어느 서적상이 내게 전화를 걸어 마르텔이란 사람이 어느 수집가에게 그 작품을 자기가 입수했노라고 넌지시 얘기했다고 알려왔습니다. 물론 그것은 간접적인 정보지요. 하지만 난 마르텔이 어떤 사람인지 압니다. 그 사람은 15, 16세기 종교판화를 열성적으로 수집하는 사람인데 수단과 방법을 가리지 않는 수집가라는 평판이 나 있습니다. 시카고의 내 동료는 마르텔을 개인적으로 잘 아는 사람인데 그는 마르텔이 뒤러의 판화를 가지고 있다고 자랑했다면 실제로 소장하고 있다고 봐야 한다고 말하더군요."

"마르텔에게 연락을 취해 보셨나요?"

"네, 하지만 마르텔은 물론 부인하고 있습니다."

"그가 가지고 있는 것을 입증할 다른 방법이 없을까요?"

"없습니다. 그가 구입했다는 증거가 없는 한, 법적으로 그의 서고를 수색하거나 그가 가지고 있다는 것을 시인하도록 할 방법이 없지요."

"그러니까 그 사실을 입증할 유일한 방법은 그 판화를 훔쳐다가 마르텔에게 팔아넘긴 범인을 찾는 것뿐이겠군요."

"맞습니다."

"특별히 의심가는 종업원이 있습니까?"

"별로 없는데요. 아까 말씀드렸지만 애덤 터너가 범인일 가능성은 없고, 그렇다면 나머지 세 사람 중 어느 한 명이겠지요."

나는 그 동안 우리가 나눈 이야기를 기록하고 있었다. 내가 기록철의 새 페이지를 넘기며 말했다.

"그 세 사람에 관해 말씀해주세요."

"톰 리녹스는 애덤 다음으로 오래 근무한 직원입니다. 4년 됐지요. 차분하고 열성적인데다가 지식이 풍부한, 훌륭한 서점 점원이지요. 장차 독자적인 고서점을 여는 것이 그의 꿈입니다."

"그럼 야심이 많은 사람이겠군요."

"그렇습니다. 하지만 지나칠 정도의 야심가는 아니지요."

"그는 고서적실 열쇠를 가지고 있던 두 종업원 중 한 명인가요?"

"네, 또 한 사람은 애덤이구요. 두 사람 모두 열쇠를 순순히 내놓았습니다."

"음, 말씀 계속하세요, 로스만 씨."

"그 다음은 하먼 보예트입니다. 그 사람은 근무를 시작한 지 2년이 약간 넘는데, 그때부터 시애틀에서 이곳으로 이사와서 살고 있습니다. 그는 몇 년 동안 자기 서점을 운영하고 있었는데 아내에게 이혼당한 후 파산했답니다. 그 사람은 그것을 아주 원통해하는 것 같습니다."

"그 사람은 믿을 만한가요?"

"거의 믿을 만해요. 하지만 알코올 문제가 있습니다. 일과시간에 술을 마시는 법은 없지만——그 점은 내가 장담합니다——그래도 아침에 술이 덜 깬 채 출근할 때가 가끔 있고 또 가끔씩 결근하기도 합니다."

"그에게 돈이 긴요한 것 같던가요?"

"그가 그런 얘기를 한 적은 없습니다. 다시 자기 사업을 시작하고 싶다는 말을 한 적도 없구요."

"그럼 세 번째 직원은요?"

"닐 바이닝입니다. 런던 태생의 영국인이지요. 그의 부친도 런던에서 서점을 경영하고 있습니다. 그 사람은 미국 처녀와 결혼해 18개월쯤 전에 샌프란시스코에 왔지요. 내가 그를 채용한 것은 그가 고서적 현대서적을 불문하고 영국과 유럽의 도서에 상당한 전문지식을 갖고 있기 때문이었습니다. 그 사람은 자기 아버지에게서 사업을 배웠는데 아주 단기간에 배웠기 때문에 지금 그 사람의 나이는 26세밖에 안됩니다."

"그 사람은 야심가라고 할 수 있습니까?"

"그렇습니다. 열성적인 사람이지요. 눈에 띄는 결점이라고는 가끔씩 좀 자기 주장이 강할 때가 있다는 것뿐입니다."

나는 잠시 기록을 보고 나서 물었다.

"도난이 시작된 것은 언제부터였지요?"

"약 5개월 전이지요."

"그 전에, 말하자면 그 전 1년 동안에 도난당한 것 중에도 값비싼 것이 많았나요?"

"두 권이라고 기억됩니다." 그가 눈살을 찌푸렸다. "그것들도 같은 사람의 소행이라고 생각하시는 겁니까?"

"그럴 가능성이 있죠." 내가 말했다. "범인이 처음에 소규모로 시작해보고 나서 나중에 본격적인 모험을 감행하게 된 것인지도 모르지요. 자기 방법이 탄로나지 않으리라고 생각했다면 더욱 그랬겠지요."

로스만이 생각에 잠겨 고개를 끄덕였다.

"그러고 보니 닐 바이닝이 근무하기 시작한 지 석달쯤 지나서 헨리 밀러 작 〈검은 봄〉의 초판 헌정본이 없어졌어요."

"선생님께서 얘기한 대로라면 리녹스와 보예트도 범인일 가능성이 있습니다. 리녹스는 4년 동안 희귀본들을 출납했고 보예트도 2년 동안 다루었으니까요."

"네, 맞습니다." 그가 손가락을 펴서 그의 은발머리를 쓰다듬었다. "그럼 어떤 방법으로 조사하시겠습니까?"

"글쎄요. 우선 이들 용의자 세 명의 배경을 한번 점검해봐야지요. 그리고 범인이 점점 더 대담해지는 것 같으니까 내가 직접 서점에서 얼마동안 시간을 보내는 게 좋겠습니다. 범인이 어떻게 훔쳐내는지 내가 단서를 찾을 수 있을지도 모르겠습니다. 선생님께선 나를 새로 채용한 종업원이라고 소개하시면 됩니다. 그리고 내게 일거리를 주시고 내가 책을 가지고 나갈 수 있도록 해주십시오."

"좋습니다. 당장 시작할 수 있습니까?"

"좋으시다면 오늘 오후부터라도 가능합니다. 하지만 첫 날에는 아침에 일을 시작하는 게 좋을 것 같군요. 그렇게 하면 오늘은 남은 시간 동안 그 사람들의 배경을 점검할 수 있겠습니다."

로스만이 동의했다. 그가 리녹스, 보예트, 바이닝의 주소를 알려주었다. 이어 우리는 내가 받을 사례금 문제를 타결지었고, 내가 표준 계약서식을 작성한 후 그가 거기에 서명했다. 우리는 또한 내가 서점에서 맡을 업무를 결정했다. 나는 창고직원으로 출근해 책을 선반에 정리하고 고객의 주문을 처리하는 등의 일을 맡음으로써 서점 안을 자유롭게 드나들 수 있게 되었다. 그리고 나는 '짐 말로'라는 이름을 사용하기로 했다. 이어 우리는 악수를 나누었다. 그는 다리를 절면서 돌아갔고 나는 곧 작업에 착수했다.

나는 법원의 기록보관소에 있는 친구에게 전화를 걸었다. 그는 그 세 사람의 이름을 자신의 컴퓨터와 연방수사국(FBI) 네트워크에 조회해 5시까지 전과기록이 있는지 여부를 알려주겠다고 약속했다. 그 다음에 할 일은 그들 세 명 각각의 신용정보를 얻는 일이었다. 그래서 나는 어느 임대차회사에서 일하는 또다른 친구에게 전화를 걸어 그 세 사람에 대한 TRW사의 소비자신용정보를 빼내주도록 부탁했다. 그 친구 역시 필요한 정보를 5시까지 알려 주겠다고 약속했다.

나는 시내주소록을 꺼내서 리녹스, 보예트 및 바이닝의 주소를 찾아 보았다. 세 사람 모두 아파트에 살고 있어 나는 일하기가 좀 쉬웠다. 나는 우선 세 사람과 같은 아파트에 사는 입주자들의 이름과 전화번호 목록을 작성했다. 그리고 그 입주자들에게 차례로 전화를 걸어서 나는 노스코스트 보험회사의 보험청구담당 대리인인데 거액보험증권과 관련된 일상적인 점검을 하고 있는 중이라고 둘러댔다.

리녹스의 이웃 두명은 그가 이웃과 별로 교제하지는 않으나 눈에 띄게 나쁜 버릇은 없고 결혼생활도 행복해 보인다고 말했다. 또다른 이웃은 그를 보다 잘 안다면서 리녹스의 결혼생활에 대해 좀 다른 의견을 제시했다. 그 이웃여자는 그의 아내 프랜이 늘 돈문제로 그를 못살게하는 잔소리꾼이라고 말했다. 그 여자는 또 리녹스가 책을 사랑하기 때문에 그의 아파트가 책으로 가득 차 있다고도 말했다.

하먼 보예트의 이웃 사람들은 그가 음주량이 과다한 폭음가라는 사실을 확인해 주었다. 그들은 그가 주로 집에서 술을 마시며 술에 취하면 거칠어지는 경향이 있는 것 같다고도 말했다. 이웃 사람들은 그를 별로 좋아하는 것 같지 않았다. 그에게 낭비할 만한 돈이 있는지, 또 그런 돈이 있더라도 어디에 쓰는지 아는 사람은 아무도 없었다. 그의 아파트에 들어가 본 사람도 없었다.

반면에 닐 바이닝은 친절하고 사교적이어서 사람들을 작은 파티에 초대하기 좋아한다고 했다. 그래서 꽤 호감을 받고 있었다. 그것은 그의 아내 사라도 마찬가지였다. 그의 장인은 기라델리스퀘어에서 영국제 물품을 전문적으로 취급하는 남자용 장신구점을 경영했는데 그가 물품을 구입하러 런던에 갔을 때 그곳에서 바이닝이 사라와 처음 만났다고 했다. 나는 또한 바이닝이 운동을 좋아하는 타입이어서 정기적으로 조깅을 하고 라켓볼을 치며 사람들에게 책과 문학에 관한 지식을 자랑하기를 즐긴다는 사실도 알아냈다. 리녹스나 보예트와 마찬가지로 바이닝 역시 많은 돈을 갖고 있지는 않은 듯하고 돈을 닥치는대로 쓰지는 않는다고 했다.

이 정도의 정보로는 쓸 만한 단서가 되지 못했다. 나는 애덤 터너를 조사해 볼 생각도 해보았다. 로스만은 터너의 결백을 확신하는 모양이었지만 그래도 사실 확인에 철저를 기하고 싶은 생각에서였다. 그러나 결국 적어도 당분간은 로스만의 판단력을 존중하기로 했다.

기록보관소의 친구가 4시 30분에 전화를 걸어 왔는데, 용의자 세 명이 모두 전과기록이 없으며 보예트를 제외하고는 체포된 적도 없다고 알려주었다. 보예트는 음주와 치안문란 혐의로 두 차례 구치소 신세를 진적이 있는데 두 번 모두 하룻밤 안에 풀려났다.

5시가 거의 다 되어 임대차회사의 친구가 전화를 걸어 세 사람의 신용상태를 알려주었다. 이 역시 별 문제가 없었다. 바이닝은 신용등급이 높았고, 리녹스는 신용상태가 썩 좋지는 않은 정도였으며 보예트는 등급이 아예 없었다. 한 가지 관심을 끌 만한 내용은 리녹스가 9개월 전에 자동차 구입 할부금을 내지 못해 그 자동차——신형 메르세데스——를 반환한 적이 있다는 사실이었다. 그 때까지만 해도 리녹스의 신용상태는 아주 좋았었다. 그가 두툼한 봉급을 받을 가망도 없는데 왜 만사를 제쳐놓고 메르세데스와 같은 비싼 자동차를 살 생각을 했을까 하는 점이 이상했다. 그러나 이웃사람들의 말이 사실이라면 그것은 그의 아내 탓이었으리라는 생각이 들었다.

이 모든 정보를 재점검해보고 로스만과의 대화 중에 적어놓은 기록을 다시 한 번 읽어본 후 문서철에 정리해 놓고 나니 5시 20분이 되어 나는 하루 일과를 마감할 준비를 했다. 이제 나는 로스만이 오기 전보다 훨씬 기분이 좋아져 있었다. 이젠 일거리가 생겼으니 내일은 이 사무실에 죽치고 앉아 비내리는 광경이나 지켜보면서 케리를 그리워하는 따분한 신세를 면할 수 있겠지 하면서.

1시간 후 내가 아파트에 들어서자 전화벨이 울렸다. 나는 전화기가 있는 침실로 달려가 재빨리 수화기를 들었다.

"안녕하세요?" 케리의 목소리였다. "숨이 가쁜가 봐요?"

"방금 돌아왔소. 당신은 피곤한 것 같은데?"

"피곤해요. 지금으로 봐선 9시 전에 퇴근하긴 다 틀렸어요."

"발표 준비는 잘되고?"

"아주 잘되고 있어요. 토요일 오전까지 일해야 할 것 같지만 낮에는 끝낼 수 있을 거예요."

"토요일 밤 약속은 계속 유효하겠지?"

"그래요. 무슨 생각 했어요?"

"글쎄. 내 생각엔 혹시……."

"에이 귀찮아." 그 여자가 말했다. "잠시 끊지 말고 기다리세요. 사장님이 호출하시네요."

"그러지."

수화기에서 짤까닥하는 소리가 났다. 나는 눅눅한 외투를 벗어서 방바닥에 던져 놓고 엉클어진 침대에 걸터 앉았다. 기다리는 동안 케리를 마음속에 그려보았다. 케리에게는 분명히 어딘가 모를 매력이 있었다. 고전적인 미인은 아니었지만 아주 매력적이었다. 어깨까지 늘어진 구리빛 머리, 윤곽이 뚜렷한 활기찬 얼굴, 큼직한 입, 그리고 기분에 따라 카멜레온처럼 색이 변하는 것 같은 초록색 눈이 매력적이었다. 그리고 나긋나긋한 아름다운 몸매와 남자들의 시선을 집중시키고 여자들의 질투를 불러일으키는 다리가 참으로 매력적이었다.

전에도 몇 번 생각해 본 적이 있지만 나는 케리가 나의 어떤 점을 좋아하는지 무척 궁금했다. 케리가 38세인 데 반해 나는 53세의 나이에 별로 잘생기지도 못했는데 그녀는 줄곧 나를 아주 정력적인 남자로 생각하고 있었다. 언젠가는 내가 섹시하다고 말한 적도 있었다. 내가 생각하기에 나는 늙다리에 불과했지만, 그래도 나는 나를 그렇게 생각해 주는 케리가 사랑스러웠다.

우리가 만난 지는 두어 주일밖에 안되었지만 나는 그녀를 사랑하고 있었다. 그것이 중요했다. 내가 그 여자를 처음 만난 것은 어떤 서적 관계 회의 기간중이었는데, 케리가 그 회의에 참석한 것은 그녀의 부모——아이번 웨이드와 사이빌 웨이드——가 1940년대의 유명한 작가이기 때문이었다. 특히 그녀의 어머니는 탐정소설 작가였기 때문에 케리는 늘 사립탐정이라는 직업에 흥미를 느끼고 있었다. 그래서 우리는 금방 친해져 내가 기대했던 것보다 훨씬 빨리 애인 사이가 될 수 있었던 것이다.

한편 그 회의 기간 중에 살인사건이 일어났었는데 나는 그 수사에 끼어들었다가 목숨을 잃을 뻔했다.

회의가 끝난 후 나는 케리에게 청혼했는데, 그것은 케리뿐 아니라 나자신에게도 놀라운 일이었다. 케리는 거절하지 않았고, 오히려 그녀도 자기 나름대로 나를 사랑한다고 말했다. 다만 자기는 결혼에 한번 실패한 적이 있어 다시 결혼을 할 수 있을지 자신이 서지 않는다고 말했다. 그러면서 좀더 생각할 시간을 달라고 말했다. 그것이 지금까지의 상황이었다.

나는 시간이 오래 걸리지 않기를 바랐다. 내가 케리 웨이드를, 멋진 다리와 카멜레온같이 아름다운 눈을 가진 그 여자를 아내로 삼고 싶어한다는 것은 무엇보다 확실한 일이었다.

수화기에서 다시 짤까닥하는 소리가 나더니 케리가 말했다.

"아직 수화기를 들고 계세요?"

"당신처럼 멋진 여자를 두고 전화를 끊을 수 있나?"

"멋지다구요?" 그 여자가 말했다. "하하, 조금 전 토요일 밤에 대해 뭐라고 말씀하시던 중이었지요?"

"난 그저 당신 아파트의 뜨끈뜨끈한 난로 앞에서 뒹굴고 싶은데 당신 생각은 어떤가 해서."

"오호호, 대책이 없군요."

"맞소. 그래 당신 생각은 어때요?"

"글쎄요, 아무래도 내가 설득당하겠죠? 물론 조건이 있어요. 먼저 나를 데리고 나가서 한 턱 내셔야 해요."

"좋지. 미션에 있는 옥사카가 어떨까?"

"음, 좋아요. 우리 그날 오후도 함께 지낼 수 있을 거예요. 소살리토에서 한잔하게 되겠죠?"

"멋진 애기군." 내가 말했다. "그런데 그날 오후에는 내가 일에 매일지도 모를 것 같소. 오늘 일거리를 얻었거든." 나는 케리에게 존 로스만의 이야기를 들려주고 그가 나에게 일을 주었다고 말했다. "내일까지 일이 끝날 것 같지는 않소. 난 토요일 하루종일 그 서점에 있어야 할 거요. 하지만 그 서점은 6시에 문을 닫으니까 내가 7시경에 당신을 데리러 가지."

"좋아요." 케리가 말했다. "난 이제 다시 일을 시작해야 겠어요. 내일밤 전화하실 거죠? 난 내일도 야근해요."

"알았소, 그리고 케리…… 당신을 사랑하오."

"저두요." 케리가 말했다. 그리고 전화가 끊어졌다.

나는 힘이 솟아 싱글벙글 웃으면서 부엌에 가서 맥주를 따고 살라미소시지와 치즈를 넣어 샌드위치 두 쪽을 만들었다. 케리 같으면 반대했을 일이었다. 그녀는 내 식사습관에 문제가 있다고 지적했었다. 좋아, 내 아내가 되고 나서 한번 고쳐 보라지. 나는 홀아비 생활을 너무 오래 한 탓으로 그런 습관을 혼자서 고치기는 힘들었다.

나는 샌드위치를 먹고 나서 어수선한 거실의 소파에 웅크리고 누웠다. 이 역시 케리가 좋아하지 않는, 그리고 그녀가 마음만 먹으면 고쳐줄 수 있는 나의 나쁜 습관이었다. 나는 1937년 10월에 발간된 〈괴기탐정소설〉 제1부 제1권을 펼쳐 들었다. 첫 번째 소설인 노빌 페이지의 〈죽음의 박쥐가 날 때〉가 1시간 동안 나를 즐겁게 해주었고, 이어 노버트 데이비스, 웨인 로저스, 폴 언스트, 아서 리오 자가트의 소설들이 남은 저녁시간을 함께 해주었다.

나는 평소에 입는 정장 대신 스포츠 셔츠와 낡은 평상복 바지 차림을 하고 금요일 오전 9시 15분 전에 로스만의 서점을 찾아갔다. 그 건물은 빅토리아식 외관을 한 오래된 큰 건물로 양쪽에 중국식당과 경매화랑이 있었다. 입구 양쪽에 커다란 진열창이 있고 그 뒤쪽으로는 온갖 형태의 책 전시대가 설치되어 있었다. 양쪽 진열창에는 짙은 빨간색 글씨로 똑같은 내용의 글이 적혀 있었다.

J. 로스만 서점
각종 양서——중고·희귀 서적

정문은 잠겨 있었다. 내가 유리창을 두드렸더니 얼마 후 안에서 웃옷을 입지 않은 구부정한 노인네가 흰 와이셔츠에 나비넥타이 차림으로 나타났다. 그가 문간으로 와서 테없는 안경을 낀 눈으로 나를 내다보더니 빗장을 벗겨 문을 열었다.

"제 이름은 '짐 말로'인데요." 내가 말했다. "어제 로스만 사장님이 채용한 신입사원입니다."

"아, 그래요?" 그가 손을 내밀기에 그 손을 잡았다. "난 터너, 애덤 터너요. 부지배인입니다."

"뵙게 돼서 반갑습니다, 터너 씨." 그는 고개를 끄덕이고 나서 내가 들어갈 수 있도록 옆으로 비켜섰다.

그가 다시 문을 잠그는 동안 나는 매장을 둘러보았다. 계산대는 왼쪽에 있었는데 그 옆에 경보장치가 설치돼 있는 널찍한 문이 있었다. 오른쪽에는 높이가 180센티미터나 되는 칸막이가 있어 누구나 출입할 때는 이곳을 통과하도록 되어 있었다. 그곳을 지나면 각종 도서로 가득찬 기다란 판매대 몇 개가 책을 손쉽게 찾을 수 있도록 진열되어 있었다. 그리고 양쪽 벽을 가득 채운 책장과 비좁은 통로를 낀 서가들이 매장의 뒤쪽 선반을 차지하고 있었다. 뒤편의 한쪽 면에는 층계참이 있어 2층으로 올라가는 층계와 지하실로 내려가는 층계가 이어져 있었다.

나는 터너의 뒤를 따라 그 경보장치를 통과했다. 터너는 60대 중반쯤 되어 보이는 특징 없고 온화한 노인이었으나 그의 촉촉한 파란 눈은 민첩하고 영리해 매우 빈틈없어 보였다.

내가 그에게 물었다.

"로스만 씨는 지금 계신가요?"

"예, 지금 2층 사무실에 계십니다. 댁을 곧 올려보내라고 하시더군요. 직접 당신을 안내해 주시겠다고 합니다."

"고맙습니다."

2층의 대부분은 서가들이 차지하고 있었는데, 페인트로 깨끗이 쓴 수많은 표시판들을 보니 이곳에 있는 책들은 모두가 양장본 중고서적 소설들——일반소설, 추리소설, 서부소설 및 과학소설——임을 알 수 있었다. 여기서 3층으로 올라가는 또 하나의 층계참이 있었는데 그곳은 '출입금지'라는 팻말이 붙은 체인이 가로막고 있었다. 서가들 사이의 통로보다 넓은 복도를 따라 벽쪽으로 가보니 문이 세 개 있었는데 그중 가운데 문이 열려 있었다. 나는 열려 있는 그 문 앞에서 걸음을 멈췄다. 문 안쪽에는 꽤 큰 사무실이 있었지만 안에는 아무도 없었다. 책상의 크기나 방 구석에 놓인 커다란 구식 금고로 보아 로스만의 사무실인 듯했다.

  내가 그곳에 서서 안을 들여다 보고 있을 때 수세식 변기의 물소리가 들렸다. 세 번째 문이 열리고 로스만이 나타났다. 그가 나를 보더니 벽에 기대어 놓았던 지팡이를 집어들고 절뚝거리며 내게로 왔다.

  "늙어간다는 징조의 하나는 방광이 약해지는 것이지요." 그가 나에게 처량한 눈빛을 보내며 말했다. "오래 기다리셨지요?"

  "아닙니다. 방금 올라왔습니다."

  "물론 애덤과는 이야기 했겠지요? 그 사람에게는 당신이 탐정이라는 말을 하지 않았습니다. 당신이 여기 온 진짜 목적은 우리 두 사람만 아는 게 좋을 것 같아서요."

  내가 고개를 끄덕였다.

  "그 노인은 늘 이렇게 일찍 출근합니까?"

  "대개는 그래요. 나는 보통 8시 30분에 출근하는데, 그가 나보다 빨리 나올 때가 있지요. 그 사람은 몇 년 전에 상처해서 지금 혼자서 살고 있기 때문에 이 서점을 자기 집처럼 여기고 있답니다."

  "그렇군요."

  "다른 곳을 둘러보기 전에 우선 고서적실을 보실까요?"

"그러지요."

우리는 층계 있는 곳으로 갔다. 로스만이 층계를 가로막은 체인을 풀고 나를 3층으로 안내했다. 층계 위에 또 하나의 문이 있었다. 그가 열쇠로 문을 열고 실내의 전등을 켰다.

고서적실은 두 구획으로 나뉘어 있었다. 첫 번째의 좀 큰 구역에는 수백 권의 서적과 소책자들이 있었고, 두 번째 구역에는 수량이 그 5분의1쯤 되는 각종 판화와 포스터, 지도 같은 것들이 보관돼 있었다. 그 절반 가량은 쇼케이스나 유리문이 달린 책장 안에 들어 있었고 나머지는 개방된 선반에 쌓여 있었는데, 그 대부분은 19세기와 20세기 초의 백과사전, 역사책, 전집류 등이었다. 각 구획마다 한가운데에 탁자가 놓여 있었는데, 그것은 아마도 고객들이 앉아서 관심 있는 도서들을 살펴보도록 하기 위한 것으로 보였다. 실내에는 오래된 책과 오래된 가죽장정에서 풍기는 기분 좋은 곰팡내가 가득 차 있었다.

내가 물었다.

"이것들이 모두 값비싼 도서인가요?"

"별로 비싸지 않아요." 로스만이 대답했다. "50달러도 안되는 것들도 있습니다. 이 책들을 여기에 둔 것은 오래된 책인데다가 전문적인 수집가들이나 관심을 갖는 것들이기 때문이랍니다. 아주 값비싼 10여 점은 몇 달 전에 사무실 금고로 옮겨놓았어요. 여기 있는 것 중에도 값이 1000달러가 넘는 게 있습니다."

"그런 것들은 대개 판화 같은 것인가요?"

"아니요, 책입니다."

"하지만 도둑맞은 판화와 지도들은 더 비싼 것들이었지요?"

"뒤러의 판화 두 점만 그렇습니다."

"그렇다면 그 도둑은 왜 더 비싼 책들은 놔두고 하필 판화와 지도만 훔쳐갔을까요?"

"내 생각에는 그 범인이 상대하는 사람들이 그런 것들을 전문적으로 사들이기 때문이 아닌가 싶어요."

나는 방 안을 돌아다니며 책장들을 살펴보았다. 대부분 잠겨 있었으나 자물쇠가 엉성해 도둑이 일단 들어오기만 하면 자물쇠를 여는 데는 별로 시간이 걸릴 것 같지 않았다. 판화부에 있는 어떤 책장의 자물쇠에는 긁힌 자국이 있었는데 날카로운 도구로 쑤신 자국 같았다. 로스만의 설명에 따르면 바로 그것이 3일 전에 없어진 동양지도가 들어 있던 책장이었다.

내가 방 안을 다 둘러본 후 로스만이 다시 방문을 잠갔다. 우리는 2층으로 내려왔다. 그는 나에게 소설부를 잠시 구경시켜주고 나서 1층으로 데리고 갔는데 그곳은 논픽션류들이 대부분이었다. 지하층에는 서부지방 등 미국 각 지방에 관한 문헌과 여행물들을 쌓아놓은 한쪽 벽을 제외하고는 온통 각 분야의 염가판 서적과 오래된 잡지들로 채워져 있었다. 지하층 뒤편에는 창고도 있었다.

다시 1층으로 올라왔을 때는 10시 15분 전이었는데 이 무렵에 다른 종업원들이 출근하기 시작했다. 가장 먼저 도착한 것은 하먼 보예트였다. 그는 40세쯤 된 몹시 수척한 남자였는데 검은 고수머리에 더부룩한 콧수염을 기른 수도사 같은 용모였다. 충혈된 눈과 얼룩진 살갗, 그리고 바르르 떠는 손으로 보아 지난 밤에도 술을 퍼마신 것이 분명했다.

로스만이 우리를 소개시켜 주었다. 보예트는 나를 잠시 눈여겨 보고 나서 내가 별 관심의 대상이 못된다고 판단을 내린 듯 그저 건성으로 만나서 반갑다고 말했다. 그는 나에게 악수를 청하지도 않았다.

닐 바이닝은 5분 후에 출근했다. 마침 로스만은 잠시 실례하겠다면서 생리적 욕구 때문에 다시 2층으로 올라가 있었기 때문에 이번에는 애덤 터너가 소개하는 역할을 맡았다. 바이닝은 갈색 눈에 보드라운 갈색 머리, 그리고 이빨이 드러나는 환한 미소의 소유자로서 장거리 선수를 연상케 하는 깡마르고 단단한 체격을 가지고 있었다. 로스만은 그가 26세라고 일러 주었었는데 스포츠 재킷에 헐거운 바지를 아주 말쑥하게 차려입은 그의 모습은 그보다는 나이가 더 들어보였다.

"말로 씨," 그가 내 손을 잡아 흔들며 말했다. "영국식 이름이군요. 하지만 영국사람처럼 생긴 구석은 조금도 없는 것 같은데요."

"내 어머니는 이탈리아 사람이지요," 나는 성실하게 해명했다.

"멋진 사람들이지요, 이탈리아 인들은. 이탈리아에 가보신 적 있어요?"

"이탈리아에요? 아니요, 아직 못 가봤어요."

"한번 가보세요, 기회가 있으면. 책에 관해 많이 아세요?"

"아니요, 잘 모른답니다."

"그럼 여기서 배우시겠군요, 그렇지요, 애덤?"

"하기 나름이지." 터너가 말했다.

나는 이때 톰 리녹스는 만나지 못했는데, 그것은 그가 출근하기 전에 터너가 나를 떠밀다시피 지하 창고로 데려가 일을 시켰기 때문이었다. 창고에는 새로 입수한 염가도서 수백 권이 탁자 위에 놓여 있었는데, 내가 할 일은 이 책들을 분야별로 분류해 알파벳 순서로 해당 선반에 올려놓는 것이었다. 나는 여기저기 돌아다녀 보기 전에 우선 이 일을 완수해 좋은 인상을 심어 주는 것이 좋겠다고 생각했다. 이 작업을 끝내는 데는 1시간이 넘게 걸렸다. 마침내 일을 마치고 위층으로 올라갔을 때는 매장에 손님들이 가득 차 있었다.

바이닝은 비술(秘術)부에서 어떤 뚱뚱한 여자에게 마법에 관한 책을 팔려고 설명하고 있었다. 터너는 계산대에 앉아 있었는데, 그 옆에서는 머리 숱이 많지 않은 어떤 땅딸막한 사나이가 전화로 이야기하고 있었다. 보예트는 어디 있는지 보이지 않았다.

내가 계산대에 다가갔을 때 그 땅딸막한 사나이가 전화를 끝내고 수화기를 내려놓았다. 그는 30세쯤 된 주근깨투성이의 남자였는데 슬픈 눈에 사냥개처럼 턱이 축 늘어진 얼굴을 하고 머리는 붉은 색을 띤 암갈색이었다. 나는 그가 톰 리녹스일거라고 생각했는데 터너가 우리를 소개하면서 이를 확인해주었다.

"함께 일하게 되어 반갑습니다, 말로 씨." 리녹스가 말했다. 그는 외모와는 달리 부드럽고 세련된 목소리를 가지고 있었다.

"고맙소. 나도 이곳에서 일하게 된 것이 기쁩니다."

"책방에서 일해본 경험이 있으시겠지요?"

"좀 있지요." 내가 말했다. "나 자신이 수집가이기도 하구요. 책을 워낙 좋아하니까요."

"그래요 무슨 책을 수집하시지요?"

"싸구려 통속잡지요."

그는 이 대답에 감명받지 않았다. 그는 문학을 아는 체하는 속물이거나 아니면 그저 통속잡지에 관심이 없는 것인지도 몰랐다. 어쨌든 그는 이렇게 말했다.

"요즘엔 그런 분들이 많아요. 책값이 너무 비싸지고 있으니까요."

"그래요." 내가 말했다. "내가 값싼 책을 수집하는 것도 그 때문이지요."

리녹스가 고개를 끄덕이고 나서 가버렸다. 나같은 사람이나 통속잡지 따위에는 관심이 없다는 듯.

터너가 나에게 창고정리 작업을 다 끝냈냐고 묻기에 나는 그렇다고 대답했다. 그러자 그가 말했다.

"지금, 하먼이 위층에서 일하고 있으니 가서 좀 거들어주시구려."

위층에 올라가보니 보예트는 추리소설부에서 책을 솎아내고 있었는데 아마도 새 책을 꽂을 장소를 만들려는 것 같았다. 책들이 마루 한쪽에 쌓여 있었다.
 "터너 씨가 나에게 가서 도와드리라는군요." 내가 말했다.
 "도움은 필요없어요."
 "이런, 어쩌나. 난 그렇게 지시받았는데."
 그가 한손으로 주근깨투성이 얼굴을 문질렀다. 그는 땀을 흘리고 있었는데 몸이 편치 않은 것 같았다.
 "그렇다면 좋아요. 이 책들을 아래층에 가지고 가서 특매서적더미 앞에 놔두세요. 데스크 앞에 섰다가 가는 것을 잊지 마세요."
 "왜죠?"
 "그렇게 해야 터너가 나가는 책을 검사할 수 있으니까요. 경보장치에 관한 이야기를 들었을 텐데요?"
 "아, 들었어요. 그것 참 훌륭한 안전장치겠더군요. 경보체제 말예요."
 "그래요?"
 "그것으로 도둑을 예방하자는 거지요?"
 "가끔 예방하지요." 그가 말했다. "항상 막는 건 아니구요."
 "그렇게 해도 책을 훔쳐가는 사람이 있다는 말인가요?"
 "방법은 있으니까요."
 "어떤 방법이지요?"
 "우리가 요즘 겪고 있는 도난사건들에 관해 아무도 얘기해주지 않던가요?"
 "못 들었는데요." 내가 말했다. "어떤 종류의 도둑이지요?"
 "위층에 있는 고서적실에서 귀중품들이 없어졌어요. 지난 몇 달 동안 대여섯 권쯤. 어떻게 훔쳐간 건지 아무도 몰라요." 그의 입에 비웃는 듯한 표정이 담겼다. "로스만은 우리들 중 한 사람의 소행이라고 생각한답니다."

"종업원들 중 한 명이요?"

"그렇다니까요."

"댁도 그렇게 생각하나요?"

"누구 소행이건 나하고는 상관없는 일이에요." 보예트가 말했다. "나 개인으로서는 누가 훔쳤건 관심없어요."

"댁은 로스만 씨를 별로 좋아하지 않는 것 같군요."

"내겐 그 사람을 싫어할 만한 이유가 있죠."

"내가 보기엔 그 분은 점잖은 것 같던데……."

"알랑거리는 사람에겐 점잖지. 난 서점 경력이 리녹스나 바이닝의 다섯 배나 되는데도 온갖 허드렛일은 다 내 차지란 말이오. 그건 내가 아무에게도 알랑거리지 않기 때문이지요."

"그러면 리녹스와 바이닝은 무슨 일을 하지요?"

"리녹스는 차고 염가판매를 하는 곳을 찾아다니며 책을 사다가 한 권에 몇 센트씩 남기고 로스만 씨에게 되팔아요. 바이닝은 자기 장인의 상점에서 좋은 물건을 갖다가 로스만에게 선물로 바쳐요. 내가 하는 것이라곤 하루 8시간 동안 뼈빠지게 일하는 것뿐인데 말이오."

"그거면 충분하지 않소?"

"그렇지 않아요." 그가 씁쓸하게 말했다. 그리고 나를 노려보며 물었다. "댁은 어때요, 말로? 댁도 아첨꾼이요?"

"아니요."

"그럼 우린 한배에 탔군. 하지만 난 아무래도 상관없소. 당신이 로스만에게 가서 내 말을 모두 일러 바쳐도 난 상관 안해요."

"내가 그런 짓을 할 수……."

"난 내일 해고당해도 상관없어요. 난 그 사람이 싫고 이곳도 싫고 줄곧 의심을 받으며 지내기도 싫어졌으니까."

"그렇다면 그만두지 그래요?"

"나도 그럴 작정이오. 다른 직장을 얻는 대로 말입니다."

바로 그 때 손님 한 명이 쿵쿵거리며 층계를 올라와 우리가 있던 통로로 들어섰기 때문에 대화가 중단됐다. 보예트는 "어서 이 책들을 아래층으로 가져가요" 하고는 하던 일을 계속했다.

나는 책더미를 들고 내려가서 현금출납데스크 앞에 놓고 터너가 자동감지기로 검사할 동안 기다렸다. 검사가 끝난 후 책들을 반출해 진열창 앞에 놓여 있는 이동식 염가서적 판매대에 갖다 놓았다. 나는 2층으로 되돌아가서 혹시 무슨 얘기를 더 들을 수 있을까 해서 다시 보예트와 대화를 시도했지만 그는 울적한 기분에 빠져 입을 잘 열지 않았다. 그 다음 2시간 동안 그가 내게 한 말이라고는 열 마디 정도에 불과했다.

로스만은 12시 30분에 점심을 먹으러 나갔고 바이닝은 1시쯤, 그리고 보예트는 1시 30분에 나갔다. 리녹스와 터너는 점심을 싸가지고 왔는데 터너는 데스크에 그대로 앉아서 점심을 들었다. 나도 아침에 아파트를 떠날 때 샌드위치 두 개를 만들어 왔다. 나는 2층에서 고서적실로 가는 층계를 지켜볼 수 있는 곳에 자리잡고 앉아서 점심을 먹었다. 로스만이 그 동안의 도난사건이 모두 오전 11시에서 오후 2시 사이에 일어났다고 했으므로 나는 30분 동안이라도 자리를 뜨지 않을 생각이었던 것이다.

그러나 별일은 없었다. 아무도 고서적실 가까이에 가지 않았고, 적어도 내가 보기에는 아무도 수상한 낌새를 보이지 않았다.

보예트가 2시 15분에 돌아왔다. 그는 이제 병색이 아니었다. 얼굴이 불그레하고 눈은 약간 흐리멍텅했다. 그가 들어설 때 나는 아래층에서 미문학(美文學)이라고 표시된 구역에서 일하고 있었다. 보예트가 2층 계단을 올라갈 때 마침 리녹스가 지나가기에 내가 그에게 다가갔다.

"하먼이 점심 때 술을 마신 모양이군요." 내가 말했다.

리녹스가 못마땅하다는 듯이 내뱉았다.

"늘 그런 걸요."

"알코올중독자?"

"그거야 뻔한 것 아니오?"

"그렇군요. 오늘 아침에 그의 얘기를 들어보니 아주 불평이 많은 사람입니다."

"그 사람한테 신경 쓸 것 없어요." 리녹스가 말했다. "원래가 불평이 많은 사람이니까요. 자기가 이런 데나 있을 사람이 아니라고 생각하니까 가끔씩 울적해지는 거죠."

"그 양반 정직하다고 생각해요?"

리녹스가 눈살을 찌푸렸다.

"무슨 뜻이죠?"

"글쎄요. 그 사람이 나에게 고서적실 도난사건에 관해 이야기해 주었거든요." 내가 말했다. "그런데 로스만 씨는 그것이 종업원 중 한 사람의 소행이라고 생각한다더군요."

"그 양반 참 별 얘기를 다하는군." 리녹스가 딱딱하게 말했다. "도난사건이 당신과 무슨 상관 있다고."

"상관 없을지도 모르지만 그래도 나는 이곳 종업원이니까……."

"맞아요. 그러니까 여기서 계속 일하고 싶으면 맡은 일이나 잘하고 자기 일에만 신경 쓰는 게 좋아요."

그는 성큼성큼 계산대 쪽으로 걸어가버렸다. 그 때 닐 바이닝이 책더미 모퉁이에서 나타나 내 곁으로 다가왔다. 한손에 고고학에 관한 두툼한 책을 들고 있었다.

"하먼만 불쾌할 때가 있는 게 아닙니다." 그가 말했다. "톰도 꽉

막힌 사람이거든요."

"엿들었군요."

"그래요, 우연히."

"리녹스의 문제는 뭔가요?"

"아, 그 사람은 자기 자신과 자기 일을 너무 심각하게 생각해요. 마치 자기가 이 서점의 주인이기나 한 듯 처신한단 말이에요."

"도난사건은 정말 심각한 것 같던데요." 내가 말했다.

"물론 심각하죠. 골치 아픈 일이에요. 그 때문에 우리가 모두 난처해진 것 같아요."

"그럼 당신도 이 사건이 종업원 중 한 명의 소행이라는 로스만 씨의 생각에 동의한다는 건가요?"

그가 어깨를 으쓱해보였다.

"지금 형편으로는 그럴 것 같군요."

"누구 소행일 것 같아요?"

"전혀 알 수가 없어요." 바이닝이 말했다. "내가 아는 것이라고는 로스만 씨 자신이 도난품을 밖으로 빼돌릴 수 있다는 것뿐이에요. 물론 정말 그러리라고 생각하는 것은 아니고요." 그가 얼른 덧붙였다. "그 분을 의심할 수야 없지요. 문제는 누구라도 범인일 수 있다는 점이에요."

"애덤 터너도?"

"애덤이요? 그건 생각하기 힘들죠. 하지만 도난당한 판화 두 점은 알브레히트 뒤러의 작품이라고 인정되는 것들인데 애덤은 그 분야에 상당한 전문지식을 갖고 있단 말입니다. 뒤러의 작품에 관해 글을 쓴 적도 있거든요. 그는 또 로스만 씨가 어떤 개인 소장가에게서 그 판화들을 사들이도록 주선해준 장본인이기도 하구요."

"그래요? 어떤 방법으로 주선할 수 있었는데요?"

"그 수집가는 애덤이 아는 사람이었지요." 바이닝이 말했다. "그 글이 출판된 후에 편지를 주고받게 되었답니다."

그 때 리녹스가 되돌아와서 바이닝에게 전화가 왔다고 알려 주었기 때문에 나는 그 이상 정보를 얻어낼 수 없었다. 그러나 그가 들려준 이야기는 여러가지 생각해 볼 거리를 제공해 주었다. 만일 터너가 범인 일당에 속해 있었다면 별로 신기한 방법을 사용하지 않았으리라 생각되었다. 그는 훔친 품목을 근무 중 언제든지 자동감지장치에 통과시켜 두었다가 나중에 옷 속에 감추어가지고 걸어나갈 수 있었을 것이다. 아니면 아침 일찍 출근해 로스만이 출근하기 전에 빼돌릴 수도 있었을 것이다.

나는 월요일에 터너의 뒷조사를 해보기로 작정했다.

그날 오후는 별일 없이 지나갔다. 나는 대부분의 시간을 1층에서 지내면서 가끔씩 위층에 올라가서 보예트를 살펴 보았다. 그는 계속 말이 없다가 점심 때 마신 술기운이 사라진 4시 경에는 아주 지르퉁해져있었다. 그는 나를 닦아세우기도 하고 책에 관해 물어보는 손님에게도 퉁명스럽게 대답했다. 문 닫을 시간이 되자 그가 가장 먼저 퇴근했다.

나는 바쁜 척하면서 6시 15분까지 남아 있었는데 그 동안에 바이닝과 리녹스도 퇴근했다. 로스만은 아래층에 내려와서 터너와 나를 내보낸 후 늘 하던 대로 자기가 직접 감지시스템을 끄고 문을 잠갔다. 나는 바깥에서 그를 기다렸다. 그 동안 비가 멎어 동쪽 하늘의 구름 사이로 파란 하늘이 보였다. 운이 좋으면 케리와 만나는 주말의 날씨도 좋을 것 같았다.

얼마 후 로스만이 밖으로 나왔다.

"자동차는 어디 두셨지요?" 그가 정문을 잠그고 나서 물었다.

"두 블럭 떨어진 주차장에 놔두었습니다."

"나도 그 방향으로 갑니다. 함께 걸으면서 이야기하지요."

그는 절름거리면서도 활달하게 걷기 시작했다. 내가 그에게 물었다.

"고서적실엔 별일 없던가요?"

"네. 아침에 점검했고 저녁 때 내려오기 전에 다시 점검했어요. 모두 그대로 있었습니다. 그래 뭘 좀 발견해냈습니까?"

"별로 없습니다." 내가 대답했다. 공연히 보예트가 그에 대해 한 말을 전해 수사에 별 도움도 안 되면서 보예트를 곤경에 빠뜨릴 필요는 없다고 생각되었다. 그리고 터너에 관해서도 뒷조사를 마칠 때까지 이야기하고 싶지 않았다. "로스만 씨, 이번 일은 아무래도 시간이 좀 걸릴 것 같아요."

"기적을 기대하지는 않습니다." 그가 말했다. "시간은 내게 중요하지 않아요. 그들 중 누가 범인인지, 그리고 어떤 방법으로 훔쳤는지만 알면 됩니다."

우리가 한 블럭을 걸어가서 거리를 횡단했을 때 로스만이 어느 건물 앞에서 걸음을 멈추었다. '퍼시픽헬스클럽'이라는 간판이 보였다.

"내 목적지는 여깁니다." 그가 말했다.

"헬스클럽 회원이신가요?"

그가 빙그레 웃었다. "선생께서 내가 역기를 들거나 닐 바이닝과 라켓볼을 친다고 상상하셨다면 그건 틀렸습니다. 난 주로 거품목욕을 합니다. 피곤을 풀고 다리 통증을 가라앉히는 데 좋거든요."

"아, 그렇군요."

"좋으시다면 함께 들어가시지요. 회원 아닌 손님도 받으니까요."

"사양하겠습니다. 집에 가봐야겠어요. 난 차가운 맥주로 피곤을 달래고 싶은데요."

그가 불룩 나온 내 배를 쓱 훑어본 후 "알겠습니다" 하고 악의 없는 상냥한 투로 말했다.

우리는 헤어졌다. 그는 건물 안으로 들어가고 나는 자동차를 몰고 집으로 갔다. 나는 캔 맥주 두 개를 마시고 나서 케리에게 전화를 걸었다. 그러나 케리가 바빴기 때문에 2, 3분밖에 통화할 수 없었다. 그녀는 발표회가 열린 다음 날 정오까지 일을 마쳐야 한다고 말했다.

"퇴근 후에 내가 서점에 들러도 괜찮겠어요?" 케리가 물었다. "나는 서점을 좋아하니까 당신이 서점에서 허드렛일을 하는 모습을 한번 보고 싶어요."

"안 될거야 없지. 당신이 내가 탐정이란 걸 누설하지만 않는다면."

"조심하도록 노력해 볼게요. 그럼 내일 봐요."

"아름다운 여인이여, 빨리 당신에게 가고 싶군."

"피……." 케리가 이렇게 말하며 전화를 끊었다.

나는 음식을 만들어 먹고 책을 좀 읽다가 일찍 잠자리에 들었다. 꽤 생산적인 하루를 지내고 나니 마음이 흡족했다. 아직 알아낸 것은 별로 없었다. 내일은 좀더 알아내서 어떤 윤곽을 잡을 수 있겠지. 내일은 오늘보다 생산적인 하루가 될지도 몰라.

토요일은 정말 말 그대로 생산적인 하루였다.

내가 지켜보는 바로 코앞에서 고서적실에 또 도둑이 들었던 것이다. 사건이 발생한 시간은 역시 로스만이 점심 식사 전에 방을 점검한 11시 20분부터 그가 다시 점검하러 올라간 2시 사이였다. 그가 도난당한 사실을 발견했을 때 나는 아래층에서 케리와 이야기를 나누고 있었다. 케리는 30분쯤 전에 와서 검은색 숙녀복에 주름장식 달린 흰 블라우스를 입은 굉장히 화려한 모습을 하고 책을 뒤적거리고 있다가 그 때 막 책을 한 권 골라서 사려던 참이었다. 그것은 케리의 아버지가 쓴 희귀본으로 그의 초기소설에 속하는 책이었다.

하지만 그녀의 아버지 아이번 웨이드가 나를 싫어하는 것 못지않게 나도 그가——나는 그를 이반뇌제(雷帝)라고 불렀다——싫었다. 그는 자기 딸을 과보호하고 거만하고 유머가 없고 세상물정 모르는 멍청이였다 그래서 나는 그가 "섬뜩하다."고 말했다.

"이젠 그러지 마세요." 케리가 말했다. "이 〈레드메인의 공포〉는 정말 희귀본이라구요. 그런데도 값이 15달러밖에 안되다니."

"〈레드메인의 공포〉라니 참 멍청한 제목이군." 내가 말했다.

"이 책은 원래 통속 연재소설이었어요. 1940년대에는 통속소설에 흔히 그런 제목을 붙였다는 건 당신도 알잖아요?"

"그래도 제목이 멍청하긴 마찬가지인걸."

"오, 고집불통." 케리가 이렇게 말하며 얼굴을 찌푸렸다. "내가 화내는 걸 보고 싶으세요? 난 2층에서 이 책을 발견했을 때 지팡이를 든 사나이를 때려눕힐 뻔했다구요."

"그 사람이 로스만 씨일 텐데. 일이 잘 돼 가는군."

"그렇다면 미안하게 됐어요. 하지만 난······."

로스만 씨가 층계에 나타나서 나를 급히 오라고 손짓해 부른 것은 바로 그 때였다. 나는 케리를 놔두고 그를 따라 사무실로 올라갔다. 그가 얼른 방문을 닫고 나서 조금 전에 도난사건이 있었다고 일러주었다.

"이번에도 희귀지도예요." 그가 말했다. 그는 얼굴이 상기되고 지팡이를 잡은 손가락 마디가 하얗게 변해 있었다. "플랑드르의 지도제작자겸 지리학자 '메르카토르'가 그린 16세기 지도입니다."

"귀중품인가요?"

"아주 귀한 것입니다. 젠장, 진작 금고 안에 넣어 뒀어야 하는건데."

"어디에 보관했었습니까?"

"유리 진열장에 보관했지요. 전번과 마찬가지로 이번에도 자물쇠를 부줬어요."

"어쨌거나 배짱 좋고 날쌘 놈이군요." 내가 말했다. "당신이 점심 식사를 하러 나간 후 내가 이곳을 계속 지켜보고 있었어요. 그러니 그 자는 시간 여유가 별로 없었을 것이고, 자기 목표를 정확히 알고 왔을 것이란 말입니다."

"이젠 어떻게 하지요?"

"지난번 도난 사실을 발견했을 때는 어떻게 하셨습니까?"

"손님들을 내보내고 점포 문을 닫고 나서 직원들을 한 곳에 모아 놓고 심문했습니다."

"좋습니다. 이번에도 그렇게 하세요. 다만 손님들은 내가 내보내지요. 심문을 시작할 때 모두에게 몸을 수색해 봐도 괜찮겠느냐고 물어 보십시오. 거절하는 사람이 있으면 억지로라도 허락을 받으세요. 그 다음에 수색을 담당할 사람으로 나를 지명해 주세요."

"당신을 탐정이라고 말하란 말입니까?"

"아니요. 내 신분이 탄로나면 아무것도 안돼요. 그저 나는 신입직원이라 의심할 이유가 없으니까 나를 지명한다고만 말하세요."

"범인이 지도를 몸에 지니고 있을 리 없는데요." 로스만이 퉁명스럽게 말했다. "워낙 영리한 놈이라서."

"압니다. 하지만 그들이 어떤 반응을 보이는가, 그리고 주머니에 무엇을 넣고들 다니는가 알아보려고 그럽니다. 물론 범인은 복제한 열쇠도 몸에 지니고 있지 않겠지만요——아마도 서점 안 어딘가에 숨겨 놓았겠지요——하지만 한번 조사해 볼 필요는 있습니다."

"수색해 봐도 별 소득이 없으면?"

"그럼 모두 집으로 보내야지요. 그러고 나서 우리 둘이서 이 곳을 샅샅이 뒤져보는 겁니다. 아무도 지도를 가지고 나가지 못한다면 이곳 어딘가에 그대로 남아 있을 테니까요."

우리는 함께 아래층으로 내려갔다. 케리는 내가 나타나기를 계속 기다리고 있었다. 나를 보자 그 여자가 물었다.

"무슨 일이에요? 안색이 나빠 보여요."

"문제가 생겼소. 또 도둑이 들었어요. 지금 돌아가는 게 좋겠어요. 점포 문을 닫아야 하니까."

"어머나, 이런! 오늘밤 데이트 약속은 아직 유효한 거예요?"

"그랬으면 좋겠소. 약속을 지킬 수 없게 되면 전화할 게요."

손님들을 모두 내보내고 정문을 닫는 데 20분이 걸렸다. 터너와 그 밖의 다른 직원들은 무슨 일인지 금방 알아차렸다. 처음에는 모두가 별로 말이 없었는데 서로 막연히 의심하는 눈초리를 주고받고 있음이 분명했다. 리녹스는 마치 자기가 의심받고 있다고 생각하는 듯 기분이 나빠 보였다. 보예트는 몹시 분노한 듯 했으나 그것은 일종의 겉치레 같았다. 그는 아직 술에서 덜 깨어 눈이 충혈돼 있었다. 바이닝은 차분하게 있으면서 심각하고 걱정스러운 얼굴을 하고 있었다. 터너는 사장이 곤경에 처한 회사의 사원답게 흥분과 걱정이 뒤섞인 표정을 짓고 있었다. 하지만 네 사람 중 두려워 보이는 사람은 아무도 없었다. 그리고 겉보기에는 아무런 죄의식도 느끼지 않는 것 같았다.

우리 여섯 명은 계산대 주위에 모였다. 로스만이 이번에 도둑맞은 것이 무엇인지 설명했다. 그러고 나서 누구든지 고서적실로 올라가는 것을 본 사람이 있느냐고 물었다. 아무도 본 사람이 없었다. 또 오전 11시 30분에서 오후 2시 사이에 무슨 수상한 일을 목격한 사람이 있느냐고 물었다. 아무도 없었다. 그 시간 동안에 밖으로 나갔던 사람은 누구냐는 질문에 보예트가 없었고 리녹스도 외출했었으나 터너는 평소처럼 두 사람이 외출할 때 자동감지기를 통과하는 것을 지켜 보았는데 아무 이상이 없었다고 말했다.

그러자 로스만이 말했다.

"여러분, 미안하지만 이젠 도둑질을 도저히 못 참겠어요. 진상을 밝히려면 극단적인 조치가 필요하단 말이오. 몸수색하는 데 반대하는 사람 있소?"

반대한 사람은 보예트뿐이었다.

"도대체 내가 왜 찬성해야 한단 말이오?" 그가 말했다. "설사 내가 범인이라 하더라도 지도를 몸에 지니고 있을 정도로 멍청할 것 같아요?"

"그러니까 수색해 보면 될 것 아니오?" 리녹스가 말했다.

"이런 실없는 짓이 이젠 지긋지긋하단 말이야. 도난사건, 의심, 몸수색…… 이젠 곧 고발할 차례군. 난 찬성 못해요. 나는 당장 이곳을 떠나서 다시는 돌아오지 않을 테야."

"그럼 정말 범인이라는 의심을 받게 돼요, 하면." 바이닝이 말했다.

"상관없어." 보예트가 말했다. 그는 심술궂고 사뭇 호전적인 표정으로 덤빌테면 덤비라는 듯 턱을 삐죽 내밀고 있었다. "나를 막을 사람 있으면 나와봐."

로스만이 나를 쳐다보았지만 나는 머리를 가만히 흔들어 보였다. 조금이라도 증거가 없는 한 내게는 그를 제지하거나 수색할 권한이 없었다. 그런 짓을 하면 고소를 당해도 할 말이 없었다.

"좋아요, 하면." 로스만이 냉정하게 말했다. "이제 고용계약은 끝났소. 미불급료는 우편으로 부쳐주겠소. 애덤, 이 사람 내보내요."

터너가 자동감지장치를 통과해 정문을 열어주었다. 경보장치는 아직 작동중이었지만 보예트가 통과할 때 경보는 울리지 않았다.

터너가 문을 다시 잠그고 돌아오자 로스만이 말했다.

"같은 생각을 가진 사람 또 있어요? 모두들 몸수색에 응해 주겠소?"

이제는 반대할 사람이 없었다. 앞서 합의해둔 대로 로스만은 몸수색을 실시할 사람으로 나를 지명했다. 나는 한 사람씩 차례로 몸을 더듬었다. 터너를 먼저 조사했고, 이어 바이닝과 리녹스의 몸을 수색했다. 지도는 없었다. 세 사람 모두 열쇠를 가지고 있었으므로 로스만이 하나씩 꼼꼼하게 살펴보았다. 그가 아무 말하지 않는 것으로 보아 범행에 사용한 열쇠는 없다는 것을 알 수 있었다.

이젠 더 이상 할 일이 없으니 세 명을 내보내는 도리밖에 없었다. 터너가 맨 나중에 퇴근했는데 나가기가 꺼림칙한 것 같았다.

"점포 안을 수색해 보실 생각이시라면, 사장님." 그가 말했다. "제가 도와드리면······."

"아니, 그냥 나가 봐요. 이번엔 말로가 도와줄 테니까."

터너가 나가자 로스만과 나는 곧 수색을 시작했다. 우선 고서적실부터 시작했다. 도둑이 메르카토르 지도를 그곳에 숨겼을 가능성은 희박했지만 그래도 우리는 철저하게 조사했다. 지도는 없었다. 우리는 2층으로 내려가서 서가들을 뒤지고 로스만 씨 사무실 옆의 창고와 화장실도 뒤졌다. 지도는 없었다. 1층의 서가와 선반들, 진열대 등을 뒤지고 계산대와 진열창까지 뒤져 보았지만 역시 없었다. 지하실에서는 염가도서부와 창고를 뒤져보았다. 지도는 없었다.

우리는 건물 전체를 샅샅이 수색했다. 도대체 지도가 빠져나갈 만한 곳이 없었는데도 서점 안에는 그런 것을 숨겨둔 흔적이 없었다.

그렇다면 지도는 어떻게 된 것일까?

도대체 없어진 지도는 어디에 있단 말인가?

로스만과 내가 마침내 수색을 포기한 것은 7시 10분이었다. 우리는 서점에서 나와 좌절감에 빠져 각자 집으로 돌아갔다. 차를 몰고

집으로 돌아가면서 나는 개가 뼈다귀를 갉듯 문제를 다시 한 번 되짚어 곰곰이 생각해보았다. 그렇게 문제를 갉작거릴수록 사건의 핵심에 도달하는 느낌이었다.

나는 케리에게 전화를 걸어 좀 늦겠다고 알려주고 나서 샤워를 하고 양복을 입었다. 내가 다이아몬드하이츠에 도착한 것은 땅거미가 질 무렵이었다. 날이 개어서 그곳에서 내려다본 경치는 장관이었다. 큰 다리 둘과 넓은 만(灣), 오클런드힐이 보이고 그 반대편에는 태평양이 보였다. 너무나 멋진 저녁이었다. 나는 아파트 앞에 차를 세우면서 내 좌절감 때문에 케리와의 데이트를 망치면 안된다고 다짐했다.

현관에 들어가 케리의 방 초인종을 눌렀더니 그녀가 금세 대답했다. 그녀의 방으로 올라갔다. 케리는 가슴이 깊게 파인 얇은 초록색 드레스를 입고 기다리고 있었다. 그 모습은 싸구려 사립탐정을 뇌쇄시키기에 알맞은 그런 드레스였다.

"늦어서 미안하오." 내가 그녀의 모습에 감탄하며 말했다. "대단히 바쁜 하루였소."

"괜찮아요. 그런데 도둑은 잡았어요?"

"아니. 그놈은 이번에도 희귀한 지도를 훔쳐가지고 나갔단 말이야. 누구의 소행이고 어떻게 훔쳐갔는지 밝혀내야겠는데 힘들 것 같아."

"오호! 그래서 오늘밤에는 그렇게 울적해하실 작정이에요?"

"아니, 오늘밤을 울적하게 지낼 수야 없지."

"지금 벌써 울적하신데요, 뭐." 케리가 말했다.

"식사하러 갑시다."

우리는 자동차를 세워둔 곳으로 내려갔다. 케리가 말했다.

"배고파요. 당신도 배고프시겠어요."

"그래요. 옥사카에 가서 맵고 향긋한 멕시코 음식을 먹읍시다."
"그리고 물론 맥주도 곁들여야 겠죠?"
"아무렴. 차가운 맥주가 없으면 멕시코 음식이 무슨 맛이겠소?"
"당신은 내가 아는 어떤 남자보다도 맥주를 많이 마셔요." 케리가 말했다. "때로는 당신이 속 빈 다리(홍교래)라는 생각이 들어요."

나는 몸을 굽혀 자동차의 시동을 걸려던 참이었다. 내가 열쇠를 그대로 잡은 채 케리를 쳐다보았다.

"지금 뭐라고 했소?"
"가끔 당신이 속 빈 다리처럼 생각된다구요. 왜 그러세요?"
"바로 그거야."
"뭐라구요?"
"해답을 찾았어."
"도대체 무슨 말씀을 하시는 건지 모르겠네."

나는 손짓을 해서 케리의 말을 막은 후 시동을 걸고 전조등을 켰다. 밖이 제법 캄캄해져 있었다. 차를 몰고 거리로 나왔다. 나는 운전을 하면서 좀더 분명히 따져보았다. 자동차가 다이아몬드하이츠 거리에 접어들 무렵, 내 생각은 거의 정리됐다. 그리고 자동차가 가파른 커브길을 내려가 그랜드캐니언에 가까워질 무렵에는 생각을 완전히 정리할 수 있었다. 이제 남은 것이라고는 한 가지를 확인하는 일뿐이었다. 그것은 케리가 해줄 수 있는 일이었다.

그러나 내가 막 케리에게 그 이야기를 하려는데 바깥에서 요란한 소리가 나면서 차 안이 전조등 불빛을 받아 환해졌다. 다른 차가 우리 뒤를 바짝 쫓아와서 전조등으로 환하게 비추고 있었다. 나는 망할 놈의 차라고 중얼거리면서 가속페달에서 발을 떼고 후미 브레이크등이 켜지도록 브레이크를 살짝 밟았다.

그러나 그 차는 속도를 늦추기는 커녕 계속 달려들었다. 그러더니 그 차의 앞범퍼가 내 차의 뒷범퍼에 부딪혀 차가 덜컹하고 크게 흔들렸기 때문에 나는 하마터면 핸들을 놓칠 뻔했다.

케리가 좌석에 앉은 채 몸부림쳤다.

"어머! 저 사람 어떻게 된거야? 이게 무슨 짓이야?"

"꼭 붙잡고 있어!"

그 차가 또 달려들었다. 이번에는 더 세게 부딪혀 내 차의 미등이 깨져나갔다. 나는 단단히 각오를 하고 핸들을 꽉 잡고 자동차가 헛미끄러지지 않도록 브레이크를 살짝살짝 밟았다. 타이어가 귀청을 찢는 듯한 소리를 내는 순간 고무타는 냄새와 내 자신의 땀냄새가 확 풍겨왔다.

그곳은 가파른 커브길이었다. 전조등 불빛 속에 가드레일은 보이지 않았다. 단지 인도와 무릎 높이로 자란 인도 가장자리의 풀이 보였다. 그 다음은 깎아지른 듯한 낭떠러지였다. 그곳으로 차가 굴러 떨어졌더라면 아마 살아남지 못했을 것이다.

그리고 바로 그것이 그 자동차의 운전자가 노린 것이었다. 그것은 음주운전도 아니고, 젊은이들의 위험한 장난도 아니었고 누군가의 고의적인 살인미수 행위였던 것이다.

커브길 아래의 왼쪽에는 주거지역의 차도가 오르막길을 이룬 곳이 있었다. 나는 다시 케리에게 꼭 붙잡으라고 소리치고 나서 그 길로 급회전해서 들어가기 위해 변속장치를 낮은 기어로 넣었다. 내 차의 꽁무니를 바짝 따라붙는 그 자동차를 따돌릴 길은 그 방법밖에 없었다.

그러나 상대방도 그 길을 본 것이 분명했다. 내가 좌회전하려고 다가가기도 전에 왼쪽으로 전조등 불빛이 스치며 그 오르막길을 비추었다. 사이드미러를 보니 눈부신 불빛 뒤에 육중한 승용차의 형체가 보였다. 그 자동차가 속력을 높여 나란히 접근해 왔다. 얼핏 그 쪽을 넘겨다 보니, 탑승자가 한명이라는 것만 알 수 있었을 뿐 어둠 때문에 희끄무레한 그의 얼굴은 윤곽조차 알아볼 수 없었다. 다음 순간 나는 그 자가 무슨 짓을 하려는지 눈치채고 도로 뒤쪽을 응시한 채 온몸을 바싹 긴장시키고 두손으로 핸들을 꽉 잡았다.

예상대로 불과 1, 2초 후에 그가 덤벼들었다. 내가 왼쪽으로 도는 넓은 커브 길을 주시하고 있을 때, 그 자가 약간 앞서 나가더니 내 차의 앞바퀴 덮개 쪽으로 홱하고 덮쳐왔다. 우지끈 소리가 나고 케리가 비명을 질렀다. 그리고 자동차가 흔들거리더니 오른쪽 앞바퀴가 보도의 연석을 긁었다. 그 자는 가속력을 이용해 내 자동차를 언덕 밑으로 떨어뜨리려고 계속 밀어붙이고 있었지만, 그래도 나는 핸들을 장악할 수 있었다.

나는 브레이크 페달을 힘껏 밟으면서 동시에 케리의 몸이 앞유리에 부딪히지 않도록 오른팔을 뻗어 그녀의 앞을 가로막았다. 타이어에서 다시 귀청을 찢는 듯한 날카로운 소리가 들렸다. 두 자동차는 한데 뒤엉켜 커브길을 미끄러지면서 속도가 줄었다. 상대방 자동차가 또 한 번 금속성 굉음을 내면서 스쳐가더니 내 앞으로 비스듬히 비켜나 갔다. 이어 그 차는 제동을 걸면서 방향을 완전히 돌려 내 차가 있는 곳으로 다시 돌진해오기 위해 반대편 차선에 들어섰다.

그 때 아래쪽의 또다른 커브길에서 위로 올라오던 제3의 자동차만 아니었더라면 그는 목적을 달성했을 것이다.

나는 유칼리 나무들 사이로 그 자동차의 불빛을 보았지만, 그 자는 나에게 열중한 나머지 그 불빛을 보지 못해 내리막 차선으로 되돌아올 생각을 하지 않은 채 계속 기다리고 있었다. 나는 이제 충돌이 임박했다는 생각으로 브레이크를 힘껏 밟고 사이드브레이크를 잡아당길 태세를 갖추었다. 이때 내 머리 속에는 케리가 다칠지 모르겠구나, 케리를 다치게 할 수 없다는 생각밖에 없었다.

다행히 충돌은 일어나지 않았다. 제3의 자동차는 벌어지는 상황을 목격하고 급히 경적을 울리면서 도로를 벗어나 보도를 지나 어느 집 앞의 잔디밭으로 들어갔다. 그러나 케리와 나의 목숨을 노리던 그 자는 운이 나빴다. 그는 제3의 자동차를 발견하고 제 때에 방향을 틀어 내리막 차선으로 접어들었으나 너무 급회전한 것이 문제였다. 그 차는 제3의 차와 적어도 6미터의 거리를 두고 충돌을 면한 것까지는 좋았으나 내 앞으로 방향을 돌려서도 같은 거리를 두고 지나치면서 자동차의 후미가 길을 벗어났다. 그의 차는 바퀴가 미끄러져 방향을 바로잡을 수 없었다.

그 자동차는 균형을 잃고 빙글빙글 돌다가 보도연석에 부딪히면서 고무공처럼 공중으로 튀어올랐다. 자동차가 차체를 옆으로 하여 날아가면서 숲 속에 전조등 불빛을 뿌렸다. 다음 순간 자동차는 사라졌고, 조금후 골짜기 아래에서 쇠가 뒤틀리고 유리가 깨지고 나무가 꺾이는 파열음이 들렸다.

나는 간신히 차를 멈췄다. 핸들에서 손을 떼보니 핸들은 마치 물속에 담갔던 것처럼 흠뻑 젖어 있었다.

"어휴." 케리가 떨리는 목소리로 가만히 말했다.

"괜찮아요?"

"네. 난…… 잠시 나를 내버려 둬요……."

나는 케리의 팔을 토닥거려준 후 문을 열고 밖으로 나갔다. 근처의 주택들에서 사람들이 쏟아져 나와 달려오고 있었다. 제3의 자동차를 운전하던 육중한 여자는 앞바퀴 덮개에 기대어 축 늘어져 있었는데 아무래도 정신이 나간 것 같았다. 나는 보도로 달려가서 자동차가 사라진 쪽을 내려다보았다. 그 자동차는 비탈을 3분의 1쯤 내려간 곳에 있는 유칼리 나무에 걸쳐 있었다. 나무 윗부분은 잘려나가 아무렇게나 쓰러져 있었다. 자동차 잔해의 뒤틀린 모양으로 보아 그 안에서 사람이 살아 있을 가능성은 없어 보였다.

그러나 그것은 잘못된 생각이었다. 나는 다른 사람 두어 명과 함께 그곳에 내려가 사람을 끌어냈는데 그는 살아 있었던 것이다. 의식을 잃고 상처가 심했지만 내출혈만 없다면 목숨은 구할 수 있을 것 같았다.

나는 그가 누군지 알아보고도 놀라지 않았다. 그 자가 바로 존 로스만 서점에서 도둑질을 한 바로 그 장본인, 영리한 것 같으면서도 욕심많고 어리석은 바로 그 청년이었기 때문이다.

그는 닐 바이닝이었다.

3시간 후 나는 법원의 어느 사무실에서 케리, 존 로스만, 그리고 안면이 있는 잭 로건이라는 이름의 경감과 함께 앉아 있었다. 로건은 로스만이 처음 도난신고를 했을 때 수사를 맡았던 경찰관이다. 바이닝은 병원에서 경찰의 감시를 받고 있었다. 그는 말짱한 정신으로 자신의 범죄를 시인했기 때문에 이미 '차량에 의한 살인미수혐의'로 입건되었으며 이제 내가 설명을 마치고 나면 중절도죄로 추가 입건될 상황이었다.

나는 이렇게 말했다.

"나는 바이닝이 도로상에서 내 차를 절벽으로 떨어뜨리려고 시도하기 전에 벌써 그가 절도사건의 범인임을 알고 있었습니다. 그리고 그 자가 어떤 방법으로 훔친 물건들을 반출했는지도 알고 있었지요. 그것은 내가 보고 들은 바를 종합해서 얻은 결론이었습니다. 그러던 중 내가 맥주를 많이 마신다고 케리가 나를 '속 빈 다리'라고 부르는 것을 듣고서 문득 여러 가지 생각이 정리되었던 것입니다."

"속 빈 다리라니?" 로스만이 말했다. "난 도무지 그게 무슨 뜻인지……."

"조금 있으면 알게 됩니다. 사건 진상은 아주 간단합니다. 사실 도난품의 반출 방법을 내게 알려준 사람은 바로 바이닝 자신이었습니다. 자기도 모르게 한 말인지, 아니면 자신감에 넘친 나머지 허세를 부리느라고 한 말인지는 잘 모르겠지만 말이지요. 그는 어제 이렇게 말했습니다. '내가 아는 것이라고는 로스만 씨 자신이 도난품을 밖으로 빼돌릴 수도 있다는 것'이라고 말입니다."

모두가 나를 빤히 쳐다보고 있었다. 로스만 씨는 믿을 수 없다는 표정이었다.

"지금 내가 범인을 위해 도난품을 밖으로 내갔다고 말씀하시는 겁니까? 그런 터무니없는……."

"아니, 그렇지 않습니다." 내가 말했다. "당신이 반출한 건 사실입니다. 그것이 이 사건의 범행 수법 중 절묘한 대목이란 말입니다. 당신은 부지불식간에 공범이 되었던 겁니다."

"범인이 어떻게 했길래?"

"도난품을 당신의 지팡이 안에 숨겼거든요." 내가 말했다.

"내 지팡이?"

"그 지팡이는 바이닝이 준 것이지요? 몇 달 전에요. 하면 보예트가 바이닝이 자기 장인의 남성용품점에서 물건을 가져다가 당신에게 선물을 주곤 했다고 하더군요."

"그렇긴 합니다만……."

로스만은 좀 난처한 듯했다. 그는 지팡이를 집어서 의자 한쪽에 기대어 놓고서 마치 그것이 처음 보는 물건이나 되는 듯 멍청히 들여다보았다.

로건이 말했다.

"지팡이의 속이 비었다는 얘긴가요?"

"그렇소. 케리가 한 '속 빈 다리'라는 말의 중요한 의미는 바로 그

점에 있었소. 그리고 자동감지장치를 설치한 후로 바이닝이 더 값비싼 책들을 놔두고 판화나 지도같은 것만 훔쳐간 것도 바로 그 때문이었지요. 말아서 지팡이 안에 넣을 수 있으니까요. 영국에서는 지금도 그런 지팡이를 만듭니다. 사람들이 도둑을 방지하기 위해 그 안에 돈이나 그밖의 크기가 작은 귀중품을 넣어두지요. 바이닝은 자기 장인을 통해서 그런 지팡이를 어렵지 않게 수입해 올 수 있었을 겁니다."

로스만이 지팡이를 들여다 보며 그 두툼한 몸통을 쓰다듬으면서 말했다.

"도대체 어떻게 숨기는 거지?"

"나도 모르겠습니다. 하지만 알아내는 데 시간이 오래 걸리지 않을 겁니다."

구조를 알아내는 데는 5분 쯤 걸렸다. 이음장치나 돌쩌귀가 달린 긴 구멍은 교묘하게 숨겨져 있어 육안으로는 알아보기 힘들고 손으로 홈을 만져봐도 알 수 없도록 되어 있었으며, 어쩌다가 우연히 열리는 일도 없도록 만들어져 있었다. 정교한 영국인들의 솜씨였다. 마침내 이음부분을 찾아낸 사람은 로건이었다. 구멍 안에는 둘둘 말린 양피지 한장이 들어 있었다.

로스만이 그 양피지를 꺼내서 조심스럽게 펼쳤다.

"세상에!" 그가 말했다. "그 메르카토르 지도군요."

"오늘 저녁에 바이닝이 넣어둔 대로군요." 내가 말했다. "그 자가 고서적실에서 훔친 거예요."

"하지만 이 지팡이는 내가 늘 들고 다니는 건데. 나는 이것이 없으면 아무데도 못 가거든. 도무지 어떻게 된 건지……."

"화장실에는 가지고 들어가지 않으시더군요, 로스만 씨. 어제 아침에 내가 서점에 처음 갔을 때 당신을 만나러 올라갔더니 당신은 화장실에 계셨는데 지팡이는 바깥 벽에 기대어 놓으셨더군요. 당신이 밖으로 나오면서 이 지팡이를 잡던 것이 지금도 생각납니다."
로스만이 고개를 끄덕였다.
"물론 당신 말이 맞아요. 화장실이 좁아서 거추장스럽기 때문에 난 지팡이를 가지고 들어가지 않거든요. 늘 바깥 벽에 세워 놓지요."
"그리고 당신은 낮에도 화장실에 자주 가시지요? 그건 방광에 문제가 있기 때문이지요?"
"네."
"그러니 바이닝이 훔친 물건을 지팡이 안에 숨기기는 쉬운 일이지요. 그 자는 당신이 점심 식사 하러 나가거나 그 밖의 일로 낮에 외출할 때를 택해 도둑질을 했어요. 그렇게 하면 현행범으로 잡힐 염려가 없지요. 이렇게 훔친 물건을 어떤 다른 장소나 자기 옷 속에 숨겨가지고 있다가 당신이 돌아와서 화장실에 들어가면 아무도 보지 않는 틈에 그 물건을 지팡이 안에 감추는 겁니다. 이렇게 하는 데는 몇 초밖에 안 걸립니다.

이 모든 아이디어는 경보장치를 따돌리기 위한 것이었지요. 도난 사건이 일어날 때마다 누구나 서점을 나설 때는 경보장치를 통과해야 했는데 로스만 씨만 예외였습니다. 당신은 요즈음 항상 맨 나중에 퇴근하면서 경보 스위치를 끈 다음에 감지장치를 통과해서 문을 잠갔지요. 서점에서 도난품을 가지고 나갈 수 있는 사람은 당신뿐이었습니다."
"그럼 내가 퇴근한 후 바이닝은 어떤 방법으로 내 지팡이에서 물건을 꺼내 갔지요?" 로스만이 물었다. 그러더니 스스로 해답이 떠오른 듯 자기 질문에 스스로 대답했다. "허 참, 이럴수가. 퍼시픽헬스클럽이로군."
"맞습니다. 바이닝도 그 클럽의 회원이지요."

"그렇소만, 어떻게 아셨지요?"
"어젯밤에 직접 내게 말씀하시지 않았습니까? 당신은 역기를 들거나 바이닝과 라켓볼을 치러 헬스클럽에 가는 것이 아니라고 말씀하셨어요. 바이닝이 회원이 아니라면 그런 식으로 표현하지 않았겠지요."
로건이 물었다.
"그럼 바이닝이 헬스클럽에서 어떤 방법으로 물건을 꺼냈단 말입니까?"
"난 거품목욕을 하러 매일 밤 그곳에 갑니다." 로스만이 설명했다. "탈의실 바로 옆이 목욕탕이기 때문에 나는 지팡이는 늘 놔두고 탕에 들어가지요. 목욕탕 근처에는 지팡이를 놔둘 만한 곳도 없고요."
"지팡이를 옷장 안에 넣어두셨겠지요?"
"네. 옷장에는 비밀번호를 입력해야 하는 자물쇠가 달려 있지만 바이닝이 내 비밀번호를 알아내기는 어렵지 않았을 겁니다. 내가 옷장을 여는 동안 바이닝이 옆에 서서 나와 이야기한 적이 몇 번 있으니까요."
"그러니까······." 내가 말했다. "그 자가 할 일이라곤 당신이 거품탕에 들어가기를 기다렸다가 옷장 문을 열고 지팡이에서 훔친 물건을 꺼내서 자기 옷 속에 감추어 넣은 다음에 걸어 나오는 것뿐이지요. 거 참 간단한 일이죠."
로스만이 이해가 안 간다는 듯 머리를 흔들었다.
"또 한 가지 알수 없는 게 있어요. 바이닝이 오늘 밤에 왜 당신과 웨이드 양을 죽이려고 했지요?"
"그 자는 오늘 오후 서점에서 살짝 위층에 올라가서 지팡이에 그 메르카토르 지도를 넣고 있었지요. 그 자는 전에는 아무에게도 들키지 않도록 조심했었는데 이번에는 별로 조심성이 없었던 탓으로 다른 사람의 눈에 띄었습니다."

"그건 저예요." 케리가 말했다. "사실 그 사람이 지팡이에 뭔가를 넣고 있는 장면을 본 것은 아니에요. 그저 그가 지팡이를 손에 들고 있는 것을 본 것이지요."

"어떻게 해서 보게 되었지요?"

"저는 소설부 뒤편의 서가들을 뒤적거리고 있었어요. 마지막 서가 바로 뒤편에 있는 화장실 바로 옆의 벽에 그 자가 있었어요. 아마도 그 사람은 통로를 살펴보고서도 저를 보지 못했기 때문에 주위에 아무도 없다고 생각했던 모양이에요. 저는 아버지 작품의 희귀본을 찾아내고 아주 흥분해 있었어요. 그 책을 막 움켜잡고 서둘러 마지막 통로로 나오는데 그때 그 사람이 손에 지팡이를 들고 서 있더군요. 하마터면 그 사람과 부딪힐 뻔했어요."

"그로부터 몇 분 후에 케리가 나에게 그 이야기를 했지요." 내가 말했다. "그때만 해도 나는 케리가 부딪힐 뻔했던 그 사람이 당연히 로스만 씨일 거라고 생각했었지요. 그런데 나중에 그렇게 부딪힐 뻔했던 사람이 바이닝이었을지도 모르겠다는 생각이 들더군요. 결국 사실로 밝혀졌지만 말입니다."

"그렇다면 오늘 밤 그 자가 쫓고 있던 사람은 웨이드 양이었겠군요?" 로스만이 물었다. "자기가 지팡이에 메르카토르 지도를 넣는 장면을 웨이드 양이 보았다고 생각하고서 말입니다."

"꼭 그런 건 아닙니다." 내가 말했다. "바이닝은 우리 둘을 모두 죽이려 했어요. 그는 자기가 지도를 가지고 있는 것을 케리가 봤으리라 생각하고 케리가 누군지 알아보려고 했습니다. 조금 전에 그가 병원에서 경찰에 이야기한 바에 따르면 그는 그때까지만 해도 케리에 대해 어떤 구체적인 계획을 갖고 있지 않았다는 겁니다. 그는 케리를 따라 아래층으로 내려와서 케리가 나와 이야기하는 것을 엿들었지요.

그래서 우리가 오늘밤 데이트에 관해 이야기하는 것을 보고 우리가 친구 사이임을 알게 되었던 겁니다. 그 자는 퇴근한 후 내가 7시경에 나올 때까지 기다렸다가 나를 뒤쫓아 케리의 아파트까지 따라갔습니다. 나는 데이트 생각에 몰두한 나머지 아파트로 케리를 데리러 들어갈 때 자동차 문을 열어 놓았었습니다. 그래서 바이닝은 차 안에 들어가서 등록증을 보고 내가 탐정이라는 것을 알아냈던 겁니다. 그것이 바이닝을 정말로 불안하게 만들었습니다. 그래서 잠시 후 내가 케리와 함께 나와서 차를 타고 떠날 때 그가 다시 추적하기 시작했어요. 아마 이 때는 우리들을 죽일 생각을 하고 있었는지도 모르지요. 그 자는 우리를 도로에서 밀어낼 계획은 없었고 그저 충동적으로 그런 짓을 했다고 말하더군요. 그것이 사전에 계획한 짓이었는지의 여부는 배심원들이 결정할 문제겠지요."

사건은 이렇게 해서 대충 마무리되었다. 로스만에게는 아직 그 밖의 다른 도난품들을 회수하는 문제가 남아 있지만, 앞으로 바이닝이 완전한 자백을 하게 되면 도난품들이 누구에게 팔려갔는지 알게 될 것이고, 그렇게 되면 그들에게 도난품들의 반환을 요구할 수 있게 될 것이다.

토요일 밤에 한 케리와의 데이트는 완전한 실패였다. 그러나 그녀의 아파트에서 맞이한 일요일 아침은 역시 훌륭했다.

"당신이 일하는 모습은 정말 멋있었어요." 케리가 말했다. "당신이 아주 훌륭한 탐정이란 것 아시지요?"

"글쎄." 내가 겸손하게 말했다. "난 그저 최선을 다할 뿐이오."

"네, 맞아요. 무슨 일을 하든지요."

"난롯불이 약해졌군. 내가 일어나서 장작을 더 넣을까?"

"망할 놈의 난로 같으니." 케리가 말했다.

마침내 난롯불이 꺼졌지만 우리는 거기에 전혀 관심이 없었다.

응축된 구성의 광고전쟁 미스터리

《회색 플란넬 수의(The Gray Flannel Shroud)》는 1958년 1월에 미국의 랜덤하우스 사에서 출판되어 다음 해 미국 미스터리작가클럽 최우수 처녀장편상을 받았다. 단편작가 헨리 슬레서(Henry Slesar, 1927~)의 몇 안되는 장편 가운데 하나이다.

슬레서는 기발한 착상과 매끄럽고 세련된 문장, 통쾌한 반전과 깔끔한 마무리로 뛰어난 단편을 속속 발표하며 작가로서 탄탄한 입지를 굳혔다. 그는 27, 8살 무렵부터 글을 쓰기 시작해 단편의 수만도 무려 5백 편을 상회한다. 그러나 그토록 많이 쓰면서도 작품의 질이 떨어지는 일 없이 고르고 안정된 수준을 확보하고 있고 더욱이 매 작품마다 작가의 인생에 대한 깊이 있는 철학을 느끼게 하는 점에서 미스터리소설 독자뿐만 아니라 일반 독자까지 포함한 폭넓은 애독자층을 형성하고 있다.

작품성향 또한 다분히 개방적이어서 대부분의 작품에 오락적인 요소가 가미돼 독자를 사로잡는 매력을 발산하고 있다. 이것은 히치콕이 편찬한 《뛰어난 범죄, 멋있는 살인》과 《엄마에게 바치는 범죄》,

시리즈 캐릭터를 다룬 《쾌도(快盜) 루비 마틴슨》 등을 읽으면 잘 알 수 있듯, 그 가운데에서도 특히 좀 색다른 인물을 묘사할 때 슬레서는 더욱 무한한 힘을 발휘한다. 비소를 먹이는 버릇이 있는 웨이트리스, 설교하는 강도와 정반대의 성격을 지닌 상대의 말에 기꺼이 귀를 기울이는 강도, 병적으로 수다스러운 여자. 이러한 색다르고 유쾌하며 미워할 수 없는 캐릭터들을 등장시켜 그들의 삶 이면의 모습을 산뜻하게 그려내 보여주는 것이다.

그처럼 노련한 슬레서의 솜씨는 장편인 이 작품에서도 마찬가지로 잘 나타나 있다.

무대는 이른바 광고업계로서, 그곳에서 일어난 살인사건을 다루고 있다. 작가 자신이 카피라이터 등의 일을 하면서 광고대행사에 근무한 적이 있으므로 물 만난 고기처럼 묘사가 사실적이고 구성 또한 치밀하다. 이를테면 각 장(章)의 제목들이 모두 실제 광고문의 인용으로, 세 번째의 '산 사람에게 물어 보세요'는 뷔크 자동차의 캐치프레이즈이고, '이젠 잘 시간, 타이어를 바꿀 때'는 굿이어 타이어의 캐치프레이즈, '셔터를 누르세요, 그 뒤는 모두 맡겠어요'는 코닥의 유명한 캐치프레이즈다. '어루만지고 싶은 살결'은 화장석(化粧石) 캔, '가장 친한 친구도 가르쳐주지 않는다'는 남성용 머리 염색약. 이런 식으로 미국인이라면 누구나 알고 있는 광고의 선전문구를 사용해 그것을 아주 딱 맞아떨어지는 스토리와 연결시키고 있는 것이다.

밑바닥에서부터 혼자 힘으로 출세한 완고한 기질의 자수성가형 사장이 등장해 아기를 찍은 포스터의 효과에 아마추어적인 비평을 가하는 에피소드, 유럽의 귀족으로서 미국 실업계에서 활약하고 있는 여성에게 무계급 사회에 태어나 자란 주인공이 콤플렉스를 안겨주는 등, 비현실적인 에피소드에 휘말리면서 독자는 자신도 모르게 이야기의 소용돌이 속으로 끌려들어간다.

결국 이 소설은 여러 종류의 개성적인 캐릭터들이 활약하는 재미에 의하여 이루어지고 있는 셈이다.

그 재미는 또한 비판적 세태 묘사와 무관하지 않다.

오늘날 샐러리맨들의 획일화된 몰개성적 이미지는 빛바랜 느낌이 들지만, 전쟁 체험과 샐러리맨의 일상적 이미지를 잘 배치시킨 점에서 이 작품은 인간의 내면적 깊이를 획득하고 있다. 주인공은 어느 날 아침, 샐러리맨들의 출근 풍경을 바라보며 '명령을 받은 병사처럼 묵묵히 모이고 있다'는 인상을 받는다. 그의 눈에는 샐러리맨이 모두 똑같이 입고 있는 회색 플란넬 양복이 흡사 군복처럼 비친 것이다.

그 인상은 마침내 그가 총을 맞았을 때 다음과 같이 아이러니한 감상을 느끼게 하는 요인이 된다.

'전쟁에 두 번이나 참가해 한 번도 부상을 입지 않았던 내가 지금 수수한 샐러리맨의 회색 플란넬 양복을 입고서 피를 흘리고 있으니.'

샐러리맨의 일상 생활, 특히 격렬한 경쟁으로 치닫는 광고맨들의 일상을 멋들어지게 그려내 보인 슬레서의 작품 세계는 참으로 흥미롭다.

그리하여 여러 등장 인물들과 함께 내용의 어느 지점까지 왔을 때 우리는 우리와 마찬가지로 샐러리맨의 생태 속에 전쟁과도 같은 이상하고 파괴적인 공포가 입을 벌리고 있는 것을 알아차리게 된다.

이 소설은 본격 미스터리소설이나 클라임 스토리(범죄소설)와는 또다른 풍속 미스터리소설이라고 할 수 있다. 다양한 소재와 독창적인 내용, 밀도 있고 응축된 구성, 추리적 기법과 표리일체가 된 풍속적 흥미.

단편소설과 미스터리소설의 묘미를 잘 알고 있는 슬레서가 독자에게 선물하는 일급 엔터테인먼트이다.

빌 프론지니는 1969년부터 본격적인 소설을 쓰기 시작했다. 염가 서적 수집가인 샌프란시스코의 사립탐정을 주인공으로 한 무명탐정 시리즈로 세상에 알려졌으며 〈유괴〉, 〈반격〉, 〈산탄총〉, 〈함정〉은 그의 대표작들이다. '잭 폴스', '윌리엄 제프리'라는 필명을 갖고 있으며, 1981년 미국사립탐정작가협회에서 수여하는 셰이머스상을 받기도 했다. 추리소설 외에도 공상과학소설을 썼으며 서부소설작가로도 성공을 거둔 그는 베리 N. 말즈버그와 공동집필한 〈밤의 비명〉과 마셔 뮬러와 공저한 〈더블〉로도 유명하다.